刘国君 著

中国言实出版社

图书在版编目（CIP）数据

五座塬 / 刘国君著 . -- 北京 : 中国言实出版社，2020.7

ISBN 978-7-5171-3503-6

Ⅰ . ①五… Ⅱ . ①刘… Ⅲ . ①长篇小说—中国—当代 Ⅳ . ① I247.5

中国版本图书馆 CIP 数据核字 (2020) 第 111707 号

责任编辑 宫媛媛
责任校对 代青霞

出版发行 中国言实出版社

地　址：北京市朝阳区北苑路 180 号加利大厦 5 号楼 105 室
邮　编：100101
编辑部：北京市海淀区花园路 6 号院 B 座 6 层
邮　编：100088
电　话：64924853（总编室） 64924716（发行部）
网　址：www.zgyscbs.cn
E-mail：zgyscbs@263.net

经　　销 新华书店
印　　刷 三河市华东印刷有限公司
版　　次 2021 年 1 月第 1 版　　2021 年 1 月第 1 次印刷
规　　格 710 毫米 ×1000 毫米　1/16　25 印张
字　　数 340 千字
定　　价 68.00 元　　ISBN 978-7-5171-3503-6

楔　子

枸子山不大，藏在黄土高原一角，芝麻、绿豆似的，无人知晓。

枸子山不小，几十架山聚在一起，塬挨塬、沟连沟。这山原本整整齐齐的黄土地，雨水冲刷了千万年，平展展的黄土地硬生生地被冲成沟壑，掰成了一小块一小块的星罗棋盘。

枸子山不富，黄山无水，山高路险。低头，面对的是黄土；挺胸，映目的是黄山；仰首，还要看着老天爷的脸色。

枸子山不穷，田多，地广，人口稀少，只要老天爷开恩，一年洒上几滴，没有揭不开的锅。

枸子山以盛产枸子而闻名。早年整个山梁上绿茵茵得长满了枸子树，叶片厚实，圆润，一团团、一簇簇地拥在一起，如同团扇一般。初夏季节枸子花开，先是鹅黄色的花瓣像榆荚般嵌在两三片叶片中，抿着嘴吐纳着淡淡清香。在清风的吹拂下，鹅黄色花瓣的边缘泛出粉边儿，那粉边儿如同渗在花瓣上，由外向内逐层渲染，直到全部渗透的时候，又攥成一个粉红色的花蕾。花蕾缓缓地向外张开，粉边儿随着开口越张越淡，当喇叭口全部张开时，蕾中吐出淡黄色的花蕊，妖艳而张扬。到了秋天，枸子果成熟了，一颗颗红色的果实挂在枸子树上，黄豆般大小摇曳在风中。枸子树的枝条坚韧柔软，或许因缺水的缘故，大都低矮散乱地趴在地上，挂在枝上的枸子果也随着枝蔓趴在地上，层层叠叠把枸子山铺得红绿相间。

伴着枸子生长的是麻黄草，通身翠绿一枝一节地夹在枸子树中，纤细的身材和枸子树交织在一起，一肥一瘦相互映衬。

黄土堆积的高原，缺少植被，因土质松散被流水侵蚀成千沟万壑。那沟壑如网一般罩在枸子山上，在雨水侵蚀中，被越冲越宽、越划越深，平整的高原被切成了若干塬峁，塬峁再经风雨切割形成一小块一小块山峁，那山峁独立成丘，山顶平整，四周或陡立或平缓，千姿万状，反复切割后的塬也就不太像塬了。

遇到刮风，裸露的黄土被风扬起，顺着沟，罩着塬，似纱似雾，顺着沟嘴、塬峁，一路东扫，把塬上人心扫得毛簌簌的。

遇到下雨，黄土被浸泡得稀软，看上去溜光溜光的，却下不得脚，一伸脚，稀泥把脚拽住了，拔都拔不出来。

五座塬就是一个被千万朵枸子花拥簇、无数节麻黄草装点，被枸子山紧紧抱在怀里的小山村。

五座塬是名副其实的鸡叫一声听三省的村子。不知什么年代形成的二道深沟在村前绕来绕去的，绕到塬梢时，两道沟绕到了一起，沟东是陕西，沟南是甘肃，每条沟都有几十丈宽，要想过沟，爬下去还要绕半天，直绕出一身子臭汗才能爬到沟那边。

五座塬是黄土高原上千万个塬峁中的一组，是宁夏花马池的五个既互相联系又看似独立的小山丘，就像人们攒在一起的五根手指一样，塬与塬之间由平缓的山坡（俗称崾岘）相连，又被几道纵横的沟岔紧紧地裹在一起。

五座塬的地大都挂在半坡上，一小块，一小方。地垄弯弯曲曲、田间五颜六色。荞麦开着粉红的花儿，一攒一攒地拥在一起，随着风轻轻地摆动。荞麦穗上的豆粒，先是粉白的，渐渐地红了棱角，红着红着那棱角又泛起了黑色，传染似的，不几天，整个豆粒都成了黑色，那些带着棱角的黑豆粒越长越黑，皮儿发紧，壳儿发硬，等到捏到手里硌手的时候，荞麦粒便成熟了。连着荞麦的是一片谷地，夏天的谷子是翠绿的，秋风吹过，谷秧开始抽穗，秆叶开始发黄，秋越浓，谷越黄，腰越弯。土豆地大都靠着谷地，一大片一大片，开着白色的花。土豆花高出叶蔓许多，高傲洁白。它是山里人的主要蔬菜，一年四季除了夏季能采上苦苦菜、地软软外，吃菜全凭土豆。

秋天的五座塬，荞花粉红、糜谷金黄、土豆洁白，映在一大片绿叶中。远远望去，笼罩在蓝天下的五座塬，塬塬相连，错落有致。不同色泽的粮食相间种植，反差出鲜明的色彩斑斓，景色宜人。

五座塬从何时起有人居住，无人知晓，塬上有名有姓居住最早的王二爷就是从塬下老村子搬上来的，那年王二爷还是一个孩子，不知什么变故逃到五座塬后南下北上了几十年，最终领着婆姨回到五座塬，使遗落在栒子山中的五座塬有了人烟，有了鸡犬声。

打虎店是五座塬通往外界的一个枢纽，沟面宽阔，沟中有条无名的季节河，水不深，只没过膝盖，宽有丈余。沿着沟北通红柳沟、花马池，南下庆阳府、西峰镇，千百年来无数商旅践踏成一条花马池盐湖通往外界的盐马古道。那些抄近道的、贩私盐的，吆着牲口，“趿拉、趿拉”穿梭在沟里，驴驼脖子下拴的响铃也“叮叮当当”地响了千百年。

五座塬人千百年来躺在栒子山的怀抱里，拎着两条沟，静静地过着世外桃源般的日子。

一

历史的车轮向前辗过一圈一圈，那辙痕，或在风中飘逝，或深深地嵌入史书的册页，而民国十八年的灾荒却刻在人们的脑海里。

灾荒最早从哪里开始，谁也说不清楚。民国十六年，家住秦岭的武二一家遭到雨灾，依山而建的茅草屋眼看就被雨水冲垮，武二他爹急忙领一家人到董志原避难，花净积蓄买了三亩地，想在闻名秦陇的原上扎根置业。没想到民国十七年开春，刚忙忙碌碌把地耕过，大黑风呼呼地刮了一个春天，地皮上的黄土被风刮起了一层又一层，耕过的农田被溜得平整。

眼看着季节就要过去，找不到一个下种的日子，没下上一点雨，武二他爹心急得嘴唇子冒火，无奈地把籽种撒到地里听天由命，祈盼着在下种之后能来场及时雨，然而整个夏天滴雨未见。一家人勒紧裤带盼秋雨，刚入秋老天爷洒了一场雨，武二他爹忙买来白菜、萝卜籽撒进地里。没承想，苗刚出齐，一场秋雨连绵不断地落了四十多天，萝卜白菜不仅没出来，连救命的白草根也沤坏了。

武二家住在别人废弃的地坑窑里，开始下雨的时候，武二他爹在院子一角挖个大坑，把雨水引进坑里，一家人挑起担子，一担一担地把水挑出去。后来院子里积满了水，他爹在大门外打的一道挡水墙也被雨水泡得稀软，眼看着窑洞要被泡塌，武二他爹跪在雨中放声痛哭了一场，领着一家人逃出宅院，汇进逃荒的人流。

民国十八年的灾荒波及整个西北地区，逃荒者挖草根、树皮、观音土吃，无论走到哪里都讨不上吃的，许多人走着走着倒下就没气了。有的妇女饿死后，怀里的孩子还含着奶头，行人看见，一个个掩面落泪。武二一家四口没有走出庆阳，妹妹就饿死了。几天后，他爹倒下了，他妈守了两天，看着他爹咽气才领着武二上了路。

途中碰见一个自称是黄叔的男人，黄叔领着他们离开逃荒人流向山里走，说山里野瓜野果多好养活人，跟着黄叔翻过了几道山梁，摸到山间的一户人家。

这户独居山里的人家，门前有一大片平塘地，背靠大山，只有一条羊肠小路，弯弯曲曲地通向山外。三个人走到窑畔前，只见一条黑狗皱着眉守在窑院门口，两只眼睛紧紧地盯着他们，黄叔、武二和狗对峙许久，一个中年人一瘸一拐地走出了窑，站在崖畔上对着狗，拉着长长的声调吼道："咋……，回来！"那狗紧夹着的尾巴一松，转身上了崖。等武二他们再进这家院子的时候，黑狗摇起了尾巴，懂事地跟在旁边。

三人进窑不久，瘸腿男人的母亲端来了羊奶子米饭，几个月没有闻到米味的武二，三扒两咽吃完，舍不得放下碗。武二娘望着武二，难过地将自己黏在碗边的几粒米拨进儿子的碗里。

晚上三个人住在一孔破窑里，窑炕上扔着几领皮袄和当作枕头的方砖。躺在炕上，武二的肚子叽里咕噜地响得睡不着，在他妈面前还嚷嚷着饿。黄叔听见，恶狠狠地骂道："你个不知好歹的，能吃点就知足了，还嚷嚷什么。"武二听了吓得再不敢言传了，静静地躺在母亲和黄叔的中间。

半夜，一阵窸窸窣窣的声音把武二惊醒了，他睁开眼睛听到娘说："把手拿掉，把手拿掉。"

不一会儿又听到他娘带着哭腔："别脱了，娃在旁边。"

十一岁的武二已经懂得许多，他用手轻轻地摸摸黄叔睡觉的位置，空空荡荡。他没有说话。黑暗中，武二被人蹬了一脚，他没有动装着睡熟，觉得黄叔趴在母亲的身上，母亲在用力推搡着。武二再也睡不着了，摸起黄叔刚才枕过的砖慢慢地坐起来，对准趴在母亲身上的黄叔用力砸下，黄叔"啊"

的一声，身子一歪就滚了下来。母亲惊坐了起来，忙对武二说：“娃，快跑，跑得越远越好。”

黑天黑地的，武二不敢跑，跑出院子，看到一孔破窑，就钻了进去，进去才知道这是狗窝，黑狗看见他没有吠也没有动。这一夜，武二倚靠着狗迷迷糊糊地坐了一夜。

天刚麻麻亮，武二躲到山梁后边。山后的树旱得无精打采，枝上稀稀疏疏地挂着几片树叶。武二爬到一棵树上，摘了几片树叶，喂进嘴里一嚼，满嘴的绿水苦涩得咽不下去。山洼里长着几棵苦苦菜，卷曲着叶子只有铜圆大小，看到苦苦菜，武二拔了出来，在手上摔打了几下，抖掉叶子上的泥沙就喂进嘴里。一连吃了几棵苦苦菜后，武二摇着头伸着舌头，这是他一生中吃过的最苦的苦苦菜。

武二在山中整整地转悠了一天，也整整地寻找了一天吃的，依然是饥肠辘辘。

秋风摇曳着树木，发出“哗哗”脆响，武二不敢在山里留宿，又来到瘸腿男人家，躲进了狗窝，搂着黑狗又熬了一夜，天快亮的时候，武二实在饿得难受，摸进一孔窑里，刚一进窑就被瘸腿男人堵住。

黄叔用一袋子干粮把武二娘卖给瘸腿男人。武二在这家住了几天，瘸腿男人的母亲绷着脸说：“我们家吃的本来就紧张，一下添两张嘴，说什么也养活不住。”武二在他娘的眼泪中拿着几张饼子和糠窝窝走了。武二一路向北，不知走了多少地，吃了多少苦，摔了多少跤，终于爬到了五座塬。

民国十八年的灾荒波及五座塬时，让五座塬人感到威胁的不是粮食，而是水。

五座塬是一个干涸的塬，山左和山前有两道季节沟，夏天沟里有一股细流涓涓绵绵地缓缓流过，人们饮牲口时就直接在沟底。一到冬天沟水干涸，沟底的淤泥被晒得一片一片地翘了起来，饮羊只好用收集的窖水。

五座塬人不怕缺粮，就怕断水。去年冬天的几场雪，水窖大都收满。整整一个春天，西北风一场接着一场，旱得连犁都插不进去，到了夏天，山上黄土飞扬，塬上寸草不生，沟里滴水不存，赶牲灵做买卖的人也比往年少了许多。五座塬人蹲在家里看着羊饿得“咩咩”直叫，心里毛糙难耐。山上到处是饿狼，放出去的羊，不是被大风刮丢，就是被狼和狐子叼去。

眼看着季节就要错过，王宝抽了一锅烟，把烟锅头朝鞋底上一磕说：“种，就当费点工，把种子撇了呢。”于是，五座塬人把山芋、糜子、荞麦种子一骨碌全撒到地里。种下后，家家户户开始盼雨，眼望着夏天结束了，旱得焦黄的五座塬终于迎来了一场雨，大家喜滋滋地把家里能盛水的盆盆罐罐都搬到院子里，这场雨下了一天一夜，水窖灌满了，放在院子里的水缸、罐子和锅碗瓢盆也接满了水。五座塬人高兴得合不拢嘴，至少一年不会为吃水发愁了。

下雨后，撒在地里的种子活泛了起来，“噌噌噌”地蹿出来，地里绿油油的。天刚麻麻亮，麻三爹靸着个鞋就向村南去了，他见荞麦苗出齐了，仿佛看到了丰收的希望，嘴里也哼起了小曲。

他抬头看看天，最近一段时间，天总是阴沉沉的，心想要能见个太阳秧苗会更茁壮，边想着，边“趿拉趿拉”地拐着罗圈腿向沟边走去。往年这个时候，沟里的水哗哗地流个不停，今年旱了，不知这场雨沟里有水吗？

麻三爹站在沟边远远地向沟里瞭望。黑黑的什么也看不清，流水潺潺悠悠，不像往年雨后那般急促。想到水，麻三爹觉得尿憋得慌，转过身向路边走了几步。枸子山的人不往路上尿，尿在路上的是骡子、是马，都是畜生。

麻三爹把黑漆漆的白布裤带解下搭在肩上，手一松大裆裤自行滑了下来，半个屁股裸在外面，肚子往前一挺，一股黄水子冲了出去，身上顿时轻松了许多。尿尿时，他想到沟里的水能不能饮牲口，提着裤子往沟边移了几步。

沟中的水渠曲曲折折地沿沟而行，麻三爹听着水声默默地想，一年四季能天天听到流水声那该多好，天再旱也不愁没水。他把目光从沟里收回，准备转身时，突然看到沟边的路上好像有个什么东西。他眯着眼仔细瞧了瞧，觉得有人趴在路上，心一惊又往前挪了几步，确认是个人后，心想，是个死人。想到死人便有些怯，连忙转身往回走。一路上心里直嘀咕，死人是哪里来的？怎么能死到这儿？

麻三爹回到家，端起碗又想到沟边的死人，这饭就吃不下去了，放下碗踱到王宝家。王宝一听："喊几个人过去看看，是死是活总不能撇在那里，臭在那也是咱村的晦气。"麻三爹站在门口不动，两只手笼在袖筒。王宝看出了麻三爹的心思："你领几个人看看，要是死了，阴阳钱我出。"麻三爹这才趿拉着鞋走了。

躺在沟边的正是武二，和他妈分开后，他一路上翻山越岭、忍饥挨饿，整整走了一冬一春，等连滚带爬地来到五座塬的沟边，蹚过水，只爬了一半坡，又累又饿地昏了过去。等麻三爹和五癞子爹过来，武二的眼睛已经睁开，睁开眼睛的武二从此落到王宝家。

王宝的儿子栓子比武二小一岁，平时在他舅舅家读书，逢年过节才回来，家里只有王宝两口子和栓子的妹妹燕子。

武二到王宝家时，手脚在跋涉中擦破感染，黑乎乎的脚掌流了脓、生了蛆，连地都下不了。燕子给武二端饭送水，还端来热水让他泡脚，找来刀子让他剜掉脚上的死皮。

一天，燕子进来收拾碗筷，见端进去的饭好好地放在那里，奇怪地问武二："哎，你怎么不吃饭？"

武二说："吃不下。"

"咋啦？"

武二说不上自己为什么不想吃，没有言传。

燕子问武二："你姓什么？"

"姓武。"

燕子又问："叫什么名字？"

武二说："丑狗。"

"丑狗？"燕子没有听过有人叫这么难听的名字，回到她爹的窑里，把武二的名字当笑话般地告诉自己的父母。

王宝也是隔三岔五地到武二住的窑里看武二，还请先生过来给武二治手脚，帮武二把化了脓的手脚清洗干净，用中药泡，用酒清洗，抹上獾油，像对待亲儿子一般。

武二在王宝家里住了二十来天，手脚都好利索了，王宝问武二："丑狗，你有啥打算？"

武二用脚踢了踢窑掌的墙角："没有啥打算。"

"没处去，留下给我挡羊。"王宝家里有个挡羊的老汉，前几天提出想回家，王宝正想找个挡羊的。

武二听到这话停住了踢墙，眼里充满了希望："能行，只要老爷留下，干啥都行。"

王宝看着武二，突然问："你还有别的名字吗？"

武二说："没有，我妈叫我丑狗。"

王宝什么话也没说，转身准备出门，走到门口，转过身问："你家里弟兄几个？"

"就我一个，以前有个哥哥，很小就死了。"武二不知道王宝是什么意思，如实说。

"那好。"王宝想了一下说，"今后你就叫武二吧。"

武二听了王宝的话点点头。

五座塬塬大人少，一家离一家有半里路，家家种地，家家养羊。脑子活络点、肯下力气的，收成就好，日子过得好点，懒惰一点、子女多的，日子差一点，但好也好不了多少，差也差不到哪里去。王宝养的羊多，种的地也不少。家里有个挡羊的，地由他们两口子种，忙不过来的时候，雇几个短工。农闲了出去做点生意，相比其他几家日子稍好点。为了让栓子有个好前程，把他送到舅舅家去读书。让燕子在家里学刺绣、剪纸，干些洗锅、做饭等家务。

武二跟着羊把式当了半个多月的羊梢子后开始一个人放羊，每天早晨到灶房里拿上事先准备好的馍和水，提根放羊棍，吆着一百多只羊出门，太阳落山，看着羊肚子滴溜溜的圆，才不言不喘地赶着羊回来，把羊一圈，睡到羊圈旁的窑里，平时很少和村里人打交道。

武二待燕子很好，在滩里抓个兔子、刺猬拿回来送给燕子。有一天，武二从滩里抓回一只出生不久的野兔送给燕子。这小东西还不大会跑，向前跳两步停下，东张西望一会儿，再往前跳几步。燕子跟在小兔子的后面逗着玩，正玩着麻五不知从什么地方过来，一脚把小兔子踢飞了，幼小的兔子哪能经得起麻五一脚。燕子一看站在一边跺着脚哭了起来。武二什么话都没说，扑上去就把麻五推倒。麻五胳膊上的油皮蹭掉一大片，一看胳膊流血，哭喊着和武二厮打在了一起。两个少年互相抓着对方的头发、两条腿绞在一起在塬头上摔来滚去，直到燕子妈看见才把两人拉开。晚上，王宝知道武二打架的事情后，把武二和燕子叫进窑里，向燕子的屁股踢了一脚，骂道："女娃子家，不在家里好好干活，出去疯什么疯，掺和别人打架，像什么话。"武二闯了祸，低着头做好挨打、挨骂的准备，燕子被踢后，武二等待王宝的那一脚，可王宝在地上转了一圈骂道："滚，两个都给我滚。"

出门后，武二纳闷，明明是我打的架，怎么没骂我？

二

民国十八年的春天，五座塬没下一点雨。一天，武二放羊回来给王宝说："老爷，沟里的水越来越少了，一下午都没把羊饮上。"王宝立即跑到沟边，沟里的流水断断续续浑浊不清。

王宝看看天，回到家便掐着指头盼望五月十三。

传说五月十三是关老爷磨刀的日子，王宝想关老爷磨刀总不能干磨吧。五月十三这天，天阴沉沉的，地上的风呼呼地刮着，一缕缕黄沙贴着地面掠过，王宝心里说：风是雨的头，等风刮过，雨就跟上来了。可那风从清晨刮到傍晚，早晨阴沉沉地聚了几朵云彩，等到中午被风吹得无影无踪。开春耕好的地成了风的沙场，沟里的细流被吹进的沙粒和成了泥，干涸后翘起了一小方一小方的泥卷。这年春天五座塬人最终没有把种子撒到地里。过了立夏人们又盼望下场雨种点迟糜子、晚荞麦，过了夏至，太阳还是火辣辣的，没有一点下雨的意思。

大暑是五座塬最美的季节，荞麦、土豆花朵齐放，糜子穗也已出齐，山上葱绿娇艳。这年的大暑，黄土在太阳下晒成了土末，风一刮，满天飞扬，把原本光秃秃、黄兮兮的旱塬刮得更黄了。王宝用脚踢了踢被水冲刷出来的卵石，面色铁青，心情沉重，全村二十多口人呐，没有了水就没了活路。

五座塬人不缺粮，窑里的粮食能吃三年五载，也不怕没有穿的，有片布子遮住羞，一件皮袄能穿八九个月。唯独那水，每家箍一两口水窖，遇到雨雪，雨雪水收进窖里，就是一年四季的吃水。

天一旱水就金贵着呐，山外人常说五座塬的人"宁给清油一笼，不给凉水半盅”的话。还流传着这么一段口歌：“到了五座塬，凉水拌炒面，有话好好说，千万莫犟嘴，若要犟嘴，光给炒面不给水。”一家人有两窖水，如果只是人吃，一年四季也吃不了多少，问题是在五座塬家家都喂有骡子、驴，户户都养着几十、上百只羊，这些牲灵费水呀。王宝让婆姨看看自家的两窖水还有多少，婆姨回来说还有一窖半。王宝算了算，一窖半水也经不起折腾，自己家里还有一窖半水，那其他人家呢。想到这里，王宝觉得应该和村里人合计合计了。

山里的夜黑得早，一吃过下午饭，王宝让武二到庄子上去叫人，武二来了几个月，从没去过别人家，燕子主动当向导，两个人一会儿跑遍了几个塬峁，不大一会儿，各家的主事人陆陆续续地来了。王宝把旱情添油加醋地说了一遍，又把沟里没水，窖里缺水，旱情可能还要延续一两年的话给大家说了一遍。几个五座塬的当家人琢磨了一会儿，都觉得吃水的确成了五座塬人目前面临的第一问题。

几个山里汉子，蹲在窑里“吧嗒吧嗒”地咂着旱烟，他们的脑子围绕着他们的塬、他们的水窖转了起来。

时间在烟雾缭绕中慢慢地走过，几个人每人夹着一杆烟枪，谁也不开口。

王宝掂着烟枪把话说完后，想听听他人的意见，可一锅烟抽完，还是听不到人声，抬起眼皮斜眼瞄着大家，见一个个低着头、拧着眉只顾吸烟，像泥塑的一般。王宝苦笑了一下，把已经熄了火的烟枪从嘴上取下，捏着烟杆把烟锅头在鞋底上磕了几下，打破了僵局：“我看这样吧，我今天到沟里转了一趟，沟里多少还有点水，一天能刮几桶，明天咱们几个到沟里挖个坑，不要让水流走，一家子一天把攒下的水拉回来倒在窖里。再就是大牲口不能动，看羊能卖就卖掉几个，实在卖不掉的宰了吧，少看几只。”

“宰羊，咱们的水还没缺到那个份子吧。”一听说要宰羊，平时屁都不放的五癞子爹马上有了意见，在村里，家里看羊过百的只有王宝和他家。

王宝说：“迭下了年馑，等窖里没水了，别说养羊，连人也养不活。”说完，跳下炕，背着手出去了。

王宝家院外是一道沟，修院子的时候，有意在靠近沟沿的地方垫高了几拃，防止人一脚迈到沟里。王宝出了窑，撒了一泡尿，蹲在门口的土坎子前点着一锅烟。

王宝出去后，麻三爹也跟了出来，蹲在王宝的身边：“我看天要绝咱哩。”他也从腰里抽出旱烟锅，把烟锅头撬进烟袋搲（wǎ）了几下，什么也没有搲上，把烟锅头伸到了王宝的面前。王宝明白他的意思，把烟袋递了过去。

坐在炕沿边的朱占宝爹见王宝和麻三爹都出去了，对五癞子爹和四梅爹说：“真要卖羊？我想还没到那一步吧。”那两人蹲在地上“吧嗒吧嗒”地抽着旱烟，谁都没有说什么。

又沉默了一会儿，四梅爹对五癞子爹说：“不行，咱们打个井吧。”

五癞子爹一听，把脖子一拧，说：“你想得美，人老几辈子都没有打出个井来，你能打出来。”

四梅爹把头低在那儿，什么话都没说。他家是第一个上五座塬的，比在座的都长几岁。四梅爹是跟着嫂子一起逃上来的，那年王宝的母亲刚去世，王二爷就把四梅爹的嫂子纳了房，四梅爹成了王宝的表叔。

坐在炕角纳鞋底的栓了妈，看男人们一个个四分五裂的，叹口气说：“这年馑，不知要挨到哪一年呢，要是真能打口井，也许羊不用卖了。”她说出后，见男人们没人接茬，借着清油灯，哧啦哧啦地纳起鞋底，不时地把针放在头发上划一划。

几个男人终究没有想出什么办法，王宝出去卖羊也没卖掉，只是有几家亲戚过来赶走了几只。沟里的水每家接回几桶后彻底断流了，武二放的羊也越走越近，渴得一个劲地“咩咩”叫。

这天武二把羊赶到沟边，平时饮羊的地方一滴水都没有。沟底被太阳晒得裂成一块一块的了。羊到沟边习惯性地拥到沟底，低头嗅着无水的干沟，一只只无精打采。武二用放羊棍撬开裂开的泥片，翻过来捏在手中，泥片的背后粘满了干沙。武二用手指在干沙上想画一只羊，可指尖并不听他的使唤，画来画去，画得不成样子，用手掌把土块背后的干沙磨掉，把土块掰成碎块，扔向在沟里还在寻找水的头羊。

牧羊人扔土块的中靶率都比较高，平时放羊的时候，发现羊群没有按照自己的意思走，用放羊铲铲起一块土块或一铲湿土惊打头羊，这土块一般不往头羊的身上打，而是按照自己的意思，扔在头羊的反方向处，那头羊马上领会了主人的意思。

武二手里拿着放羊铲，铲上一铲湿土，撒出去不是天女散花，就是偏离了方向，没有个准头。

“谁扔的坷垃？”武二手中的土块刚出手，就听到有人大声喊问。武二一扭头，发现一个女孩捂着头从沟边一个土坎子下爬了上来，她的身后跟着几个孩子，有男有女，大都和武二年龄差不多。他们爬上来看到沟里只有武二一人，呼啦一下跑过去把武二围在中间，一个个子较高的孩子上去在武二的胸部捣了一拳，武二往后退了一步，把放羊铲举了起来。

“怎么，想打架？”高个子男孩也不示弱地向前凑了一下，其他几个孩子见武二手里拿着工具，一个个躲在了高个子男孩的背后。武二一看到这些孩子们的㞞样，胆子正了许多，他故意把放羊铲往上举了举。

女孩把高个子男孩往后拉了一把，对武二说：“你长着点眼睛。”武二看到一个眉清目秀的姑娘，骨头就酥了一半，听了姑娘的话，什么也没说，举着放羊铲的手无力地放了下来。

就在武二把举起的羊铲放下的一瞬间，高个子男孩把自己的一条腿往武二的腿后一支，伸手搂住武二的脖子，身子一拧，武二摔倒了。武二也算麻利，被摔倒后，迅速向前一扑，一把抱住了高个子男孩的一条腿，腰子一弓，把高个子男孩也摔倒在地。两个人倒在地上后，一个抱腿，一个抓头发，纠缠在了一起。

看到武二滚在地上，几个小孩趁机在武二身上用脚乱踢。女孩张开双手挡在他们面前：“你们有脸没脸，几个人打一个？”在女孩的制止下，其他孩子不再动手了，在一边指挥着，有的喊叫：“抓他的腿。”有的喊叫：“抓他的裤裆。”一帮孩子围成一个圆圈，像看耍猴似的看两人打架。

武二当时不知道，被他打了一土块的姑娘叫翠翠，那个高个子男孩叫虎子，都是沟南边郭家塬村的。

武二和虎子在地上厮打了一会儿，气喘吁吁、灰头土脸地爬了起来，各自扑打身上的黄土。干燥的黄土一经拍打四散开来，翠翠一见，忙躲在一旁，孩子们看到两个人的模样，不知谁起的头，一个个连蹦带跳地大声喊道：“灰老鼠！灰老鼠！”

翠翠盯着武二问：“哪个村的？”

武二气喘吁吁地说：“五座塬的。”

“给谁家放羊？”虎子插嘴问。

“王掌柜的。”武二没有直呼王宝的名字，他对王宝像对待爹一样尊敬。

“呃，王宝。”翠翠白了虎子一眼。翠翠知道王宝，栒子山十个塬峁九座无人，相距在十几里、二十里的人家都是邻居。

“你是新来的？”虎子还在问。

“来了好多天了。”武二没有数字概念。

“走吧，别问了。”翠翠对武二一点兴趣都没有，催促虎子快走。虎子跟着翠翠走了。

翠翠走后，武二盯着她远去的身影，突然放开嗓子唱了一句：

“山道道弯弯水弯弯，瞭见那个妹子心喜欢。”

唱罢，他好像占了什么便宜似的，愉悦地用放羊铲的木把向身边的一只羊屁股上轻轻一敲，嘴里喊道：“走！”赶着羊走了。

三

武二唱的陕北民歌并不地道，跑了调的《赶牲灵》几乎是喊出来的，这歌声在寂静的原野、深邃的沟里传得很远，尤其是最后一声“心喜欢”，唱到最后，身子向后趄，把头仰了起来，放开喉咙把尾音拖得老长，悠悠扬扬。

吼出几句，武二觉得自己轻省了许多，向前走了几步，用放羊铲铲了一铲土向空中扬去，土块和沙尘一起撒到空中后，细沙在风的带动下，向东南飘去，块状的干土块像雨点一样落了下来，落进了羊群，也落到了武二的头上。把羊群惊得呼噜噜地向前窜去。

回家的头羊不用武二吆喝，会领着羊群在这无数沟叉中寻找到一条最近便的回家路。

武二跟着羊群走出沟叉，走向五座塬。途中，他看到远处山坡上还有一群羊挡在他的羊路前面。武二把自己的羊群往旁边赶了一下，想绕过那群羊。放羊人见武二赶着羊群绕开，轰赶着羊群向他靠了过来。武二一看，明白这群羊的放羊人要找他，径直把羊群赶了过去。

武二走近才看清挡在他前面的是麻三，麻三身上裹着半截毡，裤腿挽得高高的，靸着一双鞋，手里拿着一根鞭子，鞭杆是用栒子做的，不知用了多少年，已经磨得明光明光的，鞭杆头上拴着皮鞭，用三股细皮绳编在一起，鞭梢上还拴着一截红头绳，被麻三糊得几乎看不出本色了。麻三见武二过来，把皮鞭举起来，手腕一摆，鞭梢在空中划了一个圆，接着他用力抽打下来，没等鞭子落地，又往起一抬手，把划下来的皮鞭又提了上去，在力的作用下，那皮鞭便在空中“啪”地炸响一声，声音清脆悦耳。

麻三给武二亮了一招，想在气势上镇住武二：“小南路杆子，刚才给哪个婊子唱歌？”

麻三比武二大几岁，长得和武二差不多高，身子骨单薄瘦小，武二根本不怕他，手里攥紧放羊铲径直走到了麻三跟前，麻三见武二过来，向后退了一步。麻三想给麻五报仇，看到武二不怕他，心里反倒有些胆怯。

武二什么话都没说，站在麻三的面前，两眼瞪着麻三。

麻三站在武二的对面，两眼警惕地盯着武二。

麻三盯了一会儿，自己首先败下阵来，放缓口气问武二：“你刚才给谁唱歌？”

武二见麻三态度缓和了，说：“谁也没有，想唱。”

麻三问：“想唱就唱那种歌？”

武二不理麻三，把头扭过去向翠翠刚才离开的地方望去，经麻三提起，他想瞭瞭翠翠。

远处是沟壑、山峁，什么人都没有。

麻三也把头扭向一边，他环视了一下四周，不知道武二想什么。四周什么人都没有，在这架山坡上只有他们两个人和两群羊。

麻三有些后悔，今天麻五要跟他一起放羊，他嫌麻五走不动没有领，早知道能碰上武二应该把麻五叫上。麻三也不看武二，把手里的鞭子又举起来，手腕一摆鞭梢在空中又划了一个圆，接着用力抽打下来，没等鞭子落地，又往起一抬手，这次鞭子在空中没有发出响声。麻三一看鞭子没响，有些急躁，把落下的鞭子猛地往上一提，提到半空中又迅速抽下来，摔打的鞭子还是没响，他感到臊毛，用力把一个土坷垃一踢说：“走，回家！”

麻三走出不远，嘶哑地拉长声音唱道：

“叫声妹妹你别上火，

门外就有柴火垛。

不拜月亮不拜佛，

专拜妹那两个小钵钵。”

武二把羊群赶回家，性急的羊急匆匆地窜进了窑里。燕子一看羊进窑了，站在地上往出轰，焦渴的羊低着头满窑里找水，任凭燕子怎么轰赶都轰不出去，燕子抱住一只羊的脖子，想把羊拉出去，这只羊梗着脖子拉不动，反把燕子甩来甩去失去了平衡。

武二看见，抿着嘴唇咬紧牙止住笑，走进窑掌把挂在墙上的皮水桶摘下背在肩上，窑里的羊看见武二背着水桶出去，“呼”地涌了出去，燕子抱在怀里的羊甩开燕子跟了出去。

武二在院墙上摘下一个柳条笸箩，背着桶提着笸箩走进羊圈，一群羊也跟着武二走进羊圈，燕子见羊都进圈了，把羊圈门关了一半。武二转身出来时，把门口的七八只羊赶了出来，燕子忙把羊圈门关严。

武二把这几只羊引到另一个羊圈门口，把笸箩递给燕子，自己提出水桶去打水，武二提水、倒水都是小心翼翼的，害怕把水倒在地上，羊看见笸箩里的水一哄而上，把燕子挤到了一边。

七八只羊喝完半桶水不解渴，抬起头望着武二“咩咩”直叫。武二端起笸箩打开另一个羊圈，把饮过的羊轰进圈里，重新拨拉出七八只羊。武二在燕子的协助下，前后折腾了半个多时辰才把羊饮完。

两人都累了一头汗，燕子擦了一把头上的汗说：“腰疼死我了。”

正在收拾水桶、笸箩的武二听了故意说：“娃娃哪来的腰呢？”

燕子白了武二一眼：“你才没腰呢。”

武二和燕子饮羊的整个过程，坐在窑顶上的王宝看得清清楚楚，他没有动，也没有说话，只是一个劲地咂烟嘴。

栒子山缺水，饮羊、饮其他牲口时很节约水，被人戏说为：“栒子山饮驴，只蘸个嘴皮子。”五座塬不是十分缺水，人吃窖水，夏秋之时饮羊都到沟里。牧羊人把羊放在山坡上吃个半饱后赶到沟里，任凭羊喝饱喝足。到了冬天和开春的时候，才用窖里的水饮羊，但每家给羊和其他牲畜准备了一窖水，用不着十分节约。

沟里断水后，五座塬人用水也仔细了许多，吊一桶水做饭、洗锅后，用洗锅水喂猪。王宝每天用水洗脸的习惯改成用湿毛巾擦脸了，许多男人干脆不洗脸。至于脚，五座塬人本来没有洗脚的习惯，光着脚在地里跑上两个来回，坐在地上把脚趾缝的污垢用手扒拉扒拉就行了。

一天下午，王宝见五癞子坐在塬上用手指撬手腕上渍起的污垢，那污垢很厚，皲裂后形成了一小块一小块的就像干涸在土地上的泥块，王宝眉头一皱：“去，回去洗洗，看你的手和脖子，黑得跟车轴似的。”

五癞子转身见是王宝，诺诺地说：“我妈说缺水。”

王宝听了，心里骂五癞子妈，懒屄婆姨，懒得给娃娃洗，理由还多得很。用脚在五癞子屁股上轻轻一踢：“来，老子给你洗。”

五癞子一看王宝要给他洗手，把手往背后一藏，转身跑了。

王宝宰羊送人的事渐渐传到村外，除了贪图小便宜的人在王宝家拉了几只羊外，并没引起人们的注意，打井的事提了一下又搁置起来。走南闯北见过世面的王宝看着自己的羊送不出去，拣体格健壮的老羊宰倒了几只，把肉切成条状搓上盐，在一孔窑里放了十几天，等表皮干了，晾在一个通风的破窑里。这孔窑的窑掌早年塌陷，露出一个大窟窿，前后串风。羊肉挂进去后，水分一天天地失去，羊肉干得缩在了一起。这种吃法，是王宝早年和王二爷跑包头时学的。

秋渐渐地深了，依然没有下雨，五座塬人虽省吃俭用，窖里的水还是一天比一天少。五癞子爹舍不得把自家的羊送人，也不想宰杀，见水窖里的水下去得很快，自家的羊因缺水膘份掉得很厉害，他悄悄地问王宝有什么法子，王宝听了什么话也没说，把五癞子爹领进他家破窑里。五癞子爹一看，破窑里横七竖八地挂满了羊肉，沮丧着脸回去了。第二天，一下子宰倒了十几只，一家人在院子里收拾了整整三天。其他人家听了，也学着王宝家的做法，或多或少地宰掉十多只。

窑里的肉没等风干，就招来了狐子。一天早晨，王宝刚走进院子，突然从窑里窜出了一个东西，黑乎乎的，吓了他一跳，等王宝看清是狐子的时候，已经窜下沟垴。王宝转到窑里，见一只羊被扯到了地上，其他羊肉也被狐子啃过。栓子妈见了，更是心疼得了不得，唠唠叨叨地一边骂狐子一边收拾羊肉。王宝看着心烦，转出窑，背着手走到塬峁上。

多年来，王宝几乎天天都要到塬上转一会儿，从春耕看到秋收，看苗出得稀稠，看秧是否苗壮，走到哪家地里，不是捋穗子，就是看灌浆。五座塬人哪家勤快哪家懒，哪家收入有多少，他都清清楚楚。

王宝在塬上转着转着，突然想起了什么，急步踅转了回去。走进一口空窑，从墙上摘下一支土枪，又从一旁取下一袋铁子和火药，坐在院外的一个土台子上收拾起来。王宝把枪的外表擦了一遍，捏了一下火药却不知道怎么用，看看没有受潮，重新挂回窑里。

一出窑，朱占宝爹来了，他问：“你窑里的肉让狐子吃了吗？”

王宝平静地说：“吃了。”

朱占宝爹气呼呼地说：“好端端的东西，让这畜生给糟践了，一只羊就剩下这么点了。”朱占宝爹边说边用手比画。

王宝听了，什么话都没说，见朱占宝爹没带旱烟袋，把自己别在腰里的旱烟袋抽出来，递给了朱占宝爹。

朱占宝爹随着王宝坐在门口的土台子上，两个人坐在那里再也没说一句话。

几天后，麻三爹说朱占宝爹打死了一只狐子，只是可惜的，把皮打糟了，尽是窟窿，做不成狐皮领子了。

王宝听了，自言自语地说：“杀生害命的，闹那玩意干啥。”

过了冬至，离年关越来越近，太阳也像是赶着过年似的，中午还挂在半空，没过几个时辰就掉了下来。有了武二，王宝再也不用半夜三更操心牲口了，临睡时，他给牲口添好草，告诉武二，睡觉时再给牲口添一把料。冬季的牲畜吃不上青草，全凭干草喂养，王宝怕牲口掉膘又多加了一把料。

多少年王宝每天早晨起来把院子扫干净，再到门外转一会儿，看看羊圈、看看五座塬的塬峁，看看地里的庄稼才回家吃饭。

这天早晨他顺着自家门堳走到塬上，一上塬，看到他家窑垴上有一个凹进去的地方黑乎乎的，像有些什么东西在那儿。王宝心里一惊，停下了步子，站在那里仔细地端详了一会儿，许久才看清横七竖八地躺着十几个人。又往前移了几步，确定那些东西是人的时候，王宝才大着胆子又向前挪了几步。十几个人拥挤成一团，身上有裹被的，有抱膀子的，有直接躺在地上的，看到王宝过来，有的把身子趄了起来，还有的仍呼呼地熟睡着，醒来的用脚踹踹熟睡的人，不一会儿，他们全醒了，打着哈欠，伸着懒腰，有翻身坐了起来的，还有躺在地上翻白眼的。一个女人怀里抱着个小孩，小孩被翻身的人碰醒了，“哇哇”地哭了起来，一时间窑垴上躁动不安。

眼前的人一个个衣衫褴褛、蓬头垢面，显然是逃荒的灾民。他们看见王宝，静静地注视着他，没有一窝拥来。王宝觉得这是一个组织，有首领的，感到自己可能遇到麻烦了。

每逢年馑，流民抢劫杀人、吃大户的事情经常发生。这群人是什么来路？王宝站在那里默默地揣摩着，心里盘算着如何应付眼前的局面。这时从人群中站出一个男人，径直走到王宝面前。男人穿着一领皮袄，腰里扎着一根布绳，脸面看不太清，站在王宝的面前，个头比王宝高出许多。站稳后，双手一抱，拱着拳说：“掌柜的，行行好，下面遭了年馑，讨到门上来了，能赏顿饱饭就感激不尽了。”

王宝连忙拱手还礼，不冷不热地招呼说：“先下来，进窑里再说。”

那男人身子一侧，指着身后的人说：“不了，人多不进去打搅了，只求掌柜的赏口饭吃。这娃几天都没吃饱肚子。”王宝看清男人有四十多岁，脸上的褶皱像刀刻般一道挨着一道，眼睛不大，却很精明。王宝看看窑垴上十几口人，进窑里也没个蹲的地方，就不再相让。

说话的人显然是这群人的头，王宝侧了下身，伸出一只手把这人往旁边让了让问：“请问您的大名？”

“我姓王，别人都叫我王老倔。”

王宝一听姓王，心里便亲近了几分，说：“哟，一家子。你先带大家在这里待一会儿，我回去安排安排。”

转过身，王宝觉得这群人有老有小，有男有女，不像是流民。多少年来，王家安置过不少人，可这一次来的人也太多了，给点吃的打发掉，他们能走吗？不走又往哪里安置，这么多人，要吃要喝，不是个小事。

王宝转身往回走，走了几步又转过身来：“你让那些女人、娃娃到窑里来，外面凉。”

王老倔听了觉得今天遇到了好人，忙双手抱拳道：“不用了，不用了。”

看到这么多人，王宝从心底感到紧张，表面上装作没什么事，看到旁边站着一个小孩，鼻涕掉到嘴唇上，故意笑着逗孩子：“快过河了。”说着，轻轻地摸着孩子的头，弯下腰要给孩子擦鼻涕。孩子吓得“哇”地哭了。王宝干笑了一下，站在旁边的女人看到，慌忙拉过孩子，用手擤掉孩子的鼻涕，弯腰把擦在手上的鼻涕抹在鞋尖上，又觉得手上的鼻涕没有擦净，把双手握在一起搓了几下。

王宝看着女人麻利地完成这一连串动作，什么也没说就走了。

回到窑里，王宝把窑垴上来人的事告诉了栓子妈，还躺在被窝里的栓子妈一听，“噗”地一下子惊坐了起来。栓子妈是个老实人，家里的大小事情她从来不管，听到院外来了很多人，她有些害怕，拉起衣服往身上套，衣服穿好，腋下的一粒扣子却怎么也系不上，提着裤子溜下了炕，跪在地上用手指勾着鞋后跟往起拔，拔了几下拔不起来，站起来坐在炕边，从一旁的针线笸箩里摸出鞋拔子，把鞋后跟拔了起来，又从枕头下抽出裹腿布，坐在炕沿边打起了裹腿，匆匆忙忙地打上裹腿，跳到地上又摸上系在腋下的那粒扣子。王宝看到妻子紧张的样子说：“没啥事，看把你急的。出去把武二喊来。”

王宝见妻子出去，走到燕子旁推推燕子：“快起床，天都亮了。”

燕子迷迷糊糊地被推醒，眼睛都没睁开，说：“讨厌，人家还瞌睡的。”王宝就一双儿女，儿子常年不在家，女儿在他身上爬大的，对女儿十分娇惯。

“快起，你没看外面来些什么人？快起来给我喊四梅爹去。”燕子听王宝说外面来人了，眼睛立刻睁开了。王宝娇惯女儿，却不放纵，对女儿该亲的时候亲，该骂的时候骂，该打的时候也打。燕子穿了起来。王宝坐在炕边，抽出烟袋点了一锅烟。

来了这么多人要吃要喝的，栓子妈一个人肯定忙不过来。王宝头都没回地对燕子说：“去把你表叔奶奶喊来，再把你住的窑收拾一下，不要像个猪窝似的。”

燕子一听让她收拾窑，不解地问：“收拾窑干啥？我哥又没回来。”在王宝住的窑旁还有一孔窑，栓子住在那里。栓子不在，燕子就住在窑里。冬天，为节省烧炕柴，燕子和爹妈睡在一块，栓子回来后也是靠着他爹睡的。

王宝听了燕子的话，没有回答。燕子出门时，王宝让她从另外一侧绕出去，告诉燕子不要让四梅过来。四梅是个大姑娘了，王宝不想节外生枝闹出什么事来。

武二叫朱占宝妈时，朱占宝爹和朱占宝听见也跟了过来，四梅妈和朱占宝妈一来就钻进了王宝家的灶房忙活开了。不一会儿，五座塬的老少爷们都聚在了王宝家。朱占宝爹在院子里转了一圈，来到逃荒人群中，见靠在塬峁上的王老倔像个拿事的，就和王老倔搭讪了起来：“哪垯的？”

“宁县的。”王宝走后，王老倔心里也没有底，他不知道王宝能管他们一顿饭吗？看到有人搭讪忙不迭地回答，原本斜靠在墙上的身子挺直了许多。

“宁县的？走了很长时间吧？”朱占宝爹一弓腰蹲到王老倔的面前。

“几个月了，出来时四五十口子，你看……，就剩下这么几个了。”王老倔说起来有些伤心，眼泪不由得掉了下来。

朱占宝爹眼软，看见王老倔掉眼泪，眼圈也红了，侧身看了看周围来的人，人群中几个年轻小伙子，有的靠墙蹲着，有的坐在地上。几个女人躺在地上，孩子侧趴在大人身上，哇哇地哭。还有几个年轻姑娘脸色蜡黄蜡黄的，脱了人形。看到他们，朱占宝爹停顿了很长时间，又问道：“打算到哪里去？”

“哪有个地点？以前听说你们上面富，迭下年馑后，没处去，才想到上面。走到哪里算哪里？能活几个算几个。”王老倔有些悲观。

陇东人把走西安称到下面，把走宁夏、内蒙古称上上面。从王老倔说话的态度看，朱占宝爹明白王老倔这伙人，谁要留他们，他们就盛到哪里。

“呃……”朱占宝爹觉得自己想了解的已经了解清楚了，说着站了起来。

王宝坐在炕上，麻三爹蹲在窑门口，两个人各自抽着烟，谁也不说话。朱占宝爹进去坐在王宝旁的炕边上，掏出旱烟袋也摭了一锅烟抽了起来。

三个男人一句话都不说，窑里的空气十分沉闷。

过了很久，五癞子爹也来了，一进门就问：“掌柜的，哪来这么多人？你还给做饭？”

王宝没有说话，坐在那里“吧嗒吧嗒”地抽烟。朱占宝爹乜斜了五癞子爹一眼，没好气地说：“不做饭，饿死？”

五癞子爹不知朱占宝爹为什么用这种口气对他说话，和麻三爹并排蹲在一起，嘴里嘟囔说：“我也没说个什么？”

谁也没有接五癞子爹的话茬，谁也不知道该说什么，几个人抽着闷烟。

过了好大一会儿，王宝抬起脚，把烟锅头在鞋底上磕了磕，拿起烟袋上的银钩子细细地挖烟锅头里的烟垢。王宝磕烟灰的时候，几个人把头抬了起来望着王宝。在五座塬村遇到事的时候，人们总是把希望寄托在王宝的身上。

“哥儿几个，这伙人来了我估摸着不会轻易走的，正迭年馑，我们也不能往出撵，可怎么住，怎么吃，确实是个事。”王宝看着大家，好像主意就在大家的脸上，朱占宝爹把头低了下来，麻三爹故意咳嗽了几声，五癞子爹把头扭向一边，谁也不接王宝的眼光。

王宝扫了一圈，突然说：“四梅爹怎么没来？谁去把四梅爹叫来。”停顿了一下，王宝对着院子喊，“武二，武二。”

四梅爹确实不知道村子里一下来了这么多人，刚才燕子来时他不在家。王宝见四梅爹进来，趄了趄身子说：“表叔来了，坐。”四梅爹比王宝大几岁，王宝对四梅爹一直很尊敬，一开口表叔长表叔短的。朱占宝爹见四梅爹进来，他跳下了炕，也蹲在地上，把炕让了出来。

四梅爹坐定，王宝干咳了一下说：“表叔来得迟，我们几个正商量今天这伙人的事。待会儿，他们吃完走了，什么话都没有，要是不走，怎么办？让不让盛，往哪盛？盛下后吃什么？”

四个五座塬的主事人听了王宝的话一个个抽着烟，心里盘算开了。在五座塬住得最早的是王宝，他们也是被王家收留的，现在又来了逃荒人，让住不让住该由王宝做主，可一下子来了这么多人，住下要吃要喝，谁能支应起？如果不让住，又不知道这些人是啥来路，不让他们盛会不会来硬的。

几个人谁都不说话，也没有什么好主意，一个个叼着烟袋，闷着个头抽烟。

王宝本来想把大家召集在一起想法子，一看这情景，知道也商量不出个什么路数。他把烟锅头在鞋底上一边磕一边说：“今天来了这么多人，我已经安排给他们做饭，待会儿你们摸摸他们的来头，不要像个榆木疙瘩似的。”说罢，收拾烟袋溜下炕出去了。

四梅爹在院子里站了一会儿，叼着烟袋走到逃荒的人群跟前。他环视了一圈，见来的人一个个有东倒西歪地在地上躺的，有坐在墙边打瞌睡的，还有几个蹲在一边捉虱子，一个个脸上都脏兮兮的，看不出个实际年龄来。在墙角四个女人抱着两个孩子，身边还躺着四五个十一二岁的孩子，还有两个十三四岁的姑娘靠墙坐着。

王老倔主动凑到他的跟前。四梅爹看到王老倔走到跟前就问："你是哪的？"

"宁县的。"

"宁县什么地方？说细点。"

"梁山的。"四梅爹的一句"说细点"，引起了王老倔的误会，说出一句黑话。

四梅爹也听出来了，这是哥老会的人。从陕北、陇东到五座塬，每年都有哥老会的人过来组织接纳各地农民参加哥老会，五座塬偏僻，没人参加哥老会，但对哥老会的组织熟悉，一些简单的黑话都知道。

王老倔说家住梁山是在探路，四梅爹不是哥老会的成员，只能听懂这一句，别的什么都不知道了。他装作什么也没听出来，试探地问："梁山，没听说过。这年馑迭的，你们准备上哪垯？"

王老倔听到四梅爹"说细点"这句哥老会的黑话，也用黑话对，一看四梅爹不接，知道对方不是哥老会的，告诉四梅爹："平子镇，一个小村子的。"

四梅爹不知道宁县在什么地方，也不想打听那么多，刚才那句"说细点"，也是随口说的。

"你们先坐着，我看看饭。"没等说完，转身走了。

四梅爹走到王宝身边，把王宝拉到墙边，说："这些人都是哥老会的。"

"哥老会？有男有女，有老有小，能是哥老会的？"王宝听了四梅爹的话，把烟锅捏在手里，自言自语，又像给四梅爹安慰似的。

"哥老会人多，那年大闹花马池、定边和环县城，都是他们干的。最近听说他们在陕北闹事。"四梅爹有些担心，"他们吃罢要是走了就好了，要是不走，就麻烦了。"

王宝和四梅爹有一句没一句地商量着，谁也不知道对这十几个人有什么办法。两人正说着，五癞子爹过来了，蹲在王宝的对面：“我问了，他们是宁县的，不是一伙来的，在路上遇到一起的。王老倔和几个小伙子是宁县什么平的，其他人都是走在路上遇到的，那个王老倔也不知道他们是哪的？”

听了五癞子爹的话，王宝和四梅爹交换了一下眼色，心想要不是一块的，就不怕了。

王宝几个人商量留不留王老倔等人时，王老倔等人也在讨论自己的出路。一直躺在王老倔身后的三子对王老倔说：“大爹，我看这里的人很好客，要是能住在这里，该多好。咱们这样走下去，离家越来越远，什么时候能走到头？”

“我也正想这个问题，我观察了，村子的人不是梁山的，要是梁山的就好办了。”王老倔是一个走南闯北的江湖人，早年参加了哥老会，那年他跟着张九才大闹环县城后要往出撤，王老倔一听提着大刀到张九才身边：“要走你走，我抓不住知县不出城。”他爹和张九才硬是没拦住他，他冲进县衙把知县李炜杀掉。回到家乡在宁县抗税中他的倔劲又上来了，非要杀掉税官杨志雄，一人独闯税局杀掉杨志雄后逃到陕北。陇东大旱后，他回来领着村里人自救，没想到一连二十多天的暴雨，把他的计划和地坑窑全部泡汤了，只好领着乡亲逃荒。路上又接纳几个逃荒的难民，跌跌爬爬几个月，终于爬到了五座塬。天气渐渐冷了，往哪里落脚真成了问题，王老倔听到侄儿三子的问话没有回答。

突然身边几个女人围着一个女孩呼叫。女孩平躺在地上，脸红扑扑的。她穿着一件黑色的棉袄，棉袄袖子和大部分袄面都烂成了长短不齐的布条，棉袄里原本没有填多少棉花，除了针脚的地方被线头缝合时压在下面有一丁棉丝外，看不出这是一件棉袄。

“三子！三子。”一个女人喊着三子，三子爬起来，跑了过去。

“你去问掌柜的要一瓢水，给妮子降降温。”

三子忙向王宝的窑院里跑去，一进窑院见王宝几个蹲在院子里，急忙说：“大叔，有水吗？有人生病了，用冷水敷一下。”

王宝一听站了起来，说：“生病了？走，看看去。”说着，走出窑院，四梅爹和五癞子爹都跟了出来。

王宝过来，围在姑娘旁的几个女人闪在一旁，他蹲在姑娘的旁边，拿起姑娘一只手靠在自己的腿上，想给女孩把脉。他捏了一会儿，觉得不行，坐在地上把姑娘的手平放到腿上，用食指和中指轻轻扣在姑娘的手腕上。王宝看过许多医书，也会把脉，平时谁家有个头疼脑热，他去瞧瞧，用土法开几副草药。王宝号了一会儿脉说：“这姑娘太虚弱了，没有大事，就是着凉了。”

王宝站起来，对五癞子爹说：“你找人去挖点甘草和薄荷根。”五癞子爹听后走了。王宝转过身看着躺在地上的姑娘自言自语地说：“憩在地上恐怕不行，表叔你让栓子妈看看燕子那窑能睡吗？”王宝给四梅爹说。

四梅爹向窑院走来，不大一会儿，栓子娘和燕子过来。王宝见到妻子和女儿说：“去，把姑娘扶到你窑里。”栓子娘、燕子和几个妇女扶着姑娘去了燕子的窑里，栓子娘端来一碗开水让姑娘趁热喝上。

用羊粪做饭需要很长时间，栓子妈和几个女人在灶房里炒臊子的炒臊子，和面的和面，烧火的烧火，炖肉的炖肉，折腾了一个多时辰，终于把饭做好了。

不知谁说了声吃饭，躺的、坐的人一下子爬了起来拥进院子，挤到灶房门口，自己带碗的把碗递了进去，自己没有碗的把脖子伸了过去，挤得几个做饭的女人什么也干不成。

王老倔也跟在后面，见挤得干不成活，大声喊道：“让一让，挤什么？”听到王老倔的喊声，挤在前面的小伙子把手缩了回来。几个中年妇女举着碗站在灶房门口不动，王老倔看自己喊不动，无奈地摇摇头站在一边。

燕子举着碗挤进去，把碗递给正在向盆子舀汤的五癞子妈，五癞子妈一看，奇怪地问：“咋了？你也想吃？”

“不是，给那个姑娘盛些。”燕子的胳膊被棍子戳了一下，回答五癞子妈的问话时喊了一句：“这是谁呀？吃饭还拿个棍。”

五癞子妈给燕子满满地舀了一碗肉递出来，挤在门口的几个妇女眼睛直勾勾地盯着饭碗，就在燕子接碗的过程中，一只手从饭碗里捞起一块肉喂进嘴里。

燕子有些恼怒，小声嘀咕：“你脏不脏，真是饿尿了。”

燕子端着碗走到王宝跟前，王宝拦住燕子：“端进去，先给喝点汤，等到下午好些了，再吃。”燕子不知道她爹什么意思，点了点头。

王老倔立刻明白王宝的意思，给旁边的几个人说：“看今天的架势管够，大家不要抢，不要吃得太胀。”有人茫然地看着王老倔，不知道王老倔为什么不让他们吃饱。

一大盆羊肉放在院子里，四梅妈给每人舀了一碗肉，朱占宝和麻三老婆又端来一盆饸饹面，人们只顾舀肉没人吃饸饹，等吃完肉再吃饸饹时，饸饹面已坨成了疙瘩，用筷子捞不起来了。朱占宝妈拿了一把漏勺递过去，不一会儿，肉和饸饹全部吃得干干净净，连汤都没剩一点，院子里到处扔的是骨头、碗筷。

吃过饭，王老倔见四梅爹扫院子，伸手向四梅爹要扫帚，四梅爹说：“你们跑了那么多天，歇着吧。”

王宝示意王老倔到他身边：“吃饱了吗？”

“饱了，多谢王掌柜。”王老倔蹲在王宝的身边。

“我琢磨，今天要坏事？”王宝看着王老倔说。

“咋话？”王老倔没有明白王宝的意思。

“你们一个多月没吃个饱饭，肚里没点油星子，今天吃得太饱，紧火煮的肉有些硬，弄不好，要坏肚子。”王宝盯住王老倔说。

王老倔没有说话，他也估计到这个结果，很长时间没吃顿饱饭，见了吃的不要命，自己知道这个理，还硬撑着多吃了一碗面，现在肚子胀乎乎的。

王宝见王老倔没有言传就“吧嗒吧嗒”地埋头吸烟，抬头看见秋子，就招呼秋子过来安顿了几句，秋子拿着锹走了。

中午时分，秋子挖回几种药草，栓子妈熬好，让燕子端给妮子。

妮子吃药后，王宝来到燕子的窑，见妮子躺在炕上，就问燕子：“端的饭给她吃了吗？”

燕子一看爹进来，刺溜跳到地上：“没有，就给她喝了点汤，喂了几条条面，肉还没动呢。”说着，燕子到窑里去端肉，一看自己放的一碗肉只剩下几块了，带着哭腔说：“谁把肉吃了？”

王宝见碗里还有两三块肉，原本紧张的心放了下来。对燕子说：“这几块够了，等会儿你给热热，多煮一会儿，煮烂，吃点就行，不要吃得太多。”

事情果然不出王宝所料，等到下午，逃荒者一个个弓着身子拉起稀来，王宝家窑前窑后沟沟壕壕你来我往地蹲满了人。栓子妈专门烧了半锅焦米饭，研碎冲上让大家喝，喝后还不起作用。第二天上午，有几个体质差的就躺倒了。栓子妈熬了一锅小米稀饭，有些人能吃点，有些人躺在那里一天米水都没有沾牙。

看着躺在地上的人，王宝知道他们一时走不了，把王老倔找来：“这事怨我，当时看大家饿得不行，想让吃好一点，等饭做好，才想起这茬，可那阵说也是白说。”

王老倔也在拉肚子，知道王宝是一番好意，听了这话忙说：“这事怎能怨你，要怨也怨我们脏相。”

王宝接着说：“你们有啥打算，要不找个窑住下，等病好了再走。至于吃的，先给你们两石米。”

王宝几乎是一字一字说出自己的打算，王老倔听后感动得要给王宝下跪，闯荡了半辈子，第一次见这么仁义的人。

王宝忙扶起王老倔："使不得，使不得！就这么定了。"

这几天，王宝让秋子和武二到滩里拔了半袋子胖娃娃草（学名马齿苋）让栓子妈熬成汤，拉肚子的人喝了几顿，才逐渐好转。

四

逃荒流浪之人，能过上不为吃住发愁的日子，感激之情发自心底。在王老倔的带领下，十几个人跪着向五座塬人磕头致谢，五座塬人忙到人群中将众人搀扶起来。

王宝把王老倔等领到离老村子不远的地方，望着已经日益破败的老村子心酸地说：“如不嫌弃，收拾收拾住到这儿，几十年没人住了，你们拣好的住吧。”

王二爷自从搬到五座塬，老村子的几十孔窑一直闲放着。那年朱占宝、五癞子、麻三的爷爷来了，王二爷曾安置在这里，自从他们在五座塬修了窑搬上去后再没人住过。

王老倔等人哪有嫌弃，各自找上窑把铺盖卷扔进去。王老倔算了算一起来了八户。王老倔和三子娘俩住进一个窑院，三子收拾完自家，又帮妮子的哥哥嫂子收拾。妮子还住在燕子那，她哥给她指定一孔窑放在那里没有收拾。三子和妮子的哥哥一起把窑里的尘土清了出来。八户人家在老村子的窑里又翻出了一些灶具和杂物，开始过自家的日子。

妮子住在燕子家，自吃过秋子挖来的甘草、薄荷根熬的药烧退了。由于身子虚弱，下地后还直打摆子，王宝让燕子熬点小米汤端给妮子。

平时很少来王宝家的秋子现在不时地过来转转，他不说话，也没有什么事情，转上一圈走了。栓子妈看出了什么门道，每当秋子过来，有意使唤秋子到燕子窑里帮着干活。秋子走时，又安顿秋子，有空过来给她帮忙干点活，为秋子下一次过来留下借口。

王宝给王老倔的两石糜子，王老倔安排三子和几个女人在王宝家碾成了米，按人口分到各家各户。王宝又让各家把多余的锅碗瓢盆拿出来，借给王老倔等，可这几家凑来凑去也没有凑够八套，王老倔等人只能是一家做完饭另外一家再做。几天后，王宝让秋子和麻三跑了一趟红柳沟才置全，王老倔等人暂时安顿了下来。

日子渐渐地恢复了正常，王老倔和三子母子吃在一起。吃过午饭，三子趴在了炕上，三子妈收拾洗锅。王老倔双手抱着头趄在炕头，心想王宝掌柜的虽好，总不能依靠一辈子，粮食能吃几个月，吃完总不能再到王掌柜的家里去要。住在这里，每天都要到五座塬背水，背得多了没处盛，背得少了用不了多长时间。

想着想着，王老倔把头往旁边一趄，侧身喊三子："三子。"

三子这几天帮着大家收拾住地，趴在炕上迷糊着了。

王老倔对三子喊了一声，三子好像没听见似的一声不吭，就用脚踢了一下三子，见三子转过头，才盯着三子问："掌柜的给了咱两架地，你说咋种？"

三子没有说话，二十岁的三子毕竟还是个孩子，许多事他想不了那么远，也不知道下一步该干什么。

"你看把地分给人家行吗？"王老倔坐在炕上抽出了别在腰里的烟锅挖了一锅烟，一边吸一边说，嘴里含着烟锅嘴，说出来的话含糊不清。

"什么？"三子没有听清。

"我说把地分给大家怎么样？"王老倔也感到自己前面说话有些含糊，把烟嘴抽了出来。

"怎么分？分开后怎么种，要牛没牛、要犁没犁？"三子抬起头，望着王老倔。

"就是哩，总不能再麻烦人家。"王老倔猛吸了几口，被烟呛得咳嗽了几声，把烟锅头在炕沿边磕了几下。

“那就不要分，大家一起种，借张犁，用人拉，人多了好干，分开缺人手，谁家也种不成。”三子提出了自己的想法。

“我想好了，就得大家一起干。不过地嘛，还得分成份子，锄地、收割等轻活还是自家干自家的。你去找几个人商量一下，看大家能凑几块钱不？咱们买几张犁和锨。”

三子起来，拍了拍胸前的土出去了。

安顿好王老倔，王宝的心事更重了。原本大家使用的窖水就很有限，猛然间增添了十几口，吃水的问题更严重了。如果等到秋天再不下雨，五座塬就要断水。

吃过早饭，王宝背着手向沟边走去，走了一半，停了下来，站在路旁的一个山梁上向前眺望。五座塬的山大都比较平缓，远处一个山丘连着一个山丘，就像波浪一样此起彼伏。他把五座塬环视了一圈，目光停在山脚下的老村子。老村子模模糊糊地隐在山间，隐隐约约还能看到院落里有人出进。王宝心想，把人安排在老村子里算是安排对了，一来把他们收留了，二来老村子里住上人，就有了生气，和五座塬也有个照应。

王宝站那里遐想时，五癞子爹来了，他见王宝对老村子眺望，也站在王宝的后面向远处眺望。

“你来了。”王宝知道站在身后的人是谁，生活在一起，听到脚步声就知道来人。

“来了。”五癞子爹背着手，嘴里叼着旱烟锅，旱烟锅的火早已灭了，叼到嘴里只是一个习惯。

“他们都住好了吗？”王宝问话的时候，一直没有转过身，两眼看着老村子。

“住好了。”五癞子爹把背着的手放下来，又笼在袖筒里。

“秋粮没有收成，冬麦种不进去，总不能把地荒了。给他们的那两架地怎么种呢？更别说开生荒了……”王宝话没有说完，五癞子爹已经知道王宝的意思。

“我过去看看缺什么。”五癞子爹嘴上说走，并没有动，仍站在那里。

王宝和五癞子爹说了两句，又转过身遥望老村子，脑子里想的是水的问题。上次议论把井打到哪里，王宝在五座塬转了一遍，觉得老村子那块地势最低，现在老村子住上人了，想在老村子打井。

王宝想着、看着，脚下的步子不由得往前挪，五癞子爹也跟着王宝向前挪。王宝以为五癞子爹走了，听到背后的声音，一转身见五癞子爹还跟在后面就问:“怎么没走，有事吗？”

“掌柜的，我……”五癞子爹的确有事，把嘴张了张说不出口。

“有什么事，你就说吧，看把你为难的。”王宝看着五癞子爹。

“你看我家秋子也老大不小的了，我想给他找个媳妇。”五癞子爹有些结巴地说。

“这是好事呀，看上谁家的丫头？”王宝关心地问。

“你看在你家养病的那个丫头咋样？”五癞子爹用试探的口气问王宝。他见王宝一家人对妮子非常疼爱，猜测王宝是不是想给栓子说童养媳。

“是个好丫头，病一好点，就起来帮栓子妈干活，比燕子勤快多了。”王宝并没有五癞子爹想得那么复杂，又说:“秋子也是一个好孩子，他俩在一起挺好的。”

五癞子爹听了王宝的话，一颗悬在半空的心落了下来。

“掌柜的，你在，我去老村子看看他们还缺什么。”五癞子爹没等王宝答复转身走了，一路上走得很轻松，步子也快了许多。

秋子自那天给妮子采药后，经常去燕子家，后来还为妮子采过两次药，每一次采药回来，把药材洗了又洗，才拿到燕子家。他还要亲自为妮子煎药，只是药煎好后，不好意思端进去，默默地走了。

一次，秋子回家说起妮子，五癞子爹狠狠地对秋子说:“别胡想了，那女娃病病歪歪，瘦得像一把柴似的，娶回来恐怕连个娃都养不了。”

此后，秋子再也不在家里说妮子，但他没事时依然爱到燕子家，依然不进燕子的窑，在院子里帮栓子妈干些零活。栓子妈心里明白，只是有意无意地在妮子面前提起：“你娃娃好命，要没有秋子给你采药，小命早就没了。”

燕子也在妮子面前常常是秋子长秋子短的。一天，燕子见秋子来了，对妮子说：“你说怪不怪，秋子最近一直帮我家干活。”

“是吗？我看看秋子长什么样？人家帮我采药，我还不认识呢。”燕子用手沾上唾沫把窗户纸湿了一个小洞，妮子爬到窗户边透过小洞看到正在院子里和武二一起喂羊羔的秋子。

十七岁的妮子已经是大姑娘了，隐约猜到秋子的心思。想到这里，她的脸腾地红了，忙用双手捂着脸离开窗户，生怕被燕子看破她的心思。妮子没有爹妈，哥哥嫂子就在身边，自己的婚姻自己是做不了主的。

五癞子爹来到老村子，坐在炕上开门见山地询问王老倔有什么想法。王老倔不知道五癞子爹的来意，当得知是王宝让五癞子爹了解他们住下后有什么难处时，又是一阵感激。

“这就好得很，还有什么难处呢。”王老倔说的是实话，能安顿到这里，是他根本没有想到的。上午他还想让三子向大家筹钱买犁，听到五癞子爹的话，反而说不出口了。

王老倔拿出烟袋递给五癞子爹，五癞子爹接过烟袋，把自己的烟锅头伸进烟袋，一边[illegible]烟一边说：“这窑是好窑，就是多年没有盛人瘆得慌。”

“就是的，我们也没个好铺盖，晚上还有些冷。不过有个窑，比睡在滩里强多了，多谢你们的照顾。”王老倔顺着五癞子爹的话说。

“你也没有老婆，老婆呢？”

“别提了，生娃时死了，穷得再娶不起了。”王老倔说话有些吞吞吐吐。

“我看你像个常跑外的，多年来一直在哪里跑？”五癞子爹没话找话地问。

“还能跑哪里，陇东塬上和陕北，还跑了几趟西安。”王老倔看着五癞子爹在抽烟，勾起了自己的烟瘾，他揉了揉鼻子，看着自己的烟袋和烟锅捏在五癞子爹的手里。

“听掌柜的说你是哥老会的，哥老会是干什么的？”五癞子爹对哥老会不了解。

“掌柜的咋知道我是哥老会的？”王老倔有些吃惊，他在王宝面前没有流露自己是哥老会的。

“我不知道。”五癞子爹深深地吸了一口烟。

王老倔听罢五癞子爹的话，猜想王宝是个久跑江湖的人，但不知道王宝是怎么看出他是哥老会的人，试探地问五癞子爹：“王掌柜的是否经常在外面跑？”

“多年前出去做买卖，这两年闹年馑不出去了。”五癞子爹如实地说。

“哦！”王老倔没有得到自己想知道的。

五癞子爹抽罢一锅子烟，在鞋底把烟灰磕掉，把烟锅和烟袋还给王老倔。

过了一会儿，五癞子爹忍不住地把身子往前探了一下问：“掌柜的家里养病的丫头家里还有什么人？”

“好像有个哥和嫂子，我们不是一搭的，详情说不上。”王老倔不知道五癞子爹为什么问这个，把自己知道的都说了。

就在两人有一句没一句的交谈中，三子回来了。三子进门给王老倔说：“大爹，我给大家都说了，大家伙都没啥意见，都听你的。凑钱……”三子一转身看到炕上坐的五癞子爹，把话咽了回去，“叔，你来了。”

“你们有事，我就不坐了。”五癞子爹听出三子把半截话咽了回去，觉得自己坐在这里有些碍事，提出告辞。

王老倔忙拦着说：“也没啥见不得人的，就是掌柜的给我们两架地，我让三子问问大伙看怎么种。你来了正好，给我们参谋参谋。”王老倔把让大家一起种地的想法说了出来。五癞子爹听后说：“好是好，就怕到时候有的干有的不干，分不停当。”

“我想没啥，干的就给分，不干的打下的粮食就不给他分，看他干不干。”王老倔蛮有把握地说。

“掌柜的说你们要嫌地少，自己在老村子里开生荒。”说罢，五癞子爹觉得今天不是说妮子事的时候，就告辞了。

五癞子爹想留妮子给秋子当媳妇的话传出去后，朱占宝爹首先提出不同意见。把妮子留下，就把这些逃荒的都留下了，这么多人住下，要吃要喝，要田要地的，那怎么行?

五癞子爹说:“我家秋子就娶妮子一个，又不是娶所有人，他们留不留干我啥事。”

朱占宝爹问:“妮子的哥哥嫂子你留不留？”

五癞子爹被问住了，停了一会儿说:“留不留，你问王掌柜，五座塬又不是我家的。”

这话把朱占宝爹一下将住了。是的，五座塬究竟是谁的，王家是第一个上的五座塬，可这山上的地也不是王家的。

五

五癞子爹提着一笼馒头请王宝给秋子当媒人，王宝不敢贸然答应，先打发栓子妈去讨妮子口风，看她对秋子的印象怎么样，愿不愿意。妮子红着脸什么话也不说，让问她哥。栓子妈有些急："你看行不行，是你嫁人又不是你哥嫁人，你要能行，我找你哥去，你要不行，那就算了。"无论栓子妈怎么问，妮子低着头不吭声，栓子妈只好让燕子去问。燕子知道嫁人是喜事，她没有什么大道理，只是一个劲地问妮子行不行。妮子最后红着脸点了一下头，燕子高兴地告诉她妈，五癞子爹妈心中的那块石头才落了地。

妮子不愿痛痛快快地吐口有妮子的难处。自古婚姻都是父母之命，妮子爹妈去世后，是哥哥嫂子带大的，这么大的事，当然要听哥哥嫂嫂的。另外，妮子的心里还有三子的影子，那影子就像是招了风的火苗忽闪忽闪的，着不起来也灭不掉。自从和三子走到一起，妮子有什么难处，三子总是帮衬她。那天山秦团庄时妮子落到最后，一条黑狗追了过来，妮子吓得扔掉打狗棍趺趺撞撞地往前跑，眼看要被狗扯倒，三子不知从什么地方出来，一把把妮子拉进怀里，夹在了狗与妮子中间，狗也被三子的举动吓得掉头跑了。

妮子长了这么大第一次钻进一个陌生男人的怀里，从此，看见三子就躲得远远的。在心里，妮子一直给三子留着一个地方，没人的时候会细细地品味。

五癞子爹得知妮子同意，高兴地回家准备上红柳沟买茶点包子。买茶点也有讲究，五癞子爹不是本地人，对本地的讲究知道得不多，临出门时，他问王宝："掌柜的，你说茶点买什么呢？"

王宝也没有这方面的经验，他结婚时，一切都由王二爷操办，自己什么也没有管。五癞子爹问到他，又不能不回答，翻出《礼记》也没有找到什么依据，就根据自己的理解说：“婚礼大事，古有典制。提亲的茶点包子要成双数，根据咱这的条件，我看提上四个包子吧，你看有点心、红糖、茶叶就买点。”

五癞子爹回到家，准备按王宝说的走红柳沟去买茶点包子。五癞子妈听见嘟囔说：“听说那丫头也没个爹妈，买包子送给谁，瞧这年馑一下也熬不过去，还是省着点花。”五癞子爹知道五癞子妈话中的意思，没有说什么，骑上毛驴走了。

那年王二爷皮毛贩得正火热的时候，五癞子爷爷领着五癞子爹来了，王二爷看五癞子爹机灵，雇了一链子骆驼，让五癞子爹跟着骆驼。可五癞子爹也太机灵了，走到一个地方三天两后晌就和人混熟了，尤其是大姑娘、小媳妇。

王二爷去世后，王宝的生意也做得少了。有一年王宝和五癞子爹走西峰送两链子皮子，王宝骑马在前面走了，让五癞子爹跟着驼队。五癞子爹骑的是一条驴，走到洪德转角沟时，天下起雨来，黄土地上打滑。上坡时五癞子爹连推带凑地把驴推到坡上，等到下坡时，四条腿的驴还好走，两条腿的人则滑得站不住，五癞子爹抓住驴尾巴跟着驴慢慢往下滑，那驴走着走着，突然一闪，五癞子爹一下失去了平衡，刺溜就滑了下去。只听半坡上一个女人说：“你看北山上的山汉，抓住帽盖子，刺溜一下滑了多远。”五癞子爹一听知道有人说他，躺在地上仰面见半坡上两个女人站在硐畔上嘻嘻哈哈地笑话他，骂道：“两个婊子你别能，小心老子上去踏死你。”

女人也是嘴不饶人：“来来来，老娘看你咋踏死人呢。”说罢，传来一串笑声，这笑声把五癞子爹魂一下子就勾走了。

五癞子爹此时已经糊得全身是泥，站了几次都站不起来，无心和她们斗嘴，等到晚上住在转角沟的店里时，他打听到，那是姑嫂两人，嫂嫂的男人也是一年四季跑南路的。

五癞子爹已经成家，五癞子妈光撅屁股不生娃，私下里让他抱个娃娃压一压。五癞子爹听说人家的男人不在就动了歪心思，到西峰后，偷偷地买下雪花膏、小镜子、红头绳等女人喜爱的东西。返到转角沟，五癞子爹有意和骆驼链子拉开一段距离，到了女人家门口，他美美地吼了一嗓子：

“硐畔上的妹妹呀，
你咋不见面，
揪毛盖子的那个哥哥在那沟弯弯转。
一心来把妹妹看，怎么瞭不见？”

五癞子爹一吼，女人知道沟里的人是谁，女人来到硐畔上，五癞子爹把买来的东西放在路边，招着手走了。就这样一来二去，五癞子爹和这个女人好上了，驼队每次在转角沟的店里住宿，吃过晚饭五癞子爹就没影了。一年后，五癞子爹不跑南路了，有一天有人捎话让他到转角沟里抱娃。五癞子爹一听自己把鳖事干下了，央求王宝一起去，放下五块银圆抱回了秋子。

红柳沟是离五座塬最近的镇子，有各类店铺十几家，小到针头线脑，大到衣食住行，应有尽有。五癞子爹到镇上转了一圈，买了几丈白布，称了几斤棉花，又买点花红、炮仗，以及结婚必备的一些东西，最后来到一家杂货店。

五癞子爹称了一块砖茶，看着放在货架上的点心和红糖，听王宝的话准备把点心和红糖各买一斤，想到老婆的话，全部称了八两，又买了十几片旱烟叶就回去了。

王宝一看五癞子爹置办的东西，没有一件是给妮子哥哥的，捏一捏茶点包子的分量也不足，骂道：“看你个小气毛，别人家的丫头养了十几年，白白送给你去。”

王宝骂完五癞子爹问：“你请谁给你当媒人？”

“我想请你跑一趟。”五癞子爹早想好了，办这事王宝最合适。

“行，你得听我的，虽然人家讨要到咱家门上，可凡事都得有个规矩。不能因人家在难处，咱把礼数都丢了。”王宝心想这样小气的人应该让他多出点血。

妮子的哥哥当然是一说就成，女孩早晚都是外人，嫁到哪都一样。只要妹妹没有意见，自己没什么说的。妮子的嫂子通过王老倔传话说，要有订婚、迎娶仪式，不能不明不白地把妮子送人了，传出去让人笑话不说，也不配当哥哥嫂嫂，更对不起死去的爹妈。

两家都同意了这门婚事，就准备换帖。五座塬只有王宝一个读书识字的人，王宝找了半张红纸写好“庚帖”，折叠起来，装到身上，准备到老村子去换帖。

老村子是王宝祖先居住过的地方，王宝多年没有去过。走到村口找了个地势平坦的地方跪下，把纸和香火烧了后才进了村子。

有了人就有了生气，老村子的院墙虽然残破，但墙脚下的浮土被清理得干干净净。王宝一进村子就有人告诉了王老倔，在王老倔的陪同下，王宝去了几户人家，最后才来到妮子家。花马池穷苦人家的土炕大都是用草汁染的色，绿油油的，结实、光滑、好看，许多人家一辈子就躺在这种土炕上，没铺过任何单子、褥子。妮子哥哥的土炕上也用草揉过，因为揉的次数少，野草汁没能均匀地渗进炕面子里，花花绿绿的很难看。炕上铺着一块被绿色隔成巴掌大方格的红布单，因长期没洗，黑黝黝的，几乎看不出本色。炕角扔着两床叠的不太整齐的被子，被子很长时间没有清洗，其中一床被子的被角线开了，露出了灰黑色的棉花。看到这，王宝皱了皱眉，什么话都没说。

王宝拿出庚帖说：“秋子想说你家的妮子，让我过来送个帖子。”

王老倔接过帖子说：“我和妮子哥哥说了，我们都不认识字，也没啥条件，写不下帖子，把妮子的生辰告诉你，行吗？”

“怎么不行？你说。”王宝爽快地说。他把自己拿的庚帖翻过来掉过去地看了一下，觉得没用，铺到炕上准备记妮子的生辰八字，突然想到没笔，掉头在窑里寻找能写字的东西。

他走到锅灶前，想找一截烧过的木棍，用木炭来写，可看了看灶火门洞里的灰，没有一根能拿起来写字的，又转身坐到炕上。尴尬地对王老倔笑了笑：“年纪大了，不用笔还真记不住。”

又对妮子的哥哥说：“咱们不用换帖，你到我家，咱们当着五癞子爹的面合婚定日子。”

妮子哥哥哪有不去的理，点着头对王宝说：“等会儿就和王叔一起过去。”他把王老倔称作王叔。

王老倔也点着头：“我们一会儿就过去。”

当初他们来到五座塬时，肚子饿得哪有闲心管别的事情，根本不知道哪个是秋子，这次会让他俩做主，他俩不知道这个主该怎么做呢。王老倔不知道两人的想法，问：“你俩同意吗？”

妮子嫂嫂诺诺地说：“我看得问问妮子，毕竟这里离家太远了，看妮子同意吗？”

王老倔也同意妮子嫂子的提议，没问妮子，到时候妮子不同意怎么办。“等一会儿，你俩过去问问妮子，看妮子是啥意思。”说罢，王老倔也走了。

王老倔走后，妮子哥哥嫂子商量了一会儿，妮子嫂子说：“等一会儿把王老倔也叫上，最好能见见秋子。”

王老倔回到家，三子正背着一大捆烧柴回来，看到王老倔就问：“大爹，你去哪了？”

“我去妮子家，准备给妮子寻个婆家。”王老倔低着头，边走边说。

“寻个婆家？在哪寻？寻谁？”三子一听脸色突变，急切地问。

“王掌柜做的媒，说是叫秋子。”王老倔没有看出三子的急切。

三子听了王老倔的话，将背上的柴往院子一扔就进了窑。王老倔看见三子把柴扔到院子，就忙喊：“怎么扔到院子了？”王老倔毕竟是常年在外跑的人，他刚喊出口就感到三子不对劲，随着三子走进了窑。

“怎么，看上妮子了？”王老倔猜测地问。

三子见王老倔进来，爬到炕上。王老倔明白三子看上妮子了。他坐在炕沿上，一边掂着旱烟，一边说：“娃，我猜到了你的心事，一路上你对妮子的好，我也看在眼里。按理说，你也老大不小了，你爹不在，我这个当伯的也应该为你考虑。再个说你是啥人我清楚，配她妮子绰绰有余，但咱现在在难处，别说彩礼，连盛处都没有。”王老倔说到伤心处，声音有些哽咽。

“你不要怨伯，好女娃有的是，大爹再给你找个好的。”王老倔哽咽地说。

“大伯，别说了，我知道。”三子爬起来，眼睛红红地出去了。

三子走到院子，把柴火拾了起来，放到旁边的一个拐窑里就走了。王老倔坐在炕上，嘴里含着旱烟杆，脑子里想着三子。三子爹是那年发大水时窑塌了压死的，三子从此跟着王老倔一起在陕北等地给人打工。民国十八年的大旱，许多家境好的人家不敢使用打工的，两人找不上活就转回了家乡。回去一看村子里很多人都饿死了，有些已经逃荒去了，两人领上快要饿死的三子妈和几户人一起逃出来。走到半路，遇到了妮子等人，一起逃到了五座塬。

想着想着，王老倔鼻子一酸，眼泪掉了下来，跳下炕把鼻子揉了揉，背着手出去了。

王宝想象中的结婚“六礼”被灾荒和逃难冲得一点不剩，就连女方订婚的仪式也改到在王宝家。

妮子随哥哥回了老村子，马上要嫁人了，总不能蹲在别人家里出嫁。妮子在燕子家里住的这段时间，和燕子一起做了许多双鞋垫。妮子要走，燕子拿出几双送给妮子，让妮子结婚的时候，送给自己的公公婆婆和婆家的人，妮子笑话燕子人小鬼大懂得多。

两个女孩说说笑笑地分开了，临行时，燕子把妮子在她家里盖的被子、褥子都送给了妮子。

妮子回去后，嫂子把她领到一间已经收拾过的窑洞里，妮子一看心顿时凉了半截。窑里没有门窗，也没有个遮挡的门帘，哥哥不知从哪里弄来一块破门板堵在门口，土炕上光光的，她把自己背来的一床被子放在靠门的炕上，被子下顿时沾满尘土。

妮子的眼泪不由得涌了出来，妮子的嫂子见状鼻子一酸，忙掉过脸去。

妮子的嫂子比妮子大不了几岁，从小被卖到妮子家做童养媳，和妮子一起玩一起睡。十四岁和妮子哥哥圆房。妮子的父母去世后，三个人在一起生活了几年，说是嫂子和小姑子，却和姐妹差不多。

妮子哥哥见妮子和妻子两个人的表情，心里也很难受，他把双手分别搭在妻子和妹妹的肩头上摇了摇："好了妮子，凑合几天就过去了。"

妮子回来的消息三子很快就知道了，上次收拾窑时知道妮子住的窑没有门，就在滩里拔了些芨芨草和一些柔软的细草编了半截门帘。想等妮子回来送过去。没想到，妮子这么快就被人相中了，心里感到十分失落，听到妮子回来的消息，不知道该不该给妮子送门帘。

三子正蹲在院子里望着放在墙根的门帘发呆，王老倔从外面转回来了。立秋后，天渐渐地冷了，许多人家没有铺盖和穿的，一家人瑟缩在破窑里。大家都是穷人出身，从家里带出来的银钱不多，没钱置备。怎么过冬成了王老倔心里的大事。刚来那天他见王宝家宰羊后，把羊皮扒到羊圈墙上，心想五座塬的羊皮肯定不少。如果能把羊皮借来几十张，给大家缝件皮袄，又能穿又能盖，不仅能解决穿，连被子都解决了。但是，王宝对他们恩情太大，他张不开口。

王老倔进来后，见三子蹲在院子里，走过去蹲在三子的身边。他知道三子心里不好受，就陪着三子吧嗒吧嗒地抽起烟。

王老倔蹲了一会儿，看三子不说话，就对三子说："最近，我想再去趟陕北看看，不知老刘他们在干什么。”

三子没有说话，两眼望着对面的山。

“你去趟老刘那看看怎么样？”王老倔试探地问。

三子依然没有说话，心里明白大爹是想把他支走好嫁妮子。妮子出嫁让他心里难受，可他绝不会胡来的，他知道自己现在的情况，没有能力养活妮子。

“我要是能抽开身，我就去。”王老倔把刚说过的话又重复了一遍。他让三子到陕北有两层意思的，一来他害怕三子在妮子出嫁的时候惹出什么事来，另外也想知道一些陕北老刘的情况。他和老刘是在庆阳认识的，老刘回陕北后，两人断了联系。后来听说陕北有个拉队伍的刘志丹，心想，刘志丹要是他认识的老刘，他就带人投奔老刘去。

三子蹲在那里没有吭声。

王老倔接着说:“你把妮子忘了吧，只要咱找到老刘，跟着他有了出息，还怕没有个媳妇，到时候就怕女娃子太多，你娃娃把眼睛挑花了。”王老倔有意撩三子。

王老倔的话，三子没有一点反应，王老倔看自己说了也是白说，站了起来。三子见王老倔要走，慢腾腾地站起来，说道:“大伯，等一会儿，你把那个送给妮子，我赶明儿去趟陕北。”说话的时候，三子把头抬了一下，用下巴指了一下草帘子:“你给妮子说，晚上睡觉小心点，山里有狼。”

王老倔静静地听着，他觉得三子用情太深。

三子编的门帘粗糙、难看，却很实用，王老倔和妮子哥哥一起把门帘挂上后，心想还没看出，这小子还有这份心思。

妮子得知三子为她编的门帘，心里有一种说不出的难受。逃荒的几个月间，三子没少帮她，每一次，得到三子的帮助后她都心存感激。可在这个连吃饭都成问题的逃难路上，这份感激只能在大脑中一闪而过。看到三子为自己编的门帘，妮子一下子明白了三子的心思。她把三子和秋子放在心里比较一下，她觉得自己对秋子没有对三子那么了解，三子和自己一样无家可归，身无居所，和三子在一起只能飘零。秋子有固定的家，和秋子在一起，无论如何也不会住在没有门窗，甚至连铺盖都没有的空窑里。想到这里心里踏实了许多，对三子的一点爱意马上换成了感激。

山里人娶亲讲究比较多，娶亲用的牲口要用叫驴（公驴），用叫驴娶来的新媳妇肯下崽。娶亲来的人一般是三人，回去加上新娘子共四人。秋子的娘舅家离五座塬不远，几个舅舅、舅妈和表兄妹都来了。娶亲时来了秋子的舅舅和表兄嫂，再加上媒人王宝共三人。王宝不想去，心想都婚事已成，他没必要去。五癞子爹说："这事全凭你成全，好人做到底。"王宝推不掉只好跟了来。

进门给开门钱、放喜炮、贴对联，都是秋子舅舅的事情。王宝和王老倔站在一旁拉话，两个人说着说着就说到了哥老会，王宝想到了上次四梅爹说的话，就问："你是哪个梁山的？"

"自古梁山不分家。"王老倔说。

王宝在江湖上跑过，他不是哥老会的，听过哥老会的黑话，又问："听说安定县的老刘最近闹红，闹红是啥事，你知道吗？"

"不知道，我也听别人说过闹红。究竟咋回事不清楚。"王老倔摸不清王宝问话的意思，不敢贸然回答。

"我听人家说还搞共产，这共产是干啥的？"王宝已经认定王老倔知道这些。

"我真的不知道。"王宝的问话，王老倔的确说不上。

妮子换好衣服，不知谁喊了一声"起程"，秋子家点燃鞭炮，吹鼓手也吹响了喇叭，院子里顿时热闹了起来，妮子的哥哥把妮子从土窑里背了出来，让她骑在驴背上。妮子嫂嫂在妮子骑驴走向街门时，没等驴走出院门，就把事先准备好的一碗水泼在门外，跟着娶亲的队伍一起上路了。

妮子穿着一身新棉衣棉裤骑到娶亲的叫驴上，逃荒来的男男女女都羡慕得不成样子。

两个年纪较大的女人看到披红挂彩的妮子说："妮子好福气，一来就寻上了人家。"

"就是，再也不用窝在这个破窑里了。"

骑在驴上的妮子，蒙着盖头，听了这话脸上充满了幸福。

妮子的哥哥没有陪嫁，也不敢多张口要彩礼。最后由王宝做主给了三只绵母羊和十架地，又拿来一些生活用具。

山路弯弯，妮子骑在驴上憧憬着未来的幸福。她的前面是两个吹鼓手，一个吹，一个鸣锣。原本一班子吹鼓手是五人组成，请吹手时，五癞子爹说逢年馑了，一切都简化点。

迎亲的队伍过了一道山弯，下到沟底。过了沟就是五座塬，就在这时从山梁上传来民歌：

崖畔上开花崖畔上红，
崖畔上传来响铃声。
一路走来一路送，
一路上伤透了我的心。
自从见了妹子的面，
妹子就是我的心肝肝。
原想妹子是我的人，
撇下了情哥哥，你成了亲。

沟里瞭不见唱歌的人，宽阔的沟壕把歌声传得绵长而悠扬。骑在毛驴上的妮子猜到谁在唱歌，听着听着，眼泪顺着脸颊流了下来。

六

这年秋天依旧是滴雨未下，低矮耐旱的猫头刺也旱得缩进了地皮，草原光秃秃的，朱占宝爹站在羊圈门口，看着饥渴交困的羊群无策地搓着双手。圈里的羊困乏地卧在地上，听见来人连头都抬不起来。滩里无草，放出去的羊转上半天也吃不饱肚子。朱占宝爹看到自家的羊日益减少，心烦地窝在家里连门都不出。

老村子的人去四梅、朱占宝、麻三家挑水时，虽然大家不说什么，吊着的脸让人心里极不舒服，渐渐地大家都集中在王宝家挑水了，只有妮子的哥哥在五癞子家挑水。秋子结婚后，五癞子爹一家的水窖吃成了两家，嘴上不说，可看着窖里的水日日减少，五癞子爹终于憋不住来到王宝家。

老村子的人渐渐地转移到王宝家里挑水，王宝心里明白其中的原因，他家的窖水剩下了半窖，栓子妈背地里嘟囔过几次，王宝只当没听见，心里却暗暗着急。羊已经减少到不成群了，武二怀里抱着一只羊，一只手搂着羊头，一只手端着半碗水，想让羊用舌头舔，可羊一见水，两只眼珠子都红了，恨不得连碗嚼了。喝了水的和没有喝水的羊一个个把武二盯得紧紧的，等武二把四只羊饮罢，累得满头大汗。看着羊，看着武二，王宝又想起打井的事，这井往哪里打呢？

五癞子爹进了院子，见王宝看武二饮羊，明知故问："你在看啥？"

"你说这井能打出水来吗？"王宝转过身，没有回答五癞子爹的问话。

五癞子爹不知道怎么回答，怔怔地站在那儿。

"不然你去把他们几个叫来商量一下，武二，你先把羊圈起来，下去把王老倔给我喊来。”

五癞子爹见武二走了，掏出烟袋点了一锅烟，含着烟嘴也走了。王宝一个人坐在堬畔的土台子上吸烟。遇上旱灾，家家的吃水本来就很紧张困难，自己做主留下了这么多人，让五座塬人都跟着他受累，心里觉得有些亏欠。

中午时分，大家聚在王宝的窑里，麻三爹来得晚，见大家把窑炕坐满，进门就坐在了门槛上，把窑门堵得严严实实。栓子妈见大家来了，见麻三爹挡在门口，开玩笑说："起，好狗不挡道，你还坐在门槛上。"麻三爹讪笑了一下躬身站起来。王宝见状对麻三爹说："朝里头坐。"六个人一溜坐在炕沿边，每个人都掂着一杆旱烟锅，像燕子窝里的小燕子一样宿成了一排。

几个男人最终赞同一起打井，选择井位又成了一道难题。山里人很少打井，谁也不知井位选择在什么地方合适。王宝对四梅爹说："表叔，你去找个人端详个位置，再看看打井的人手够不够，不够就多找几个。"四梅爹坐在一旁应承着。

又对麻三爹说："老麻，你的盘子利（指算账利），把账管上，我先出二两银子，不够的话，你们几个担待几个，你记账。"

麻三爹应承说："让您破费了。"麻三爹在心里算，二两银子打口井绰绰有余，说不上还落几个烟钱，用不着再往外掏。

王宝出钱只是觉得他把王老倔等人留下了，有些亏欠大家。又对麻三爹说："你安排人先购置家伙，什么绳子、镢头、锹，拣顺手的多买几把，井位一定就开工。"

王宝安排后，转过身对坐在身旁的王老倔说："打井是大家伙儿的事，你那里有些小伙子，招呼过来，打口井，人少了不行。"王宝称出银子让麻三爹拿去购买打井用的工具、请阴阳、定井位。

几个人听完王宝的安排陆续退出窑，麻三爹抱着银子往回走，四梅爹、五癞子爹和朱占宝爹跟在后面。麻三爹走到半道转过身来："你们都跟上我干啥？回去准备干活。"几个老汉谁也不说话，跟着进了他家。

几个人在麻三家商量需要购买的工具，打井需要的大都是常用工具，铁锨、镐头、筐、水桶、绳子哪家都有，有些物品需要买新的，经过商量决定四梅爹和朱占宝爹定井位，麻三爹和五癞子爹置办所需要的工具。

说干就干，第二天麻三爹和五癞子爹就去了红柳沟。

定井位确实把四梅爹难住了，前段时间提出打井，四梅爹在五座塬的塬上塬下转了几天。五座塬不是沟就是洼，想找一块平坦的地方都困难，塬峁的地势稍平坦，也是最高的地方，在塬峁上挖井要比其他地方高出几十米。沟底的地势较低，到了雨季山洪下来，上游的泥沙漫过，水井就没了。四梅爹想到王宝家院子大，能否在王宝家院子里打井。他来到王宝家，刚上崖畔，见一人的怀里好像抱着东西，向老村子的方向跑去。

四梅爹追不上，径直进了王宝的家："有人从你家院子里出来，跑了。"

"一个半大小子抱走一只鸡。"王宝淡淡地说。

"这批难民，给吃给喝，还死叼活抢，真不是个东西。"四梅爹生气地骂道。

"表叔，你看的井位咋样？"王宝撇开四梅爹的话茬问定井位的事。

"我想看看你家院子有地方吗？刚进院子就碰见那小子。"四梅爹还有些气愤不过，语气有些冲。

"我家院子？地势这么高，能打出水吗？"王宝奇怪地问。

"我看也有些高，你这里平坦。"四梅爹不安地说。

"咱们到庄子再转转，看看哪里有更合适的地方。"王宝说着，出了院子，四梅爹跟着王宝从五座塬转到了村外。

五座塬的塬下是道斜坡，多年来被雨水冲刷得一沟一壕极不平坦，两个人一边走着一边说着闲话。突然间，王宝看到一串脚印旁不时地出现一两根鸡毛，两人对望了一眼，跟着脚印和鸡毛向前走。

没有路通往老村子，沟沟洼洼的地高低不平。王宝一边走一边想从老村子过来挑水的人，这么远、这么难走的路，挑一桶水也太费劲了。跟着鸡毛走进村口的一座窑院。窑院破烂不堪，窑门塌陷了一半，院子里到处都是泥土疙瘩，不像是住人的地方。

里面三个十四五岁的孩子，看见王宝，霍地站了起来，局促不安地往窑掌里缩。

地上用几个土块搭了一个简易的台架，一只鸡放在一个土台子上面，台子下面有一把燃烧不久的柴火，几个孩子糊得脏兮兮的，一个孩子的嘴角被柴灰糊成黑的。

王宝和四梅爹站在窑洞的门口，堵住了孩子们逃跑的通道。孩子们一个个挪着碎步往窑掌挤。王宝静静地看着这些孩子，一个孩子嘟囔说："我来得晚，鸡是他们偷的，不是我。"

另外两个孩子什么都不说，低着头，搓着手，紧紧地靠在窑掌墙上。四梅爹见状不由得骂起来："屁大的人，不学好，学会了偷鸡摸狗，你爹是咋教的？"骂着，他准备进窑，被王宝拦住了。

王宝站立一会儿，摇了摇头，什么话都没说，转身出了窑院。

三子出去时间不久领回一个自称老薛的人，老薛不老，三十多岁，说是受苦人，到老村子后在谁家都没有干活，白天到处转悠，晚上就给老村子的年轻人讲故事。老薛的口才很好，知道的事也很多，什么大闹西安城、高登云光复灵州等，都是哥老会造反的事。

听老薛讲故事开始都是老村子的人，一天妮子的哥哥把老薛讲故事的事告诉秋子，秋子领着五癞子、麻三、朱占宝几个年轻人也去了。老薛一看来的人多，兴趣也上来了，讲完哥老会山堂的规矩，又讲起张廷芝。张廷芝没有到过五座塬，他的故事大家都有些耳闻，对他并不陌生。

老薛坐在炕上，讲着讲着挪坐在自己的铺盖卷上，手里挥着旱烟锅，唾沫星子乱溅地说："张廷芝就是我们那垯的人，吃喝嫖赌什么事都干。那年，他外甥女刚守寡，张廷芝见了喜欢得不得了，动了歪心要领上走。外甥女哪能跟他走呢，张廷芝先是告祷，告祷不成就动硬的，把外甥女硬拉走，他姐姐、姐夫知道也不顶用，这家伙驴呀，动不动就跟人动刀子、玩枪。张廷芝把外甥女给领走了，有人就编了一首曲子，我们那儿人人都会唱呢。”

“那你给咱唱唱。”一听说还有曲子，不知谁喊了一句。

“唱唱，唱唱。”又有人起哄似的跟着喊。

“我唱得不好，胡乱搞教几句。”老薛用浓浓的陇东话说。

“好！”几乎所有的人都在应和、呼叫，在窑里形成了很响的回音。

天下一共十三个省，没见过舅舅挎外甥。

哈巴狗儿朝外咬，没规程舅舅又来了。

打开窗帘往外瞧，瞧见舅舅走来了。

对面峁峁下来了，青水壕壕过来了。

……

老薛嗓子沙哑、调子不准，唱得的确不怎么样。

唱罢，老薛又讲了几段张廷芝抢人的故事，直到半夜时分，秋子、五癞子、麻三和朱占宝才回去。

王老倔、三子、老薛围坐在一盏油灯下。

“你不是在堂里，怎么到处乱窜？”王老倔和老薛是老熟人，知道老薛在哥老会山堂里做事。

“还在。”老薛回答了王老倔后，反问王老倔，“你听过陕北闹红的事吗？”

“听过，不太清楚他们是干啥的。”王老倔如实说。

“他们和我们干的是一样的事，和官府作对。”

“怎么个作对法？”王老倔不解地问。

“把人合起来，闹枪、闹事。”老薛说得很简单。

“闹屁的事呢。”王老倔自言自语地说。

“你们这里不是有有钱人吗？要闹就闹他。”老薛说不清为什么要闹有钱人，觉得那样能闹上钱，给王老倔出主意。

“去，去，去，在这个穷山旮旯里，连个人都没有，哪有有钱人呢？”王老倔一边吸烟一边说，烟锅嘴含在嘴里，说得有些含糊不清。

“王宝呢？三子不是说王宝家里有羊有地，还雇佣长工，就是我们要闹的对象。”老薛有些激动，好像真找到了要闹的对象。

“家里有四只羊，收留了逃荒的，能算长工？我们逃到这里，要没他，早饿死了，闹人家？那不成吃谁家的饭砸谁家的碗了？还有人味吗？”说让闹王宝，王老倔来了气，把声音提高了几度。

王老倔停顿了一下，又说：“这种忘恩负义的事我做不出。”

三个人谁都不说话，窑里静得掉根针都能听到。

过了很长时间，王老倔把手里的烟锅头往炕沿一磕说：“睡吧，哪天，我领你见见王掌柜的，那是个好人呀。”

“我倒要会会这个好人，有钱人哪有好的，三子说他好，你也说他好，我就不信。”老薛溜下炕站在地上，一边用脚摸鞋一边说。

老薛小便回来问：“刚来的几个是干啥的？”

“都是本分人。”

“最近他们都在干啥？”老薛又问。

“王宝准备领人打井，这个村子快没水了，要是没水我们也待不下去了。”王老倔忧心地说。

“早不打，晚不打，你们来了才打，他们想白使唤你干活？”说着，老薛钻进被窝。

王老倔没有说话，听了老薛的话他有些反感。

睡下后，王老倔盘算，如果村子里打不出水，连自己都不知道要往哪里走。三子一直没有说话，他到陕北找老刘时，刚到铁边城碰见了老薛。老薛领他们参加哥老会，拜的山堂。他觉得老薛和老刘不是一种人，老薛走到哪里就想和别人闹事。听到老薛让闹王宝，心里也不舒服。

王老倔给老薛腾出地方，他把老薛背来的铺盖扔在自己铺盖的旁边。

夜幕来临，山施黛色，五座塬前的山峦犹如油画般朦胧。天际线和大山之间从清晰到模糊，最终染成一色。

吃过饭四梅爹给牲口添罢草走出院落，站在窑畔上，看着太阳一点点地落山，天色一点点地泛黑，星星一颗颗地跃出，心里空落落的。

这几天，他几乎跑遍了五座塬的沟沟坎坎，选来选去没有选上一处能够看得过眼的井位。下午找朱占宝爹商量定井位时，他们两个人站在塬上最高的山梁上，对村里所有的沟峁筛选了一遍，还是没有找到理想的井位。

山里渐渐地起风了，刮起的黄土，一缕一缕地从脚下掠过。往年起风时，山里长满了枸子、麻黄，大地被遮蔽得看不见土色，只听到风把草吹得呼啦啦的。现在一层一层的黄土掠过脚背，就像掠过人们的心窝一样，感到莫名烦躁。

四梅妈洗完锅见四梅爹出去了，站在院子里瞭见四梅爹站在窑畔上，心疼地摇了摇头。四梅爹这几天为选井位把山里的沟沟坎坎跑遍了，晚上躺在炕上翻腾来翻腾去睡不着，有时睡着睡着翻了起来，围着被披着皮袄坐在炕上抽上几锅烟，折腾一会儿才躺下。

四梅家的羊也处理得只剩下七八只了，两窖水还有一窖多，老村子的人来打水，四梅妈第一个把脸拉下来。四梅爹责备她小气，四梅妈委屈地说："栓子爹心软把这些人收下，这帮人来的时间短还好说，时间长了谁家能支应起。我不吊脸子，等栓子家没水了，咱家也没水了，第一个渴死的恐怕是你。"

四梅爹想，四梅妈说得也在理，自古道"招客有主，拴马有桩"。栓子爹留下的人他自然要支应，等到他家的水没了，老村子的人走了，我们还要生活，那时王宝一家我不管谁管？想到这里，四梅爹嘴上不说，心里支持女人。

窖水日渐减少，打井已成唯一的办法，趁着地还没封冻赶快打井，也许能改变五座塬人的命运。

风越来越紧了，塬上传来风的吼声。四梅爹抱着膀子转了回来。

第二天早晨，四梅爹想起了老村子，那里住过人，住人就要吃水。老辈子人干旱的年份肯定遇过，他们怎么躲过去的，也许在老村子里就有一口井。

四梅爹把自己的想法告诉王老倔，王老倔也说：“老村子应该有井，找找看祖先打在什么地方？”

四梅爹和王老倔在离老村子一里多的一个山弯里终于找到一口老井，老井的位置偏僻，井口四周平平整整，四面都是山梁，只有一个小山口通往里面，山口的路因多年无人行走，被雨水冲刷得没有一点印痕。

用石头垒起的井口高出地面一尺多，一拃来厚的白浆石头的井口石被井绳磨出几道三四寸深的细壕。四梅爹用手摸着井壁说：“呀，这要人老多少辈子才能磨成这样。”

王老倔也摸了摸：“没有几百年恐怕磨不成。”

四梅爹又用脚在井口石上跺了跺：“还挺结实的，我看就这了。”

“这里成。”王老倔也应和说。

四梅爹找了一块土坷垃顺着井口扔下去，侧耳聆听，那土坷垃落下有三四丈深，“噗”地没声了，四梅爹感觉坷垃落在一个软东西上，起来对王老倔说：“这井好像被塞住了，探不到底。”

王老倔趴在井沿上往下看了看，里面黑咕隆咚的，什么也看不见，猜测说：“几十年不用了，早让沙子填了吧，咱淘一下。”

工宝选了一个黄道吉日。朱占宝、麻三等年轻人在古井前摆着两张炕桌，一张桌子上放着香表和酒，另一张桌子上什么都没有放。请来的一班子吹鼓手，整整七个人，双鼓双唢呐，站在井旁，全村男女面对古井男女各站一边。妮子在人群中露了一面，去她哥哥家帮厨。

到了吉时，腰里扎着黄绸子腰带的四梅爹走出人群，向古井鞠了一躬，然后转过身大声道：“吉时已到，鸣炮、奏乐！”

四梅爹是今天仪式的司仪，来的时候四梅妈翻箱倒柜，把家中最体面的衣服找出来，又把王二爷戴过的礼帽借来戴在头上。

四梅爹的话音一落，麻五、武二把两串鞭炮点燃了，一班子吹鼓手开始吹吹打打，井场上的气氛一下子热闹了起来。

“请主事人王宝宣读祭文！”五座塬人遇到年馑，祭天、祭地、祭龙王，都是王宝领着众人跪在那里，想到什么说几句什么，从没有正儿八经地搞什么仪式。王宝认为大旱之年淘井救灾是件大事，在家里写了一篇祭文，祭文究竟怎么写，心里没谱，套用祭祖的祭文改编了一篇。

王宝上来，先跪在地上向古井叩了三个头，起来后又向全体乡亲鞠了一躬。然后拿出自己写的祭文宣读：

维中华民国十九年八月初八，宁夏府灵州花马池分州五座塬黎民王宝及众乡亲谨以清酌庶馐，祭五龙之神。曰：百里之地一时不雨，民被其灾。水旱重事也，天之庇生斯民者，岂欲轻为之乎！不幸而遭焉，归其有二。口百姓敬奉不周，缺乏香火，使怨吁之气干于阴阳之和而然也。一曰凡山川能出云为雨者，皆有神主之，以节丰凶，为民之司命也。故水旱之灾，不以责之，则以告神。呜呼！民不幸而罹其灾，修与神又不幸而当其事者，以吏食其禄而神享其祀也。今岁旱矣，饮食困难，现有古井一口，废弃有年，小民淘尽淤泥，清澈水源，涌出新泉，拯救黎民。神至灵也，得不动于心乎！尚飨！

五座塬人氏王子谨引圣贤文淘井求水以解黎民大旱之困。

恭敬谨慎

宣读完祭文，王宝再次面对古井跪拜在地，叩了三个头后，拿起桌案上的香点燃插在桌上的一碗米上，又点燃了黄表纸，把桌上放的酒在地上洒了几点，叩了三个头后退到一边。

王宝退下，四梅爹拖着长音，像唱歌一样唱道："奏乐。"几个吹鼓手又吹打了起来。

几分钟后，四梅爹示意吹鼓手停下，大声唱道："上红祭！"

四梅爹的话音刚落，秋子和朱占宝抬着羊走了上来，把刚宰杀的一只羊放到空桌子上，羊皮已经剥掉，脖子上还在滴血。随在秋子和朱占宝后面的是三子，提着一只鸡，鸡已宰杀，只是鸡毛没有褪掉。三个人把鸡、羊放好后，一起跪下向古井叩了三个头。

祭品摆好后，四梅爹接过一碗掺着鸡血、羊血的水碗，用谷子秆在井口周围洒了一圈。

洒完大声唱道："上白祭！"

麻三和栓子每人端着一盘子白面蒸馍上来，他们把蒸馍摆在放香表的桌子上，叩了三个头退了下去。

祭品摆放好后，四梅爹说："下面我们轮流祭祀，先男后女。"

一阵乱哄哄后，人们挤成了几个小集团，虽不成一队，却也看得出先后顺序，自然是王宝和其他五座塬人站在前面，老村子里的男人站在他们的后面。女人们刚站好，有人传出身上不干净（指正来月经的女人）的别去，站在一边。于是有的女人悄悄地从队伍中退了出去，还有不懂这话意思的，悄悄向别人询问，当得知是什么意思后，脸一红退了出去，远远地站在一边。

王宝走到供桌旁拿起酒壶在地上洒了几点，拿起一个蒸馍掐了指头大的一点扔到地上后，跪下叩了三个头，把剩余的蒸馍拿走了。后面的人也都学着王宝的样了每人拿走了一个蒸馍。

因身上不干净站在远处的几个女人，看到别人拿走了蒸馍，一个个有些着急，把脖子伸得老长，恨不得跑上前抓一个蒸馍，碍于祭祀的场面，只能咂巴着嘴，眼馋地站在那里。等到所有人祭祀之后，四梅爹让秋子从盘子里拿了几个蒸馍，给正眼巴巴看人拿蒸馍的几个女人每人一个。

祭祀后，女人们都回了村子，四梅妈和栓子妈去安排做饭。秋子、朱占宝和三子抬着羊肉和鸡也去了妮子哥哥家。

三子在妮子哥哥家看见正在灶房的妮子，脸一下子红到了脖颈，放下肉做贼似的走了。妮子看见三子和秋子进来，脸色也变了，她怕别人看出，扫了一眼三子，蹲在灶火旁把头低得很低。

四梅爹和王老倔选了几个身强力壮的小伙子分成两班子轮流干。分工是分工，可一动手，大家还是乱哄哄的一团。四梅爹一看乱哄哄的，觉得这样不行，按照事先分工开始点名安排。

第一班下去的是麻三和老村子的一个小伙子。麻三是年轻一辈中年龄最大的一个，从小上沟下洼，什么事都敢做。十五岁时和临村的一个小寡妇好上了，两人相好的事让小寡妇的公公知道后，安排人抓了几次，都没有抓上，就把八岁的儿子送到小寡妇的窑里。八岁的小孩毕竟太小，不懂他爹把他送进嫂嫂窑里的意图，钻进嫂嫂的被窝呼呼大睡，想不到半夜时，嫂子的身边还睡着一个男人。麻三和小寡妇偷偷摸摸一段时间后，小寡妇提出要和麻三一起过。一天晚上，朱占宝爹、五癞子爹、四梅爹来到小寡妇家，小寡妇跟上麻三骑上毛驴走了后，三个人放了一串鞭炮，没等主家追出来就走了。第二天，麻三爹提上礼品上门，给小寡妇的公公婆婆说了些好话，下了聘礼，演了一场抢寡妇的闹剧。

麻三下井前先把一块石头扔下去探深度，四梅爹往下放麻三时在皮绳上拴了一串羊铃，告诉麻三有什么事情就摇绳子，上面听到铃响就往上拉。

王宝看大家想得周到，找个地方坐下，刚坐下又站起来对准备下井的麻三说：“带上火，照个明，你打个前站，下去看看就上来。”

又对放绳的四梅爹说：“麻三一落地，马上拉上来。”说完，站在一边，看着众人慢慢地往下放麻三。

麻三的腰里拴着两根皮绳，六个人一点一点地把他放下去。他老婆也挤到井台边，王老倔觉得麻三老婆在旁边碍事，往后一拉说：“麻三家里的，你让让，没啥事。”

麻三老婆往后退了几步，仍心焦地伸着脖子，不知不觉地又挤到了井口，麻三爹看见儿媳又过去了，在一旁说：“往后站站，凑什么热闹。”麻三婆姨这才极不情愿地从井台上退下，站在三四米处。

绳子放下三丈多后，再也放不下去了，上面的人往下喊：“麻三，咋样？”连喊了几声，麻三什么声息都没有。

王宝急忙让人往上拉，井台上的六七个人三下两下就把麻三拉了上来。麻三离井口还有几尺远就喊叫起来：“我还没有拉铃，怎么就往上拉了？”

大家看麻三安全，放下心来。

王宝走上前，麻三立即不喊叫了，坐在井口对王宝说：“表叔，里面瓷实得很，井边子全是石条，中间被草堵着，非要把草拉上来才能下去。”

王宝问：“下去憋气吗？”王宝听说淘井憋死人的事，担心人下到里面憋气。

麻三说：“好像不觉得。”

四梅爹问：“里面什么草，是风刮进去的吗？”

“肯定不是，像是一大捆。我用脚踩了踩，软软的，堵在中间。”麻三从井台上跳下来。

“让我下去看看，我淘过井。”一直站在旁边的老薛挤到了前面。

那天老薛说要和王宝闹事，王老倔和三子立即对他不热情，老薛也看出来，下午他借故有事走了，昨天刚转回来，正好赶上淘井。

祭祀时，他站在一旁把整个祭祀活动看得清清楚楚。当他看到人们拿蒸馍的时候，没有人喊叫，没有人哄抢，最后盘子里剩下三个蒸馍作为祭品被摆在那里后，开始佩服五座塬人了，也改变了对王宝的看法。

“你是干啥的？我看你站了一上午。”四梅爹问。

“打工的。”老薛已经开始帮麻三解身上的绳子。

“你是哪里的？怎么到这里来了？”四梅爹还在追问。

王老倔一看，忙说：“掌柜的，我忘了告诉你了，他是我一个亲戚，前几天刚来，以前淘过井，就让他下去看看，比咱们懂行。”

王宝什么话都没说，他觉得王老倔不像个农民，今天突然冒出个老薛，虽然不知道这些人的来头，感到也绝不会是王老倔什么亲戚。

王宝想了想，下井也不是个小事，有个懂行人下去更好，点了点头。

老薛在众人的帮助下把绳子拴在自己的身上，不过老薛没有把绳子拴在腰上，他把绳子拴在自己的大腿根部，又在腰部绕了一圈，打了个活结。

众人慢慢地往下放老薛，头已没过了井口，麻三爹冲着老薛喊：“一天工钱是多少？”

“你随便给。”老薛已经下去了，他的回答带着回音。

老薛是踩着石条缝下去的，他下到麻三刚下的地方停下了，双脚叉在井边用手抓住草捆往上提，拉了几下没有拉动，摸了摸，觉得草是用一根蔓子捆着，提着蔓子往上拉，还是拉不动，拔出随身带的匕首，割断蔓子，开始往外抽草，刚抽了几把，觉得胸口有些闷，不敢在里面待了，抱着抽出来的草，摇了摇绳。上面的人听到铃声，七手八脚地把他拉了上来。

老薛上来，脸色已经发白，坐在井沿儿上大口大口地喘着粗气。

大家一看老薛的脸色，谁也没有吭声。

老薛喘了几口气后，才说：“掌柜的，井里憋气，没法淘，下去的人没等干活就上不来气了。”老薛也像村里人一样称呼王宝。

“你说咋办？”王宝问。

“里面太黑，什么也看不见，井口又小，人要在里面干活，连身子都转不过来，我看咱们先想想法子再淘。”王宝能想象到井底又黑又小的样子，就说：“先收拾回家吃饭，等想好了再干。”

大家收拾工具回家，麻五临走时见老薛从井里拿上来的几把麦草，把麦草挽成一个疙瘩，点着甩了几下扔到井里，想看看井里是什么样子，一把草扔进去只有个火星子，什么都看不见。

吃饭时，大家并没有想到什么好办法，下午过来，人们发现从井里向外冒烟，惊诧得不敢到井边，只有麻五不顾他爹的责骂大大咧咧地走到井边，捡起一块土坷垃丢了进去大喊：“好了，草烧没了。”

几个知道井被草堵住的人明白麻五的意思，有人趴在井沿儿上想往下看，一伸头被井里冒出的烟熏得又淌眼泪，又咳嗽。

老薛丢进去一块土坷垃听了听说：“这井很深，咱这种淘法不行，人下去就会闷死的。”

王宝没有淘过井，听老薛说要死人的话，把眼睛盯在老薛的脸上，想让老薛拿个主意。

老薛一看大家把目光都对准了他，转身说：“只有把井沿四周的石条搬掉，淘干净后，再砌上石条，不然的话井口太小，里面的臭气会捂死人。”

王宝听了这话，看到身边的四梅爹，拉了一下他的衣袖离开众人，不一会儿五座塬的老人和王老倔、老薛一起蹲在一旁商量了起来，最终按照老薛的意见，把井口的石条全部挖出来。王宝对老薛说：“我们不懂，你来领着大伙儿干，我付给你工钱。”

老井的石条搬了出来，水井被挖成一丈宽、二丈多深的坑，下面也宽敞了。老薛找来照脸镜子，让人站在井沿儿上把太阳光折射到井里。挖井的人在坑里借着光一点一点地往外清理淤泥，干了十多天，井里的泥沙杂物清理出一大堆。这天秋子和朱占宝从井底挖出了一副人骨架，王宝听说马上赶过来，把骨架放在一起。他心里明白，这副骨架无论是男是女怎么死的，都是五座塬人的先辈，秋子和朱占宝又挖出了三具尸骨。

第二天早晨，王宝请人做了一副棺材，把四具尸骨装在一起，又请人到井底仔细寻找，确定再没有尸骨，才吹吹打打地把四具尸骨安葬了。

挖井清淤还在继续，两天后清到了井底，老薛下去看后，对王宝说：“我估计这井出过水，井底还有水渍印，只是填埋的时间太长，又遇到大旱，恐怕还得往深里挖。”

王宝没有挖过井，老薛说什么，他信什么，再挖一丈如能出水，自然更好，如果出不了水，就当掏了一回尸。想到这里，王宝说：“你估计出水能有几成把握？”

“现在说不上，我看这井以前出过水，今年天气旱，一下出不了水，过上几年，肯定有水。”老薛很有把握地说。

“你看下面瓷实不，会不会塌？”王宝一直害怕塌方。

“我感觉不会，五座塬的黄土瓷实 。”老薛提出了自己的看法。

“只要瓷实就好。”王宝听到老薛的话放心了。

在老薛的带领下，几天时间又挖了将近一丈深，王宝再也不让挖了。

俗话说，怕什么就来什么，就在王宝叫停的这天中午真的出事了。

最后一班轮到秋子和麻三下井，五癞子、朱占宝和麻五、妮子他哥在上面吊土。秋子往平铲井底，铲着铲着，他觉得脚下的土有些黏脚，就用脚踩在那块地方，晃了晃，越晃越软，秋子高兴地对麻三说：“出水了。”

麻三也高兴地过去踩了几脚说：“真的出水了。”麻三高兴得说话连声音都变了。两个人用锹把踩软的泥土挖出来，上面的人一看吊上来的泥土黏黏的，都知道快出水了，人们兴奋不已。

看到出水，麻五高兴地把喜讯告诉村里的人，一进去就高兴地喊道：“出水了，出水了。”

正吃饭的人听到后，把碗一放就向老井跑去。麻五临跑时，见锅台上放着一把铜马勺，顺手提上了。

秋子和麻三两人又挖了一锹头深，地下的黄土越来越黏，将每一锹土倒进柳筐，锹上还粘有半锹土。秋子把井底的浮土都铲出来，麻三又在井底的正中挖了一个小坑，他想看吃顿饭后，小坑能蓄多少水。

麻五拿着马勺，等候井底的人喊叫往外刮水，蹭到井口，大声向井底喊:“要马勺吗? ”

“不要!没有水。”

麻五一听没水，兴奋劲一下子泄了，把马勺放在井边退了出去。麻五走后，五癞子挤了进来，见麻五蹲过的地方没人，就挤了过去，由于走得急，没注意脚下的马勺，一脚踢到马勺上，只见铜马勺被踢得翻了个身，一骨碌掉进井里。

井底的秋子正蹲着看麻三从小坑中捞浮土，马勺不偏不斜正好掉在秋子头上，没等言传就躺倒在井里。

等大家七手八脚地把秋子吊上来，只见秋子的脑袋被勺把戳了一个明溜溜的大窟窿，眼看救不活了。

七

打井伤了人命，五座塬人的那份打井见水的高兴劲一下子全没了，整个村子沉浸在悲哀和自责之中。处理完秋子的后事，王宝躺倒了，一连三天，除了吃喝拉撒，连门都不出，整天趄在炕角叠的一摞被上抽烟。栓子妈见王宝躺在家里不出门，知道他心里难受，想劝说几句，却找不出可劝的话来，悄悄地打发四梅爹去把栓子找回来，在炕角点亮了一盏清油灯。王宝抽完烟也懒得动，直接把烟灰磕在清油底盘上。一天下来，清油底盘上就有几十坨烟锅灰。

麻三爹得知掉进井里的马勺是麻五拿去的，狠狠地打了麻五一顿。平时麻三爹打麻五要追着打，麻五在前面跑，他爹在后面叫骂着追，麻五跑远了，他爹骂上一会儿就没事了。这一次，麻五没有跑，他爹脱下鞋底，他趴在炕边把屁股撅给他爹，麻三爹正在气头上，连骂带打了十几下鞋底，麻五含着眼泪咬着牙，一声不吭。打完之后他爹心疼地把他搂在怀里，双手抱着麻五的肩头两眼垂泪。麻五知道自己闯下大祸，可在他爹的怀里终于忍不住了，抽搐着双肩放声哭了起来，眼泪、鼻涕、涎水一股脑地流了下来。

栓子回来，陪着王宝坐在家里，王宝心里难受，觉得对不起五癞子一家，对不起五座塬的乡亲，坐着坐着，想到伤心处泪流满面。栓子看到王宝落泪，也陪着父亲落了一天的泪。一对寡言的父子默默地坐在家里落泪，连续几天都没有出门。

秋子死后，秋子妈过来大哭了一场，王宝让栓子妈和四梅妈过去给了五块大洋。秋子亲妈拿上大洋给妮子留了一块，擦了把泪走了。四梅妈回来说：“人都说‘婊子无情，戏子无义’，也真是的，你看秋子妈来了，哪是哭儿子，明显是在哭钱，拿上钱就颠了，这生养的还不如个抓养的。”

王宝问：“秋子爹妈咋样？”

“秋子爹还好，毕竟是个男人，能长个精神。秋子妈睡倒了，见人就说，她白白抚养了十八年。妮子更糟了，几天都不吃不喝的，她哥她嫂子陪着。”四梅妈说话时唉声叹气的。

四梅妈的话让王宝的心里更堵了。

这天中午，王宝下了炕，由栓子陪着去了五癞子家，看到五癞子娘，想安慰几句，五癞子妈一哭，他的眼泪也下来了。

王宝出来转身用手在五癞子爹的肩上按了按说：“回去安慰安慰他妈，别难过，我对不起你们一家，要不打井，哪有这事？”

五癞子爹忙说：“不碍事，不碍事，怎么怪你呢？他娃娃就这么大的寿禄。”

“五癞子呢？”自秋子出事，王宝没有见过五癞子，担心五癞子出事。

“在窑里，没啥。”五癞子爹面带凄苦地说，“这娃说他害死了他哥，我听了也扎心啊。”说着，五癞子爹哽咽着哭了。

见五癞子爹落泪，王宝的眼泪也下来了，忍了忍，擦掉眼泪说：“娃娃是无意的，别为难他了。”

五癞子爹看到王宝落泪，把脸上的泪水抹了一把说：“水打出来了，大家不用再为吃水发愁了，秋子也没白死。”

王宝抹掉眼角的泪说：“这井是用秋子的命换来的。”

正说着，燕子来到王宝的身边，抱住栓子的胳膊仰头看着她爹：“爹，你来了。”自秋子出事后，燕子一天来几趟妮子家。

“妮子咋样？”王宝问。

“刚还哭了一气。”燕子看见王宝和五癞子爹的眼睛都红红的，低下头说：“爹，叔，我走了。”

燕子走了，王宝和五癞子爹打了声招呼，在栓子的搀扶下回家了。

王宝前脚进家，王老倔后脚来了。

王老倔是个老江湖，走南闯北常年在外，到哪里都自由自在的。做事都是由着自己的性子固执倔强。到五座塬后性子改变多了，见到王宝有些拘束。中午他得知几个孩子偷了王宝的鸡，急忙过来给王宝赔不是。

王老倔弓着腰把孩子偷鸡和他骂孩子的事给王宝说了一遍，没等道歉就听王宝说："那事过去了，老薛走了吗？"

"没有。"王老倔不知道王宝问的是什么意思，望着王宝回答。

"哦，……他是干啥的？"

"也是个受苦的。"

王宝听了摇摇头："不像。"

王老倔走到王宝身边，用手遮着自己的嘴对王宝轻声说："我估计是闹红的。"

"闹红？啥意思？"王宝好奇地问。

"就是……，就是……"王老倔连说了两个"就是"，没有说出来。他跑过陕北，见过陕北闹红的人，具体细节却说不出来。

"他们想干什么？"王宝不明白。

"我也说不清楚，我回去问问。"王老倔把答案推到了老薛身上。

王老倔果真把老薛领来了，正和栓子一起起粪的王宝，满身都是羊粪末，老薛见王宝干活有些吃惊。

王老倔见王宝出粪问："你的羊少，能屙多少粪？"

"多掺点土比没粪强。"说着，王宝直起腰来，把身上的粪末拍打了拍打。

王老倔进去拿起王宝立在墙边的铁锹翻起粪，老薛见王老倔进了羊圈，也跟进去，从栓子手里接过铁锹和王老倔一起干了起来。王宝什么话也没说，站在一边看他们干活的架势。两个人不说话，哼哧哼哧地干了一会儿就折起了一堆粪，王宝看出两人都是受苦出身，就说："歇歇吧。"说着，一转身走出了羊圈，王老倔和老薛对视了一下，跟着王宝出来了。

三个人蹲在一个避风的墙角掏出一杆旱烟锅，"吧嗒吧嗒"地抽了起来。

王宝把烟锅里的烟丝按了按说："薛师傅是哪里人？"

"清涧的。"王老倔也按了按烟锅里的烟丝。

"在家是干啥的？"王宝跟着问了一句。

"种地，我们那人多地少，一家人只种三亩多坡地。"老薛如实说。

"哦。"王宝没有去过陕北，不了解陕北的情况。

"你们没地种咋活？"王宝咂了一口烟又问。

"没法活，凑合着过，不行就要饭。"老薛停顿了一会儿说。

王老倔在烟锅里摝上烟丝，身子一趄，把烟锅头对给王宝，王宝也把自己的烟锅头对过去，烟锅头挨在了一起，同时一咂王老倔的烟火点燃了。

"你们那闹红是什么意思？"王宝又咂了一口烟，问出自己想知道的问题。

老薛看了王老倔一眼，顿了顿说："就是有人闹红军。"

"什么是红军？"王宝跟问了一句。

"刘志丹组织的一支军队。"

"你是红军吗？"王宝还在追问。

"我们那里的老百姓都是红军。"老薛说完这话停下了，两眼瞅着地上，好像在掩饰着什么。

"你们想干什么，就不怕官府？"王老倔对于红军的事情知道得很少，有些好奇地问。

"就是组织起来和有钱人开的官府作对。"老薛扭头面对王老倔说。

"和官府作对？"王老倔联想到自己在宁县和官府作对的事情。

听到是和有钱人的官府作对，王宝不问了，他懂得民不和官斗的道理，尤其刚才老薛说的"有钱人的官府"，他知道自己不算有钱人。

三个人蹲在那里各自抽着烟，王宝不问，老薛也就不讲了。

民国十九年清涧已经有了共产党的组织，并不是老薛说的人人都是红军，就连老薛也不是红军。

过了一会儿，王宝感到三个人蹲在一起不说话，气氛有些沉闷找话说："你读了不少书吧？"

老薛抬起头："我们村有个私塾，我读了两年，刚睁开眼睛。"

王宝一听不问了，他想给村里的娃娃找个教书先生，听老薛读的那点书还没有自己学得多，打消了请老薛教书的念头。

王老倔蹲在一旁见王宝和老薛也没有说什么正题，插嘴问王宝："掌柜的，你说咱那井怎么办？自从出事，都没有去过，再打不打？"王老倔问出自己最近最关心的事。

"不打了。"说这话时，王宝的眼睛瞅着窑坳，这次打井折了一个人，让他感到揪心。

王老倔看着王宝什么话都没说，他知道说到这个话题，王宝一定会伤心的。来到五座塬他把这里人跟人之间的关系考量了很久，感到王宝像是一个家族的大哥，一个家的主事人。

"你和四梅爹商量一下，招呼年轻人把挖出来的石条重新铺好。"王宝语气缓慢地对王老倔说。

王老倔听了王宝的话，蹲了一会儿，和老薛一起走了。

在四梅爹的招呼下，麻三、麻五、朱占宝及老村子的几个年轻人到井上砌石条。抬石条时，不时地把井口边的土块踢进井里，有人听到井里的响声不一样，喊道："井里好像有水。"

所有人都停下了手中的活，向井边围来，站在井边的四梅爹捡起一块较大的土块扔进井里，不一会儿听到"扑通"一声。

王老倔侧耳听听说："真有水？"王老倔的话引来了其他人都爬到了井旁。四梅爹叫来三子："你去把水桶拿来，看看水位有多深。"

三子拿来水桶，大家七手八脚地把水桶放进井里，三子提出一桶水放在地上，四梅爹掬了一捧水，喝完咂着嘴激动地说：“甜水，甜水。”

有人忙跑到村里去报信，不一会儿，井口周围围满了人，大家你一口、我一口地尝着井水。不一会儿，王宝和五癞子爹也来了，有人又吊上来一桶水，王宝舀了少半瓢水，一抬脖子咕嘟咕嘟喝掉了一半，咂了咂嘴，见瓢里还剩下一点，仰头把剩下的水也喝进嘴里，咽水的时候他的眼泪流了下来。五癞子爹也挤到跟前，接过瓢舀了一点水，他没有喝，只是用舌尖舔一舔，舔水时他的脸抽了几抽，嘴巴张了几张，眼泪在眼眶里转了几圈，突然像决了堤似的，顺着脸颊流了下来。

王宝看见，用手在五癞子爹的肩膀拍了拍，想安慰五癞子爹，这一拍反使五癞子爹的感情更失控了，哽咽地哭出了声。五癞子看到他爹痛苦的样子，也嚎了起来，众人忙劝说这父子俩离开井口。

五癞子和他爹走了，王宝挥了挥手示意四梅爹和王老倔继续箍井。这时来到井边的人多，抬石条的抬石条，填土的填土，几个时辰就箍了五六层。收工时，四梅爹背着手围着水井转了一圈，高兴地笑了。

水井又用了三四天的时间全部箍好了，在临收尾时，四梅爹喊了几个年轻人下去把井里的淤泥清理出来。

有了水，就有了生气，虽说天旱，井里出的水不多，但五座塬人看到了希望。武二从窖里打了一笸篮水放在羊圈门口想让羊痛痛快快地喝个够，打开羊圈门羊霍地一下子挤了过去，武二一看忙过去扶笸篮，四只羊一拥而上，将武二一挤一拱地摔倒在地上，等武二爬起来再看，一笸篮水也被羊踢翻了，连笸篮也被踩坏了。这一幕，被站在院门口的栓子和燕子看到，两个人见武二的狼狈相放声大笑，尤其是燕子不仅大笑，还跳了起来。

五座塬人很久没有这么大笑了。

老薛在王老倔家住了几天要离开，临走时专门到王宝家告辞。

王宝让妻子炒了几个菜，给老薛饯行，按照先前的承诺给了老薛两圆大洋。

吃饭过程中，老薛神秘地告诉王宝，陕北红军要打土豪、分田地。

王宝问怎么个打法，老薛说：“具体我也不知道，就见人家把地主的地分给没地的人家种。”

王宝问：“还给租子吗？”

老薛说：“哪能呢？地都没了，还有租子？”

王宝没有听懂打土豪、分田地的意思，但听懂了把地分给别人种，就告诉老薛：“我真希望他们快点来打土豪，五座塬人少地多，许多肥地没人种，让人看了心疼。这次老村子来的人，要能住久的话，不用分，每家开上几十架地种去。只是他们初来乍到，又缺牲口，开多了种不了，还是撂荒。如果再能迁来几十户，五座塬的人就不孤了。”

王宝的一席话说得老薛目瞪口呆，他走过很多地方，第一次遇到能收容落难百姓，把土地送人，还盼望着打土豪的人。

有了水，人心稳了。王宝和四梅爹、麻三爹、朱占宝爹商量，为打井的事五癞子家折了一条人命，这人是为五座塬折的。大家商量后决定，王宝在抬埋秋子时已经出过钱，又给了秋子妈五块大洋，这次王宝再拿出五块大洋，四梅爹和朱占宝爹家各拿出三块大洋。祸是麻五惹的，麻三爹拿五块大洋，一起送给五癞子家，算是五座塬人的一点心意。

大家把钱一起拿出后，让四梅爹和麻三爹送了过去，五癞子爹说什么都不要，推推扯扯了好大一会儿，四梅爹背过五癞子爹给了五癞子妈。

晚上，五癞子妈一个人坐在窑里连哭带诉：“秋子，妈不想拿你的卖命钱，咱娘俩一起十八年，谁都没亏过谁，你虽不是我生的，可是我一把屎一把尿拉扯大的。”

五癞子妈的哭声传到了妮子的窑里，妮子也陪着落了半夜的泪。

八

秋分过后，栒子山依然是滴水未见，人们总是抬头看看天。住在老村子的人心里更明白，冬麦种不进去，来年无粮，等待他们的依旧是没有前途的逃荒。

王老倔每天吃过上午饭，一个人背着手，踱在村子沟沟坎坎间，踱在王宝分给他们的两架地头。从秋分转到寒露，仍然没有转出一点降水。一过寒露他待不住了，从老村子转到了王宝家。

“这天，一点雨都不下，叫人咋活呢？”王老倔肝火旺盛。

“我看得种下去，也许种下后遇到雨水还能抓个苗，不然啥都没了，顶多咱们浪费点种子。”王宝提议。

王宝的提议马上得到众人的响应，肩拉人扛了不几天就把种子撒进了地里。王宝领着栓子、武二也都动作起来。麻三爹不想白受苦，麻三妈说：“你不干，我领上娃娃去种，你把饭做上就行。”麻三爹一听脸上挂不住，领着麻三、麻五也下地了。

五座塬人种下的冬小麦原本没抱多大希望，没想到，种下去不久，迎来了一场夹着雪花的秋雨，撒到地里的种子享受甘霖。这是两年来的第一场雨，下雨时几乎所有的人都站在雨中，两年多人们为了这点雨水，逃荒要饭、打井抗旱，不知丢掉了多少性命。王宝站在雨中，心里翻腾着两年来的经历，眼泪伴着雨水哗哗地流了下来。

这场雨下了不到一个时辰，淋了雨的种子不久就露头、成苗，让所有的人看到了希望。

秋子的事王宝一直堵在心上放不下，临近腊月，他把四梅爹、五癞子爹和王老倔找来，对五癞子爹说：“今年五座塬遇了事，舍了一口人，这事因我而起，我给你赔个不是。”

五癞子爹听了王宝的话后，感动得眼泪一下子涌了出来，拉着哭腔说：“这怎能怨你呢，你领大家干的是好事，这是他娃娃的命数。”

王老倔和四梅爹一看一个劝说五癞子爹，一个劝说王宝。王宝对大家说：“秋子毕竟是为了咱们大伙儿走的，到现在还不足百天，这几天我在琢磨，今年的年咱们不过了，算是祭奠祭奠娃吧。老村子的元气没有恢复，他们也没法过，总不能咱们过年让他们瞅着。”

王宝这话一说，大家都不好说什么了，认为祭奠秋子没错，也觉得不能自己有吃有喝让别人瞅着。

四梅爹和五癞子爹多少年来已对王宝有了心理依赖，凡事都听王宝的，自然不吭声。王老倔闯荡江湖多年，第一次见王宝这样的人，感激都来不及，哪有反对的意见。

这一年春节五座塬上下两个村子没有鞭炮声、没有贴对联。春节前几天，麻三家宰了一头猪，王宝给麻三爹几角钱买了一条肉给老村子的人每家分了一点。

第二年开春连下了两场春雪，王宝又让王老倔带人开了几架地种上谷子和糜子，他怕王老倔等人不会种山里的地，让五癞子爹和朱占宝爹没事多过去瞅瞅。朱占宝爹那段时间正感冒头疼，就让朱占宝常过去走走。朱占宝和三子接触多了，两人没事时常在一起。王老倔和三子也常把外面的事情，哥老会的山堂规矩等讲给朱占宝听，渐渐地王老倔等人的江湖侠义思想影响了朱占宝。

进入五月，王宝见冬麦比往年的长势好，糜谷苗也出齐了，叫上五癞子爹拉了几个牲口走了西峰。两个人来来往往一个多月，在收麦前王宝雇了一链子骆驼带来了五座塬人需要的布匹、棉花和针头线脑，带来了西峰的旱烟、花椒和核桃，还专门给老村子的人带回几领竹席。骆驼临走时又把五座塬人几年攒下的皮毛捎了出去。王老倔等人拿出了逃荒时带来的银钱在王宝这里分了些布匹、棉花，回家后连忙给穿着破烂的大人孩子们赶做了新衣、床单、被褥。

大灾之后，五座塬的年轻女子又像往年一样用上了擦脸油，孩子们吃着核桃、枣子，男人们吸上了新鲜的旱烟。

说话间，就到了夏收季节。一天武二给王宝捎来了一个犹如晴天霹雳般的消息，地里的麦穗在一夜之间全没了。

王宝一听忙跑到地里，麦穗像被人齐齐收割了一般，有的从中间断开，有的没了麦穗，杵在地上的麦秆光秃秃的，耷拉着几片叶子，整个麦田一片狼藉。王宝在地里转了一圈，没有人踪脚印、没有牲口印迹，这庄稼哪去了？难道是老天爷要绝五座塬人了。看着眼前的情景，联想到连续几年的灾害，王宝的心一下子凉了半截，双腿一软跪倒在地。不一会儿四梅爹、五癞子爹、麻三爹、朱占宝爹都跑到了自家的地里。

不知哪个嘴快的把消息传到了老村子里，王老倔领着人去了自己种的地里，那儿的麦穗也像是被人收了一样，齐刷刷地全没了。那些逃荒过来、正等着新麦下锅的人们全到了那里。突然间女人们放声大哭，所有的人都落下了眼泪。

王老倔难过地抽搐了一下鼻子，蹲在地下想寻找收庄稼人的踪印，瞅了半天没有找到一枚脚印。三子发现在地上有很多老鼠的爪印，他不相信是老鼠糟蹋的，要有多少老鼠才能把这么多的庄稼全毁了。

三子没有对人说，拉着站在身边的青年一起往地中间走，刚走了几步看见一只老鼠，走着走着又蹿出一只老鼠，他向地中心走了十几步，几十只老鼠聚在一起，看到人来，霍地四散开了。老鼠的惊散就像传染病一样一下子在地里都传播开来，整块地里的老鼠四散逃窜，站在地边的人们这才看清眼前的地里跑的全是老鼠。

王老倔来把闹鼠灾的消息传给王宝时，王宝已经知道麦穗没有的原因了。他跪在地头，双手撑着地，看着这一大片一大片只剩下秸秆的麦地，心里说不出的难过。五座塬所有男人站在王宝的身后，脸上露出祭祀般的凝重。王宝见王老倔领着三子等老村子的人过来，他想站起来，因跪的时间太长，腿脚已经麻木，撑着地几次都没有站起来，王老倔和四梅爹看见，一人拉着王宝的一只胳膊把他拉起来。王宝见大家都站在身边，挥了挥手，大家默默地跟着王宝回了村。

从地里到村子的路走了有一袋烟的工夫，王宝走在路上心想要给大家拿个主意，一直走进村子也没有想到什么好主意，快到家门口时看到路旁有一个土坎子，就势坐在上面，其他人也都心乏，走不动了，大家围坐在王宝身边，谁都说不出话来。

民国二十年，西北大旱结束后，整个陇东、宁夏南部山区、陕北一带闹起了鼠灾，一尺多长的老鼠在田野、住宅四处侵害。田野里的庄稼被老鼠损毁得颗粒不剩，让人们不能不联想到刚刚结束的旱灾，心里产生巨大的恐惧。

王宝在土坎上坐了一会儿，环视了一下围坐在身旁的众人，心想这个时候，自己必须振作精神，要和大家一起想办法。他暗暗地给自己鼓了鼓气，抬头对身边的四梅爹说：“表叔，你出去看看，打听打听，看别的地方有吗？这么多老鼠，我想总不能只有咱们这儿有吧。”

四梅爹听了，点了点头说：“我这就去。”

四梅爹走了，王宝又对王老倔说：“你见多识广，你说这么多老鼠怎么治，要是治不了，五座塬人会被饿死，会被逼得逃荒去。”

王老倔没有听说过老鼠一夜之间把地里的粮食全吃光，见王宝问他，就说：“掌柜的，让我出去打听打听，看有啥办法？”

“找个孩子去吧，他们跑得快。”王宝想到了朱占宝。朱占宝是所有孩子中办事最牢靠的一个，做事肯动脑子，对朱占宝爹说：“占宝在吗？让他跑趟打虎店，那里过往的人多，看其他地方有老鼠吗，怎么灭？”

朱占宝爹听后回家找朱占宝去了。

王宝看看大家，觉得再不需要安排什么事了，对大家说：“都先回去，有了办法，大家还要干活。”

王宝的话大家都听到了，但谁都没动，等着看王宝找到更好的办法，尤其是五座塬人，多少年了，什么事都是王宝出主意想办法的，这次大家还相信掌柜的一定会想出一种能避过灾难的法子。

王宝见大家不走，说：“走，回家吧。”说着，王宝就要站起来，可他觉得腰杆子发软，腿肚子也在打战，又跌坐了下来。五癞子爹和王老倔忙上前搀了一把，王宝借着大家的力站了起来。

王宝带着大家走进村子，走进了自家。

王宝被五癞子爹和王老倔扶进窑里，栓子妈急忙把王宝扶上炕，给王宝拉被褥。王宝看到老婆要给他铺被，说：“别铺了，我没那么娇嫩。”栓子妈听话地下了炕。

王宝爬上炕，靠墙坐下，招呼五癞子爹和王老倔也上炕来，五癞子爹和王老倔坐在炕沿上，一条腿搁在炕沿上，另一条腿还站在地上。

三个男人坐在窑里，谁都不说话，窑里的空气就像凝固了一样。

就在大家沉闷地坐在那里，三子风风火火地跑了进来，一进窑就说：“粮食还在，粮食还在。”

三个男人一听顿时来了精神，王宝一下从炕里刺溜到炕沿。

“地里，在老鼠洞里。”三子因着急说话，也不利索了，但所有的人都听懂了三子这句话的意思。

王宝一把推开挡在面前的三子，一边趿拉着提鞋，一边往外跑，急急忙忙地跑到大门口后，又折转回来在窑门口提了一把锹冲了出去。

王老倔看到王宝冲出院门也跟了出去，等到大家都冲出院子，五癞子爹才跟着出来，跑到羊圈墙根前，看到墙边一个背篓，把背篓往肩头一挎跟了出去。

王宝跑出不远，三子接过铁锹把他扶住，有意减缓了脚步。慢慢地王宝的跑步变成了快走、慢走，最后被三子搀到地里。

一到地头他就累得坐下来，三子拿着铁锹见身边有个老鼠洞，一锹挖下去带上了几颗麦穗，把周边的土往旁边刨了刨，一锹挖出更多的麦穗。三子跪在地上，用手从鼠洞里刨出一把又一把的麦穗。王宝跪着挪到三子身边，双手一下把麦穗搂到怀里，看着没等灌满浆已经糟蹋的麦子，心疼得眼泪又流了出来。

王老倔、五癞子爹一个个都跪倒在地上，用手刨着土地，不一会儿他们的面前堆满了麦穗。看着老鼠洞里失而复得的口粮，五座塬人有了失而复得的心情，几乎人人都紧抱着麦穗，生怕一松手就没了。

王宝从家里冲出来的举动，让站在院子里的栓子妈感到吃惊，她不知道发生了什么事，在男人们急匆匆地跑过去之后，也心急地跟在后面。栓子妈是裹了脚的，走起路来一扭一扭的，等她走出大门早已瞭不见男人们的影子。突然看到麻五摇摇摆摆地走过来，麻五顺着栓子妈指的方向朝前跑了几步，又折回来说："我再喊几个人。"不一会儿，就在男人们跪在地里抱着麦穗哭泣时，五座塬的女人和孩子围了过来。

男人们的眼泪勾出了女人的哭声，当女人们看到从老鼠洞里挖出来的麦穗时，双眼就像泉眼，眼泪如同泉水般涌了出来，哭声也从悄悄地流泪发展到哭天抢地，一人一个腔调，一人一种神态。不一会儿，她们的哭声征服了所有的男人们，男人们听到她们的哭声，一个个都收住了自己的眼泪，瓷瓷地看着眼前的女人。

女人们哭着哭着，听不到男人们的声音，抬起头一看男人们正盯着自己，脸一红也收住了哭声。

王宝把手中的麦穗一根一根地捋整齐，让三子又找了几个老鼠洞挖下去，所有的洞里都有麦穗，有的洞里一下子挖出几十只老鼠，这些老鼠一出洞就四散地跑开了，吓得跪在地上的女人们停止了哭声。

经过半天的折腾，几个上了年纪的男人累了，一个个在子女的搀扶下回家了。女人们回家打发孩子拿着锹到地里挖老鼠仓，麻五不愿去，被他妈打了一棍，不情愿地去了。栓子不在家，燕子是个女孩子，只有他家的地里没人挖。

晚上四梅爹和朱占宝先后回来，四梅爹连跑了几个村子，村村都在挖老鼠仓，他到郭家塬时郭文耐正和人摇单双，看到四梅爹礼节性地让了一声，忙得顾不上招待。

山里人农闲时没有什么娱乐活动，一个村子有一个村子的风气。五座塬人闲时，找个戏班子乐和乐和，逢年过节才要几把掀花花（一种纸牌游戏），从没有人摇过单双、押过宝。郭家塬的郭文耐喜欢赌博，平时没事就和村里人一起要个小赌，输赢也就几十文钱，遇到逢年过节会炖上羊肉连要几天。饿了羊肉就馒头，吃饱了接着赌，瞌睡了滚到炕里去睡，睡好了再上来赌。有一年冬天，有人听说郭文耐家支赌，背着半袋子银圆、抱着一个元宝，穿着一件狐皮大衣来了，郭文耐见大衣，羡慕得眼珠子都掉了上去。用狐皮做一件大衣需要十来张皮子，狐子这东西很不好打，猎人想要打一只狐子都要费很大力气，有时候一年也打不上一只。山里人做大衣，二毛大氅上的都是羊皮领子，好一点的大氅才能上一张狐皮领子，看到这件狐皮大衣能不眼红？

这人也是个豪赌之徒，住在郭文耐家，输输赢赢地要了半个多月，有几次险些把郭文耐的家底赢光，要不是郭文耐是坐地虎，输光了有乡亲们撑腰，早就倾家荡产了。半个月后，郭文耐翻起身，一下子赢来了半袋子银圆和那个元宝。最后，这人把狐皮大衣折成价，也被郭文耐赢来了。临走时，这人哭了，他不是心疼银子，是舍不得他的狐皮大衣。输掉了狐皮大衣，只剩下一件单布衫了，郭文耐把自己穿的狐皮领子大氅披在了他的身上，又给了十块银圆。

从此，郭文耐成了栒子山上的赌博名人。

四梅爹见郭文耐蹲在赌场上不下来，坐了坐准备离开。刚站起来郭文耐问："啥事？看把你忙的？"

四梅爹把五座塬庄稼没穗子的事一说，赌徒们马上停止了赌博。接着有人就溜下了炕，郭家塬的麦地和五座塬的麦地一样，全是秃秆子。

四梅爹明白麦穗被老鼠吃光不是五座塬一个村子的事情。从郭家塬出来，又去了贾背洼村，他没有进村，看到路边的麦地，就直接过去了，贾背洼地里的麦穗也一样。

打虎店、杨塬、秦团庄、冯地坑人传出的话也和五座塬一样，各村都开始挖老鼠仓，人们想从老鼠嘴里再夺回来点。

王宝对王老倔说；"我家今年种得多，原打算种成后，让老村子收成少的人家收一点，现在恐怕连籽种都收不回来了。我也挖不动，你找些人，谁挖出来算谁的，总比扔给老鼠强。"

王老倔说："你就不操心了，有我呢。"

王老倔的办法其实也不算是办法，他回到老村子对所有的人说："你们说，王掌柜对咱们怎么样？"

"没说的。"妮子哥哥首先说话。自从逃荒到这儿，五座塬人没有亏待过他们，要粮给粮，要肉给肉，走遍天下哪有这样的好人。

王老倔听了大家的话说："我认为好着呢，这是我们上辈子修的福气。不过，我们不能光说好，还要懂得感恩。王掌柜为了大家累病了，他家种的粮食没人收，眼看着让老鼠糟蹋了，从明天起，我们每户出一个人到咱们的地里挖，挖出来放在一起平分，其余的人到王掌柜家的地里帮他家收。"

王老倔的话没人反对，大家都回家准备挖老鼠仓的工具。

第二天下地时，王老倔发现村子里的男人都到了王宝的地里。

夏收属于虎口夺粮，挖老鼠仓又多了一项鼠口夺粮。收得慢了不是遇到阴雨天，就是被老鼠糟蹋了。两个村子的人几乎是没日没夜地抢收小麦，不到十天，麦地几乎被翻了个遍。老村子的麦子集中堆放在村子一个多年不用的场上晾晒，为了防止老鼠进去糟蹋，能跑动的孩子几乎都被大人们使唤到场上打老鼠。王宝家的麦子被拉到了院子外面的场上。一部分堆了起来，一部分散开晾晒。

栓子也回来了，在家里翻场，他妈给挖老鼠仓的人蒸好馒头，让燕子提上水和馒头给大家送饭。

挖老鼠仓结束后，王宝宰了一只羊，把一大半肉送给了王老倔。王老倔炖上肉，叫来所有的人解了一次馋。吃肉时王老倔又告诉大家，把人分成几个小组，每天去几个人帮王掌柜的把场晒了打出来。

人多力量大，时间不长王宝家场上的粮食就晒干了，在往回拿时，王宝让王老倔把一半粮食分给各家各户，王老倔一听忙说："使不得，使不得。我们吃喝你的已经够多了，今年年成不行，我们掺点麸子、挖些野菜就能将就过去。"

王宝说："我家人少吃不了，总不能一直闲散着让大家饿肚子。"

两人让了一气，每家从王宝家分走一袋子，剩下的王老倔让人给王宝放进粮食窑里。

王宝家的粮食藏在一孔窑洞里，窑洞中间籧着两个粮囤，下面是几个一尺多高的柱子。囤子是用芨芨草籧的，五六个人手拉手才能围过来。王老倔等人扛着麦子走进窑里，一开门地上几十只老鼠四散逃窜，再一看粮囤被老鼠咬了一个大窟窿，淌下一堆麦子，窑已经被老鼠糟蹋得不成样子。王老倔和三子脱下鞋追上打，有些窜进了窑掌，有几个窜到了院子。正在院子里洗衣服的燕子，被突然跑来的老鼠吓得蹦了起来，嘴里一个劲地喊："老鼠，你看这老鼠。"燕子的喊声惊动了刚从滩里放羊回来的武二。武二跑过去一看，地上跑得哪是老鼠，简直就像个猫，肚子肥大、身体滚圆，跑起来一挪一挪的。武二一看，用放羊鞭子狠狠地抽打老鼠，不一会儿这只老鼠就躺下不动了。

天渐渐地黑了下来，王老倔等人把窑里的老鼠连追带打地清理干净，三子拿来了背篓，把死老鼠背出去了大半背篓，被老鼠糟蹋的粮食也倒掉了七八背篓。王宝站在门口铁青着脸，什么话都不说。他感到心疼，为自己辛苦攒下的粮食被老鼠糟蹋了心疼。

第二天，五座塬人家家都到粮窑里检查，家家都背出许多死老鼠和被糟蹋的粮食。

过了几天朱占宝从红柳沟买回了几十个老鼠夹子，每家分了几个。五座塬人几乎天天都要往外扔死老鼠。这一年的前半年，五座塬人和老鼠抗争了几个月，下半年雨水充沛，家家户户的水窖灌满后，雨还是下个不停。

喜雨的五座塬，在雨水的滋润下，山青了、草绿了，羊儿肥壮了。

雨一下就是二十多天，起初黄土地上还能把羊赶出去，羊冒着雨吃草，武二站在雨里，遇到有些羊被泥陷住后，过去连推带抱地把羊弄回家。泥土被雨水泡透后，羊一出门就被陷住了。

民国二十年的雨灾、鼠灾使王宝家的损失不比民国十八年的小。入冬后才逐渐转入正常，一个秋季的连阴雨淹死了滩里的老鼠，滋润了大地的草木，入秋后，整个五座塬一片葱绿。

清晨，五座塬上雾雨蒙蒙，远处的山峦仿佛蒙上了一层淡淡的轻纱，山色被幻化得朦朦胧胧，纱的前面有几座小山丘，在轻雾的飘拂中时隐时现，总不是那么清晰。山是山、峁是峁，草原一片翠绿，羊群撒在草原上色彩分明。

王宝蹲在自家的脑畔上，瞭望着山间的景色，像在看一幅画，一幅由远景、中景、近景组合的山水画。

九

乡下的生活是赶着节气过的，每个季节有每个季节的农活，每个季节有每个季节的清闲。粮食一入仓，人就闲了下来，五座塬人开始忙碌着准备过年。连续三个春节都没有过成，人们的心里总觉得缺点什么。进入腊月，王宝赶着驴去红柳沟置办年货，白酒、红纸、烧纸、香火、鞭炮、磁窑堡的碳、枣子、红糖、白糖、花生每样都买了点，又给一家扯回做鞋的布料。中午时分他走进“老秦家”饭馆，靠墙角找了张桌子坐下，要了一碗连锅面。在等待上面时，拿出购物清单，细心地核对着。

王宝很少来这里，平时购买个日用杂货，都是在打虎店，只有逢年过节，才舍得花时间到红柳沟。王宝拿出购物单，填写了头绳、毛笔、墨等女儿燕子要的东西。十二岁的燕子有话越来越不跟他说了，前几天栓子妈告诉他女儿在家里嘟囔，嫌他把栓子送到私塾念书，不送女儿。他想女孩家念什么书，早晚都是别人的人，念得书多，出的故事多。他知道儿子上学回来偷偷地给女儿教字，女儿没有本子没有笔，两个人用树枝在土地上划。那天他在窑掌墙上看到有人用树枝写下《百家姓》，字迹一笔一画，工整隽秀，知道是燕子写的。回到窑里，见女儿熏窗花，手、鼻子熏得黑黑的，想到窗花王宝又在清单上添上彩纸和彩线。针红女织是女孩子的本分，以前这些东西都是让人捎带的。

连锅面很快就上来了，王宝端起碗用筷子从碗底抄了几下，吸溜吸溜地吃了起来。正吃着，打虎店的店掌柜张三进来了，背对着王宝要了一碗羊肉，吃着吃着一转身看见了王宝，端着饭碗过来：“哟，王掌柜，也来置年货，怎么吃素面？来，我这有肉。”说着，张三用筷子夹起一块肉就要放进王宝的碗里。

王宝见状端起碗站起来往外躲：“不用，不用，我不吃肉。”张三夹着一块肉还要往王宝的碗里放，王宝向后退了一步，离开了桌子。张三看到王宝护着碗躲开了，把夹起的那块肉放进自己的嘴里。

王宝见张三坐下，才回到自己的座位上，说：“你也来置年货？”王宝看了一眼放在一旁桌子下的褡裢。

“是的，本来我说就在门口随便买点算了，娃娃们不行，害得我跑一趟。”张三诉苦道。

“我也是娃娃不行。”王宝也有同感地说。

吃着吃着，张三两脚踩上凳子蹲了起来，双手抓着一块骨头啃，又要了一壶酒，倒出一盅子递给王宝：“来，快过年了，咱哥儿俩碰一杯。”

王宝再不好意思推让，端起递来的酒杯，和张三碰了一下，呡了一口放下。张三一仰头，一杯酒倒进嘴里，见王宝不愿喝，再没有劝，自斟自饮了几杯后，把身子往前一趄，压低声音对王宝说：“听说姬塬的赵二被人抢了，是马占山干的。”

姬塬离五座塬不远，王宝认识赵二，一个种地养羊的，还开个油坊。王宝也认识马占山，这人从小不务正业，后来拉了几个人上山当了土匪，抢劫前先带话要钱，给了就不抢，不给的不仅抢钱还要糟蹋女人。

“咋抢的？”王宝压低声音问张三，仿佛怕被马占山听见似的。

张三把身子往前趄了趄：“马占山提前给赵二捎话要200块大洋，赵二不给，马占山带人晚上进去，用刀架在赵二的脖子上，赵二给了100块银圆、一个元宝，临走还牵走赵二的一条麻骟驴。”

“这么多？”王宝听到抢走的钱数后，奓着筷子有些不相信地问。

“听说还要糟蹋赵二的媳妇，那个元宝就是赵二为换回媳妇给的。”张三略带神秘地说。

王宝听了，低头吃自己的饭，心里默默地念叨着：千万不要来我家里。

“掌柜的，来壶酒，上几道好菜。”随着一声吆喝进来了五六个人，一下把原本不宽敞的小饭店占满了。被大家簇拥在中间的张保长穿着一件黑面子二毛大氅，张着一件狐皮领子，狐子的尾巴做成一条围脖绕在脖子上，他转到条凳前双手从二毛大氅的前襟伸进去，撩起大氅向上一抖，把大氅的下摆甩到了条凳后，一只手扶着条凳一跳，把他那五短身材放在张三坐过的凳子上。张保长坐下一伸脚碰到张三的褡裢，起脚把褡裢从桌角踢了出去，张三忙过去赔着笑捡起褡裢。张保长见是张三，眼皮向下撩了撩算是打过招呼。

张保长的老家原来也是枸子山的，后来举家迁到定边，不知怎么巴结上张廷芝，借着张廷芝的势力混了个保长，在南山吆五喝六地收保护费。张保长坐稳后，解开狐皮领子大衣。一个随从从饭馆端来一盏灯，从自己背的褡裢里拿出一套白铜攒花水烟枪，拧开烟枪下的水壶灌上水，撮好烟丝揞在烟锅里递给了张保长。张保长接烟枪掂在手里没有动，随从又把一张用黄表纸搓成捻子放在油灯上点着，黄表纸捻子冒着一缕淡淡的青烟，闪出一圈金黄色的光亮，这才把黄表纸捻子递给张保长。张保长把捻子对在烟丝上，轻轻一咂，捻子头的亮光突然闪亮了一圈，随着光亮点燃了烟锅里的烟丝，烟丝从中心向两边燃烧，一缕淡淡的青烟从烟锅头传入水壶中，又钻出水经过银白色的烟锅杆被吸入张保长的嘴里。张保长微微闭着眼睛深深地吸了一口，等待水烟全部被吸进口腔后，轻轻地一抿嘴，那缕青烟在他的口腔里打了一个旋转从鼻孔悠悠地冒出，烟锅里的烟丝在张保长的一吸一呼中结束了自己的一生，张保长长长地舒了一口气，用力一吹，燃过的烟灰“噗”地飞了出去。

王宝看到这里，心想，这是什么人，要这么大的牌子。

张三见王宝不认识张保长，看了一眼溅在身上的水，把嘴对着王宝的耳朵悄声说：“快吃，惹不起。”

王宝忙收回目光，紧扒了几口，匆匆吃完，收起东西出去了。

王宝牵牲口时，张三对王宝说：“那家伙，真不是个东西，避开点好。”说着，两人一起走到街上，王宝走进一家杂货部给女儿买了彩纸、一把彩线和一沓小麻纸，又看见一幅鸳鸯戏水的图，也买了一张。杂货部老板见他全部买的是女孩子用品，拿起一块洋布说：“买上一截白洋布，好把花绣到布上，能做个被单子。”王宝接过洋布看了看，觉得洋布比老布细多了，就买了一截。临出镇子，看到货郎担卖洋糖，又买了十几颗洋糖，装在衣兜里。

从红柳沟到五座塬的山路弯弯曲曲，王宝赶着毛驴，背着褡裢默默地走了一截，觉得无聊，一边走一边哼唱着民间小曲《骂丫头》：

十七八的个女娃呀大门上站
看见那雀雀儿一对对地叫唤
两眼个泪儿不者干
两眼个泪儿不者干
……

王宝哼着曲子，慢悠悠地往回走，翻越驴脊梁时，他握紧缰绳一抖，“嘚求”地吆了一声，毛驴尾巴往尻壕子一夹，紧走了几步。走到山梁中间腿直摆走不动，王宝用肩膀扛着驴的屁股往上推，走了几步，见驴的后腿发软，他把驴背上捎裢里的一些物品归置到自己背得褡裢里，毛驴这才又往前走。驴在王宝连喝带推终于爬上驴脊梁，站到山梁顶上，王宝看看四周起伏不平沟沟坎坎的，感慨地唱了几句：

一沟沟走来一洼洼去，
我的那个干妹子你在哪里？
干哥哥走的是汗涔涔，
瞭不见干妹子的小花手巾，

哦，小花手巾，花手巾。

冬日里的天气昼短夜长，从早上出来，忙忙碌碌地没等到家，太阳已经渐渐地西斜，一道惨淡的霞光，把王宝和毛驴的影子拉得细长。王宝用手在毛驴的背后轻轻一拍，毛驴听话地紧走了几步。

天渐渐地黑了下来，王宝吆着驴快步向前赶路，突然远处传来了一阵歌声，王宝一听就知道不是本地人，曲调也是第一次听到，王宝又在毛驴的屁股上拍了一巴掌，毛驴的尾巴一夹，四条腿蹬蹬地向前跑，不一会儿追近了走在他前面唱歌的人。

这是一个走江湖卖艺的，身上背着一把三弦，腰里别着快板和一串铜铃，裹着一件绵羊皮袄，头上系着一块毛巾。王宝走到跟前，没等他说话，对方已经搭茬:“大哥，哪里的？”

“五座塬的。”王宝听不出是哪里的口音，陕北口音又带点宁夏音。

“上哪去？”

“回家。”

“搭个伴，一个人走怪心慌的。”王宝觉得他是陕北人。

“你到哪？”王宝试探着问。

“说书人四海为家，到哪算哪，没个准地方。”说书先生说罢，两个人默默地走了一段。

“唉，大哥，听说前几天你们这里闹土匪，伤人了吗？”说书先生主动和他聊了起来。

王宝刚在红柳沟听张三说过，现学现卖了起来:“就是的，姬塬的赵二被马占山抢了。”

“抢了些啥？”

“说是100块大洋，一个元宝。”

“还有元宝？亏大发了。”听到元宝被抢，说书的有些吃惊。

“要搁到陕北就好了，没人敢抢人？”说书先生继续说。

“咋地了？”王宝没听明白，跟问了一句。

“专门有人管土匪。”说书先生好像很随口说的。

王宝听这话想到了老薛，心想最近怎么了，竟来些古里古怪的人，再没接话茬。

两个人默默地走了一段。

说书的好像在自言自语：“要是有人专管土匪就好了。”

王宝听了，什么话都没说，吆喝了一声毛驴，毛驴向前紧走了几步，撇开说书先生，两个人拉开几丈远的距离。

说书先生见王宝紧走了几步又慢了下来，放快步子追过去。

夕阳映红了西方的天际，王宝翻过山梁向村里瞭望，看不见窑院、圈舍，只见家家的窑垴上飘荡着袅袅炊烟。

栓子看到父亲回来，上前抓住缰绳，燕子和栓子妈过来把捎裢抬进了窑。捎裢放进窑里，燕子悄悄地把手伸进捎裢摸了一下，噘着嘴到王宝跟前嘟囔：“怎么我要的东西一件都没买？”王宝见女儿噘着嘴，笑着把嘴往院墙边放的褡裢一努，燕子转身跑过去，从褡裢里翻出彩纸、彩线，抱起来高兴地跑回窑里。说书先生已经坐在窑炕上抽烟，他的皮袄、三弦都放在炕边，一进门就说：“老哥，家道不错呀。”

“山里人，够吃够喝就行了，不知老哥贵姓？”王宝问。

“姓高，花马池人。常年在外凭手艺吃饭，挣不下也饿不死。不知你们村子多少人，听书不？”

听到高先生进门就揽生意，王宝忙说：“我们村子很小，等下招呼一下。”王宝路上看他的装束感到他是陕北人，听说他是花马池人更疑心了。从心里认定他和老薛、王老倔一样，都是哥老会的。

晚饭后，栓子和武二陆陆续续地把人叫来，深居山中缺少娱乐，平时无聊心慌或内心憋屈，站在窑崖上面对大山、沟壑、旷野放开嗓子吼叫几句。

曲调是陕北的爬山调，歌词是随便编的，想到什么、看到什么唱什么，什么也想不到时，一句“妹妹，你可把我个想死了。”就能有板有眼、有韵有味地唱几十遍。想看戏，得到红柳沟。五座塬人请不起唱大戏的，有走江湖唱灯影子（皮影）的来，在家里演上几段折子戏，或唱段秦腔，也算是看了一场戏。那年王二爷下世，五座塬人在家门口真正看了一次秦腔。王宝请来西峰塬上一家戏班子，在院子里搭台唱戏，没想到七沟八梁、二十四座塬的人都来了，就像赶集一样热闹。五座塬人把窑腾出来，住宿不收钱，吃饭要铜板，大戏唱了三天，光羊就宰掉七八只。什么《打渔杀家》《周仁回府》《四郎探母》，把五座塬人直看美。

唱戏时戏台上眉目传情、情情爱爱，私底下有人也眉来眼去，尤其是唱到夜场，台子上点几个马灯，台下一团漆黑。看着看着，男的把女的一捣，两个人就出去了。那年损失最大的是王宝家，不仅花银子请来唱戏的，他家种在沟弯的一块胡麻地被看戏的人躺、睡、踩、踏，糟蹋完。唱完戏王宝来到地里，隔四五丈就能看到一个人跐的窝窝，气得王宝当着五座塬人的面说，以后再也不请唱戏的了。

高先生从布袋子里抽出一把二胡，放在腿上试了试，紧了紧弦说：“我今天给大家唱一段宁夏民歌，大家都听过没？”

几个男人手掂着烟锅蹲着抽烟，女人们拿着鞋底，坐在炕头一把一把地扯着针线，再没人应和他。

高先生拉响了二胡，一板一眼地拉了很长一段过门后，唱了起来：

赌博十里香，
远近都来望，
你把牌儿搁在当炕上。

谁耍谁就上，

大小再商量，
翻牌再看谁是头家。

一家是碰老千，
两家把眼翻，
坐底的光盼翻个“扫箭”。

耍钱夜又长，
肚子饿得慌，
搜包包你把羊肉煮上。

铡肉用秤称，
骨头要分停，
老羊肉来多煮几滚。

“哟，要着要着，吃了起来。”麻三蹲在地上，听到吃，眼睛一瞪说。

麻三说罢，朱占宝接过话头：“还是打平伙。”

“好好听着，咋那么多话。”麻三爹压低嗓音训了麻三一句，麻三乖乖地窝在那里，朱占宝伸出舌头向麻三使了个鬼脸。

人们一边品一边听，孩子们听着哼哼唧唧的唱词坐不住了，你捣我一下，我捣你一下，捣得大人心烦，向孩子头上拍一巴掌，不一会儿几个孩子在大人们的拍打下一个个地溜下了炕跑了出去。

一曲《抹牌》唱完，人们还是静静地坐在那儿。麻三爹听完说：“还可以，就是不带劲。”话一出口，窑里的人全笑了。

高先生笑着说：“好，我给大家再来一段新的，这是在陕北学的，你们听带劲不？”说着，说书先生又唱了起来。

一更天里我綀床里睡

四六六棉毡铺在身底

青枝绿叶枝枝搭

短命的小鬼害得我守了寡

……

这一次用陕北腔调唱得很地道，大家习惯信天游的曲调，感到熟悉、亲切。唱着唱着，有人应了起来。尤其唱到每句最后几个字时，应和声越来越大，夹着高先生的二胡在寂静的夜晚传得铿锵悠扬。

五座塬人很久没有这么乐呵了，民国十八年的大旱让五座塬家家都褪了层皮，尤其是打井死了秋子，整个五座塬人心里都压着一块石头。五癞子爹终于憋不住了，把全村老少爷们请到他家，端起半碗酒对大家说："我知道大家的心里憋屈得慌，都因为我家秋子。可话又说回来，如果不打井我们都得死，都得出去逃荒要饭。他娃就那点寿禄，该死的娃娃毬朝天，到了老天爷要命的时候，他娃娃不死在井里，会死在沟里。来，咱们还得活，碰上一杯，去去晦气。"王宝端起酒碗想说什么，哽咽了一下，什么也没说，他把酒碗一倾，在地上倒掉了半碗，剩下的一仰头倒进自己的嘴里，其他人见了，也学着王宝的样子倒掉一点，把另一半喝掉。这一次的酒最终没有喝起来，大家象征性地碰了一碗。

今天五座塬人放开了，在高先生的带动下，五座塬人唱出了一首又一首的民歌，这歌声吐出了五座塬人心里的晦气，也烘热了王宝家的窑顶。

听到高先生也唱《舅舅挎外甥》，王宝越来越认定高先生和老薛是一路人。当看到五座塬人和高先生在一起合唱时，王宝觉得这样也好，该让大家放松放松，乐呵乐呵。

窑里唱歌时，燕子把四梅叫到自己的窑里，拿出彩纸、彩线给四梅夸，在四梅眼红的央求下，燕子把每种颜色的彩纸给她裁了一小方块，两个女孩商量着过年贴哪些窗花。栓子、五癞子、朱占宝、麻三、麻五等进了栓子的窑，栓子拿出父亲分给他的几颗洋糖，数完糖块又数窑里的人说：“怎么多出了一块。”他把糖块放在沙毡上，拿起一块叫一个人的名字。麻三、麻五、朱占宝、五癞子、武二，凡是被叫到名字的，栓子拿起一块糖放在他的手中，拿到糖的人都忙不迭地放在嘴边用舌头舔一下。分完糖后，栓子见沙毡上还有两块糖，自言自语地说：“还有谁没给？”

“四梅没给。”朱占宝想到了四梅。

“那是我嫂子的。”五癞子想到了妮子。

“还有我嫂子呢！”麻五看五癞子想到妮子，见麻三不说话，替麻三的老婆争要了起来。

“对，还有妮子。”大家都想到了妮子。

三个人都在争，剩下的糖只有一块。栓子把一块糖装进衣兜，另一块捏在手里对站在身边的五癞子说：“五癞子，你去喊武二。”五座塬的几个孩子，按照年龄，麻三最大，过来是朱占宝、四梅、武二、栓子、麻五、五癞子、燕子。栓子只能使唤五癞子，五癞子听说让他去喊武二，很不情愿地说：“我才不去呢。”

朱占宝说：“你最小，应当你去。”

“反正我不去，你们谁愿意谁去。”五癞子屁股一撅趴在炕上。

“他们两个今天打架了。”麻五告诉大家。原来中午五癞子和武二在滩里放羊，五癞子有意把羊赶进武二的羊群里，武二不愿意，两个人在滩里用肩膀扛了一会儿，说了几句狠话。

栓子使不动五癞子，又说：“麻五，你去。”麻五嘴里含着栓子给的洋糖，跳下炕，靸拉个鞋跑出去了。

吃过晚饭，武二一个人躺在窑里，和母亲分开后，武二在五座塬已经住了三年。虽然王宝两口子待他就像亲儿子一样，栓子和燕子也把他当成哥哥。但不时他还会想起母亲，不知母亲过得怎么样？想着想着，眼泪溢了出来。

麻五来到武二窑里时，武二连忙用手擦掉眼泪。

“武二，栓子让你过去吃糖。”麻五告诉武二。

“我不吃，你们吃吧。”

“是洋糖，每人一颗，栓子给你留了一颗。”洋糖是山里孩子的稀罕物，麻五加重语气告诉武二。

“我不吃，你吃吧。”

麻五听了武二的话跑回栓子窑里，告诉大家：“武二不吃，正在哭鼻子。”听了麻五的话大家都调过脸看五癞子。五癞子一看大家都在看他，感到自己成了众矢之的，忙说：“又不是我打哭的，我们今天就没有打架，只是用肩膀扛了几下。”可在众人的目光下，他的辩解是乏力的。

栓子觉得五癞子说的是真话，就说：“不吃算了。”他把给武二留的糖也装进了自己的兜里。

五癞子一看栓子把给武二的糖装了起来，本想说武二说这颗糖让他吃，话到嘴边又咽了回去。

天色已经很晚，王宝觉得高先生走了一天也累了，说声：“该睡了。”众人才起身回了家，王宝夹了床被，把高先生安排在武二的窑里。

这一夜，武二和高先生什么话都没有说。凌晨天快亮时，武二起床给牲口添草后又回到被窝里躺下。已经醒来的高先生侧着身子问武二：“你是他家的伙计？”

“不是的。”武二不懂伙计是干什么的。

“你在他家干啥？”高先生笑了。

“我是放羊的。”武二如实地说。

“那还是伙计。”接着，高先生把武二家住哪儿、怎么来的仔细地问了一遍，说：“你们东家对你好吗？”

武二听不懂东家是什么意思，翻了个身没有回答。

“你在这里能吃饱吗？”

“能，想吃几碗就吃几碗。”这句话武二能听懂。

“能穿暖吗？”

“能，栓子穿啥，我穿啥。”武二说的是实话，春夏秋冬，无论哪个季节，栓子妈给栓子做衣服时，同时给武二做一件。有人说王宝：“你把挡羊的当儿子养？”王宝说：“可怜他没个爹妈，不当儿子当什么？”

高先生看到武二对生活知足的样子，没说什么，翻身睡下了。武二又躺了一会儿听到王宝起来扫院子，忙翻了起来。

王宝家的羊连宰带送只剩下几只了，四梅爹提议把所有羊合成一群让武二放。五癞子爹觉得他和五癞子冬天在家闲着，让武二放羊还要出工钱。武二放的整群羊也才几十只羊。

王宝和高先生吃罢早饭，坐在窑里抽烟。武二和栓子等王宝吃罢才坐下吃饭，燕子和栓子妈还在灶房里忙碌。高先生想起武二说“想吃多少就吃多少”的话，一边吸烟一边看着武二，就见武二吃完一碗饭，又到灶房舀了第二碗。吃完饭，拎起栓子妈准备的一壶水走了。

晚上高先生又给大家唱了许多民歌，王老倔和老村子的人也来了，把王宝家的窑挤得满满的。

高先生唱歌时，王宝溜下地，把坐在炕边的王老倔捣了一下，两人一起出去。

黑夜里，两个人蹲在街门硐，一人抽着一锅烟，一明一灭闪烁的烟火把两个人的脸映得忽明忽暗。

“这个说书的究竟是干啥的？我总觉得他神神道道的，不正常。”王宝抽完一锅烟摸黑在地上磕烟灰。

“我也说不上，是哥老会的？又不像……”王老倔在王宝面前不避讳自己的想法。

“我看和老薛是一路的。”王宝猜测说。

“不太像，两人的路数不对，这人念过书，喝过墨水。”王老倔也在猜测。“今晚上，我领过去住，顺便摸摸他的底。”王老倔提议。

王宝没说话，把烟锅在地上磕了几下，站了起来说：“回，外面冷。”两个人一前一后地又进了窑，结束后王老倔对高先生说：“今儿个和我一起到下面住，那窑宽敞。”

第二天羊还没出圈，王老倔过来坐在王宝面前说：“他俩不是一路的，高先生在花马池和榆林中学喝过墨水。说跟刘景桂是一搭的，前两年在华州拉队伍闹事，跑出来躲藏的。”

“读书人，吃饱喝足还闹事？”王宝不相信地摇了摇头。

下午王老倔和高先生一起来了，也许是王老倔跟高先生说了什么，高先生来后给他讲共产党，讲刘景桂，讲渭华起义，还讲地主和剥削，王宝听得稀里糊涂的。

最后王宝对高先生说：“我不管你哪个党，哪个地主，我看你喜欢革命，不如留在这里革革娃娃们的命，让他们识几个字。”

“就怕我待不长，翻过年就要走了。”正讲到兴头上，高先生看出王宝对他讲的不感兴趣。

“你上哪？”王宝问。

“回趟老家。”高先生说。

“教几个月也行，翻过年你走时再说，只要娃娃睁开眼就成。”王宝一心想办学。

“也好。”高先生答应了。

“工钱咋算？”王宝是个生意人，懂得丑话要说到前面。

“你看着给吧。”高先生嘴里含着烟锅，说得含糊不清。

“管吃管住，一年两块大洋。”王宝[illegible]言拍板。

第二天，王宝在武二住的窑掌放了一张桌子，一把凳子，让高先生在武二的窑里给娃娃们教书。

两个庄头来了十来个娃娃，把武二的窑挤得满满的。麻三不愿来，他爹听说是王宝办的学堂，拿着棍子把麻三逼到学校。朱占宝的年龄最大，被先生指定为学长，燕子见学堂办到自家里，也想去听课，悄悄地问她妈，她妈说："你要不羞就去。"

燕子想了想没有去，见大家听课溜到窑门口，听先生教大家背《三字经》就像唱歌一样，羡慕得不得了，跑到妮子家，想和妮子一起听课，妮子说不得过去，没有婆婆的话去不成，妮子不去，燕子只好作罢。

武二白天放羊没有时间听讲，晚上回来高先生再教他。燕子到武二窑里跟武二一起读书。《三字经》《百家姓》燕子背过，和武二在一起读的时候，燕子怕自己读得不好，读的时候只是轻轻地动一下嘴唇，没一点声音。高先生连续指出几次，燕子读书还是这个样子，一气之下说："你把声音放大点，怎么像把猫压到尻子底下。"

燕子一听，羞得扭头就出去了。

燕子走了，高先生后悔自己说话粗鲁，告诉武二，晚上读书的事情，对谁也不许说。燕子怕人背后说她，整天留意别人的说话，过了几天，觉得没人知道先生骂她，才放下心来。

高先生是从学堂里出来的，教书也用学堂的那套，一边背古文，一边教笔画，不过高先生的课讲着讲着就讲到斗争，讲到革命，讲到红军。

一天，大家正在听课，麻三突然问"高"字怎么写。高先生一笔一划地教大家"高"字的写法，麻三用手划了几遍，突然说："一点一横长，梯子搭上房，公公张开腿，媳妇嘴搭上。"

麻三的怪话惹笑了所有的孩子，也惹恼了高先生，高先生找了一根木棍，在麻三的屁股上狠狠地抽了几棍。麻三爹不识字，但麻三辱骂教书先生的意思他听出来了。麻三回去后，他也朝麻三的屁股上踢了两脚。

五座塬的孩子们嘻嘻闹闹地跟高先生背了二十来天的书，或多或少地认识了几个字。也从高先生的嘴里渐渐地了解了"斗争""革命""共产党"等词语。但高先生再也没有讲斗地主的话，他知道在五座塬革王宝的命，就等于革自己的命，喝水还找不着地方。

眼看着到了年跟前，栓子妈用陶瓷盆把黄豆、黑豆、枣子、花豆泡在一起，王宝把一口底部钻洞的缸放在炕上准备淋醋。五癞子爹过来说："今年我家不淋醋了，你家也不用做粉条。"五癞子妈做豆腐、做粉条最拿手，五座塬人年年吃的醋都是王宝家淋的，粉条和豆腐都是五癞子家的。多年已成了规矩，自五癞子家出事停了一年，今年五癞子爹怕大家不去他家拿粉条，坏了往年的规矩，专门给每家安顿一番。

腊月初八这天，栓子妈早早起来切好羊肉丁，放在锅里炒熟，和黄豆、黑豆、花豆、花生、枣子、黄米放在一起煮成粥。燕子站在灶火边一样一样地数后，告诉母亲："还不够八种。"栓子妈也煞有介事地数了一遍，笑着对女儿说："等你吃的时候就够了。"

腊八粥出锅时，栓子妈用小勺子向锅里撒了两勺红糖，问燕子够八样了吗？燕子认真地数了一遍说："够了。"栓子妈舀出一碗让栓子端到窑门外祭祀。

腊八节有腊八节的讲究，王宝三天前就和妻子分开睡在炕两头，每天早晨都要把手洗一遍。今天早晨起来又认真细致地把自己的手洗净，把香炉擦洗干净，在香炉里放了半炉糜子，规规矩矩地点了三炷香，栓子把腊八粥端来放在香炉旁，两人跪在香炉前恭敬地叩了三个头。然后王宝让栓子和燕子端着一碗腊八粥，在碾盘、磙子、磨盘、墙角、棚圈等家中各个角落涂上一点。王宝把剩下的半碗粥端进灶房，栓子妈舀了一勺，把碗里添满后，用筷子垒了个尖，抹成一个圆锥状放在窑外的窗台上，一家人才坐在一起吃腊八饭。

武二早上放羊时，王宝安顿他中午就回来。武二看太阳正中了，把羊赶了回来。进门后栓子正往窑里涂腊八粥，武二夹了一筷子腊八粥涂在羊槽上。

高先生见栓子一家虔诚地过传统的腊八节，他告诉王宝，他想回家转转，过了年就回来。王宝从腰里摸出一块银圆递给他：“这是你的工钱。”高先生没想到王宝给他这么多，推辞不要。王宝说：“你不像说书的，下次干点别的吧。”高先生惭愧地说：“下次，我来给娃娃教书。”

五座塬人一天一天收拾着过年，孩子们等不及，偷偷地拿出鞭炮拆散开来，从腊八开始，噼里啪啦地放了起来。

十

栒子山是由沟壑切割的，出塬就翻沟，过沟还是塬，站在塬边看对面的塬，看似不远，招手、见面、打招呼都行，拉话却要把声音提高八度，拖着长音吼，一句话要分成很多段，两三个字就要吼出去。往往后半截听清了，前半截已经忘记。要想过沟就更费劲了，冬天里沟水封冻，沿着沟边的小路绕来绕去就能过去。开春地湿路滑，翻一趟沟要摔无数个跟头，糊得像泥猴似的。

从五座塬到打虎店需要经过郭家塬、贾背洼路口，再顺着沟过去。张三和周大沿沟开了一排子客栈，张三的客栈算是条件最好的，住人有住人的窑，牲口有牲口窑。周大的客栈是一孔大窑，前半间的炕上住着人，后半间是驴槽。晚上人畜混杂，拉屎的，尿尿的，放屁的，磕牙的，嚎叫的，咋呼的，形成人畜的和声。脚户们住店不用角币计算，把随身带的米袋子给店家一扔，店家搲出三碗米，一碗给脚户做饭，一碗兑换成黑豆、油砣给牲口做料，还有一碗是一夜的店钱及牲口草钱。每天晚上打虎店的几家客栈里或多或少都能住上客人。

有的脚户多背几升盐，换成针头线脑带回来，走一路卖一路，给自己弄几个零花钱。五座塬人买个针头线脑大多都在打虎店从脚户们的手里买的。

红柳沟是花定两县的旱码头，百行买卖千家店，干什么的都有，每到集市的时候更是人来人往，吆五喝六热热闹闹的。从五座塬到红柳沟，要翻两架山，跑几十里。五座塬人不是逢年过节、婚丧嫁娶不去那里。

麻三这阵子好像上瘾了一样，隔三岔五地往红柳沟跑。大家都猜想麻三有什么见不得人的事，可没有撞见。

麻三最初赶集还是老婆让去的，那天老婆说：“过几天我爹过六十大寿，我兄弟捎话过来，让咱俩过去。”

麻三说：“过去就过去。到时候走就行了。”

麻三老婆说：“总不能空爹着两个手吧，过年都没有去。”麻三老婆有些委屈，到麻家几年了，肚子空空的。娘家妈让她少回点家，伺候好男人，有了娃在麻家才算立住脚。麻三老婆一年四季蹲在家哪里都不出去，天一黑躺在被窝里等麻三，可麻三是个踢鬼，隔三岔五不回家，一问去向，吹胡子瞪眼睛发牢骚，次数一多也就不管了。

“你说拿啥哩？要不，蒸一笼馍。”

“谁稀罕你的馍，你去集上买点东西，扯几尺布，给爹做身穿的。”早年，家纺老布都是白色的，五座塬人把白老布用红根秧（一种野草）熬煮的水染成红不红、黑不黑、紫不紫的颜色做罩衣。

“那行。”夫妻毕竟是夫妻，别看麻三在外面咋咋呼呼的，对老婆吹胡子瞪眼，老婆的话还是管用的。一大早，麻三赶着一头毛驴，捎了几张羊皮和几十斤羊毛，还有杀猪攒下的猪鬃、猪毛就上路了。

清晨的枸子山浓雾紧锁，五座塬被罩得似纱似幔，山路只能看清四五十步远。浓雾中的麻三走得很慢，天擦亮，才过了郭家塬，太阳一冒花，晨雾开始散去，两旁的山梁渐渐地明晰了起来，在雾中压抑了一个时辰的麻三猛然间感到了清爽，干咳了几声，亮开嗓子吼叫了起来：

三哥哥赶脚日子长，
日子越长心越想。
端起饭碗想起你，
影子照在面汤里。
……

麻三把这首《想哥哥》用陕北腔、陇东腔唱了几遍，每一种唱腔都有不同的韵味。

麻三吆着驴寂寞地边吼边走，吼到贾背洼路口的一个黄土峁峁时，突然从路边山梁后闪出了一男一女，两人看见麻三“扑通”跪在他的面前。麻三正唱得高兴，被惊吓得退了一步，驴也吓得直往旁边趔。麻三拽着驴缰绳惊恐地问：“咋得了？咋得了？”不过，没等下跪的人回答，麻三就已经知道是怎么回事了。

山里有一种风俗叫撞干大，也叫拜干爹。孩子出生后三天感冒、两天发烧，小病不断，需要用众人的鸿福保佑孩子成长，从而形成拜干爹的习俗。拜干爹一拜就要拜三个或七个，选择对象需要属相相生，可山里人少，找一个属相相生的人很难，更别说找七个了，于是就有了择喜不如撞喜，出现了拦路拜爹现象。婴儿满百天的早晨父母抱着婴儿或婴儿的衣物出门“撞喜”。遇到的第一个人是成年男子，拜为“干爹”；碰到成年妇女，拜“干妈”；碰到年龄大的老头，拜“干爷”；碰到老妇，拜“干奶”。碰到的第一个人，无论是官、是民；是富、是贫；即使是个讨饭的，也要请到家里做客。三日后再备礼品，抱上婴儿登门拜访。被拜者设酒款待，赠给婴儿衣帽等礼品。从此两家结为干亲，逢年过节礼尚往来，犹如弟兄一般，孩子长大了一直认这门亲戚。拜干亲体现了父母对子女的祝愿和厚爱，民间相信“双爹双娘，福大命长，逢凶化吉，遇难呈祥”的风俗。

天没亮，贾占清和妻子秀云抱着孩子的衣服等在村口，等了近一个时辰才看见麻三。贾占清拽住麻三一只胳膊跪下。麻三看清秀云手里拿着婴儿的衣服，知道遇上“撞喜”的了。

贾占清见麻三没有逃避的意思，松开手给麻三说：“干亲，等了一早晨，就等你了，到家里去。”说着，就开始拉麻三，秀云也起来往家里让。

麻三一看两口子的架势，知道这个干爹当定了，忙扶起跪在地上的男人：“起来，起来。”

男人是按照当地的风俗单腿跪地，麻三一拉，他稍一用力就站了起来，在站直身子时，又给麻三告了个揖。

麻三被两口子请到家里，不一会儿端来荞面饸饹。走了一个多时辰的麻三这阵正饿了，一下子就吃掉三大碗，又喝了几盅酒。最后双方交换了住址姓名，麻三知道男主人叫贾占清，女人叫秀云。约好三天头上到麻三家里去谢待，麻三吆上毛驴走了。

麻三走在路上，心中暗暗高兴。尤其看到秀云那粉红色的嫩脸，让麻三心痒。麻三在心里估摸她的年龄，有十八岁，十九岁？山里的姑娘无论身材有多好，最不装人的就是那个脸蛋儿，红得就像个苹果一样，又因缺水，洗脸少，不像苹果那么水灵，干巴巴的，像个快晒干的蔫果皮。秀云和别人不一样，她的腰身端溜、上下匀称。尤其是白净的皮肤细嫩光滑，脸蛋儿呈淡淡的粉红色，一双大花眼睛贴着一对柳叶眉，眼睫毛细长，把眼睛衬得毛茸茸的，一笑眼睛就像一轮弯月，鼻子棱棱的，像根葱，嘴巴小巧，右嘴角还有一颗黑痣，比芝麻粒小一点。麻三一路走一路想，觉得秀云就是瘦了点，两个奶子要是再大点就更好了。

麻三在红柳沟给老丈人买了包点心，扯了几尺白老布。买布时看到栏柜上放着一卷白底蓝花布，想给刚认下的干儿子买下，一问价格，身上的钱根本不够，只好忍痛离开。

麻三身无余钱，买上礼品就回家了，返回到贾背洼路口，心里痒痒的，在路口边张望了一会儿，才不情愿地回了家。

第二天早晨，麻三老婆想和麻三一起回娘家，起来推了麻三几把，见他迷迷糊糊只答应不睁眼，一气之下一个人骑上毛驴走了。麻三睡到半晌起来，一看老婆已走，到母亲那儿蹭了一碗饭，想到明天干亲就要来认亲，老婆又不在家，就把认干儿子的事给他爹讲了，他爹听后告诉麻三要给干儿子做一身衣服和鞋帽。老婆不在家，他爹给他几十个铜板，麻三便又要去红柳沟。

麻三爹一看说："我的傻儿子哟，你这会儿去，啥时候能回来。"

麻三一想也对，现在起身等走到红柳沟就半夜了。

麻三爹说："到别人家借点布去，看谁家有呢。"

麻三从家里出来，首先想到燕子，燕子是个姑娘家，爱美爱穿，家中应当有几尺花布。麻三背着手哼哼唧唧地往燕子家走，绕过山梁一眼就看到了五癞子家的窑梁，猛然想到妮子结婚不久就死了丈夫，结婚时给的布料应当还有，拐进了五癞子家。

五癞子爹妈正在院子里，看到麻三来了，感到稀奇。秋子性格内向一般不和别人在一起玩，五癞子比麻三小几岁也玩不到一起，麻三好像第一次进五癞子家。进门时左顾右盼的，害怕五癞子家的狗冲出来。

五癞子爹看见说："狗不咬。"麻三这才挺了挺腰走了进来。

"今儿过来有事吗？"五癞子爹蹲在墙角问。

"也没什么事，来看看你俩。"

"你小子没事能来这儿？说吧，什么事？"五癞子爹抬起头看着麻三。

麻三也不客套了，蹲在五癞子爹的面前："表叔，我昨天去红柳沟，路过贾背洼时，让人撞了干爹，明天人家就来认亲，现在还没有准备好礼物。我妈说看你家有花布吗，借块做件布衫。"

五癞子爹明白麻三的来意，向五癞子妈努了努嘴说："这事要问你表婶子。"

麻三转过脸问："表婶子，有吗？"

"我没有，有点也不够。问妮子看。"五癞子妈是个热心人，乡里乡亲的借个油盐酱醋的事经常发生。

"妮子，在吗？"妮子应声从窑里出来，刚才麻三和五癞子爹说的话，她听得清清楚楚。

"妈，什么事？"妮子走到五癞子妈跟前，她和麻三几乎没有打过交道。

妮子看了麻三一眼，觉得见过，对麻三微微笑了一下。看到妮子的笑，麻三不知道如何应对，忙站起来。

五癞子妈把麻三借布的事一说，妮子大方地说：“我有一块花布，还是妈买的，放在那里，我这就拿去。”

妮子把布料递给了五癞子妈，五癞子妈把布料抖开看了看说：“这是多少？”她一边说，一边折叠了起来用手拃，说：“三八的，九尺料。你拿过去可能有些多，用不了将来再做点别的。”说着，就递给了麻三。

五癞子妈折叠布料时，麻三有意站在妮子的对面，用眼睛把妮子从上到下梳了好几遍。妮子看见麻三的眼睛扫在自己的身上，脸一红就躲在了五癞子妈的背后。

麻三接过布料，斜眼又向妮子看了一眼才离开。

第二天，贾占清的一家来了，领着孩子认了亲，给麻三和麻三老婆一人一截布料。麻三把九尺花布全部给了贾家，麻三爹给孩子一块银圆，算是压喜钱，从此认下了这门亲。

麻三自从见了妮子，常常拿妮子和自己的老婆做比较，感到自己的老婆无论相貌、说话、走路、做事，哪点都比不上妮子。老婆回娘家四五天了，他也不去接，直到他妈催促，才把妻子接回来。

麻三老婆回来后，对麻三不依不饶，赌气不吃饭。麻三自知礼亏，像哄孩了一样把饭端到窑里放在炕上。等麻三出去后，她把窑门插上，不让麻三进。麻三喊不开门，心烦地走了。

十一

离过年越来越近，孩子们扳着手指期盼着吃好的，穿新衣服。腊月二十三清晨，王宝见武二在窑畔上撒尿，远远地吼道：“今儿个把院子扫一下，早点回来吃饭。”平时院子都是王宝扫，今天王宝要收拾祭灶，把活给了武二。

武二扫完院子转到羊圈门口，稀稀落落的几只羊拥到门口“咩咩”地叫了起来。

王宝看着圈里的几只羊，心里有些难过。当年王二爷的圈里有三百多只羊，一个放羊的拦不过来，还要搭个羊梢子，想到这里，王宝痛苦地摇了摇头。

王宝转到四梅家门口，四梅爹迎了出来。

王宝站在街门口说：“表叔，你说那边的人怎么办？”

四梅爹明白王宝的意思，反问道：“你说呢？”

“你看给他们逮只羊过去。”王宝试探着问四梅爹。

“你有吗？”四梅爹沉吟了一会儿。

“过年了，总不能没点荤腥。”王宝说。

“好吧，武二走了吗？”四梅爹问王宝，他还是不想送羊。

“没走，我让他先等等。”

“哦，我出去看看。”四梅爹看出王宝的诚意，只好找人去喊王老倔。走着走着，他远远看见朱占宝家，决定让朱占宝去。前段时间，听说朱占宝常一个人到老村子找老薛，他不知道这个年轻娃娃和老薛有什么聊头。

朱占宝家正在扫尘，朱占宝和他爹在院子里打毡，两个人一人抓住毛毡的一角，朱占宝爹手里拿着一根锨把，每一棍打上去，毛毡上立刻显露出一道尘土印记。四梅爹走到窑院门口，朱占宝爹看见，把毛毡一卷交给朱占宝，向四梅爹走了过来。

“正在忙呐？”四梅爹开门见山地问。

“在，今个扫尘。”朱占宝爹如实回答，“你有事？”

“我想让他跑个路。”四梅爹说明了自己的打算。

“那就叫他去。”朱占宝爹一听，就喊，“占宝，出来一下。”

朱占宝应声出来了。

“你去把王老倔找来。”四梅爹说。

“啥事呀？”朱占宝走了，他爹问四梅爹。

“这不，快过年了，掌柜的知道老村子人没肉吃，想着给送只羊过去。”朱占宝爹看得出四梅爹说话的情绪不高。

“怎么还给肉？掌柜的家都快折腾光了。”朱占宝爹也反对给老村子人送羊。

“掌柜的做事仁义，没法子。”四梅爹叹了口气。

四梅爹一进家门见四梅正往绳子上搭被子，绳子挽得太高，四梅连搭了几次都搭不上去，就过去帮四梅把被子搭好。

四梅爹晾罢被子蹲在门口，见四梅端着一盆衣服坐在院子的石墩上洗衣服。自从淘出井水来，五座塬人洗衣服也敢倒半盆子水了。四梅爹盘算十六岁的四梅已经是个大姑娘了，也该找婆家了。就在四梅爹蹲在院子遐想时，朱占宝来了，一进院子就说：“表叔，掌柜的叫你呢。”见四梅洗衣服就问：“四梅，洗衣服呢？你不冷？”

四梅看见朱占宝过来，站了起来，说：“不冷，我加了热水。”

四梅爹把烟锅在鞋底磕了磕，烟锅头往烟袋里一插，出了院子。

山里的院子直通塬上，没有大门，出院子就爬坡。四梅爹爬到坡顶，回头见朱占宝正帮四梅搭衣服，两个人嘻嘻哈哈地笑得开心。四梅爹心想，这两娃还真是一对，不知朱占宝爹有什么想法。

王宝找来王老倔，把自己的意思说出后，王老倔首先表示不同意。

王宝说："今年托大家的福，麦子是大家帮我收的，我还没谢待大家。"四梅爹进院子时，正听到王老倔的推辞，接过王宝的话说："拿上吧，今年的年馑把掌柜的折腾得够呛，看看他家的圈里也剩下没几只了。只要你们能记住这份恩、这份情就够了。"

说到抓羊，王老倔坚决不要，王宝说让乡亲们过年有点荤腥，王老倔还是不要，说话间扭头走了。望着王老倔的背影，王宝无奈地摇摇头道："真是个倔驴。"

这一年，老庄子的人过了一个素年，王宝家最终也没有宰羊。

高先生走后，栓子和武二住在一起，白天和武二一起干活，晚上教武二读书。

一天晚上，武二突然问栓子："你们是不是最早住在这儿的人家？"

栓子说："就是，以前村子里住下几百口人，最后剩下我爷爷了。"

"麻五他们几家都是后来的？"武二又问。

"他们和你一样，都是逃难来的，有我爷爷收留的，有我爹收的。"栓子认认真真地告诉武二。

"哦！难怪他们说你家是地主。"武二若有所思地说。

"谁说的？"栓子知道地主是什么意思，有些生气地问。

"前几天来的那个说书的高先生，还有王老倔。"武二如实说。

栓子什么话都没说。对于划分地主的事，栓子也听说了，但一直没有把陕北和五座塬联系到一起，高先生住在塬上宣传打土豪、斗地主，让栓子一下子感到五座塬离陕北很近很近。

栓子拉起被子盖在身上，双手从脑后抱着头，脑子里不住地想地主这个词，可地主究竟是什么，斗地主又是怎么个斗法，他的理解是地主就是土地的主人，就像他们家一样依靠劳动种庄稼的人。可听高先生的话觉得地主不是个好人，想着想着，便迷迷糊糊地睡着了。

第二天早晨，栓子跟着武二一起到了滩里，走到一个山峁上，栓子发现地上有很多地软软，弯下腰捡了几坨放在手心里轻轻一按，干枯的地软软全部碎了，他把按碎的地软软撒在滩里，抬头问晃着放羊铲跟在羊群后面的武二："你每天这么走，累吗？"

"刚开始累得回到家连饭都不想吃，现在习惯了。"武二没有回头。

"这么累？"栓子没有放过羊，知道放羊人从羊出圈到晚上，一直跟在羊的屁股后面，有时为了赶羊、挡羊还要在羊群里跑来跑去，每天都要走几十里。

两个人赶着羊说着闲话，武二告诉栓子放羊的许多方法。放羊人为了使自己赶的羊听话，对羊也要进行训练。春夏时地里长有庄稼，把羊训练成能够一条直线地走下去，这种放羊的模式叫"鞭杆岭"。到了秋天，有些地里的庄稼收上了场，还有些地里长着庄稼，羊放在滩里虽然可以散开，但只能散成一个圆弧状，远远看去，羊群就像一个白色的大簸箕，称为"簸箕掌"。等到冬天，粮食全部收进仓，羊群可以满山遍野地散开，俗称"漫天星"。武二边说边比画，栓子连听带想象，他没想到放羊还有这么多讲究。

入冬后是放羊最好的季节，地里的庄稼大都被挑了回去，整个塬上空空荡荡，放羊人不用怎么操心。

两个人跟在羊群后面不急不躁。栓子从武二手里接过放羊铲，铲了一铲土向落在后面的一只羊扔去，扔过去的土块就像天女散花一样撒得到处都是，把羊惊得四散跑开了。武二一看放肆地大笑，栓子也跟着武二笑了起来。

栓子和武二赶着羊走了很远，熟悉草场的羊群不用引领，自动散开向前边吃边走，走到塬边又自动折转过来。栓子看到武二把羊训练成这个样子，对武二非常佩服。

羊群一边吃草一边慢悠悠地往回走，他俩也跟在羊群后面边玩耍边聊。武二突然问栓子：“你说最近咱们这来的人怪不怪，他们好像说一样的话。”

栓子知道武二指的是谁，没有言传。

武二又问：“你说闹红是什么意思，我听王老倔说陕北在闹红。”

“我也不知道。”栓子实话实说。

“你说老薛和高先生是不是也是闹红的，我看王老倔也像，他的话和老薛说得很像。”武二说出了自己的观点。

“还有三子、朱占宝，我看和他们也是一伙的。”武二又补充了一句。

正说着，栓子看到从沟里爬上来一个人，看到栓子和武二怔了一下，直接从他俩的面前跑过。

“高先生。”武二认出来了。

“走，别管他。”栓子也看见了，心想高先生不是回家了吗，怎么又跑到这里了。

栓子和武二放羊的地方是个塬梢，只有一百多米宽，高先生迅速地越过塬，跳下了另一道沟不见了。

武二想到塬边看看高先生向哪个方向跑了，栓子拉了武二一把：“别管。”

武二跟着栓子一起往回赶羊，两人被高先生一打搅，谁都不说话了。

“你看，你看，又上来人了。”两个人刚走了几步，又爬上来几个人，一个个背着枪，有一个手里还提着根马鞭。

栓子一看是三个当兵的向他俩跑来，紧张的脸色“唰”地白了，武二也紧张地抓住栓子的胳膊。

“你们刚才看到有人从这里跑过去吗？”一个当兵的走到两人的面前问。

“见了，刚从这里跑了过去。”武二老实地回答。

“他是哪个村的？”

“不知道。”武二讲的是实话。

“班长，问清了吗？”另外两个当兵的弓着腰喘气，远远地喊问。

“问清楚个球，谁知道是哪里的。”被称为班长的人回答。

“他朝哪里跑了？”班长又在问武二。

“那道沟，他跳下去跑了。”武二没有撒谎。

“我见他爬上那道塬。”栓子补充回答，栓子的话是想象出来的。

被叫作班长的人向远处的塬看了看，自言自语地说：“这么快。”

班长走了，武二拉了拉栓子的袖子问：“你看到他跑到塬上了？”

栓子打掉武二拉自己的手，没有说话。

“走吧，那家伙跑远了。”班长离开栓子和武二，一边走一边说，“两个放羊的孩子，说是跑上那个塬了。”

“没处找了，回吧。”班长跟其他人说。

“肚子都饿了，怎么回？班长给我们犒劳点吃的。”一个当兵的说。

“呶。”班长用嘴向羊群点了一下。几个当兵的跑到羊群里就抓羊。武二一看他们抓羊就喊：“那是我的羊。”喊着就往羊跟前跑。栓子一把拉住武二，说：“让他们抓去，你没见他们背着枪吗？”

武二站定了，眼看着两个当兵的每人抓了一只羊。班长说：“你们在干啥？抓那么多干啥？你还能背回去？拣个羊羔子就行了，大的煮到什么时候。”

两个人把手中的羊放了，在羊群里追羊羔子。羊羔子被追得在羊群中跑来跑去，三个人追了一阵没有抓住，班长从肩膀上取下枪，对准一只羊羔就是一枪，由于枪法太次，没有伤到一点皮毛。另外两人一看班长开枪了，都取下枪，对准羊群就打了起来，一阵枪声过后。两只羊羔被打倒在地。几个当兵的拣了一只膘肥点的背走了。

武二见当兵的走了，跑去把躺在地上的羊羔抱了起来，受伤的羊羔还没有死，两只眼睛嘟噜噜地转动，眼角流下了眼泪，武二也流下了眼泪。

塬上的枪声惊动了五座塬人，大家纷纷爬到塬上瞭望，尤其是家里有人出去的更是心急如焚。王宝爬到窑峁上向武二平时放羊的方向瞭去，由于他家所在的位置较低，视线被麻三家的窑挡住了，就向麻三家的塬峁走去。麻三最近不在家，麻三爹和麻五也出去了，听到枪声麻三妈也跑出来，两人一起站在窑峁上，向着不同的方向瞭望各自的亲人。大约有一袋烟的工夫后，王宝看见有几个人向村子走来，就问麻三妈：“你看那是干啥的？”

麻三妈站在那儿，直到看到是三个当兵的向他们走来，才慌慌地往回跑，进到院子里连忙喊叫麻三婆姨躲进窨里别出来。

枸子山的土匪多，为了躲避匪患，村村都修有地窨子，土匪一来都躲藏在窨子洞里。五座塬人立足迟，没有能力修窨子洞，家家都修了能够藏身的地窨。麻三婆姨连忙拉开压在窑掌拐角地窨口上的烂皮袄藏了进去，麻三妈跑进窑藏在门背后。

不一会儿有人骂骂咧咧地闯进院子，麻三妈从门缝里见三个人背着一只羊，推搡着王宝进了她家院子，一看自己被堵进了窑里，连忙把手伸进炕洞抓了两把灰胡乱抹在脸上、身上。

班长呵斥着让王宝剥羊皮，推开窑门发现了麻三妈。他们逼着麻三妈做饭，剥完羊的王宝留在窑里当下手烧火。

麻三妈把羊羔肉用开水氽了一下，开始在油锅里爆炒。五座塬的羊是吃各种野草长大的，肉嫩味鲜，在油锅里爆炒了十几分钟，没等下什么佐料，鲜味烹了出来。坐在炕边等着吃饭的三个当兵的闻到肉香坐不住了，班长先探到锅边，看着锅里的羊羔肉已经变色，伸手拿了一块塞进嘴里，烫得他一边吸溜，一边咀嚼。另外两个当兵的一看班长吸溜吸溜地吃掉了一块肉，也把手伸进锅里。

三个当兵的站在锅边，挤得麻三妈无法炒肉，她抓了一把盐撒在锅里，又拨拉了几锅铲，在羊羔肉只有七八成熟时铲了出来。

就在三个当兵的蹲在炕边、炕头大吃大嚼的时候，听到枪声的麻三爹和麻五回来了。王宝悄悄地向站在一边的麻三妈使了一个眼色，示意她溜出去。麻三妈明白王宝的意思，从麻三爹的背后往外溜，刚走到炕边，一个当兵的站在炕上，让她打盆洗手水，麻三妈一看溜不出去，又退回窑掌。

紧火煮的肉并没有熟透，三个当兵的连吃带扔，一会儿就糟蹋完了，炕上、地下到处扔的是骨头。一个当兵的扔掉手中的骨头吼叫道："哎，找碗酒来。"

王宝一听，机智地把麻三妈一推说："去，找酒去。"

麻三妈一听找酒有些为难，知道自己家里没酒，站在地上没动。王宝一看麻三妈没有理解他的意思，拉着衣袖就推了出去。

麻三妈是个老实人，别看她平时在家里对麻三爹骂骂咧咧的，和村里人在一起也能开几句玩笑，可一遇到事就没了主意。被王宝推出去后不知道到哪儿找酒去，站在窑门外不知道怎么办。

王宝把麻三妈推出去，悄悄地问麻三爹："你家有酒吗？"

麻三爹把头摇了摇，王宝说："我家有些，你去取来。"就在王宝和麻三爹商量时，班长跳下炕出去了。

麻三妈在窑院里听到有人跳下地，想到自己要躲起来，环视了一下院落，躲进了自家的草圈里。

班长出来想小便，站在院子里环视了一圈，也走进了草圈，麻三妈一看有人进来，本能地向外跑，和进草圈的班长碰到了一起。

二十多岁的麻三妈生得娇小白净，脸上的草灰在做饭时被她用衣襟擦净，娇小的面孔全露了出来。

俗话说，饱暖思淫欲，刚吃了一肚子羊肉的班长看见白净的麻三妈时，邪念一下涌了上来。

一把抓住麻三妈的肩膀就往倒按，麻三妈一看张口"啊"了一声，没等喊出来，就被班长把嘴捏住了。

班长捏着麻三妈的嘴，身子一趄就把她按倒了，伸手摸到裤带一抽，裤子就解开了。麻三妈见裤子被解开，用力一挣捏在她嘴上的手就被甩掉了，麻三妈又凄惨地叫了一声。

麻三妈的惨叫被王宝使出来找酒的麻三爹听见了，在院子里转了一圈，辨明方向后急忙向草圈里跑去。一进草圈看到妻子被人按在地上，裤子褪到了膝盖处，麻三爹上前就拉，班长一甩胳膊就把麻三爹甩开了。被甩开的麻三爹踉踉跄跄地向后退了两步，转身看到平时打草用的镰刀插在草圈墙上，一把抓住举了起来。从没有想过杀人的麻三爹，举起刀爹了几下又放了下来。

已解开自己裤带的班长在和麻三妈的撕扯中，裤子也褪了下去，半截屁股露了出来。麻三爹看见闪来晃去的半个屁股，血一下子涌上了头，拾起镰刀又举了起来，想了想还是不敢砍，一甩手把镰刀扔在了地上，扭头走出了草圈。

却说躲在院子里的麻五听见他妈的叫声，也跟了过来，刚走到草圈门口，他爹出来了，麻五走进草圈一看他妈被压在地上就去拉班长，被班长一脚蹬地坐在了地上。麻五翻身准备再去拉时，一转身碰到他爹刚扔下的镰刀，顺手抓起镰刀。麻三妈在地上连滚带扭，班长伸手打了她一个耳光，疼得“哎呀”直叫。

麻五听到他妈的叫声，又见班长白生生的屁股一上一下地忽闪，脑子一热，举起镰刀对准班长的屁股就是一刀。老刀见肉三分快，一刀下去班长屁股上的血一下涌了出来，班长疼得杀猪般地喊叫起来。

塬上响枪的时候，五座塬人大都从家里出来瞭望，看见三个当兵的押着王宝进了麻三家，渐渐围在麻三家的四周。

班长凄惨的叫声传进窑里，两个正大吃大嚼的当兵的哧溜哧溜地跳下了炕，提起枪跑了过来。

麻五砍了班长，自己吓得怔怔地站在那里。两个当兵的见地上衣冠不整的麻三妈和手握镰刀的麻五，以及捂着屁股惨叫的班长，心里顿时明白了几分。

王宝跑进来见麻五的手里还拿着镰刀，上去就把镰刀夺下扔在地上。

两个当兵的反应过来后，一个上去拉班长，另一个扑到麻五跟前用枪托一下就把麻五打倒了，准备用枪托砸时被王宝抱住了。

当兵的一出草圈看见五座塬人涌在草圈门口，想发作也被吓住了。双方僵持了几分钟后，两个当兵的从麻三家拉了一条驴，驮着受伤的班长走了。

临近过年出了这档子事，五座塬人心里沉甸甸的。

十二

麻三原本就不是盏省油的灯，认了干亲后，看到秀云姣好的容貌，心思转到秀云身上。见了妮子，又对妮子有了非分之想。那天赌气出了村，走着走着犯难了，临近过年了自己朝哪里走，到哪里去落脚。走到去郭家塬的路口，麻三想他曾和郭文耐一起吃喝赌博多日，但郭文耐是好赌之人，你参赌就待你为客，你不赌，他未必留你。

麻三身无分文，哪有赌钱的资本。

走到贾背洼路口，又想到了秀云的脸、秀云的手。等到打虎店太阳已经西斜了，麻三直接拐进了张三的小店。

店里的炕上放着一张小炕桌，炕桌上点着一盏清油灯，昏暗的窑里有了一圈光亮，几个脚户们围着炕桌吧嗒吧嗒地吸个不停，把窑熏得呛人。麻三进去后爬上炕，随便趄到一床被上听几个脚户有一句没一句地闲聊。聊着聊着，一个脚户猛地咳嗽了起来，他的脸正对着油灯，一咳嗽就把油灯吹灭了，窑里顿时漆黑一片。

一个脚户拿起火镰连打了几下没打着火，另一个脚户接过去又打了几下，还是打不着。这时一个脚户跳下地，从捎裢里掏出一个大纸包，又从中掰出一盒东西过来，从小盒里掏出一张纸铺在桌子上，掏出一根小木棍在纸上一擦，火就着了。用一根小木棍点着了火是人们从未见过的新鲜事，趄在炕上的脚户一跃身子坐了起来，有人稀奇地问："咦，这是什么玩意？这么神，一擦就着。"

擦火的货主得意地说："火柴，洋玩意。"

有人接过火柴盒凑到油灯前念道："月光，"接着念道："兰州同生火柴厂用品，中国百货公司甘肃省公司报销，公私合营。"念着念着，他说："什么东西，乱七八糟的。"

"这是'月光'牌的阴火，还有一种'日光'牌的一阴一阳正好一对。"

"这东西贵吗？"有人问。

"很贵，一包六十元。"

"啥？一包六十元。"所有人都惊奇地瞪起了眼睛。

"不是这一小包，是一大包，装七千多小盒。"货主张开胳膊比画了一下。一个脚户也学着把一张纸铺平，用小木棍一擦没有擦着。货主家一看说："懵屃，睡觉也该有个倒顺呢。"

擦火的人把火柴棍调了个个儿一擦擦着了，他捏着火柴怪声怪气地说："这是阴火，母的都这么厉害，要是换个公的，不知道该怎么样了？"听了他的话，大家笑了起来。

几个脚户们围着炕桌说着闲话，麻三趄在被上一字不落地听进耳里，他没有看见火柴，但根据几个脚户的描述，已对火柴的用法了解了大半。

突然一个脚户在黑暗中问道："你们陕北闹红，现在还闹吗？"

一个操陕北口音的马上就接着说："闹球呢，闹红的那几个都跑光了，有的跑到了花马池，有的投奔了苏雨生。"

"胡说。"又一个操陕北口音的人没等前一个把话说完，接过话茬，"这都是哪年的事了，听说苏雨生被马鸿逵打败了，他们又回到了陕北。"

"这下都蹲定不闹了？"有人又问。

"哪能呢？在家蹲了几个月，听说陇东的谭世麟招兵买马，又到了陇东，现在住在了吴起一带。"

"这下安生了，当了官没闹头了。"

"就是，闹事就是为了当官，官当上了，自然就不闹了。"

"啥？他不闹人，别人还闹他呢！"操陕北口音的又说。

一听说互相闹事，脚户们都很感兴趣，一个个把耳朵支了起来。

“听说张廷芝他老子把闹红的人扣了，我看闹红又塌火了。”说完后，这人长长地舒了口气。

“不可能，这帮王八羔子，不闹真还不行了。现在的世道欺负穷人，穷人都没法活了，张廷芝就把这周围的百姓糟蹋遍。”操陕北口音的人不忿地说。

大家静静地听着，没有人插话。过了很久，有人突然问：“张廷芝的妹子美吗？”

众人一下子大笑了起来，窑里的气氛又热闹了起来。

大家正谝着，张三进来说：“收拾，收拾，吃饭。”瞅见麻三说，“这家伙不在家收拾过年，咋也来了？”

麻三没说话，他坐起来把身体向前趄了趄，算是打了个招呼。

“麻三，下来吃饭。”张三对麻三喊了一声。麻三的肚子正饿了，也不客气，溜下炕也不管他人坐不坐，自己先坐到地上支的一张桌子旁，拿起筷子夹了一筷头土豆丝喂进嘴里。

桌子上摆的是两碟菜，腌咸菜、炒山芋丝，还有一笼馒头。

六个人围在桌子旁，每人面前放着一只碗，手里捏着一个馒头。吃着吃着，讲故事的那位大着嗓门问：“掌柜的，有酒吗？”

“有有有，要多少，今年酿的。”

“你看，每人一碗，我请客。”讲故事的人豪气地说。

张三抱来一小罐酒给每只碗里斟满酒后，走到麻三面前不倒了，讲故事的说：“倒上，倒上，今天就是要请请我这兄弟。”刚才麻三不等人让就坐在桌子旁，已惹得众人不高兴。

张三给麻三倒了半碗酒就停下了，讲故事的一看说：“我说你这个掌柜的，又不是没人出钱，看你小气的。”说着，他一把夺过酒坛给麻三满满地倒了一碗。

麻三逢年过节能喝几口，面对眼前的一碗酒，皱了皱眉头，感到十分为难。

“来，出门在外，大家能遇到一起就是缘分，就是兄弟。马上过年了，哥儿几个年三十还回不了家，我给大家敬一碗，祝大家过年好，来年发财，能看得起我的，干了。”说完，酒碗搭在嘴上头一仰，咕嘟了几下就喝掉了半碗，然后端着剩下的半碗酒亮给大家看。

其他几个也都一口气喝掉了半碗，一个个把喝剩的半碗酒亮在面前。

麻三端起酒碗，抿了一口把碗放下。他看其他人喝掉了一半，忙端起碗来又喝了一口，这酒还没咽进肚子，被酒气熏得直摇头，闭着气把一口酒咽进肚子后被酒呛得直打喷嚏。几个脚户看麻三喝酒的样子哈哈大笑，几乎一起把酒碗举到了麻三的面前，麻三看看大家为难地说：“让我缓缓，我一下子喝不下去。”

讲故事的说：“好，大家吃菜，让这位兄弟缓一缓。”几个脚户放下酒碗掂起了馒头。

麻三没喝下几口酒，端着酒碗不好意思吃馒头，用嘴把碗里的酒咂了一口又咳嗽起来。

大家吃完了一个馒头后，又举起了碗，麻三也跟着大家把酒碗举起来。这次，麻三连喝了几口，碗里的酒下去了一半。一条火路从嘴通到腹部，脸也胀得通红。

讲故事的一看麻三喝下去一半，提起酒坛给每个人的碗里都添满了，轮到麻三，他停顿了一下也给添满了。

麻三有半碗酒撑腰，胆子壮了许多，拿起一个馒头啃了起来。

脚户们又吃又喝，随着酒精在肚子里发作，情绪也发作了起来，每个人掂着馒头，捏着酒碗，说着自己也不知道该不该说的话。喝着喝着，讲故事的端起碗唱了一曲陕北民歌《赶牲灵》，唱完后端起碗和大家碰酒，麻三把碗里的酒又喝下几口。

前面问张廷芝妹子美不美的脚户站了起来唱道：

南山里有个三道道岭
住着个媳妇叫梁莹莹
今年刚好三十整
正是如狼似虎妙年龄

梁莹莹长得爱煞人
眼睛明亮水灵灵
嘴巴小巧两腮腮红
鼻子棱得像根葱

自古红颜多薄命
嫁了个男人是骟驴子
长得结实浑身是劲
腿跛郎软得像根虫
……

就在脚户唱得起劲，人们竖着耳朵听得认真时，山下突然传来“啪、啪”的枪声，喝酒的人霍地站了起来，大家你看我、我看你地愣了一会儿，有人说：“走，出去看看”。

窑外静静的，什么人也没有，人们爬上了窑顶四下张望瞅不见人影，互相询问：“刚才枪声打哪里来？”

一个个摇着头说：“不知道。”

站了一会儿，有人说：“怕是土匪。”一听说是土匪，脚户们全乱套了，纷纷回到窑里把自己贵重的东西藏起来。

一碗酒把麻三灌醉了，大伙儿唱歌时，麻三耷拉个脑袋犯迷糊，看到人们出去了，眯着眼睛说："怎么都不喝了？不喝，我就回家了。"说着，麻三摇摇摆摆地站了起来，刚走了两步看到脚底下有一包东西，拾起来揣进怀里，跌跌撞撞地走出了窑门。

夜渐渐地深了，麻三不知自己走了多长时间，走到哪了，他的双腿发软，上眼皮困得直往下掉。在冷风的吹拂下清醒了许多，两条腿像灌了铅似的沉重，他想坐下休息一会儿，理智告诉他，不能坐，不能坐下。

西北风刮个不停，黄土被风卷起，打在脸上、身上。麻三把衣服裹了裹，一裹衣服怀里揣的东西掉了下来，他低头拾起来揣进怀里，又向前走了一段，麻三把手伸进怀里捏了捏，不知道自己揣的是什么东西。

凛冽的风似刀子般割着麻三的脸，他的脚步更加蹒跚了。猛然间麻三想到昨晚见到的火柴，要是这时候能有一堆火该有多好。想到火柴，麻三的手又伸进了怀里，心想怀里揣的是不是火柴。

冬日的栒子山光秃秃的没一点生气，脚下的山路只生长一些低矮的苔藓。麻三两腿发软步履更踉跄了，步子从走变成了挪，步幅迈得也越来越小。四周黑黝黝的，什么也看不清楚，他摸到路边的一个土坎刚想坐下去，脑子里又闪出了坐下去，就永远也站不起来的念头，就把头甩了甩，想让自己再清醒一点，已经冻得发麻的脑袋甩都甩不动了。他低着头弓着腰，把双手放在膝盖上，准备停下休息一会儿，可山岗上的冷风吹得呼呼直响，一低头，风从衣领吹进去，顺着脖颈把后背吹得凉飕飕的。麻三打了一个寒战，直起腰把垂下去的衣服又裹了裹，双手笼在胸前弓着腰继续往前走。

下坡比上坡时轻松了许多，不一会儿麻三就下了坡，在坡底麻三看到一条三岔路口特别熟悉，他想不起自己到了哪里，该走哪条路，在原地转了一圈，顺着岔道进去。

一条小路沿着山脚转来转去，不一会儿看到山峁中堆砌的圈棚，麻三知道离人家不远，加快了步子。走进村子他被一条黄狗挡住了，黄狗看到生人，吠叫着往上扑。麻三一看连忙蹲下，黄狗往后退了几步。麻三一蹲，双手从胸前垂了下来，揣在怀里的火柴从衣襟下掉了出来。麻三伸手捡起火柴，举起来对黄狗晃了晃，黄狗一看麻三拿着东西，吓得一转身往回跑了几步，站在远处吠叫。麻三见黄狗跑了举着火柴向前走，黄狗看见麻三过来，一边往后退，一边吠叫。就这样，人进狗退，相互对峙了有一袋烟的工夫，麻三的酒劲也过去了大半。麻三和狗的对峙惊动了主家，不一会儿就有人出来了。

来人是贾占清的哥哥，借着月光认出了麻三，他奇怪地问："干亲，你怎么半夜来了？"

麻三看到有人磕着牙说："快进窑，我快冻死了。"说着，就往前闯，没走两步腿一软摔倒在地上。贾占清的哥哥闻见麻三浑身酒气，连忙把麻三扶进窑。

麻三一觉就睡到下午，贾占清的嫂子就给他把饭端了上来。麻三扒了几口心里发潮地吃不下去，撂下碗又爬到炕上，又睡了一觉才被贾占清拉回他家。

麻三过去后，贾占清让秀云炒几个菜，麻三一看要喝酒，耷拉着脑袋就往炕上爬。麻三躺下，头疼得翻来调去睡不踏实，贾占清见菜炒好了上炕扯掉麻三身上盖的皮袄，从脖子后一搂就把麻三搂了起来。

麻三挣扎说："我的酒还没醒，喝不成。"但他无论怎么说，贾占清都是一言不发。

身不由己的麻三不得不坐起来，贾占清对妻子说："你去把他大爹找来。"不一会儿贾占清的哥哥进来了。

贾占清给每人倒了半碗酒说："不知道干亲今天来，也没个好吃的，淡酒薄菜，凑合凑合。"

麻三没有胃口，更不愿喝酒，贾占清让了几次才极不情愿地端起酒碗，他把碗端起来闻到酒味就难受得直摇头。贾占清看见说："这是回笼酒，喝，什么事都没有，喝几口就顺溜了。”麻三再次把酒碗端起来，放在嘴边还没喝头又摇了起来。

贾占清的哥哥见麻三为难的样子也劝说：“你喝，啥事都没有。”麻三再次把酒碗端起来，咬牙抿了一口。

贾占清一看麻三喝下一口，立即把自己的酒碗递上去和麻三碰了一下：“好事成双再来一口，兄弟，遇到你是我的福气，也是我女儿的福气，来，兄弟，我敬你。”

麻三刚喝下一口，呛得连连咳嗽。面对递过来的酒碗，推辞不接，但经不住贾占清的劝说，只好又喝下一口。

两口酒喝下，吃了几口下酒菜，没等他把菜咽进肚子，贾占清的哥哥又把碗递了过来，麻三刚准备推辞，心想推辞也是白说，不如落个爽快，端起来就喝了一口。这一口喝下，碗里的酒就不多了。连续喝了几口，麻三感觉好多了。俗话说，来而不往非礼也。麻三也端起酒碗给哥儿俩回敬，贾占清见麻三碗里的酒不多，又添了半碗。一来二往不一会儿三个人喝了起来，喝着喝着三个人都喝多了。

贾占清的哥哥掏出烟袋，摭了一锅烟，拿出火镰敲了起来，他连续敲打了几十次都没有把火点着，打得指头都发麻了。麻三看到后，猛然想到自己昨天晚上捡的东西，对贾占清说：“干亲，我昨天拿的那包东西呢？”

“什么东西？老婆，你见亲家带的东西吗？”贾占清问秀云。

秀云忙说：“我没见。”

贾占清的哥哥说：“可能在我家，半夜到我家时手里拿着个纸包包，我放到炕台子上了。”

“快拿来。”贾占清催秀云拿东西去了。贾占清撂下烟锅端起半碗酒说：“咱哥儿个再碰一碗。”三个男人，端起酒灌进肚子。

不一会儿，秀云回来把一包东西交给麻三。麻三撕开包在外面的纸，取出一个小纸盒，推开纸盒取出一根小木棍和一张小纸片铺在桌子上，用小木棍在小纸片上一擦，“哧溜”一声小木棍点着火了。麻三擦火柴时，贾家弟兄看着他。

麻三擦着火柴对贾占清的哥哥说：“把烟拿出来。”贾占清的哥哥一听忙揓上旱烟递到麻三跟前，麻三把火柴靠近烟锅，贾占清的哥哥一吸，旱烟嗞嗞地点着了。贾占清也揓了一锅烟递到麻三跟前，火柴已经烧过一半，没等贾占清点着，麻三的手被火烧得只好扔掉火柴梗。

麻三点火的这个过程也吸引了秀云，多年来，用火镰点火，每次都要费很大的劲，有时候打得手都疼了还点不着。看到麻三用小木棍轻轻一划就把火点着了，心想自己要有一盒该多好。

贾占清的烟没有点着，有些遗憾，麻三又从火柴盒里抽出一根给贾占清点着烟。秀云见麻三手里的还在燃烧的火柴梗，想看看又不好意思。麻三看到后，把火柴梗递给她。她拿到手里仔细地端详着火柴一点一点地燃烧，猛然间，她感到手指被烧疼了，连忙撂下火柴，把手指擩进嘴里吮吸。她的举动引得三个男人一阵大笑，秀云头一扭，羞涩地躲到了灶火跟前。

三个男人笑罢，贾占清又给大家斟满酒，端起酒碗说：“干亲，你在哪里闹得这玩意，好！我敬你一碗。”说着，把手中的酒先喝了。麻三也喝掉了自己手中的那碗酒。

山里人喝得酒大都是自己酿的，没个准确的度数，有时候喝一碗酒还好好的，有时候喝几口就上头了。几个人连说带喝从下午一直黏到半夜，一个个喝得神魂颠倒，腿脚发软，麻三喝得连站都站不起来了。贾占清摇摇晃晃地把麻三拉起来，麻三站起来甩开贾占清，趺趺撞撞地出去了，一出窑门靠在墙上就尿了起来，尿完后把裤子往上提了提，连裤带都没系，进来就爬到了炕上。

麻三彻底喝醉了，趴在炕上一动不动。

山里人一家人睡在一个炕上，即使来了亲戚，也是和大家挤在一起。麻三靠门睡下，贾占清靠着麻三躺下。睡下不久，麻三心里发潮，脖子一伸吐到地下，秀云忙起来给麻三收拾掉。

这一夜，麻三吐了几次，秀云被折腾得一夜都没有睡好。天刚麻麻亮，从外面闯进来一个人，说贾占清的舅舅昨天去世，要他去奔丧。秀云又起床给丈夫准备东西。贾占清收拾好东西，临出门时安顿秀云：“等上午起来，就打发他走。”

贾占清走出房门，又折了进来，对秀云说：“天都亮了，你起床给牲口添点草去。”

贾占清走了后，秀云摸黑给牲口把草添了，回来坐在炕边，一夜没有睡好的秀云在炕头上坐了一会儿，见天色还早，爬上炕又躺下了。

贾占清走时，麻三被惊醒了。麻三爬起来到外面小便回来，见秀云已经睡着，贾占清睡的被子空空的，上炕后直接钻进贾占清的被窝。

自从见了秀云，麻三就有了贼心，他见秀云睡熟了，悄悄地把手向秀云的被子里蹭，先是伸进两个指头试试秀云的被边压得松紧。秀云睡觉时，把被边子压在身子底下，麻三把两根手指伸进去，觉得太紧，轻轻地抓住被子往开拉，他怕一用力把秀云惊醒了，慢慢地一点一点地松动被子。

麻三拉动秀云被边时，睡得糊里糊涂的秀云本能地把被子又紧裹了一下，就在她裹被子的时候，麻三趁机把一只手伸进了被子里，把自己的身体往秀云身边靠了靠。麻三的手在秀云的被子里并不老实，慢慢地上下摸索。

秀云累了一夜，睡得很熟。麻三的手摸在她的身上，她迷迷糊糊地以为是自己的丈夫，慢慢地她觉得不对劲，抓住被窝里的手一把拉了出来，明白是干亲麻三。秀云把被子一掀一转身溜下炕，靸着鞋就出去了，临出门时拉门的手一使劲，门“咣”地一声就关上了。

秀云走了，麻三也待不下去了，临出门时，看到被秀云放在桌子上的那包火柴，伸手揣在怀里，走到门槛处，觉得自己把火柴全拿走有点太小气了，又从火柴包里取出两小盒放下。

十三

过了腊月二十三，离三十越来越近，五癞子妈开始准备蒸年三十祭祀用的馒头，结面时发现家里存放的烧碱不够。五癞子妈说出去借点，妮子摇摇头，她抱了些荞麦柴回来，把荞麦柴烧成灰掺到烧碱水里。妮子一边加碱水，一边揉面，揉均匀后切下一块拿到门口借着光看了看、闻了闻。妮子连揉带揣，把面团揉得光溜溜的。五癞子妈见妮子和面干脆利索，和完面手上不粘一点面，盆子也是光光的。嘴上没说，心里对这个媳妇十分满意。

缝缝补补、锅碗瓢盆、针红女织是女人一辈子干不完的营生，女人要在婆家站得住脚靠的就是这些手艺。妮子切墼、拱圆、笼蒸一气呵成，干脆漂亮。五癞子妈结碱时，要从面团上揪若干面絮和成小球，把小球放在火里烤熟，看面的酸碱中和程度。妮子只是把和好的面揪下看了看、闻了闻就上笼了，更何况用的是荞麦灰碱，五癞子妈嘴上没说，一直为妮子捏一把汗。

一袋烟的工夫馍香从笼屉溢出，五癞子妈急切地揭开笼屉，见笼屉里的馒头一个个白生生、煊翻翻的，悬着的心落了下来。

一笼蒸馍让五癞子妈看到了妮子的锅灶手艺。妮子过门一年多，只做一些平常的饭，看不出手艺。平时妮子做饭、洗衣服，五癞子妈看出妮子是一个手脚麻利的人，今天看了妮子蒸的馍馍，更喜欢妮子了。

五癞子妈猛然萌生了一个想法，她想把妮子留下。自古哥哥死了，弟弟续娶嫂嫂的事多得很，五癞子妈想让五癞子续娶妮子。这个想法一产生，马上就强烈了起来，迫不及待地等候五癞子爹一起分享。

太阳渐渐偏西，五癞子和他爹放羊回来，五癞子妈见家中无人就问坐在炕上吸烟的五癞子爹："你看妮子这人怎么样？"

"什么怎么样？"五癞子爹没有听明白老婆的话。

"我就说这个人。"

"我咋能知道？"五癞子爹平时不和妮子说话，吃饭都不坐在一张桌子旁。

"秋子走了，你总不能让她一辈子守在家里。"五癞子妈说出自己的想法。

五癞子爹从来没有考虑过这事，经五癞子妈一说，觉得也是，秋子走了，没有留下一男半女，妮子留在家里没有守头，就问："你说咋办？"

"五癞子也大了，不如……"五癞子妈没说出来。

"五癞子？"五癞子爹把烟锅从嘴里拿掉，眼睛瞪着妻子。

妮子比五癞子大几岁，不知两人同意不，五癞子爹心里没底。

"我也是这么一想，你要不同意就算了。"五癞子妈见男人不说话，以为五癞子爹不同意。

五癞子爹想要摸摸两个娃的想法？五癞子倒好说，成不成都是家里的事，妮子还要问人家娘家的意思。

"好是个好主意，你说这话让谁去说？"五癞子爹把烟锅头在鞋底边磕烟灰，边问五癞了妈。

"让谁说？我没想过。"五癞子妈一听，知道五癞子爹同意了。

"儿子的话，我能说，妮子的话，你能说吗？"五癞子爹接着问。

"我说不成，说不成，得找个人问问。"

"好吧，完了再说。"五癞子爹把烟袋一卷出去了。

麻三弄回几盒火柴，在五座塬显摆了几天，走到哪里都会把他的火柴拿出来夸夸，顺便把陕北闹红的事添油加醋地说一遍。

吃过下午饭，他来到武二窑里见栓子、朱占宝、五癞子和武二在一起说写字的事，转了一圈就出去了，走到门口又折回来，对朱占宝说："听说你妈找人到四梅家提亲了，四梅爹要你当上门女婿。”

朱占宝瞪了麻三一眼没有言传，麻三见朱占宝不说话，就说：“四梅有什么好的，还非要给她当上门女婿。朱占宝，你可不能给四梅家顶门，你家就绝后了。”麻三的话有些阴阳怪气。

“也就是的。”五癞子也跟着起哄。

朱占宝瞪了麻三和五癞子一眼，什么话都没说。

麻三见朱占宝不还口，又说：“你们知道朱占宝看上四梅什么东西了？”

“什么东西？”五癞子问。

“我给你说个谜，你猜。”麻三见只有五癞子应和他，对五癞子说。

“离地三尺一条沟，一年四季水长流……”麻三拍着五癞子的肩膀说，“就这两句，我看你娃娃脑子好使吗？猜一样东西，猜不着问武二。”

五癞子明白麻三说的是什么，故意装作猜不出，嘴上还自言自语地说：“这是什么东西？”

站在一边的栓子呵斥五癞子说：“别猜了，狗嘴里能吐出个象牙？”

就在栓子呵斥五癞子时，燕子进来了。看见五癞子，用手指对五癞子勾了勾说：“过来，我给你说个悄悄话。”

麻三看见燕子就说：“你对他有什么悄悄话？有话给哥说。”

五癞子见燕子叫他，把挡在前面的麻三一推出去了。

“你知道吗？你爹找人给你说媒了。”燕子给五癞子说的悄悄话一出口，窑里的人都听到了。

“是谁？是谁？”麻三首先问，其他几个人都瞅着燕子，燕子一看大家都看她，就往外走，走到门口才回了一句：“不告诉你们。”

燕子走了，大家把眼光投向了五癞子。

五癞子一看大家都在看他，把脚一跺说：“看我干什么？我能知道是谁呢？”说罢，也出去了，窑里的人不知谁领头哈哈哈地笑了起来。

临近过年了，家家的羊都比平日早回来一会儿，天还没黑，几十只滩羊悠闲地从晚霞中轻轻地探出脑袋。妮子做好饭，站在街门硐的一个土堆上看着羊出山、上硐、走进院子。五癞子爹双手揣在袖筒里，怀里抱着放羊鞭，跟在羊群的后面，进了院子，把羊鞭子往羊圈墙上一放进窑了。妮子见羊回来，去把堵在羊圈门上的树桩往旁边挪了一下，羊群一窝蜂地向羊圈里挤，把站在圈门口的妮子也挤进了羊圈。

圈完羊妮子回到窑里，五癞子爹已经坐在炕沿边呼呼地吃了起来。妮子径直走到锅台旁，端起放在锅台上的一碗山芋调和饭，蹲在灶火门口。一家人每人端着一碗饭谁也不说话，用筷子在碗里一圈一圈地旋转着吃饭。妮子吃饭时不时地用眼睛瞭五癞子爹娘吃饭的动作，她见五癞子爹的筷子在碗里不旋转了，忙放下手中的碗起来给五癞子爹添饭。

吃过晚饭，妮子洗完锅回到窑里，把脚焐在褥子里坐到炕上，弓着身子趴在炕上，借着昏暗的油灯光用香头在一只鞋垫上画图，一闪一跳的灯光也把妮子的脸映得忽亮忽暗。

自从秋子出事以来，妮子整天给家里人做鞋。前几天燕子剪了一双鞋垫让她给绣花，她想燕子绣鞋垫也许是为自己准备嫁妆，就在鞋垫上画了一对鸳鸯。

妮子把香头在油灯上点着、吹灭，用烧过的香头绘画，一点一点画得很细心，就在妮子精心地给燕子画鞋样时，燕子悄悄地摸了进来。

五癞子爹最终还是找王宝帮五癞子提亲，两人商量的事正好让燕子听到了。燕子想告诉五癞子，刚说了一句，想到妮子不知什么意思，转身来到妮子家。

妮子见燕子过来，把自己画好的一对鸳鸯让燕子看，燕子拿过鞋样仔细端详了一会儿说："画得真好，给你画的？"

"我要它干啥，给你画的，喜欢吗？"妮子对燕子说。

燕子听了脸一红："我要它有啥用，说不上哪天你就用上了。"

妮子听燕子一说，也没有多想，岔开话和燕子说起如何配色来，两个女孩叽叽喳喳地讨论在什么位置配什么颜色。说了一会儿闲话，燕子沉不住气地说：“告诉你一个秘密，五癞子爹想让你嫁给五癞子。”

妮子一怔，继而问：“你怎么知道？”

“五癞子爹到我家找我爹商量了。”

听了燕子的话，妮子的情绪一下子低落下来，妮子想起三子。结婚那天骑在驴上她听出那歌是三子唱的，秋子死后，妮子常常想起三子，可三子从没有进过五癞子家，几个月见不上一面，她给三子做了一双鞋一直没有机会送给他，至今还压在被子下。

妮子痴痴地想着，猛然间她听到窑外的脚步声，听出五癞子回来了。五癞子也是个好人，听话、贪玩，就是懒一点。和他爹一起放羊，放着放着就懒得出去了，他爹蹲在家里骂，五癞子也不顶嘴。自妮子一个人烦闷时，五癞子和她一起玩，一起改绷绷、讲故事、猜谜语，很多村子里发生的新鲜事，都是五癞子讲给妮子听的。

有一次五癞子和妮子猜谜语，五癞子说：“红匣子包金子，谁猜不着是龟孙子。”妮子一听就知道是枣子。他给五癞子出了个“三尖四楞房，金子包红娘，想吃红娘肉，改带脱衣裳。”五癞子没吃过粽子，猜不出来难住了。

妮子静静地想着，觉得两个男人都是好人，细一比较她还是喜欢三子。

再说五癞子听了燕子的半截话，心急火燎地回了家，见他爹妈都坐在家里，直接问：“你们是否给我说亲了？”

“你怎么知道？”他妈问他。

“别人都知道，就把我蒙在鼓里。”

“谁把你蒙在鼓里，你一天到晚连个人影也不见，谁蒙你。”五癞子爹接过话茬把五癞子训了几句。

“你看妮子咋样？我和你爸看妮子是个好媳妇，你说呢？”五癞子妈试探地问。

“我嫂子？”五癞子没有想到家里人让他找嫂子，瞪着眼睛有些不信。

“咋样？”五癞子爹加重语气问。

“她是我嫂子？”五癞子又重复了一句。

“你哥没了，你让她怎么办？”五癞子爹问五癞子。

“这是我的事？”五癞子反问。自从妮子到五癞子家，五癞子就把妮子当成了姐姐，猛然间，要让他和妮子成亲，五癞子一时转不过弯。

“你看着办吧。”五癞子爹还不知道妮子愿意不愿意，没有逼五癞子，只是狠狠地呵斥了五癞子几句。五癞子爹要给牲口添草，说这句话时已经走到了窑门口。

听到五癞子回来，燕子猜想五癞子肯定会说这事，拉着妮子听门风。妮子不想去，她怕被五癞子家人撞见不好意思。燕子一个人出去了，燕子一出去，妮子也坐不住了，跟在燕子的后面。燕子站在五癞子爹妈的窑门口，妮子站在自己的窑门口，耳朵仔细地捕捉窑里传出的声音。

窑墙太厚，她离得又远，什么都听不清楚，只听到五癞子爹的最后一句话。听了这话妮子突然感到一阵悲哀，三子指望不上，五癞子看不上她，眼泪不由地落了下来。

燕子也没有听出个什么来，她听到五癞子爹站在门口说话后，知道五癞子爹要出窑，赶快跑回妮子的窑里。两个女孩站在窑里，谁都不说话，妮子的眼泪一串一串地滚了下来。燕了想劝劝妮了，张了张嘴却又不知道自己该说什么。

燕子走了，妮子趴在炕上抱着被子哭了起来，一边哭一边想。从父母、哥哥想到了三子、秋子，越想越觉得自己是个苦命的人，越想越伤心，多少委屈、多少伤心都幻化成眼泪，成串成串地掉了下来。

伤心随着心情越演越烈，妮子渐渐地哭出声来，且越来越高。五癞子和他妈听见，虽然不知道为什么，但明白这哭声与秋子有关，与这个家有关。

无论是妮子的哭声，还是五癞子的哭闹，都撼动不了五癞子爹妈的思想。五癞子爹妈找到王宝想早定下来，王宝觉得这事是大事，不能图快，要把各方面的情况摸清再说。

五癞子爹妈想想也是，妮子家又不是无人。五癞子妈说：“过年时妮子回家给哥哥嫂嫂拜年去，找人先给她哥通个气，看她家里啥意思。”

第二天一大早五癞子爹又去找王宝，王宝听后说：“你们两家是亲戚，自己先商量商量，说好了再找媒人。”

吃过早饭，五癞子爹就去了老村子，妮子的哥哥自然是欢天喜地，她嫂子知道妮子和三子的事，不知妮子是啥想法，想等问过妮子再答复。

十四

年三十清晨，天刚麻麻亮，王宝一家早早地起来了，栓子和武二整理院子，燕子和她妈糊窗户纸、贴窗花，王宝在这里弄弄，在那儿鼓捣一下，一家人忙个不停。院子收拾完毕，栓子和武二一起贴对子，对子是王宝写的，炕墙上是“身卧福地”，炕对面墙上是“抬头见喜”。羊圈门上是“山高草茂牛羊壮，塬青水秀五谷丰”。一幅“六畜兴旺”，栓子贴到驴圈门上。

贴罢对联，栓子放了一鞭炮，武二端着半碗洋红给每只羊的背上都搽上一把。一切准备就绪，王宝和武二跪在羊圈门口举行出行仪式。仪式很简单，两人面向羊圈烧了几张黄表纸，点了三炷香，叩了三个头，武二就把羊赶出圈。临行时，王宝告诉武二：“今天转一圈就回来，有个意思就行了。”

临近中午，一家人换上新衣服后仍不见武二回来，王宝让栓子瞭了几次，看着武二赶着羊慢慢地回来才放下心来。

武二一进院了燕了，就说：“你咋才回来，我爹怕你被狼叼走了，让我哥瞭了几次。”王宝听见，斥责燕子说：“大过年的，不要说不吉利的话。”

燕子向武二作了一个鬼脸，告诉武二：“我妈也给你做新衣服了。”

“是吗？”武二知道给他做了新衣服，还是像刚知道一样惊喜。

“你等着，我给你找去。”说着，燕子回窑给武二找衣服去了。

武二到五座塬三年，每年春节王宝都给他做身新衣服。每次穿新衣服，武二都会高兴地把衣服的前襟拉了又拉。武二穿上衣服，还没等他拉衣襟，燕子学着武二的样子拉起了衣襟，惹得窑里的人都笑了起来。

山里无菜，年夜饭以肉为主。一碗土豆丝小炒、一碗蔓菁丝、一碗炒猪肉、一盆子清炖羊肉、一碗鸡蛋炒肉片和一盆土豆猪肉豆腐豆芽炖在一起的大烩菜。种类不多，数量管够，大家吃得津津有味，尤其是清炖羊肉，没等吃完，栓子妈又舀了两碗加在盆子里，今年王家的餐桌上少了清炖羊肉。

吃过下午饭，麻三哥儿俩要和栓子耍牌，武二身上没有钱，站在一边看着，王宝进去从兜里掏了几角钱递给武二。

耍了几把，麻三提出每人讲个故事。麻五一听讲故事，喊着要讲傻女婿的故事，武二会讲了一个傻女婿的故事。麻三说："你们只会讲傻子，我给大家讲个文的。"

传说年三十晚上，人的灵魂要出去串门，麻三几个讲了一会儿，看着天黑了，连忙回家去。

初一的饺子，初二的面，初三、初四去拜年。过年有过年的讲究，栒子山人穷，人穷讲究更多，正如人们常骂的："穷得叮当响，穷讲究还多得很。"

五座塬人过年遵循的是一个传统，享受过年的过程。初一这天所有人都不出门，守在家里，一大早小辈给长辈叩头拜年，长辈给后辈压岁钱。过了初三才出门给岳父岳母和其他亲戚拜年去。五座塬村子人少，到了初二时，年轻人就待不住了，又不敢到别人家，就到五座塬上一个平塘处溜达，先是麻三过去，不一会儿麻五追了过去。五癞子、朱占宝看到平塘上有人，也都过去，几个年轻人在平塘上嘻嘻哈哈地玩了起来。

正月初三上午，王宝给四梅爹拜年，刚进门，五癞子爹就过来了，行完礼节，两个人便坐在炕头上抽烟、闲聊。正聊天时从外面跌跌撞撞地闯进一个人，低头捂着左臂，进窑后双腿一软趴在炕沿上，把王宝和五癞子爹吓得跳下了炕。

五癞子爹上前拍来人的肩膀，见来人趴在炕沿上不动，俯下身搬起头一看："高先生。"

高先生离开五座塬后去了安边，一进城就被人告发给张廷芝了。张廷芝立即派出一班人马追捕他。前段时间栓子和武二放羊看到被三个当兵的追的就是高先生，高先生怕给栓子和武二带来麻烦，装作不认识直接越沟跑了。麻三在打虎店听到的枪声，正是追兵发现高先生开的枪，并打伤高先生的左臂。

他在枸子山躲藏了一段时间，无法生存又跑到五座塬，胳膊上的伤因没有及时包扎已经受冻溃烂。

高先生虚弱地趴在炕边，王宝和五癞子爹连忙把他扶到炕上躺下，又让栓子妈熬了一碗米汤。

高先生胳膊上的血已经结成一个冰疙瘩，王宝想帮高先生把衣服脱下来，扳了几下扳不动，五癞子爹站到炕上，把高先生抱起来，王宝给高先生脱衣服时，四梅爹进来了。他看到两人的举动，惊愕地站在门口。

四梅爹见两人脱不掉衣服，说："把衣服铰了吧？"

这话说出口，没有人响应，高先生穿的是一件棉袍，铰了十分可惜，谁也下不了手。抱着高先生的五癞子爹把他放倒在炕上。

栓子妈端来一碗热水，四梅爹站在炕边将水一点一点喂进高先生的嘴里。

王宝轻轻地揉搓高先生的衣袖，栓子妈又舀来一马勺热水，两个人一边滴水一边揉，结成的冰渐渐融化了。五癞子爹用剪尖一点一点地挑开衣扣，几个人一起才把高先生的棉袍脱掉，露出一件被血染了一半的白布褂子，王宝又让栓子妈舀了一碗冷水慢慢地滴在伤口处，接连滴了几碗水，伤口才和白布褂子剥开，胳膊上露出一个比银圆还大、已经稀烂成坑的伤口，四周乌黑。

看到伤口大家为难了，五座塬人没有见过枪伤，不知如何治疗。五癞子爹拉了一领皮袄盖在高先生的身上，让人把王老倔和朱占宝爹喊来。

高先生的伤口已经开始腐烂，四周黑紫，中心泛白，伤口黏成白糊状，一股腐臭直冲鼻息。王老倔向栓子妈找来半碗白酒，想把酒点着，点了几次因酒的度数太低点不着，只好找块布子蘸上酒把剪刀擦了擦，用剪刀把高先生胳膊上的腐肉一点一点剪掉，又用筷子绑块布蘸上酒清洗。高先生的胳膊被剪出一个坑，里面的腐肉也清理了出来。王老倔发现子弹划掉了一块骨头，从另一面穿了过去，形成一个贯通的窟窿，栓子妈找了一块新布条，蘸上酒填到伤口窟窿处，用筷子把布条捅进去。昏迷的高先生在布条捅入弹洞时皱皱眉头，王老倔将布条从另一面往外拉时，高先生疼醒了，头上浸满了汗珠。朱占宝爹找了一双筷子塞进高先生的嘴里，高先生咬着筷子。王老倔把捅进去的布条带着腐肉、瘀血从伤口的一头拉了出来，高先生头上的汗水犹如黄豆粒般地往下滚。

连续用布条穿了四五次，伤孔里的杂物被清理干净，伤口也越剪越大，鲜血逐渐渗了出来，王老倔觉得做针线的剪刀刃太宽，小一点的腐肉剪不出来。栓子把燕子剪窗花的小剪刀拿过来。王老倔把小剪刀在火上烧了一会儿去剪腐肉，剪纸剪刀的手柄很小，剪起来十分笨拙。四梅爹看看周围的人就问：“谁会使用小剪刀？”

不知谁说了一句：“燕子会用。”王宝站在门口没有说话，他知道燕子胆小，不敢剪，看到门口站的武二，说：“老倔你休息一下，让武二干。”

武二手指灵活，慢慢地把腐肉都剪了下来。王老倔用棉花一点一点地把腐肉沾掉。酒的腐蚀性让高先生感到钻心地疼痛，一用力嘴里的筷子咬成两截，王老倔顺手拿了个枕头把一角塞进高先生的嘴里。

经过清理，高先生的伤口中的鲜血开始往外流，栓子妈找了一疙瘩新棉花，栓子也在四梅家找来一块新布，王老倔把棉花烧成灰填进伤口，用布把伤口包裹起来。

清洗完伤口，高先生的头上、脸上、脖子上全是汗水，几个人把高先生平放在炕上，盖了一床被子。王老倔问王宝：“咋伤的？”王宝向高先生努了努嘴，让他去问高先生。王老倔见高先生又昏迷了，再没有说话。

高先生迷迷糊糊地睡了一天一夜，第二天下午清醒后嚷嚷着要去王老倔那儿，可下地后腿软得连步都迈不开，又在王宝家躺了三天才爬起来。

几天后有人问高先生受伤的经过。高先生说在安边车马店讲了张廷芝抢亲的事，让人告发，张廷芝派兵追他。那天跑到沟嘴碰见栓子和武二，怕牵扯他们就下了沟，跑到打虎店不小心吃了一枪。高先生平静地讲述自己的经历，大家听得紧张惊奇，可王宝不相信高先生的话，几句坏话张廷芝能派人追这么远。

王宝心里暗暗地想，高先生究竟是干啥的?

十五

伤好后高先生和武二住在了一起，他的歌和故事又飘出了窑，惹得五座塬老村子的青年天天往王宝家跑。麻三听了几段觉得没意思，挤出人群见三子站在门口，用肩膀扛了一下三子:“走，有啥看的。”

夜，黑魆魆的，不知什么时候落起了雪花。这雪一改往日的庄严沉静，灵动活泼地尽情在漫天里飞舞，雪花体柔骨净，身态潇洒自然。或珠儿，或花儿，挥洒得全然没有拘谨，极力为寂寞的早春抹上一缕色彩。麻三和三子望着飘洒的雪花不知道向哪里去，麻三在院子里用脚跺了跺地上的雪花说:“去燕子窑里。”

燕子不愿听曲，对王宝说:“窑里臭熏熏的，有啥听头。”晚上，人们都涌进王宝的窑，燕子一个人闷在自己的小窑里绣鞋垫，正绣着，妮子来了。

几天前，五癞子的表兄结婚，五癞子和他爹妈都走了，没过三年孝期的妮子一个人蹲在家里。临走时，五癞子妈让燕子去给妮子做伴，燕子这两天晚上就住在妮子家里，两个人一起画窗花样子、剪窗花、扎鞋垫、绣花边，忙乎了两天。燕子的绣工好，针脚均匀。妮子的剪工好，一张彩纸放在妮子的手里，不一会儿就会变成一双蝴蝶或一只老虎。

早晨，燕子告诉妮子，晚上她不过去了，妮子听了心里空落落的。一个人在家待了一天，觉得无聊，天一擦黑拿着一条裤子和彩线就过来了。

妮子的裤边破了一个洞，她想绣朵牡丹花补在裤子上。妮子拿出自己画的牡丹花，和燕子正坐在炕上配线时，麻三和三子闯了进来。

燕子见来了人，从炕上溜下来，妮子往下一跳，脚步向前踉跄了几步，撞进三子的怀里。窑里的油灯光线很暗，谁也没有看清三子扶妮子，妮子脸一红，甩开三子向后退了几步。

麻三在地下转了两圈，对燕子说："大过年的，绣那玩意干啥，有牌吗，要几把。"

燕子说："滚，我哪来的牌，要要回家去。"

"呿，你家闹个要嘴头子的，回家哪有人？"麻三贫嘴说。

燕子知道，麻三一来她们的裤腿别想绣了，问麻三："想要啥？"

麻三好要，玩什么都精通，反过来问燕子："你会要啥？"

燕子不喜欢要牌，那种要法她都不熟悉，麻三一问，还真说不上自己能要什么，把脸扭向妮子说："你问妮子。"

妮子见燕子让麻三问她，忙摆手说："不行，不行，我不会，不要问我"。

麻三一看知道问也问不出什么，就说："掀花花和抹纸牌，要啥？"

燕子和妮子什么也不精，都不说话。三子一看冷场了，就说："有什么牌要什么。"

麻三陪着燕子到王宝的窑里去找牌，窑里只剩下三子和妮子两人。

妮子嫁到五座塬后，跟三子很少打交道，回到老村子也不一定能见到三子。两个人心里虽都有着对方，却没机会诉说。

麻二和燕了出去后，两人静静地站地上，在幽暗的油灯下局促不安。沉默了一会儿，三子才喃喃地问："过得怎么样？"

妮子听到三子的问话，心里发酸："我能过得怎样？"

三子听了什么话都没说，静静地站在一边，寂静的窑里，两人的呼吸显得急促，三子站了一会儿见燕子还不进来，对妮子说："你累不累？坐下等吧。"

妮子低声说："不累，要累你坐下。"

三子到炕边坐时有意向妮子旁挪了半步，让自己离妮子更近了一点。妮子站在面前，她的呼吸、气味三子感觉得真切。看着站在面前的妮子，突然有了想亲近妮子的冲动，伸出手想拉妮子的手，可靠近妮子手时，又缩了回去，抓住妮子的衣襟扥（dèn）了一下说：“坐下吧。”妮子站在那里局促不安，没有想到三子会拉她，本能地往后退了一步，一抬脚衣襟又被三子拽着，步子一踉跄身子向前倾来，三子一把扶住妮子，两个人的身体都向前倾，两人的脸碰到了一起，妮子羞得掉转头连忙向后退了一步。三子也没有想到会把妮子拉进自己的怀里，看到妮子闪开，也尴尬地说：“我不是故意的。”

这几天妮子不止一次地想到三子，此刻面对自己喜爱的心上人，妮子的心情十分复杂。一份纯真的爱情错过了，是否又将错过第二次。想到这里妮子的心就像被猫抓了似的，她真想一头扎进三子的怀里，用手捶打三子的胸膛：“你为什么不男人一次？”

油灯的火苗静静地燃烧，时间在燃烧中悄悄地流失。三子心神不安，妮子跌进他的怀里时，他真想一把揽住，自卑让他失去胆量。

两个人怀着同样的心思静静地待在昏暗的窑里，窑里的空气凝固般地沉闷，谁也不敢打破这沉闷的静谧。

燕子和麻三找上牌回到窑里，她把铺在炕上的一个小被子往旁边推了推，麻三把炕上放的火盆桌挪到一边，跳上炕，到里面坐下。三子坐在炕边，妮子也把燕子让到自己身边，四个人围一个圈。

冬日的枸子山寒风刺骨，厚厚的黄土窑抵挡不住西北风的侵袭，燕子团坐在炕上，羊粪末子热炕焐得屁股热乎乎的，脊背却冷飕飕的。燕子拉了件棉袄披在身上，想给妮子也找一件，在炕上瞅了瞅，没什么可披的，就对妮子说：“上来，把脚伸到被子里。”

妮子见三子坐在旁边推辞说：“不了，我不冷。”

麻三则说：“她不冷，我冷。”说着，把脚伸进被子里。

燕子瞪了一眼麻三，没有说话。

妮子的两条腿搭在炕沿上，时间一长又冷又麻，她把腿收起来盘坐在炕上，盘了一会儿觉得不舒服，跪起来把双脚压在屁股下。过了一会儿脚压麻了，才听燕子的话，把脚撂进被子里。

三子两只脚耷拉在炕沿下晃动着，身子斜趄着揭牌，玩了几把也把腿盘在炕上，玩着玩着装作不经意的样子把脚伸进被子。燕子的双腿伸进被中，牌就放在燕子的膝盖部。麻三的脚被燕子隔在一边，妮子和三子的脚被隔在另一边。要牌时妮子和三子的脚不时地会碰到一起。刚开始，每次碰到一起妮子都会触电式地挪开，相碰的次数多了两只脚就挨在了一起。

昏暗的清油灯忽忽地闪烁，火苗一跳一跳地摆动，几个年轻人的情绪随着玩牌的输赢也轻轻地摆动。夜渐渐地深了，燕子打了个哈欠，她见妮子和三子的兴趣正大，强打精神坐起来。麻三捏着一把牌跪在炕上，对着轮到出牌的妮子喊道："出不出，我要掀呢。"

妮子的牌还没有理顺，她慢腾腾地理着牌，嘀咕说："催什么？催命鬼。"

麻三抓了一副好牌着急地喊道："快出，我掀到底。"麻三越喊，妮子越不出牌。

妮子的好牌只有五张，数着牌嘟囔："缺德，怎么少一张？"麻三听了妮子的话得意扬扬地说："快点，我连二家都不让，一二三，拦毛鱼。"

麻三说得是行话，意思是无论妮子出一张、两张、三张牌，还是组成一副鱼了，他都能拦住。三子静静地看妮子整牌，心里猜测麻三有什么牌，他听妮子埋怨差一张牌时说："不够，就扣了，让人掀。"

扣了的意思是自己不出牌了，妮子很听话地把手中的牌放在被上说："扣了。"

麻三一看喊道："掀，一掀到底。"掀牌是要扣牌的人必须出牌。

妮子抽出了四张喜准备出，三子的脚在她的腿边不停地摆动着，妮子估计三子不让她这样出，插进去了两张。麻三一看妮子把牌插了进去，认为妮子没什么牌在哄他，催促说："快出。"

妮子已经反应过来，三子不让她一次出四张牌，是想让她多赢麻三的掀钱，她把手中的两张牌扔下去说：“对喜，吃不？”

麻三一看对喜无法吃，就说：“再来一掀。”

按照掀花花的规矩，四张喜一起出叫“四喜五抬”，出四张牌可以赢五张牌的钱。分开出的目的只有“捉掀”，赢了可以多算一把掀钱。

妮子知道对喜不能吃，她故意逗了麻三一句：“还掀吗？连喜都不吃，还掀牌呢。”

妮子又抽出两张：“这两张你吃去。”出牌时她有意把牌扣在燕子的腿上。

麻三见又出了两张，他见牌扣着，就弓下腰把牌翻开，一看又是对喜，有些着急了：“还有啥，快出，哪有这种出牌的？”

妮子见麻三猴急的样子，就在麻三翻牌的时候，她把身子往后趄了一下，迅速把手里的一只牛放在炕上，嘴里却说：“真让我出？”

麻三手里拿四张天已确定无疑，有几条牛妮子不知道，她自己的一只单牛递给三子，三子能否有用就听天由命了。

“真的，你好麻烦。”麻三又催起来。他手里拿着四天挎坝（kuà bǎi）、对牛、三老虎，已经感到妮子和三子手里都没什么牌，大声说：“出！”

“你已经两掀了。”三子不怀好意地提醒麻三。

“掀，掀到底。”麻三歇斯底里地喊道。

妮子见她放在炕上的牌三子已经捡起，心里明白三子有什么牌了，抽出两张牌说：“给你一对垂六子。”

三子看到妮子出的牌，依然稳稳地坐在那儿，好像和自己无关。麻三见是对牛问三子：“你吃不吃，不吃我吃了？”没等三子说什么，就把自己手中的对牛放下了。

三子见麻三抽出一对牛，也抽出一对牛对麻三说：“我这是干啥的？难道是母的。”

三子坐在麻三的上手，三子一吃，麻三就不能吃了。麻三没想到三子会有对牛，见三子把妮子的对六扣在被上，麻三有些恼怒，跪起来的身子坐下去，屁股压在脚上。麻三重新拿起自己的牌，四只天、三只老虎、对牛、一副鱼，还有一张八、一张十。原本一把赐牌，现在对方占了六页，没法赐了，生气地把牌往被上一扔，“一、二、三、四，拦毛鱼。”

“等等，你还掀吗？”三子盯着麻三问。

“怎么不掀，你还有啥只管出。”麻三喘着粗气。

三子不管麻三拉长的脸，抽出六张牌：“两副毛郎郎（指两副鱼）给你吃去。”麻三做梦也没有想到三子还有这样的牌，眼睛一下瞪圆了。

过了片刻，麻三把手中的牌往燕子的腿上一扔，跳下炕出去了。妮子冲麻三的背影喊：“怎么跑了？要不起了。”

燕子把牌收拾起来，顺手把盖在自己腿上的被掀开了。发现三子的一只脚伸进了妮子的两腿间。妮子好像全然不知，看到燕子掀掉被子，妮子才慌忙往起翻，三子的脚从妮子的双腿间挪了出来。燕子看到什么话都没说，脸一下子烧了起来，佯装推炕桌把脸别了过去。妮子见被子被掀开了，脸上也有些挂不住，一转身跳下炕。三子见妮子下了炕，忙不迭地翻起身跟着妮子站在地上摸着穿鞋。

麻三出了院子，站在窑院子中间撒了一泡尿，耍牌时的不快随着尿水子浇得干干净净。他向天空看了看，头顶就像扣着一口铁锅什么也看不见。雪已经停了，院子里积起了厚厚的一层雪，隔壁房间的说书也不知什么时候结束了，院子里静悄悄的。麻三提着裤子往窑里走，一进门和站在地上的妮子撞在一起。妮子推了麻三一把，说：“你找死呢，把人家的鞋又踢掉了。”麻三也不说话，一进门就爬到炕上。

妮子穿好鞋推开窑门又退了回来，冲着坐在炕上的燕子喊：“燕子，出去一下。”

燕子自看到三子把脚伸在妮子的腿间，憋了一肚子无名火。妮子让她一起出去，燕子声音冲冲地说：“我不尿。”妮子听出燕子不高兴，她猜不透燕子冲谁来的，也没多想就出去了。妮子出窑时，三子已经站在院子里尿了起来，他见妮子出来也不管，只管把尿水子往外浇。

妮子见三子站在院中，下意识地退回窑里，想等三子进来后再出去，可看看四周漆黑一片，觉得等三子回来，她就不敢出去了。出了窑向三子相反的方向走了几步，在离三子十来步的地方蹲下。

三子听见妮子出来，鼓了一口气尿完，提起裤子往窑里走。妮子一看三子回窑，故意咳了一声，走到窑门口的三子，听到妮子的咳嗽声停了下来。

西北风飕飕地刮个不停，妮子提起裤子，见三子站在窑门口等她，心里突然一阵悲痛，眼泪扑簌扑簌地掉了下来。秋子去世一年多来，她一个人有苦有累无处诉说，晚上孤零零地守着空窑，有多少次，半夜醒来，抱着被子哭到天明。年前，当她知道五癞子爹要她和五癞子一起过时，无数次地想到三子，幻想着把五癞子换成三子。现在三子就在面前，她的心更堵了，知道如果失去这次，她将永远地和三子错过了，妮子站在院子里心乱[illegible]慄的，不知道怎么办。

三子默默地等着妮子，心也在翻来覆去，任凭飕飕的寒风吹打在脸上。站着站着，觉得有人站在自己的身边，他知道是妮子，两个人怀着同样心思的人，谁都没有言语，谁也没有表示。妮子盼望着三子能转过身，她站在三子身后等了一会儿，不见三子行动，眼泪再一次扑簌地流了下来，从三子的身边走过，一头扎进窑里。

两人进了窑，燕子正拿着笤帚打麻三，三子进去把麻三拉下炕。燕子让妮子留下和她一起睡，妮子心里有事，推托了一句跟着出来了。

山路弯弯，夜风飕飕。

没有月的夜晚，洁白的雪地借着遥远的星光发出昏暗的微光，五座塬的沟与洼模模糊糊地露出个轮廓。

三人从燕子家出来后踏着积雪一起向妮子家走去。走着走着，麻二突然放开嗓子吼了起来：

对面的那个圪梁梁上那是一个谁

那就是我的干妹妹王小美

麻三一出声把三子和妮子吓了一跳，妮子嘟囔了一句："小心把狼招来。"

三子嬉笑地对麻三说："对面的圪梁梁上蹲的是只母狗。"说罢，三子和妮子都痴痴地笑了。

看着妮子进窑点亮油灯，三子拉麻三返了回来。就在三子和麻三快走出妮子家院子时，妮子在后面喊："三子，陪我揽把柴。"听到喊声，两人都停止了脚步，三子对麻三说："你等一下我。"没等麻三说什么，三子就跑了下去。

妮子端着簸箕见三子跑来，和三子一起向柴草堆走去，走到柴草堆前，妮子直着腰不动，三子跟在妮子的后面也没动，妮子站了一会儿见三子没有过来，弯腰揽了半簸箕羊粪转过身，见三子趔得很远，就向三子走来，走到三子的身边时，胳膊肘向外一侧捣了三子一下，用的劲不大，但意思十分明显。捣完之后头也不回地往回走，妮子走了几步，见三子没有跟过来，停了脚步等了一下，又直接走到窑门口，她见三子磨磨蹭蹭地还没有跟过来，压低声音对三子说："死人，给我把门帘揭开。"

三子听到妮子的使唤，紧走了几步把门帘揭开，妮子端着羊粪进去了。就在这时站在院外的麻三大声呼喊："三子，走。"那喊声穿透夜幕刺了过来。

三子听到麻三的喊声，应了一声，放下手中的门帘，离开妮子家跑了出去。

三子和麻三离开妮子家，两人走了不远就分手了，两人回家的路不在一个方向。三子见走了几步麻三走了，他也停下了脚步。晚上妮子的很多行为都让他不知所措，他知道妮子家里没人，心里也一直惦记着妮子，可三子毕竟是第一次遇到这事，不知道自己怎么办。

迟到的月亮慢慢地爬了上来，山路呈现出淡淡的青白。三子听见麻三的脚步声渐渐远去，转过身向妮子家走去。他走得很慢，走得心里忐忐忑忑。

妮子端着簸箕靠在门口的墙上，心怦怦直跳，脸上也热乎乎的。等了一会儿，不见三子进来，猜想三子可能甩不脱麻三，把簸箕放到炕洞门口，洗了把手，把炕角一床平时很少盖的被子拉下来铺上，坐在炕边等三子。过了一会儿，还不见三子进来，拉开门想出去瞭一下，门刚拉开一扇，马上又关上了。妮子对自己今天的所作所为感到脸烧，摸了一根顶门棍轻轻立在门上，双手捂着脸退了回来。

妮子定了定神，又过去把顶门棍取掉跳到了炕上，又觉得坐在炕沿边也不妥，让三子感觉自己好像是等不及似的，跳下地把门关上，拉起门闩插上，刚插好，又把门闩拉开了，转身爬上炕，把刚拉下来的被拽平，然后坐在炕角等三子，坐了一会儿，又觉得三子进来四目相对怪难为情的，就把灯吹熄，钻进了被窝。

窑里漆黑一片，没有关严的门缝里透出了一丝微弱的亮光。

妮子盼望着三子，可三子一直都没有进来。睡着，想着，盼着，妮子有些迷糊。妮子心里迷糊，又翻来覆去地睡不踏实，衣襟磨蹭着身体，使她感到身体痒痒的，有些燥热，她解开了衣扣，又解开裤带。

三子在院外迟疑着，快走到窑院时停下脚步踌躇起来，他不知道自己该不该去妮子家。妮子出嫁后，他和妮子没说过几句话。秋子死的那天是三子给妮子哥哥报的信，当时家里只有妮子和嫂子两人。三子怕妮子听了一下受不了，踌躇再三把妮子的嫂子拉出窑，站在门外讲述经过。没想到妮子的嫂子一听，放声大哭，一边哭一边诉，妮子在窑里听到后，也痛哭了起来，那哭声惨烈，反使妮子的嫂子惊吓得哭不出来了。妮子哭得死去活来，她的嫂子一个人抱不住妮子，妮子一挣，就把衣服蹭了起来，雪白的乳房全部暴露了出来，三子看到了，连忙帮妮子嫂嫂把妮子的衣服拉下来，那一刻，他没有一点歪心思。

一年后的一天，三子在王宝家遇到妮子，感到她比以前更好看了，不由得盯着妮子看，直到妮子睕了他一眼才感到自己的失态。今天他把脚伸进妮子的被里，见妮子没有言传就大了胆把脚挨在妮子的腿上。刚才妮子端粪的时候，他想趁着揭门帘跟着妮子进去，正在他犹豫时听到了麻三的喊声。

五座塬的夜静谧得没有任何声息，三子心里忐忑地走进妮子家的窑院门口。妮子家的窑院有一道斜坡弯弯地伸向院里，斜坡旁有个牲口棚。三子拐进牲口棚想看看麻三在哪。

一条灰骟驴正在圈里吃草，看到有人进来，惊得向后退了两步，本能地把头仰了起来，三子躬着腰站在驴圈门口。

三子在驴圈里迟疑时，麻三摸到妮子家门口。从燕子家出来时，麻三已经感到三子和妮子有戏。三子帮妮子揽羊粪时他就想蹚这个浑水，看见三子进去不见出来，故意喊了一声。和三子分手后，他悄悄地躲在一边看着三子，见三子转了一圈又去妮子家，悄悄地跟在三子的后面。三子半路上停下来，麻三以为三子发现了他，躲在路边不敢动，直到见三子走进妮子家的院子，才爬了起来，绕到妮子家的另一侧。妮子家在一个山崖边，窑洞的东西两边各有一道缓坡通进院子。另一侧的路平时很少行走，山路被雨水冲了几道水壕。麻三扶着山崖慢慢地挪了下来，一步一步地摸到妮子的窑洞门口，他猜想三子已经进去了。

麻三把耳朵贴到门上听了一会儿，听不到里面的声音，就大着胆子推门，窑门开着，麻三推开了一道缝，把耳朵贴近门缝，还是什么也听不到声音，又把门推开了一点，这一推把立在门边的顶门棍碰倒了。

随着“乓”的一声，妮子以为是三子进来了，就说“把门关上”。麻三不知道里面的情况，准备往外走时听到妮子说话，估计三子没在里面，心想三子这个囊屃，到口的鸭子都不敢吃，你不吃我吃，大着胆子进去爬上了炕。

麻三什么话都不说，坐在炕边扒掉自己的衣服，钻进妮子的被窝。睡在热被窝里的妮子，碰到麻三冰冷的身体，本能地叫了一声：“冰死了。”但她还是把麻三当作三子，任凭麻三摸揣，麻三发现妮子还穿着衣服，连拉带扯地把妮子欻了个精光。麻三不敢恋战，几分钟后，摸起扔到炕上的棉裤往身上一套，拉起棉袄跳下了炕，趿拉着鞋跑出门。

沉浸在幸福中的妮子，还没有来得及咀嚼、回味，给她片刻幸福的人就走了，她恋恋不舍地冲着麻三的背影喊道："三子……"

妮子的叫声，像一记马鞭抽到麻三的身上，麻三恨不得生出四条腿来，一推门跑了出去。

还在驴圈里考虑进还是不进的三子，猛然见一个黑影从妮子家跑出来，在积雪的山路上留下一趟弯弯曲曲的足迹，三子惊愕地站在驴圈门口望着远去的黑影，一股五味杂陈从心底涌了出来。三子认出那是麻三，看到麻三，三子想进妮子家的欲望一下子消失得干干净净，他首先想到自己被妮子耍了，恼怒地冲出驴圈，踩着麻三的脚印快步向塬上爬去。

十六

五座塬的春天慵懒散淡，一缕缕春风吹过，撒下一层黄土。麻三妈自被当兵的糟蹋后，麻三爹好像做下了见不得人的事，平时很少出门，麻三妈更是闭门在家，栓子妈和塬上的女人们去了几次，麻三妈总觉得自己丢人现眼，无脸走到人前。麻三爹遇到有事商量，过去也是闷头抽烟不言传，就连麻五也和大家疏远了，只有麻三还是那样没心没肺地吊儿郎当。

高先生听了麻三家发生的事情低声骂了句：“这群畜生。”

正月里五癞子爹又提起让五癞子和妮子成亲的事，五癞子梗着脖子三言两语就和他爹吵了起来。妮子在隔壁窑里听到因她的事吵了起来，蹑手蹑脚地溜到五癞子爹妈住的窑门口，侧耳听到五癞子爹问五癞子：“你说妮子哪点不好，哪点配不上你？”

“我没说她不好，她是我嫂子。”五癞子倔强地只认死理。

“你哥都死了，哪来的嫂了？”五癞子爹气急了，大声叱骂儿子。

五癞子被他爹的一句话噎住了，站在那儿停了一下说：“反正我不同意。”

“你不同意，你还找仙女呢？”五癞子爹骂着就要伸手去打五癞子，五癞子躲到门口，五癞子爹一看五癞子想跑，脱下一只鞋向五癞子扔过去。五癞子一看鞋扔了过来，身子一躲闪就跑了出去，一出门就和妮子撞了个满怀。妮子被撞后，怕五癞子爹追出来后发现，赤红着脸急忙跑回自己的窑里。

五癞子妈见老头要追出去，拦着老头说：“别打了，等他转过这个筋就好了。”

五癞子爹不想真的追打儿子，追到门口被五癞子妈一拦，借机停了下来，一脚跨在门外，一脚拖在门里，转身瞪了五癞子妈：“都是你惯的，由着他上天了，你告诉他，行也行，不行也行。”说罢，把门一摔出去了。

妮子见五癞子不同意，正遂了她的心愿。正月里回到娘家，她哥问她有什么打算，妮子没有说五癞子不同意的话，只说自己一提这事心里难受，不想说。当哥的也就不便说什么了。妮子的嫂子已把妮子的心思猜个几分，找机会想促成妮子和三子会面。

五癞子爹虽然骂五癞子时说“行也行，不行也行”的气话，当他看到五癞子确实不愿意，就没提了。五癞子妈悄悄地问五癞子几次，五癞子一直不搭茬，这事就搁下了。

二月的山里乍暖还寒，晴朗了一个正月的天又阴霾了起来，西北风顺着山谷一绺一绺地刮着。五癞子爹背着手佝偻着腰深一脚浅一脚地踱在地头，走着走着，觉得别在腰间的烟锅杆顶在腰里不舒服，抽出烟锅杆捏在手里，把手背到了身后，走路时绑在烟锅杆上的旱烟袋一左一右地摆动着。

妮子结婚时，从燕子那找了一块比手掌大不了多少的白布，她问燕子能做什么，燕子随口说：“能做什么就做什么。”妮子拿着布，翻过来调过去，不知道能干什么，就把布块放在燕子的针线笸箩里。一天，她看到王宝的烟袋上绣着一朵喜鹊探梅的花朵，去燕子那把布要来，用红根草秧染成青红色，在布上绣了一朵金童莲花图和一朵玉女梅花图，然后把布子折叠起来，做了一个烟袋，她把烟袋给了秋子。秋子不吸烟，结婚后送给了他爹。五癞子爹一看两面都绣着花的烟袋比王宝的烟袋还多一面花色，非常高兴，拿上后，挂在了烟锅上不离手。

五癞子爹踱到他家的地头，望着干得冒灰的田地想起了他爹。他爹临死时拉着他的手说：“咱能落到这里，多亏了王家，没有王家就没有我们。”

五癞子的爷爷和武二一样是爬到王家的，对于王家的恩情，五癞子爹不会忘的。秋子在时，五癞子爹觉得自家的人口多，开的生地也多，他把塬上的地分成三份，每年轮换着种一份，另两份地耕了就晒在那里，多少年来五癞子家从没有为吃粮发过愁。民国十八年王宝家宰羊时，五癞子爹也宰掉一些，但他家留下的多，这几年他家是塬上养羊最多的一家。

五癞子爹站在地头环视了一圈眼前的地，琢磨着今年该种什么。种地需要倒茬，不能在一块地里连续种一种作物，他在想去年这里种了什么。

糜子、谷子、荞麦、胡麻、土豆……

然后趿拉个鞋在地里一步一步地丈量，他把这块地算得精精细细，不能糟蹋一点。

五癞子爹前面走着，身后留下一组歪歪扭扭的鞋印，被一缕风掠过，那脚印在田里只留下一串极不规则的小坑，那小坑连缀起来像是一条模模糊糊、弯弯曲曲的小路。

高先生在五座塬养伤期间，把学堂又办了起来，武二的窑又被挤得满满当当。武二依然每天晚上回来，高先生给他教字。高先生教书极认真，手里拿着四梅爹削的一根柳木棍，没事的时候用手在柳木棍上捋来捋去，看到哪个孩子不听话、不写字，举起棍子“啪”地打了下去，屁股上顿时就是一道红棱子。五座塬的孩子除了栓子和燕子没挨过打外，其他人的屁股都尝过高先生棍头的滋味。

进入二月，栓子不知什么原因没有去学堂，每天陪武二一起放羊，天天遛在羊后面闲聊。聊着聊着两人就聊到了高先生。武二说：“我看这个高先生和老薛都认识王老倔。不知他们来咱们这干啥？”

“我也不知道。”栓子如实说。

“我看他们好像瞅准了你们家，高先生以前常问我，王掌柜对我好吗，能不能吃饱、穿暖，你说他一个外乡人管这些干啥？”武二把自己知道的一股脑都倒给栓子，在他的眼里王宝和栓子都是大好人。来到五座塬的人无论是五癞子家、麻三家、朱占宝家，还是来得晚的王老倔、武二，没有一个人不记王宝恩德的。在武二眼里王宝也是最能的人，一两年出去一趟，把村里的皮皮毛毛捎出去，把外面的吃的、穿的倒进来，够几年用的了。

“他还问过什么？”栓子对高先生是干什么的不知道，武二的话引起了他的警觉，他想了解高先生在村里还干些什么。

“他还问我，你们家有钱吗？还说要打土豪，你说土豪是什么？”

“不知道。”栓子真的不知道土豪是什么。他和高先生来往很少，高先生好像有意避他，从不在他的跟前问这问那。

“你是怎么回答的？”栓子想听听武二回答。

“我告诉他王掌柜是好人，我还把我是怎么来的，王老倔是怎么被王掌柜留下的给他讲过。”

“他怎么说？”

“他听了什么话都没说，不过现在再也不问王掌柜和你们家的事了。”

“呃？”

两个人正说着，武二看到有一只羊正在下羔，羊羔已经下了出来，母羊正舔羊羔身上的衣胞。栓子站在一旁，等母羊舔干净后，用土把羊羔羔的身上擦干净裹进皮袄。

武二对栓子说：“你等羊羔站起来能走了，再抱它。”栓子把怀里的羊羔又放在地上，两个人观察羊羔是怎么站起来的。

羊羔卧在地上一动不动，母羊站在羊羔一旁也不管。武二对栓子说：“平时羊羔起不来时母羊都要搀起来，今天怎么不搀了。”

栓子没有见过羊下羔，好奇地说：“咱们躲远点看。”两个人就向后退了十几步。母羊围着羊羔转了一圈，看羊羔卧着不动，用嘴在羊羔的身后，拱了一下。羊羔就双腿用力往起站，站了几次都没有站起来，母羊又用嘴拱羊羔。这一次，母羊用嘴拱，羊羔往起站，羊羔在地上趔趄了几下，终于站了起来，它准备往前走，刚一迈步，前腿一软跪了下来。母羊走到羊羔的身后再次用嘴把羊羔拱了起来。羊羔站一会儿，就能向前迈步了，虽走得不稳但再没有跌倒。栓子和武二站在一旁静静地观察着，武二见过很多次羊下羔，可他从没有这么静静地观察过，也看得很认真。栓子是第一次看见羊下羔，几乎是一眼不眨地观察羊羔站起来的整个过程，有几次看到羊羔站不起来，都想过去帮忙，最终还是忍住了。等到羊羔站稳了脚跟，蹒跚地向前迈步时，栓子上前把羊羔抱在怀里，他不是怕羊羔不会走，他是怕在这寒冷的天气里，羊羔会冻死。

武二和栓子在观察羊羔站立的过程中，羊群已向前走了几十步远。武二连忙跑去追羊群，栓子抱着羊羔跟在后面，照看刚下羔的母羊。

大多数母羊是晚上回到家后下羊羔的，可栓子和武二这天放羊一共遇到三只羊下羔。母羊每生下一只羊羔，栓子就把羊羔子揣到怀里，栓子的怀里揣了两只羊羔，第三只羊羔出生后，只好揣在武二的怀里。两个人一看这天下羔太多，没等太阳落山就往回走。

最近一段时间正是羊羔出生的季节，这两年王宝家的羊群发展到 50 多只，大多都是绵母羊。下羔的羊一天天地增多，王宝每天摸摸羊肚子算计着，遇到有羊要下羔时，晚上就趄在武二的窑炕上，迷迷糊糊地抽着烟，又不时地到外面观察。前半夜武二还能帮着跑出去看着，到了后半夜，武二躺在炕上呼呼地睡得不省人事。他把刚下的羊羔抱进武二窑里，看着羊羔能在地上走动的时候，才放心地回窑里休息。

高先生也睡在武二的窑里，看到王宝几乎每天都是和衣趄在炕上，让王宝躺下睡一会儿，王宝不肯，他说人一舒服就懒惰了，困了就坐在炕边，身子靠在墙上迷糊一阵，多半睡不踏实。

武二和栓子放羊回家要经过老村子的水井，隔两天饮一次羊。武二走到水井旁把自己抱的一只羊羔递给栓子，栓子原本袖着手在怀里揣着两只羊羔，现在又在怀里揣了一只，站在一旁看武二饮羊。栓子见武二每吊上一桶水倒进饮羊槽只能饮四五只羊，估计羊全饮完需要一袋烟工夫，便不由得来回踱起脚。正吊水的武二见栓子踱步说：“你往下走几步，沟畔有个破窑，进去避一避。”栓子听了武二的话，就抱着羊羔下了沟。

水井到沟畔的土窑只有二十来步，栓子顺着沟边的一条小路往下走，走出不远就看见有几个破窑院。栓子走到第一个窑院见院子里杂草丛生，窑洞也被土埋了一半，又走到另一个窑院，院子里有草，窑洞基本完整。他环视了一下四周，空空荡荡的，什么都没有，就进去了。他刚走进窑门口，从窑里一下窜出来一个人，把栓子吓得连退了几步，等他稳过神才认出站在面前的是三子。"你怎么在这？"栓子惊异地问。

三子没说话，两眼盯着他怀里的羊羔。栓子解释说："刚下的，武二在上面饮羊，我怕羊羔冻死，抱下来避避。"说着，栓子又要进窑，被三子伸手拦住了。栓子不知道三子为什么拦他，疑惑地望着三子，怀里的羊羔经过这一阵的折腾慢慢地从他的怀里溜了下来。栓子蹲下，手一松，羊羔掉到了地上。

栓子忙蹲下来抱起两只羊羔，塞进怀里，三子见地上还有一只，弯下腰抱起来，塞进栓子的怀里。这时一个人影从三子身后闪出，栓子没有看见脸面已认出是妮子，立即明白三子为什么挡着不让他进窑。

看到妮子，栓子感到这不是他该进去的地方，抱着羊一转身出去了。栓子走到武二跟前，转身向土窑的方向连吐三口唾沫。武二见栓子干吐口水，觉得莫名其妙，路上问栓子怎么回事，栓子什么话都不说。

春节回娘家时，妮子嫂嫂悄悄地问妮子："是不是在等三子？"

妮子许久才问嫂嫂："不知三子是啥想法。"

妮子的嫂子说："管他啥想法，男人都是馋嘴猫，你见过哪个猫不吃腥？"妮子听了，脸红了，想到了那天晚上在她窑里。

"你长得这么俊，三子他有啥？除了一身蛮力，穷得叮当响。"妮子嫂嫂继续说。

妮子红着脸坐在炕头不言不喘，妮子的嫂子只管自己说："你要愿意，三子那头我去说。"

妮子的嫂子找到三子劈头就骂："你真是个死人，也不自己主动着点，明知我家妮子心里有你，还像个死猪一样。”

三子知道妮子嫂子说的是什么意思，可一想到那天晚上看见麻三从妮子院子里出来，心里很不舒服。

“我今儿个把话挑明了，我家妮子的小叔子，哭着闹着要娶妮子，妮子就等你回话。等躲过农忙，你别说找妮子，吃屎也找不上个热和的。”经妮子嫂嫂有的没的这么一说，三子的心扑腾扑腾的。

妮子的嫂子一甩屁股走了，留下三子站在那儿直愣神。

自那以后，三子有事没事就去妮子哥哥家，去了也不说什么，逮住什么活，帮着干完就走了。妮子嫂嫂心里明白，三子这是黄鼠狼给鸡拜年，有自己的想法，也不说破，只是每次上了五座塬都在妮子的面前说上一大堆好话。妮子自从和麻三演了那么一出，一直以为是三子，哪有别的想法。

这天早晨妮子嫂嫂一大早请人带话让妮子回来，下午做饭时，妮子见家中无水，提了个皮囊去井上打水，妮子前脚一走，早已等候多时的三子便跟了过去。两个彼此心仪的青年，便在旧窑里演绎了一场风花雪月。

五座塬的冬天阴冷潮湿，家家户户全凭羊粪热炕取暖。五癞子家里的羊多，攒下的羊粪也多，用不着为烧柴发愁。朱占宝的勤快在五座塬是出了名的，一天不干活手心发痒，一个冬天几乎每天都扛着锄头、背篓出去掏草根，天天糊得灰头垢脸的，别人聚到一起玩耍、聊天，他也很少参加。但无论朱占宝忙得怎么不合群，他的一举一动都没逃出过四梅爹的眼睛。

四梅是五座塬年龄最大的姑娘，要说大也不是太大，她比武二大两岁，翻过年就十七了。朱占宝比四梅还大两岁，是五座塬年龄最大的小伙子了。按说像四梅、朱占宝这么大的青年，在山里早已是娃娃的爹妈。只因五座塬比较偏僻，出进不方便，周围的媒婆子想不起他们，他们自己出去找人说亲，一时半刻也找不上个合适人家。

四梅爹看上朱占宝，让四梅妈去讨四梅的口风，四梅一听她妈的话，心里早就愿意了，却红着脸对她妈说：“这种事，都是爹妈做得主，你说咋办就咋办，问我干吗？”四梅爹一听四梅的话，知道四梅没意见，想找个中间人。可找谁呢？四梅爹有些为难，要是自家儿子说亲，那口好张，自己家是闺女，怎么能主动去找人家呢？好像自己的闺女不值钱，往人家身上贴呢？

四梅爹想来想去，最后觉得这事要成，就得找王宝。

王宝是四梅的表哥，属自己人，家丑丢在自家不算丢丑，况且表哥帮表妹提亲是他义不容辞的。可怎么开口呢？王宝也有些为难，他觉得不能直说，直说让人小看咱家闺女。怎样把这个话题引了出来，王宝等待着机会，四梅一家暗暗地观察着朱占宝。

进入三月各家开始收拾农具了，耕地的犁要收拾好，磨坏的耙也要紧一紧绳子。这天早晨王宝正在家里给一张卯口松动的犁逼楔子，朱占宝爹过来了，两个人就今年哪一块地里种什么交换意见。朱占宝家的地靠近王宝家的地，两块相邻的地最好种相同或不在同一时间段开花的粮食，避免扬花粉时串粉。两人说完正事，王宝有意问朱占宝爹：“你家占宝怎么一直不见？”

“在家，今年冬天刨了一冬的草根，最近在家歇着。”朱占宝爹不知道王宝什么意思，顺着话茬答复。

“你家占宝也不小了，今年多大了，寻下媳妇了吗？”王宝问得有些着急，一开口就直奔主题，问完之后有些后悔。

“咱这山沟沟，到哪里找去？”朱占宝爹无奈地说。

“就是的，现在人家都不愿到咱这来。”王宝装作同情地说。

“你家占宝自己会不会寻下了？”王宝依然在探朱占宝爹的口风。

“我家占宝，就他那个屃样，到哪里能说个媳妇。掌柜的，你跑的地方多，还想请你给他说一个。”朱占宝爹说着，把话递给了王宝。

王宝笑了：“我跑的地方多，等哪天到兰州、平凉、西峰给你寻一个。给你找个兰州砂锅子，你要吗？你还是在跟前找吧。”

“咱们这？咱们这有谁？”朱占宝爹在想王宝的话。王宝装作没听见，什么话都没说。

“四梅，四梅也老大不小了。”朱占宝爹自言自语说。

王宝故作深沉没有答话。

“哎，你说四梅怎么样？”朱占宝爹把头往王宝面前伸了一下问。

“什么四梅怎么样？”王宝听到朱占宝爹说到四梅，心里暗喜却装糊涂。

“我说，四梅和占宝。哎！不行，不行。”朱占宝爹摇着头说。

“又怎么了？”王宝听到朱占宝爹说“不行”，有些着急地问，“怎么，四梅有啥问题？”

“好姑娘，没啥说的。”朱占宝爹连忙解释说。

“我看四梅也是好姑娘。怎么你看不上？”王宝半真半假地问。

“哪能呢？就是四梅爹早就放出话来，四梅要招上门女婿。你看我家也就占宝一个，怎么个招法呢？”朱占宝爹为难地说。

王宝不想过早地暴露自己的意图，顺着朱占宝爹的话说：“我也听过这话，你就另寻人家吧。”说罢，王宝继续干自己手中的活。

“掌柜的，我也寻思过，要是让四梅爹能把招亲的条件改一改，就是很好的一件事。”朱占宝爹有些恳求王宝了。

王宝一听有戏说：“你让他改条件，可能吗？他还指望着四梅给他传宗接代呢。”

朱占宝爹不言语了，他知道四梅爹脾气倔，说出的话，泼出去的水，怎么能改呢，他低下了头。

过了一会儿王宝对朱占宝爹说：“你是真想说四梅，还是话赶话说说而已？要是真有那个想法，我去给你问问，看能有个转机吗？”

“那就一切拜托你了。”朱占宝爹忙说。

吃过晚饭王宝去趟四梅家，四梅爹还坚持要招女婿，王宝一听说：“什么招女婿，你见世上哪个把女婿真正招到家了。招女婿耍把戏，咱们不耍那个把戏。朱家就住在附近，事成了两家都能照应上，至于生的娃，我看该姓啥姓啥，只是你不要把话说得太死，我给朱家说去，他家男娃多了，还没个姓樊的。”四梅爹姓樊，人们都称他四梅爹，倒把本姓给忘了。

四梅爹被表侄儿呛了一顿，再也不言语了，停了一阵，他对王宝说：“你表妹的婚事，我就交给你了。”

王宝走后，朱占宝爹把朱占宝叫进窑里，他想摸朱占宝的底，不要自己热热乎乎地找人说亲，儿子不愿意，老脸往哪里搁：“你看四梅那丫头怎么样？”

“好呀！”朱占宝早对四梅有意思了，哪有不好的话。

“我想找人给你说四梅，你咋看呢？”

朱占宝虽说看上四梅了，一听到父亲直言说出来，还是有些羞，什么话都没有说，站在门口直搓手。

他爹不知道他的意思，看到朱占宝不说话，生气地骂道：“有屁你就放出来，搓那个冈干啥？”朱占宝听父亲骂他，把手放了下来，嘟囔地说：“你想说就说去，问我干啥？”说完，一扭头就出去了。

朱占宝爹一听，说道：“这连个人话都没有。”

朱占宝听了他爹的话，心里暗暗地高兴。只是听说四梅爹一心要为四梅招一个上门女婿，有些担心。

十七

冻结的地渐渐地融化了，五座塬人都忙活开了。武二依然给几家人放羊，王宝、栓子和其他人在一场小雨后把糜子、谷子耧进地里，看着秧苗露出了头，五座塬人心安了许多。

朱占宝和四梅的婚事王宝撮合得差不离了，朱占宝爹拿出几块银圆到红柳沟打了一对银手镯，又买了一个金镏子。四梅爹不知道朱占宝家里买下了首饰，也给女儿打了一对手镯。订婚那天，朱家按照娶媳妇的风俗拿出手镯、金镏子要朱占宝给四梅戴上，四梅家也拿出手镯让准女婿给女儿戴，两家为谁先戴谁后戴产生了分歧。王宝忙说：“金镏子朱占宝家先戴，银镯子四梅家先戴。”金镏子、手镯戴上后，四梅的手腕上叮零当啷地吊了一堆，惹得村里的男女青年十分羡慕。

订婚后两家算是一家人了，两家人为了儿女的婚事走动得更频繁了，择日、追节等民间风俗一样不少，由于朱占宝是倒插门女婿，择日、追节都要四梅家向朱占宝家追节、送日子。朱占宝的父母觉得别扭，不想让四梅家来人，找到王宝说：“四梅家一来追节，我就感觉我把儿子卖了，好像我老朱家养得起儿子娶不起媳妇一样。”朱占宝爹诉着苦说。

王宝理解朱占宝爹的心情，安慰说：“我看这样吧，你也不缺他家那几个馍，几方肉。下次的节就不追了，咱们商量商量把日子定下，早点过门早点省心，不管他俩住在哪里，都是你老朱的儿子媳妇。”

最后请人把日子择到了五月初六，五座塬人听了，都等着过了端午节就去参加朱占宝的婚礼。五座塬人家很久没有娶媳妇嫁闺女了，秋子和妮子成亲正赶上灾荒，大家没有乐呵上，这次朱占宝结婚一定要多耍一耍。

日子选定后，四梅家因是主婚，需要准备花轿、迎娶、典礼等一整套程序，一想到娶亲，四梅爹又作难了，那一天总不能把姑娘放在家里，赶着驴轿娶女婿吧。四梅爹跑到王宝家，王宝听了也觉得还真是个事，大姑娘一辈子就坐一次驴轿，总不能让四梅遗憾这事。他坐在炕角捏着个烟锅吧嗒吧嗒吸了一阵，对四梅爹说："我看，这个咱们真要合计合计。"

不一会儿，朱占宝爹被叫来，他也觉得应当让四梅坐一次驴轿，最后还是王宝做了主，制定了一套乡邻们从没见过的娶亲程序。

转眼到了五月端午，家家户户开始蒸枣糕，在小孩的手腕上戴福绳、肩膀上缝布娃娃。四梅家没有小孩，她用七色彩线搓了一根花线绳戴在自己的手腕上，想过最后一个女儿家。一成家她无论住在哪里都算是翻了人身，从姑娘变成媳妇。

初五晚上四梅住在王宝家，她以前住的窑布置成新房，新糊了窗户纸，贴了新窗花，窑炕中间墙上贴了大红的"囍"字。晚上压炕的时候，朱占宝和他一个远方表弟住在四梅的窑里。

第二天一早，朱占宝早早地起来，把四梅家院子里里外外地打扫干净后才回家换了新衣服。等他回到家，吹鼓手、司仪已经来了。接亲的叫驴笼头上挽了一朵大红花。朱占宝给自己的列祖列宗烧纸祭祀后，头戴一顶礼帽，身上背着姑舅马占彪给他挂的花红被面，牵着叫驴在吹鼓手吹吹打打声中离开家门。他的身后还跟着几头牲口，牲口上驮着四梅今天换穿的衣服和朱占宝要带到四梅家的财物、衣服，他们向四梅家走去，在四梅家的院子里转了一圈，四梅家在门口放了几声响炮。迎亲的队伍又向王宝家走去，到了王宝家的院子里，大家拴好牲口进王宝家喝茶。按规矩娶亲的队伍来了，要上四个酒菜碟子，娶亲的人坐到桌子上，吃几口菜，喝几杯酒，催妆，炮响过之后才能起身，那天说到这个环节时，朱占宝和四梅爹说什么也不让王宝上酒碟子，娶亲人一来，王宝虽然没有上酒碟子，早早地给大家沏了一壶砖茶。

巴掌大的五座塬，有个响动惊动几家，朱占宝和娶亲队伍的喇叭一响，四梅不用张望就知道迎亲队伍走到了哪里。

开脸是新娘上轿前的最后一道工序，需要有儿有女的女人用两根细线将新娘脸上的汗毛绞净。干这活要细心、熟练。五癞子妈进到四梅的窑里，看见四梅的脸还没有绞，见四梅面前放有一个针线笸箩，拿起一根线就要给四梅绞脸。她刚把线拿起来，栓子妈从外面进来，看见五癞子妈要给四梅开脸，忙说："使不得。"说着，就把五癞子妈手中的线抽掉了，五癞子妈不知为什么，疑惑地望着栓子妈。

栓子妈把线从中间一折二，把折的一头咬在嘴里，另两股放在四梅的脸上，两股线稍错开道缝，然后用手把两股线一搓，两线合到了一起，四梅脸上的汗毛被合到一起的两股线夹住拔掉了。

栓子妈的手很轻，每一次在四梅脸上移动线的时候，两股线间的距离也很窄，开始四梅觉得很疼。每当栓子妈搓线时，她都咬着牙，嘴角抽搐几下，绞着绞着，脸皮麻木了，也就不觉得疼了。

五癞子妈看栓子妈快绞完了，到锅台旁用水沾湿擦脸布。四梅把脸擦了一把，抹了点雪花膏。栓子妈在四梅头上插了两朵小红花，又把一面绣着鸳鸯戏水的红盖头搭在了四梅的头上。

为让四梅坐一次花轿，把王宝一家忙了个半死。来娶亲的朱占宝进门不知自己该干些什么，坐在炕边局促不安。王宝今天既是主家又是媒人，听燕子说四梅的盖头搭在了头上，示意娶亲人在院子里放了一串催妆炮，炮声中朱占宝把四梅抱到叫驴背上。

用红布挽了一朵大红花的麻青叫驴（公驴），背上搭着一条红花褥子，尾巴上拴着一根红毛绳，四梅被朱占宝抱到驴背上便算是上了轿。

四梅一上轿，朱占宝接过了驴缰绳，紧紧地把驴拉在手里。朱占宝爹说让朱占宝骑上驴和四梅一起走，朱占宝怕接亲的喇叭把驴吓惊了非要自己拉驴不可，他爹让了步。朱占宝捏着用红头绳缠过的驴缰绳，胳膊肘靠着驴头，驮着四梅往回走。

骑在驴背上的四梅心里美滋滋的，她扭头想看看走在前面的朱占宝，被顶在头上的盖头遮挡得看不见，想用手撩开一点，又怕犯什么忌讳，只好低着头默默地憧憬着。

从王宝家到四梅家只转一个峁，四梅骑的叫驴一走进四梅家院子，司仪对着新娘子放声唱道：

“新人到——！”

司仪是四乡八邻有名的司仪，一辈子专干婚丧嫁娶的事，路路道道非常清楚。他吆喝了一声，迅速将自己的身体让在一边，给新人的队伍让开了一条道。俗话说：“新人头上有煞呢，死人头上有喜呢。”五座塬人不会迎着新人面对面走，即使走到窄路，遇到娶亲的队伍避不过去，也要侧着身子，等娶亲队伍走过，还要往地上吐三口唾沫，吐吐晦气。

司仪让过娶亲人后忙吆喝道：

新人下轿满院红，
四季发财聚宝盆；
新人头上一枝花，
荣华富贵在一家；
新人头上两枝花，
婆家娘家都会发。

他见朱占宝的身上披着一朵大红花，又即兴吆喝了一句：

一对喜花胸前戴，
斗大的元宝滚进来。

有人从朱占宝的手中接过驴缰绳，司仪接着又喊道：“拜三煞。”

朱占宝不知道拜三煞是什么意思，站在那没动，五癞子妈过去把朱占宝拉上，让他面对四梅和驴子站好，只听司仪说“一鞠躬”，朱占宝就向四梅和毛驴鞠一个躬。三个躬鞠罢，只见“抱轿”，院子里站得人谁也不动，按理说抱轿是朱占宝的姐夫、表兄等的事情，可朱占宝在五座塬是年龄最大的，即使来了几个亲戚也没有个姐夫、表兄。司仪一看要冷场大声喊：“新郎抱轿。”朱占宝这下听明白了，走到叫驴前，四梅配合地把身子向前一趄，朱占宝抱着四梅就向新房走去。看见新娘子要进新房，站在窗下的几个孩子，“噼里啪啦”就把窗户纸捅破了。

四梅和朱占宝在新房里按照煞帐、吃儿女馍馍、洗脸等婚礼必要的程序进行，院子里的司仪也在按照婚礼的程序说喜：

锣鼓喧天轿临门，五色彩棚接新人；
艳阳照耀兴隆地，代代儿孙跳龙门。
一进大门喜融融，门前高搭五彩棚；
二进门，步三开，脚下踩的紫金阶；
三进门，进财房，黄金白银用斗量；
四进门，进楼房，楼上小姐赛凤凰；
五进门，进厨房，新砌锅灶亮堂堂；
六进门，进书房，养儿必中状元郎；
七进门，进后堂，满堂酒席请客尝；
八进门，进庭堂，瑞气千条花满廊；
九进门，进马房，龙驹宝马排成行，
龙驹宝马自己骑，保中榜眼状元郎；
十进门，进新房，房中生下九个郎：
大郎镇守长城关，二郎领兵押草粮，

三郎灵州领人马，三边总督第四郎，
五郎进了翰林院，六郎朝中为栋梁，
七郎又做宁夏府，吏部天官第八郎，
九郎生来年纪小，蹲在房中读文章。
府上子孙多兴旺，恭喜万事都吉祥。

院子里的人拥拥挤挤、热热闹闹的，王宝和四梅爹却在另一孔窑里拟写一份合约，四梅爹让王宝先把合约的内容念给他听，王宝手里捏着笔，把已经写好的合约念了一遍：

立写招妻养老人朱占宝：今樊海发二老仅有一女四梅，招朱姓占宝为夫。双方情愿、父母同意。今同众媒公、户族、亲友等言明，男无身钱，女无聘礼。成婚之后，生长女长子归于樊门，以续后世根。若只生一子，两门具开，次生子女皆归朱门。朱占宝愿将樊姓二老奉养到老，所有樊姓窑院、田地皆归朱占宝永远为业。凡户族、亲邻不得争论。立招夫合同为证。

文书立好后，坐在炕边的四梅爹屁股一撅跳到了地上，首先在自己的名字下画了一个十字，此后王宝、麻三爹、五癞子爹一一画押。立约时，朱占宝爹一个人蹲在窑门口蒙头抽烟，众人画押后，迟迟不见朱占宝爹过来，人们的眼睛全落在了他的身上。刚才还嘻嘻哈哈的说笑声也静了下来，朱占宝爹意识到人们都在看他，默默地站了起来，从人们给他让开的过道走到炕边。他望着王宝什么话都没说，吸了几下鼻子，伸出了自己皲裂的手接过笔，把身边的几个老伙计挨个儿看了看，才颤抖着在自己的名字下画上了十字。

朱占宝爹画押后，四梅爹伸手抓住朱占宝爹的手，两把积满了老茧的手使劲地摇了摇，四梅爹说：“咱从此就是一家人了。”朱占宝爹点了一下头，脸色还是绷得紧紧的。

窑外的鞭炮声又噼里啪啦地炸响了起来，几个五座塬的掌门人相继出窑。窑院里放着一张桌子，朱占宝爹、四梅爹一出窑就被人让到桌子旁坐下，朱占宝的舅舅马占彪坐在两人的中间。接着一阵乱哄哄的，朱占宝和四梅被人连拉带扯地推到了桌前。司仪站在一边，看到大家都坐好了，扯着嗓子吆喝：“鸣鼓、奏乐。”几声炮响，吹鼓手的腮帮子就鼓了起来。

司仪见场上的气氛烘托了起来，大声道：

天上无雷不下雨，
地下无媒不成亲。
媒公生来会保媒，
一天就跑七八回。

王宝一听司仪说是请媒人，从人群中走出来，站在了朱占宝的旁边。司仪又请证婚人，连喊了两次都没有人站出来，四梅爹伸手捣了一下司仪，说：“还是一个人。”司仪这才反应过来说：“还是一马双跨。”在场的人听了，哄笑起来。

王宝把婚约又重新念了一遍，场子里一下子静了下来，四梅爹听了高兴得合不拢嘴，朱占宝爹听得脸色铁青。王宝念的时候，拿眼睛瞄了一下朱占宝爹，看到朱占宝爹的脸色，有意放开声音念道：“次生子女皆归朱门，都姓朱。”这句话恰是一副良药，朱占宝爹拧起的眉头渐渐舒开了。

随后，王宝把自己拟的一份证婚词念了一遍：

两姓联姻，一堂缔约，良缘永结，匹配同称。看此日桃花灼灼，宜室宜家，卜他年瓜瓞绵绵，尔昌尔炽。谨以白头之约，书向鸿笺，好将红叶之盟，载明鸳谱。此证。

四梅家喜气洋洋地为两个孩子举办婚礼，凡迎娶、换装、拜堂、谢媒等程序有条不紊地进行着。

四梅家的院子里站满了看热闹的人，有五座塬、郭家塬、贾背洼的，还有更远的亲戚，大家并不十分熟悉，在院子里分了几撮拉着闲话。郭文耐和郭家塬的几个男人站在一边，当王宝念罢婚约，念起证婚词时，郭文耐不知道王宝说的都是什么意思，捣了一下身边站的一个小伙子说："走，臊胡打羔胡咧咧，听不懂，不如找个地方耍耍去。"郭文耐在五座塬最熟悉的就是四梅爹，可四梅爹今天忙得不可开交。走出人群正好碰上了武二，郭文耐放羊时见过武二，虽不熟悉，也算认识。他问武二道："你能给我找个地方，我们耍几把。"武二一听，只好把郭文耐领到自己的窑里。郭文耐和本村的一个青年一起往武二的窑里走，刚走了几步停下了："就咱两个，耍球呢，再找几个去。"那个青年向四梅家跑去，郭文耐问武二道："你耍吗？"

武二反问道："耍什么？"

"摇宝。"

武二摇了摇头。

"穷屃五座塬，连个耍钱的都没有。"郭文耐自言自语地说。

这时，郭文耐突然看见一个人袖着手从四梅家出来，高声喊："张扁头，过来，过来，你几年没见，去哪了？"郭文耐是个混社会的人，张扁头是远近闻名的蹓鬼，两人非常熟悉。

"在哩，在哩。"被叫作张扁头的是一个三十来岁的人，裹着一件老羊皮袄。听到郭文耐叫他，一边答应着，一边走了过来。

"还泡贾背洼的寡妇吗？"郭文耐的声音很高。

"嘿嘿。"张扁头干笑了两声，没有答复。

"正月的婆姨，二月的猫，三月的叫驴满山嚎。快去，寡妇这几天又思春了。”郭文耐和张扁头又开了句玩笑。

张扁头脸上带着笑，没有说什么。这时候，刚去找人的小伙子领着两个人过来了，郭文耐再没有说什么，跟着武二进了窑。

郭文耐进窑就跳上了炕，张扁头问武二：“这是谁的家？”

武二说：“我的。”

“旁边的大窑呢？”

“王掌柜的。”

“哪个王掌柜的？”张扁头从没有来过五座塬。

“你连王掌柜都不认识，白活了，就是远近闻名的善人王宝。”干啥的务啥，郭文耐行走带着牌，在张扁头和武二说话间就把牌掺好了，听张扁头连王宝都不认识刺了一句。

招待来宾是典礼后的又一个小高潮，四梅家待客吃席的碟子比拳头大不了多少，一桌六个人四凉四热八道菜，每人只能尝尝味道，想吃饱等待客结束后的荞面饸饹，那阵子尽可放开肚子管饱。郭文耐几个人要得没完没了，武二代表主家过来请了两次，郭文耐都没有下场，直到最后四梅爹过来郭文耐才不情愿地散了场。半路上郭文耐骂张扁头：“你个臭东西，今天来了就赢了我五块多，够你那个寡妇妈好活一阵子了。”

张扁头嘻嘻地笑着，跟在郭文耐的屁股后面什么话都没说，到了四梅家咥了碗饸饹就跑了。

第二天一早四梅爹把朱占宝爹请来，两家准备一起祭灶。司仪昨天喝了些酒，早晨起来身子骨还发飘，祭灶说喜时又来了精神。朱占宝爹和四梅爹一起跪到灶王爷面前上点香、磕头，四梅妈把家里的刀、擀杖、漏勺等放在灶房地上，四个长辈喜气洋洋地在灶房里，司仪见大家都准备好了，站在院子里大喊一声：“祭灶。”四梅和朱占宝双双走了出来，司仪开始唱道：

新人出了洞房门，头儿梳的一盘龙，

弯弯眉毛一张弓，水灵灵眼睛润生生，
脸儿又大白又净，苏州胭脂斗口红，
糯米牙牙白生生，走起路来咯噔噔，
前心饱满后心平，走路好像穆桂英。
新人出了新房门，穿着一身婚礼裙，
满脸笑容如风吹，就像当年杨贵妃。

四梅和朱占宝走出洞房门时，司仪又开始道：

一走金，二走银，三走踏开聚宝盆，
四走四季发财，五走五谷丰登，
六走牛羊满圈，七走仙女下凡，
八走八仙过海，九走九朝门，
十走来到城隍门。
城隍门向南开，一对新人拜灶来，
一拜门神二拜灶，把各位诸神都拜到，
二拜和合二神仙，三拜刘海撒金钱，
金钱撒在事中间，荣华富贵万万年。
一撒一次一头簪，二撒和合二神仙，
三撒三元三结义，四撒四季保平安，
五撒无味夺魁首，六撒刘备坐朝单，
七撒七朵团圆，八撒财源茂盛，
九撒长寿活到老，十撒全家和睦。
厨房门朝大开，一对新人走进来。

四梅家的灶房就在新房的隔壁，为了让司仪把唱词念完，四梅和朱占宝在院子里又转了一圈才进灶房。两人走到门口，有人把灶房门推开，四梅一步跨了进去，司仪在后面又唱道：

左脚踏金山，右脚踩银山。
十走全部都说完，娶的媳妇真能干。
要洗衣，要做饭，要领娃娃要收蛋，
要缝新，要补烂，闲了还能谝闲传。
新媳妇，抬头看，你的灶房眼面前，
房子外表真美观，不多不少一大间。
大红花，胸前挂，见了公婆不要怕，
先叫爸爸后叫妈，面带笑容有钱花。
进了门，往里看，婆婆把锅灶都置全。
油亮锅台能照人，一年不擦都能行。

两人前面走，司仪跟在后面念，四梅和朱占宝见地上放着笤帚、绣花针、毛笔、勺子、刀等就站了下来，只听背后有人说："拾，拾起来。"四梅弯下腰一件一件地往起捡，她捡起一件，司仪就说一件，等司仪说完，四梅把手里的东西递给站在一旁的朱占宝的妈。

拿起笤帚就会扫，扫了窑洞再扫房，
上房扫个亮堂堂，早生贵子状元郎。
拾起针线就会绣，绣的光阴如花楼，
一绣凤凰三点头，二绣狮子滚绣球。
绣龙绣凤又绣花，绣个蝴蝶人人夸，
一对蝴蝶比翼飞，恩爱夫妻永不离。
拾起笔就会写，写下千年圣人言，

一写家和子孙贤，二写儿女要听父母言。
大字写了千千万，小字写了万万千，
梅花篆，写中间，梧桐树挂两边，
梧桐树上落凤凰，清风明月照花堂。
拾起书就会念，念书可知千古事。
堂堂入溜顺句句，赛过三国蔡文姬。
拿起勺子全是铁，弟兄妯娌要团结。
拿起剪子，就能剪，先剪单，后剪棉。
剪了粗布剪绸缎，剪个谜语你们看。
远看山有色，近听水无声，
春去花还在，人来鸟不归。
手巧的媳妇眼前站，拿起针带的线，
能缝新，能补烂，新三年，旧三年，
缝缝补补又三年，讲究节约省点钱。
拾起擀杖盘龙棍，新郎好像赵匡胤，
新媳妇就如穆桂英，打里照外都能行。
拿起面刀，就能剁，剁的面，一根线，
下到锅里团团转，捞到碗里赛牡丹。
喝口汤，味道鲜，公公吃，婆婆看，
一气吃了七八碗，直夸媳妇好手段。
拿起刀，就能切，切个莲花切牡丹，
大刀切方，小刀切片，葱辣调味都不短，
公公爱吃酸汤面，婆婆爱吃个油搅团，
公婆吃，亲邻看，娶了个媳妇好手段。
拾起漏勺，就能打，
上打鱼，下打虾，顿顿吃的是十三花。

拾起勺子，就会舀，

上舀稀，下舀稠，顿顿吃的是海菜头。

千千筷，放两双，两个菜菜摆两行，

吃一顿饭，摆鱼宴，姑郎小叔都吃遍，

夫妻二人揭富碗。

揭富碗是夫妻绞手揭开锅台上放的一对碗，绞手和揭法极有窍门，两人四只手互相绞在一起互相配合才能揭开，揭开后一只碗里放着银圆，一只碗里放着抹布。四梅和朱占宝从没有见过揭富碗，在四梅妈的指点下一起绞手，由于站位不对两人怎么也揭不起富碗来，最后朱占宝爹害怕两人把锅台上的碗打了，触了霉头，也在一旁指点着两人绞手揭碗，等到碗揭开后，四梅揭开的碗里是抹布，朱占宝揭开的是一块银圆。四梅脸色一下子阴暗了下来，四梅妈看见，在女儿的后背捣了一下，四梅意识到自己失色了，又挤出笑容。

祭罢灶后认大小了，司仪让四梅和朱占宝两家的亲戚分别站开，四梅给朱占宝的亲戚每人端一双鞋垫，对方或多或少地给点钱。朱占宝没有准备礼物，见了亲戚都端一杯酒。王宝是四梅家的亲戚，朱占宝原本称呼表叔，跟四梅成亲，朱占宝的辈分也长了。王宝接过朱占宝端来的一杯酒，等待朱占宝改口称呼，朱占宝却怎么也叫不出口，惹得围观的人哄堂大笑。

四梅和朱占宝成亲的仪式在热闹中结束，谁也没有想到这次婚礼却为五座塬人招来深重灾难。

十八

民国初年枸子山上土匪横行，刀客遍地，常常是这帮土匪刚走，那股刀客又来。土匪中有的是军阀混战中打散的散兵游勇，三五成群混在一起，饿了就抢，吃饱劫色。有的原本是务农种地的本分人，只因时局动荡、官吏腐败失去了田地或遇到荒年，饥不果腹动了吃大户的念头，后在官府的追捕中呼啸山林，落草为寇。

五座塬人在王宝的组织下，年年都要给几股在陕甘宁三省边界处流窜的土匪们准备好财物，拿人手软的土匪多年也一直没劫过五座塬。

民国二十三年春，陕北闹红的消息越传越多，高先生从武二住的窑里搬到了老村子，朱占宝三天两头地往老村子跑，时间不久就传出了他也参加了什么党，王宝听到后当面询问朱占宝，朱占宝笑着说："别听有人瞎说。"四月二十八，杨猴小子领着内蒙古草原上的土匪窜到了红柳沟，王宝觉得五座塬离红柳沟太近，把栓子送进了学堂。燕子在四梅结婚后，也被送到了她舅舅家里。

杨猴小子的手下有个连长，名叫苟复礼，只因吃得胖，肉头肉脑的，被人称作苟肉头。苟肉头当兵出身，练就一手好枪法。他的压寨夫人也是枪法奇准，骁勇善战。苟肉头有夫人作臂膀，常常连杨猴小子的话都不听。杨猴小子离开红柳沟后，苟肉头带着几十个人跑到姬左塬。他听说张扁头是姬左塬有名的混子，就找到张扁头，两人说好分成，由张扁头寻找抢劫目标。一天他在姬左塬的街上瞭见了郭文耐，一下想到了王宝。

麻三最近一出去就是三天五天，有一天他老婆发现自己藏在箱底的三块大洋没有了，找麻三想问个究竟，麻三凶巴巴地训斥老婆不让管。麻三老婆几年的委屈一下子涌上了心头，又哭又叫地同麻三闹了起来，麻三爹一听儿子偷钱出去，拾起一根木棍要打，麻三拔腿就跑了。麻三爹让麻五去追回来，麻五没有追上，回来的路上遇到郭文耐领着老婆、女儿进山躲土匪，麻五在人群里见到翠翠，心想要是把这个丫头娶来做老婆，一辈子也不亏，从此惦记上了。

麻五回来把郭文耐一家躲土匪的事情在村里一说，四梅爹就打发朱占宝和四梅去了朱占宝的舅舅马占彪家。

麻五见朱占宝躲走了，问他爹:“咱们也不出去躲躲？”他爹把眼睛一瞪:“咱们穷得叮当响，往哪躲？”一句话咽得麻五什么话都说不出来。

五月十三这天，王宝在地里转了一圈，见刚出土的秧苗旱得耷拉着脑袋，望着红彤彤的日头叹了口气。这天半夜，王宝家的门外突然人声鼎沸，还没等王宝翻起来，门“哐”的一声被别人踢开了，一下子涌进来五六个人。为首的用枪指着他:“王宝，听说你是周围的大善人，仗义疏财，今天给老子也疏些财吧，老子快揭不开锅了。”

窑里黑魆魆的，王宝爬起来站在地上，栓子妈站在他背后。许久一个掂着火把的土匪进来才有了光。王宝借着火光仔细端详劫匪一个都不认识，听口音也不是本地的，忙从窑掌的柜里拿出一个早已准备好的布袋子说:“我的硬货就这些。”

“咦，说得轻巧，几十块银洋就想把老子打发了。”苟肉头接过布袋捏了一把，又掂了掂扔到炕上，想抬腿把一只脚踩在炕上，由于个子矮腿短，踩不上去，把炕沿蹬了一下，转身跳坐到炕上说:“老爷，我真的就这么多。”王宝弓着腰不知道怎么称呼这个比自己小十几岁的土匪。

“给我打。”苟肉头㧐了一锅烟，眼皮都没抬就说。

四五个喽啰几下就把王宝捆了起来。一个匪徒举起手中的马鞭就在王宝的身上抽了两下。王宝打了个激灵，眉头皱了一下，没有吭声。

“给我吊起来打。”苟肉头大声吼道。几个喽啰把王宝从窑里拉了出来，想找个地方把王宝吊起来，转了一圈没个合适的地方，就把王宝反剪着双手绑起来，绳子从门框穿过去用力一拉，王宝就被悬空在门口。两个小土匪一里一外地用马鞭抽打了起来。门框两边空间狭小，两道门框有些妨碍，匪徒就向后退了一步，抽出去的马鞭落在王宝的肩膀、脖子和脸上，每一鞭打下去，王宝就撕心裂肺般地惨叫一声。

王宝连续挨了十几鞭，下巴的皮肉被打破了。栓子妈抱着苟肉头的腿哭喊着求饶，苟肉头伸腿想踢掉栓子妈，甩了一下没有甩开，就喊道：“这个老太婆赏给你们了，拉走收拾收拾。”话音刚落，从外面涌进来四五个匪徒，把栓子妈撂到了炕上就欻的一下将她脱光了，一个老土匪在其他土匪的帮助下，爬上了栓子妈的身子。栓子妈的双手双脚被其他土匪抓着无法活动，只能扭动着身体，叫骂着。然而，栓子妈的叫骂并没有阻挡住土匪们的兽性，他们一个个兴奋地嚎叫着。

王宝在疼痛中感觉到妻子已被匪徒们强奸，奋力将一口满是血沫的唾沫吐在了抽打他的匪徒脸上。匪徒把脸抹了一把，气急败坏地举起鞭子在王宝的脸上抽了两下，脸顿时就印出两道血棱子。

强暴栓子妈的匪徒又换了一个，栓子妈的声音嘶哑了，苟肉头嫌栓子妈吵声太大，骂道：“把嘴夹住，别号丧，还没死呢。”

一个匪徒拿过一个枕头捂在了栓子妈的嘴上。

王宝被抽打得昏死了过去，耷拉着脑袋说不出话来。苟肉头看看王宝已经有进气没有出气了，对抽打王宝的土匪叫道：“你就知道打，也不问问银子在哪里？滚开！”抽打王宝的匪徒停下不打了。

炕上强暴栓子妈的匪徒还在继续，捂在栓子妈嘴上的枕头已被拿掉，栓子妈的嗓子完全嘶哑，喊声也弱了许多。在匪徒的折磨下栓子妈终于熬不住了，含糊不清地说：“在缸下。”

苟肉头一听，马上让匪徒停止强暴，几个土匪把瘫软的栓子妈扯下炕。在匪徒们的拉扯中，她赤身裸体走到窑掌的一口缸跟前一指，匪徒们在缸里搜了一下，没有找到银子，一个土匪用枪托“啪”的一声把缸砸破了，用枪拨了拨缸片没有找上银子，转身打栓子妈一枪托。栓子妈向放缸的地下指了一下。土匪们从地里挖出一个坛子，翻出三个元宝和二百块银圆。

苟肉头抓出一把银圆搓了一下扔进坛子，问众匪徒：“这个老婆子你们要不要？”有几个匪徒喊道：“要。”接着，几个匪徒胡乱给栓子妈套了件衣服，又用被一裹，抬到匪徒牵来王宝家的一条驴上，又把腿脚捆绑了起来。

土匪们进来时武二被惊醒了，王宝被吊起来抽打时，他想去找人，又想到土匪来得太多，就是把塬上的人全部喊来也不顶用，就悄悄地爬在羊圈墙边看着。当他正看得专心的时候，有人从背后一把抓住他。武二掉头一看，认出了抓他的人是前几天在他窑里要赌的张扁头，连忙把头低下。张扁头把武二拉进院子，告诉苟肉头他是王宝家放羊的，武二才避免了一顿打。土匪们捆绑栓子妈时，武二站在一边没人管，趁人不注意，用立在窑洞旁的放羊棍在墙上歪歪扭扭地写下“张扁头干的”几个字。

栓子妈被抱到驴背上，捆双手双脚的绳子从驴的肚子下拉过来栓在一起，一个匪徒拉过武二让他牵驴。临出院子时，苟肉头给几个土匪一努嘴，土匪们把王宝从门框上放了下，扔进门口的水窖里。

一条山路曲曲折折地挂在半山腰，废弃多年的山路不知何时被牲畜践踏后留下一路凹凸不平的坑窝。月亮渐渐地升了起来，地面被照得白生生的。武二拉着驴跟在土匪的后面，他不知这股土匪要往哪里去，也不知道等待他和栓子妈的将是什么。一路上他怕趴在驴背上的栓子妈滑下来，一手拉着缰绳，一手扶着栓子妈。行走间，他觉得趴在驴背上的栓子妈苏醒了，两只手不停地摸索着，就停下脚步，用双手抓住栓了妈的一只胳膊轻声呼唤：“婶子，别动。”

栓子妈渐渐地清醒了过来，动了动手脚，感觉到手脚被捆绑着趴在驴背上，她听见武二的声音，想问却说不出话来。

驴蹄敲打着黄土地在空旷的山间发出“嗒、嗒”的声响，武二扶着栓子妈慢慢地向前走着，他走得很慢，渐渐和前面的土匪拉开了一段距离。栓子妈趴在驴背上缓了许久才缓过气来。确定身边是武二时，她问：“掌柜的呢？”栓子妈虽然用尽全力在问，武二却听不清楚。听到栓子妈出声，武二停下把头凑进栓子妈的身边，他刚停下，身后的一个土匪从背后踢了他一脚：“快点，他妈的，把死老鼠夹到裤裆了。”武二被踢得向前踉跄了几步。

惨淡的月光铺洒在栒子山的沟沟坎坎里。武二见栓子妈已经醒了，悄悄地把捆绑在栓子妈手上的绳子解开了一头，趴在驴背上的栓子妈能够稍稍地把腰直起来，栓子妈把腰一直，一股钻心的疼痛迫使她又伏倒在驴背上，一股难以名状的羞辱随着疼痛袭上心头。

栓子妈悄悄地喊武二：“过来把脚上的绳子解开。”这一次武二听清了，他向背后看了看，不敢解绳，又走了一段，来到钻天岭坡前，栓子妈趴在驴身上一直往后滑，武二害怕栓子妈从驴后背滑下去，跟在驴后扶着栓子妈。坡陡难行，跟在武二背后的土匪也放慢脚步，和武二拉开了距离。栓子妈在驴背上又说：“武二，快给婶子解开，婶子的骨头都快断了。”武二用手拉了一下驴肚子底下的绳子，的确绷得紧紧的，他犹豫了。

钻天岭是栒子山最高的一道山梁，山梁陡峭险峻，有一条仅容牲口通过的小路蜿蜒在半山腰，山坡下有一道洪水冲刷了千百年的沟。这道沟有几十丈深，栒子山人叫它断岘子。白天人们走在路边看不到底，心里总是悬悬的，因此很少有人走这条路。武二见快到断岘子，他没有给栓子妈松绳，想过了断岘子沟再解开，就说了句：“婶子，抓紧，小心点。”就在武二提醒声刚结束，栓子妈的身子向外一趄，就从驴的身上叽里咕噜滚下山坡。瞬间她的身体化作一团黑影，这黑影越滚越远，越滚越远，不一会儿就听到咚的一声，再也没了声响。武二见栓子妈栽下沟，本能地伸手拉了一把，只因隔着一条驴，等绕过驴背已经看不见栓子妈的踪影，悲痛的武二放开喉咙大喊了一声：“婶子……”。

这撕心裂肺的一声在寂静的山梁上传得很远很远……

十九

土匪在王宝家折腾了近一个时辰才离开。

四梅和王宝两家虽住在一个塬上，但一前一后，隔着一道山梁，前面的声音根本传不过去。住在隔壁塬上的五癞子爹听到动静，穿上衣服准备过去瞅瞅，五癞子妈听说王宝家半夜去了人，浑身颤抖地抱住五癞子爹，说什么也不让出家门。直到听不到声音，五癞子爹才跑上塬吼上四梅爹到了王宝家，等到王老倔和老村子的人得知消息已经是第二天早晨了。

五座塬人把窑前窑后找了个遍，没有找到王宝夫妻，最后根据拖拉的痕迹找到了水窖，几个上了年龄的老人七手八脚地把麻三爹和朱占宝爹放进窖里，才把半个身子泡在水里的王宝拉了上来。四梅爹和五癞子爹把王宝抬到一个斜坡上，让王宝脚高头低脸向下趴下，又从王宝的背部用力按压，想把王宝肚子里的水压出来，连续压了几十次，一点水也没有吐出来，直到麻三爹上来才说："掌柜的可能没被淹上。"人们这才把王宝翻过来，看看王宝的脸色惨白惨白，麻三爹摸了摸王宝的胸膛冰凉冰凉的，估计已经死了，就摇了摇头。站在一旁的人不知是谁带的头，一下子哭成了一团。王老倔和高先生过来时，塬上的人围着王宝正在啼哭。

高先生把手向内卷（quán）成窝状，扣在王宝的鼻子上，觉得鼻孔还有气息，脉搏也在微弱地跳动，让四梅爹招呼人抬进窑。三子跑进院子摘下一块门板，四梅妈抱了一床被子，几个人七手八脚地把王宝抬进了窑。

院子里围的人越来越多，四梅妈、三子、麻三爹、四梅爹把王宝湿衣服脱光，将他抬到炕上盖好，四梅妈伸手摸了摸炕，想找个人去填炕，转身见五癞子妈靠墙站着，整个身子像筛糠般地颤抖，话到嘴边又咽了下去，招呼妮子的嫂子揽柴。

四梅爹把王宝放好，出门来到院子里，麻三爹过去问：“怎么样？”

四梅爹摇摇头：“还能怎么样？”见高先生和王老倔过来，转身走出人群，大家都跟了过去。

“王掌柜家里的呢，怎么没见？”高先生问。

“前前后后都找遍了，估计被土匪抢走了，听说土匪走到哪里都要抢女人，武二也不见了。”麻三爹插话说。

有人猜测说：“武二和栓子妈估计都被土匪绑走了。”

麻三爹说：“绑去的人也是凶多吉少呀。”

麻三爹的话说得大家心里沉甸甸的，谁都没有答话。

沉默了许久，四梅爹说：“一个死活难料，一个不知下落，大家再分头找找，看土匪把人带到哪了。”又瞅着高先生问，“有什么法子？”

高先生说：“先找人吧。”

在外面逛了半夜的麻三回来后里里外外地窜了一会儿，不用问心里明白了七八分，听四梅爹商量让年轻人出去找人，给他爹打了声招呼领着五癞子就要走。

出进五座塬的人道只有两条，麻三刚在回来的路上什么也没看见，还有条走红柳沟的路。四梅爹见麻三要走，对身边站的朱占宝爹说：“我看麻三刚回来，他走的路先别去了，你领人跑趟红柳沟，麻三年轻从钻天岭过去，跟上踪迹找，别瞎跑。”

走五座塬的路行人很少，每条路上覆有一层厚厚的浮土。朱占宝爹出去走了几里路，见路上没有踪迹就回来了。麻三和五癞子出了村子就找到了踪迹，沿着山路上了钻天岭。

面对王宝家的变故，大家都感到痛心和难过。朱占宝爹和麻三走后，王老倔问四梅爹：“你看这事咋办？”

“我看咱不能在这等，先想个法子救人才是最要紧的。”四梅爹着急地说。

四梅爹又说：“谁去栓子他舅家报信，把栓子和燕子找回来。”

“我去吧。”五癞子爹主动要求，他对昨天晚上听到王宝家有动静没有出来感到有愧。

四梅爹看了五癞子爹一眼，什么话都没说。

“我去找先生吧，王掌柜的病恐怕一般的先生救不下，得跑趟花马池，定边、花马池最有名的要算原先生了，我去请。”高先生仔细看过王宝的症状，认真思考后才说。

一听说去请先生，四梅爹连忙说：“那就麻烦高先生了。”

“把我家的黑骟驴骑上快一点。”朱占宝爹已经回来了，听到去请先生接口说。

高先生连饭都没吃，骑上朱占宝家的黑骟驴抄近路走了，一路上边走边问赶天黑就进了花马池城。原先生是花马池和定边两县的名医，一般不会去这么远的地方出诊，听高先生说起王宝的为人又是被土匪害的，详细询问了病情和症状，准备好药材，睡到鸡叫头遍就出发了，等到第二天下午就来到五座塬。高先生两天连夜跑了三百多里地请来了看病先生，他的威信在五座塬人的心目中一下高出了许多。

再说高先生走后，四梅爹不知自己该干什么，在院子里转出转进。四梅妈领着妮子的嫂子把窑里的炕烧得热热乎乎的，又烧了一盆热水一点一点地清洗王宝的伤口。王宝的伤几乎全身都是，妮子的嫂子一点一点地清洗伤口里沾的沙渍、淤泥，把全身的伤口清洗了一遍，用了一天的时间。

就在大家分工忙碌时，麻三急匆匆地跑回来了，喊道：“栓子妈……栓子妈也死了，在钻天梁的沟里。”

麻三的话没说完，人们都围了过来。“我顺着牲口蹄印往前追，追到钻天岭的大坝嘴沟口，发现有一大片被人踏得乱乱的，下去一看，栓子妈已经摔死在沟里。武二不知哪儿去了。”

听完麻三的话，四梅爹思考了一下说：“我看咱们分头准备吧。五癞子爹和老朱在家里准备谷草停尸，我和你们几个到沟里去。”

四梅爹和王老倔领着几个小伙子跟麻三来到了钻天岭。在离山路约五六步的地方，有摔下去的痕迹，找到下一个痕迹的位置时，已经跌下二十多步，四梅爹看到这个印痕，心里沉甸甸的。再向下是一道斜坡，斜坡上有一道拖拉了几十步远的痕迹，接着就是一道深崖，站到崖边往下看，见栓子妈的身子蜷卧在沟底。

四梅爹带着三子、麻三和几个年轻人慢慢地下到沟底。栓子妈的衣服已经全被挂破，脸上、身上全是伤痕。四梅爹拉起栓子妈一只手，想把身子拉展，一用劲感觉这只胳膊已经断成了几截。他俯下身子把栓子妈的头扶端正了，觉得脖子也已经断了，四梅爹的眼泪一下子涌了出来，双腿一软就坐倒在地上。他不想哭出声，眼泪却止不住地顺着脖颈流了下去。三子见四梅爹悲痛地坐在地上无法干活，过去把栓子妈残破的衣服拉了拉，想把身体尽量放平展。他拉起栓子妈的另一只胳膊，也已经断了很多节，连前后都分不清了，鼻子一酸，竟哭出声来。

麻三已经来过一次，看到四梅爹和三子的表情，吓得直往后躲。和麻三一起来的老村子的几个小伙子更吓得趔得很远。来的时候四梅爹让麻三带来准备抬人的被子和绳子，想让年轻人下去把栓子妈抬到被上卷起来，一看年轻人指不上，拖着哭腔招呼站在沟崖上准备接人的王老倔。

王老倔找了个缓坡跳了下去，接过麻三手里的被子铺到地上，跪下给栓子妈磕了一个头，颤抖着嘴唇说：“嫂子，回，回家。”正在忙碌的三子见他叔给栓子妈磕头，也哭着跪下磕了一个头，然后两人把栓子妈抬到被子上裹了起来，用绳子把两头扎紧，又从中间扎了一道绳。扎好后，王老倔把绳子的一头递给麻三：“你拿上绳子上去，和他们几个一起往上吊。”麻三把绳子的一头拴在自己的腰里爬上了深崖，和几个青年一起往上吊。等王老倔和四梅爹爬上去时，几个小伙子已经把栓子妈的尸体拉到梁坡上，一床被子磨出了棉花，栓子妈的脚也露了出来。四梅爹见栓子妈的脚露出来了，就蹲下说：“她嫂子，我来把你的脚包好，咱们回家。”说着，他把脚往被子里填了填，用手把脚下散开的棉花捏到一起，他想把棉花扎起来，看看没有绳子，掀开自己的衣襟，从衣襟下摆扯下一条布把棉花扎了起来。

大家把栓子妈放在事先带来的门板上，王老倔和四梅爹抬着门板走在前面，麻三和三子抬在后面一起向村子走了，几个老村子的小伙子跟在后面，一路上王老倔给栓子妈叫着魂：“嫂子，回家喽。”所有的人都应和着：“回来了——”

“嫂子——，回家喽。”王老倔拖着长长的哭腔喊出了自己心底的期望，他的声音有些颤抖，有些凄切，传到大山深处引来无数共鸣，好像有无数人和他一样发出颤抖、凄切的期盼。

“回来了——”大家应和的共鸣声更是响彻山谷。

凄凄婉婉的叫声，从钻天岭一直叫到了五座塬。当抬尸人走进村子时，村子里除四梅妈外，所有人都跪在地上放声痛哭，这哭声连成一片，久久地萦绕在五座塬的上空。

留在家里的人已经在王宝家院外的粮场上搭建起灵棚，地上用谷草铺了个停尸地，栓子妈的尸体放在谷草上。在王老倔的指挥下，老村子的男女老少全部跪在了尸体的前面，看到老村子的人跪下了，五座塬人也跟着跪倒在地。四梅爹妈是王宝的长辈，他们不能和小辈一样跪下，但四梅妈看到大家都跪在地上，便坐在地上放声哭号起来。

四梅爹流着泪给栓子妈点了三炷香，摇着头哽咽说：“她嫂子，看见了吗？看见了吗？这就是人心，这就是人心呐！你心善为下的，可是……”香点着后，他给栓子妈鞠了三躬，把香插到米碗里，悲愤地仰天喊道：“老天爷不公啊！那些该天杀的，怎么能这样呀！老天爷不公啊！”

四梅爹的哭喊引得跪在地上的人更悲痛了，女人们几乎全哭号了起来，男人们也都流着眼泪。

用几根木棍搭起的灵堂上挂满了白纸，栓子妈的脚下拴了一只起灵鸡，头顶放着一张供桌，在供桌上摆着一盘馒头，白生生地垒得很高，香碗里的三炷香缕缕袅袅，还有腌猪肉、羊肉、蔓菁丝、土豆丝等。供桌的前面放着一个瓦盆，瓦盆上放着一只镰刀头。栓子和燕子还没有回来，妮子主动要求为栓子妈守孝，披麻戴孝地跪在一旁，流着泪，在瓦盆里烧纸钱。

灵堂设起来后，四梅爹把家里所有事情托付给朱占宝爹，决定自己去找栓子和燕子，他不放心五癞子爹，想把朱占宝和四梅一起找回来，顺便把阴阳和礼宾也请了。五癞子爹带着几个年轻人去红柳沟买棺木、纸活。麻三爹去请鼓乐，麻三被打发出去给周围的村子报丧。家里留下朱占宝爹、王老倔、三子和一些女人们守孝接人。

清末民初，枸子山居住的人很少，村民们因联姻、认干亲，使得各个村庄的亲戚关系就像蜘蛛网般密布。王宝是五座塬的老户，和周边各村有着千丝万缕的关系，麻三不知道王宝和谁家沾亲带故，决定挨着村子跑，把周围的村子全部请到。

第一站来到郭家塬，麻三直接到了郭文耐家，走进院子就听到窑里正在喝酒，麻三一进去坐在炕边的两个年轻人从炕上溜了下来。郭文耐把妻子女儿送到山里的亲戚家躲了起来。随后，一个人回到村里闲得没事，找了村里几个青年陪他喝酒。麻三一进门跪在地上叩了一个头，郭文耐一看就从炕上刺溜了下来。山里人报丧人都是孝子，手里要拄一根哭丧棒，身披孝服，走到谁家里，都要跪在地上磕头。麻三走得急，没有穿孝服，只拿根打狗棍。进门时，郭文耐手里还端着一杯酒，看到麻三跪下磕头，才猜道麻三是报丧的。麻三跪在地上，一脸悲戚地对郭文耐说：“郭叔，我们村出大事了，王掌柜家让土匪抢了，他老婆被打死了，他也死多活少。”

“什么？”正在弓腰扶麻三的郭文耐一听，惊讶得腿一软打了个趔趄。

麻三把他知道的事情加上想象讲给了郭文耐，郭文耐听了心里一阵恐惧，方圆数十里数他的名气大，耍赌、喝酒、嫖女人、逼赌债，哪一项他都干过无数次。土匪能盯上王宝就能盯上他。想到这里，郭文耐浑身发麻，脊背凉飕飕的。

麻三见郭文耐呆站在炕边就告辞了，郭文耐让麻三上炕缓和缓和，麻三没有上炕，只是喝了半杯水急匆匆地出去了。

麻三走后，郭文耐让人拿上纸，叫上喝酒的几个人去给栓子妈吊纸，等他走到村口，几乎村子里每家每户都有一个人跟在他的身后。这不是郭文耐的人缘好，是王宝一家多年积善成德，人们敬重王宝，听到王宝家出事专门去的。

麻三离开郭家塬去了贾背洼，麻三直接去贾占清家，前几天他匆忙离开了这里，今天再来心里很不是滋味。但麻三的脸皮厚，心里那种被猫抓了似的感觉一闪就没了。

贾占清不在家，秀云正在做饭，麻三进去眼睛一时不适应窑里的光线，没有看到坐在锅台边的秀云，可秀云对外面的来人看得清清楚楚。秀云停下手里的活，想到上次麻三在她家的事，脸烧了起来，忙低下头用双手捂在脸上。

那天她在羊圈躲了一会儿，冷静下来后觉得要想办法让人知道贾占清一走，她就起床了。秀云看到自己进羊圈时忘记关羊圈门，就过去把羊圈门关住了，关住后，又想到把羊放出去，让村里人都知道自己一大早就起床找羊。

秀云把羊圈门打开，把羊推出圈，有几只羊一出去就跑进院子，她又把院里的羊赶到山坡上，她才跑到贾占清的哥哥家，喊人和她一起找羊。当秀云和贾占清哥哥的儿子一起再回到羊圈时，圈里所有的羊已经跑得无影无踪了。两个人在沟里沟外把羊找回后，一数少了三只，原本想做个假象，现在真的丢了羊。秀云又急忙到处找，等把三只羊找回来，麻三早走了。

麻三站在地上，秀云不知道自己该不该搭理他，她怕麻三再使坏，坐在灶火门口没有动，悄悄地观察麻三的一举一动，盼望着麻三赶快离开。就在这时，只听院外传进嫂子的声音：“哟，干亲来了，秀云不在家？”

“好像没人，我也才来。”麻三看见来人，忙辩白说。

“怎么？来看干亲的。”贾占清的嫂子笑着问。

“嗯，不，我还有事。”

“怎么？慌什么？我又没说你专看女干亲，看把你急的。”贾占清的嫂子又开了一句玩笑话。

“不是……”没等麻三把话说完，贾占清的嫂子又搭上了茬，“今天，我们占清可不在家。”

“我真的有事。我们塬上的王宝被抢了，他老婆死了，我是来报丧的。”麻三急于表白，说话的时候把手里的哭丧棒举了起来。

“王宝？哪个王宝？”贾占清的嫂子是个大门不出、二门不迈的人，她真的不知道王宝是谁。

“就我们塬上的。”麻三一看贾占清的嫂子确实不知道王宝是谁，觉得解释也解释不清楚，说了一句再也不说了。秀云在五座塬见过王宝，她想知道王宝是怎么被抢的，麻三不说自己又不便于起来询问，只好低着头装作什么也没听到。

贾占清的嫂子站在窑里时间一长，逐渐适应了窑里的光线，在和麻三说话时向窑掌里走了几步，一下看到秀云坐在灶火旁，惊奇地说：“你在家呀，这么长时间，怎么连个屁都不放一个？”

“你说得那么热闹，能轮上我插话？”秀云索性站起来，向门口走了几步，对麻三说，“来了，怎么不进去？”

“就在这站一会儿。”麻三自从上次的事情，虽然脸皮厚，还是有些不好意思，眼睛不敢直接看秀云，“贾占清在吗？我是来报丧的，五座塬的王宝家被抢了，他老婆让土匪害死了。”

“咋能抢了？怎么死了？”秀云吃惊地问。

麻三把刚刚跟郭文耐说的话又说了一遍，说完，问秀云：“贾哥呢？”

“谁知道呢，一连几天不见人影。”秀云有些哀怨地说。

“哦……”麻三听了，想说点什么，什么也没说出来。

贾占清的嫂子向秀云找了些盐走了，临走时对秀云不怀好意地笑了笑。

贾占清的嫂子走了，麻三有些局促不安，他不知道怎么和秀云说话，站在窑门口不知如何是好。

秀云看到麻三的样子，心里想，那天晚上的勇气哪去了，怎么扭扭捏捏的。她翻身又到了灶火前坐下，说：“你先上炕躺一会儿，我来做饭。”

麻三爬上炕，趄在被上睡着了，秀云在灶房里忙碌了大约一个时辰才把饭做好，麻三稀里糊涂地填饱肚子。肚子有了食，麻三也有了精神。秀云到灶火洗锅的时候，麻三装作去帮忙烧火，跟到了灶间。他坐在灶火门口向炉洞里添了一把羊粪拉起了风箱。秀云明知麻三跟过来想干什么，她仍装作不知道的样子，该干什么就干什么。

秀云在麻三的身边过来过去，撩得麻三心里好像爬满了蚂蚁，痒得难受，悄悄地伸手抓秀云的手。秀云感觉到后，用手把麻三的手打掉。

麻三见秀云不让动，把风箱杆一放，翻身站起来说：“我走了。”说着，又要拉秀云的手，被秀云打掉了。麻三一看拉不上手，就把早已捏在手里的两块银圆放在锅台上。

秀云站在灶火边没有说话，她见麻三放下的银圆，拿在手里搓了一下扔了出去。

五座塬人在朱占宝爹的指挥下有条不紊地办起了丧事。栓子和燕子得到消息后在栓子表哥、表嫂等亲戚的陪同下跟着四梅爹、四梅、朱占宝回来了，两个人一路上哭得昏天黑地，最后栓子表哥不得不背着燕子。四梅爹和朱占宝搀着栓子回到五座塬。栓子一上塬，看见远处的灵堂，泣不成声地大喊了一声：“爹——，妈——”就跪倒在地。四梅爹早有防备，在栓子跪倒的那一刻，他用力拉了一把栓子，才使自己没被栓子拉倒。迷迷糊糊的燕子，听到她哥的哭叫声，挣扎着从表哥的背上溜下来，甩脱众人向家里跑去，没跑几步就栽倒了。她的表哥、表嫂跑过去抱起燕子，燕子哭着哭着又背过气去，大家连喊带掐人中地折腾了很大一会儿，背着迷迷糊糊的燕子往回走。栓子等走进灵堂，院子里的人一起陪着栓子、燕子跪在灵堂前，栓子像牛一般地放声嚎哭，燕子一声“妈……”字还没有喊完，又昏了过去，表嫂过来再次把她掐醒，四梅妈坐在地上把燕子搂在怀里。四梅因是新婚，虽穿着孝服，但一直没让她到灵棚跟前，安排和妮子的嫂子一起伺候王宝。

高先生把原先生请来后，当天晚上就开始给王宝扎针，又把带来的中药让人煎熬出来，由妮子嫂嫂给王宝擦洗伤口。这一夜，原先生把上百根银针扎进王宝身上的不同穴位，隔一段时间就醒醒针，由于针扎得多，后面的针刚醒完，前面醒过的针又到了醒针的时间，忙得一夜没眨眼。等到第二天早晨，王宝逐渐呼吸匀称了。消息传出，五座塬人悬着的一颗心渐渐地放了下来。

麻五没有什么具体的活计，谁有事就过去帮帮忙。这天下午，麻五见院子里有几只鸡，拿起立在墙边的木锨去赶鸡。在他拿木锨时，发现立木锨的墙上留有一行字，麻五看了看没看明白，他爹见了忙把高先生找来，才认出是“张扁头干的”。

“谁是张扁头？”在场的人听了面面相觑，都也不认识。

麻三报丧回去后，麻五问麻三是什么意思。麻三知道张扁头，却不知道这句话是什么意思，找来在五座塬帮忙的郭文耐。郭文耐一看墙上的字，心里明白了几分，骂道：“这个驴肏的，竟然这么缺德，看老子怎么收拾他。”

五座塬人听了郭文耐的叫骂，突然明白过来，张扁头平白无故地欺负到他们的头上，害了他们的恩人。

四梅爹说：“谁知道这个张扁头，做了他，我当五个绵羯羊。”

麻三爹也摒弃了往日的吝啬，大声喊道：“我再加两只。”

高先生从王宝被害这件事上看到了一种希望，也感到了自己肩上的责任，他必须借着这次事件把五座塬的百姓组织起来，组建一支武装力量。可怎么组织？高先生的心里没底。

高先生问郭文耐："张扁头是哪里的？他怎么能来抢人？"

郭文耐张了张嘴没说出来，他和张扁头是赌场上认识的，算不上朋友，多年没见，见了一面还输了五圆钱。张扁头与王宝的劫难有关系，他害怕说不清楚。

郭文耐见众人都看着他，猛然想起那天张扁头是从四梅家出来的，就说："你问老樊，他家过事还请这个人。"

大家一听四梅爹认识，有人立即把四梅爹找过来。四梅爹一听说领人杀王宝的张扁头，那天还来他家吃过席。在他的亲戚里面，怎么也想不起有这么个人。一个劲地说："这个驴日的是谁？这个驴日的是谁？"他认为是朱占宝家的亲戚，找来朱占宝爹，他也说不认识。

郭文耐见大家把目光聚到四梅爹的身上，才说："张扁头是姬左塬的蹓鬼，曾和他一起耍过几场赌。四梅结婚那天，还一起在武二的窑里耍了一场。"最后郭文耐说，"张扁头是个什么坏事都做得出来的人，要是大家都不认识，估计那天是借着乱事帮土匪探听消息的。"

郭文耐的话使大家免除了对四梅爹的嫌疑，猜到墙上的字应当是武二写的。

弄清了王宝被谁抢劫之后，五座塬的人们什么话都不说，他们默默地按照古老的礼数准备为栓子妈送葬。

请来的两班子吹鼓手使劲地吹打着，四个阴阳跪在经堂里翻念着厚厚的经书。四个礼宾先生也在窑里分别写祭文、续写点主的簿册。栓子是主家，不时被人喊着找这找那，燕子在妮子以及燕子的表兄、表嫂、表姐的陪伴下坐在灵堂里守灵。燕子这几天见到祭奠的人来就哭，有时呆坐在那里，泪水像断了线的珠子不住地往下落，眼睛肿得像两个桃子。

五癞子爹出去三日，从红柳沟买来了柏木和松木，请来了做棺材的匠人。五癞子爹去红柳沟时，高先生让五癞子爹代买了些火药和铁子。晚上高先生和王老倔把三子、朱占宝找来，让朱占宝把家家户户的土枪集中起来，安排朱占宝和三子负责看护村子，小心土匪再次进村。朱占宝一共找来六杆土枪，王老倔让他把所有的枪都拆开擦了一遍，分给了几个青年。

葬礼按传统的葬礼模式进行，行孝、入殓、发碟、阅庙、破狱、开皇经、张榜、扬幡、淋牲、转案、大供午、小供午、过桥、放食程序等一样不少。主持穿神点主的礼宾是清末取得廪生的老先生，按理栓子妈只生栓子一人，只采栓子的指血，可当栓子扯着红线跪在棺木和先生中间时，五癞子爹拉过旁边的五癞子让跪倒在栓子后面，五癞子一跪，麻三、麻五、朱占宝以及老村子的所有男性小辈都跪倒在地扯拉红线。礼宾先生先是一愣，当看到大家一个个爹起中指，立刻反映了过来，拖着长音叫道："点主开始——奏乐！"伴着唢呐声四梅爹在每一位拉线的男子手指上扎针取血，用毛笔把大家的血汇聚在一起，为栓子妈串神点主。

高先生站在一旁，他看到五座塬、老村子的人跪在地上举着红线，有一种莫名的感动，人缘、情缘比血缘的力量更伟大，它们用山一样深厚的博爱把五座塬和老村子的人紧紧地凝聚在一起，已化作五座塬人的精神力量。

出殡那天，天还没亮五座塬的女人们开始准备斋饭，麻三、麻五、五癞子、三子，还有老村子、郭家塬、贾背洼、打虎店及周边十里八村的小伙子们，每人腰里挽着白布准备轮流抬棺。朱占宝因是新婚，领着两个人拿着土枪，站在院子外面，只听一声："起灵。"三支土枪一起向空中放去，抬棺的八个人一起扛起了棺材。

泪流满面的栓子头上顶陶瓷灰盆，听到"起灵"时，双手颤抖着站不起来，四梅爹和栓子表兄看见，连忙架起他来。就在架栓子时，栓子头顶的灰盆滑落在地上，旋转了半圈稳稳地不动了。

栓子一看灰盆子没有打破，甩掉四梅爹和他表兄的手身子向前一倾，跪在地上抱着灰盆放声哭喊："妈——，你死得好惨啊！"

有道是“男儿哭一声，惊天动地”，栓子的哭叫，惹得所有人啼哭了起来。哭声传到本来就哭得如泪人儿一般的燕子那儿，她也跟着大喊了一声：“妈呀！”

燕子的嗓子已经哭哑了，她的这声“妈”，是从嘶哑的声带中刺出来的，夹着杂音，却又清晰可辨，哭喊中她的身子向前一倾，额头磕碰在刚刚抬起的棺材下沿，鲜血顿时冒了出来。燕子的哭叫已经使扶灵女人们的心颤抖了，当看到燕子额头上的鲜血掺杂着泪水流到脸上，整个面部血泪模糊，女人们都跟着她一起哭号了起来。

一时间五座塬上哭声连天。高先生、王老倔、郭文耐几个上了年纪的人听到哭声，也止不住地落泪，郭文耐原本对他和张扁头在武二窑里耍赌有些自责，看到这个场面，凶狠地抹了把眼泪说：“好个张扁头，看爷爷咋踏你。”

栓子被四梅爹搀扶了起来。栓子表兄拾起灰盆放在栓子的头上，又将灰盆推下去摔碎了。抬起灵柩的三子、麻三等人一手扶住肩头上的椽子，一手抹着眼泪，看到灰盆子打碎，三子从心底喊了一声：“走！”八个小伙子抬着棺木在呜咽悲哀的唢呐声中缓缓出发了。

四梅妈见燕子的血从额头流到了脸上，扯下自己的衣襟胡乱地擦了几下，把伤口包扎起来。燕子似乎筋疲力尽，抽搐着哭不出声，耷拉着头由妮子的嫂嫂和老村子的另一个女人架着。

抬埋栓子妈是五座塬乃至周边地区多少年来最隆重的一次。每走几十米，就有人点起一堆纸钱，在三四里路上聚了十几个村子的人，烧下了十几堆纸钱。枸子山百姓对王宝一家怀着感恩之情，同时对土匪充满了仇恨，他们的聚是枸子山百姓的义举。

高先生看到这个场面有些激动，想借着这事把百姓组织起来。送葬的路上，他对王老倔说：“枸子山的百姓真是一些有情有义的人呐。”

王老倔不知道高先生想说什么，他低着头，什么话都没说。

高先生见王老倔不接茬，抬起头和王老倔一起向前走了几步，忍不住地跟王老倔说："要是把他们组织起来，拉出去是一支多好的队伍。"

王老倔听到这话，抬起头瞪了高先生一眼，没有说话。高先生看到王老倔对他的提议不热心，再也没说什么，两个人相伴着走了很远。

到了墓地，王老倔才对高先生说："五座塬不是陕北，这里的人生活得很安逸，你想拉队伍出去，谁跟你呐？俗话说'好铁不打钉，好男不当兵'，别想那美事了。"

高先生一听王老倔不理他的原因，说："我不是那个意思，我想五座塬太偏了，土匪来了防不住，不如组织人成立个护村队，来上三个、五个土匪，咱敢跟他干。再说向外界传出咱有组织、有枪，土匪就不敢来了。"

听了高先生这话，王老倔再没有反对。

下葬的时候，一直都没有哭出声的五癞子妈，竟拍着腿大声地哭了起来。有人让五癞子爹把五癞子妈拉起来，五癞子爹流着泪说："让她哭哭吧，哭哭就好了，她的心里憋屈着呢。"

埋葬栓子妈后，高先生和王老倔、四梅爹、朱占宝爹商量在村里成立了护村队，五癞子爹没有意见，麻三爹嘟囔着，见大伙不听他的，不再说什么了。高先生选了十来个年轻人，拿出六支土枪，让朱占宝当队长，三子当副队长。护村队的队员们除朱占宝外，都是十六七岁的小伙子。麻三游逛去了，麻三爹不让麻五参加。平时没事的时候，大家就在一起训练，农忙的时候回去种地，时间一长麻五也混进了护村队。

五座塬的护村队组织起来后，郭文耐听说了，也想在自己的村子里组织一支护村队，吆喝了一阵，见大家的积极性不高，托人在花马池城里花五十块大洋买了一支匣子枪和二十发子弹。

二十

栓子妈跳了崖，几个土匪上来用枪托把武二砸倒在地上。苟肉头骂道："这些东西，为一个老婆子至于吗？哪天去搞几个年轻的姑娘给你们玩。"

土匪们怕武二逃跑，将他的外衣欻的一下扒下来，用衣袖从背后将他捆起来。

武二随着苟肉头的土匪来到一个无人居住的村子，栓子妈的跳崖已经让他感到了恐惧，来到这个陌生的地方，他不知等待自己的结局是什么。

土匪们进进出出地从牲畜背上卸下抢来的东西。苟肉头站在院子里，像一个凯旋的将军指挥着，一转身看见了武二，抬腿踢了武二一脚："他妈的，让你看个老婆子还看不住，滚，给老子干活去。"

看管武二的土匪不知苟肉头让武二干什么，站在那儿没有动。苟肉头瞪了一眼，喊道："愣什么愣，给老子做饭去。"土匪把武二领到隔壁一个窑院里，推进一孔窑，说："进去干活，给老子乖乖的，不然老子扒了你的皮。"

这一把推得很重，好像他把刚才挨骂的气全撒在了武二的身上。武二趺趺撞撞地进了窑里，一进窑他被一个人扶住了。

窑里很黑，武二看不清扶他的人是谁。等他的眼睛适应了窑里的光线时，惊讶地认出扶他的人竟是老薛。

武二见了老薛如同遇见亲人，委屈的眼泪倏地流了下来，伴随着眼泪哭丧的声调也拉出来了。

看到武二这个样子，老薛问："咋地了？"

武二哭泣着把王宝被打、栓子妈跳崖的事讲了一遍，老薛听了在地上直转圈子，说：“昨晚天擦黑张扁头领着苟肉头走了，没想到竟上了五座塬。”

“还有谁家被抢？”老薛关切地问。

“没了，就掌柜的一家。”武二拉着哭声说。

老薛点了点头，停了一会儿，压低声音对武二说：“到这里小心点，这是我见过最坏的一股土匪，动不动就杀人，还抢女人和小孩。”

武二听了心里凉飕飕的，呆呆地站在那里。

武二揉了揉眼睛仔细打量这孔窑，窑炕连着一座锅台，一口比灶口大许多的铁锅只有锅底能放在灶里，窑里空空荡荡地放着几口水缸。

武二想知道老薛怎么也会在这里，话到嘴边又打住了。他觉得老薛神神秘秘的，会不会和张扁头一样？想到这里，武二的头皮发麻。

武二被留在灶房里给老薛打下手，闲了被人派去喂马，或干些杂活。

听了老薛的话，武二一直谨小慎微的，等和土匪们熟悉了，土匪吃剩下的东西也会分给武二一点。渐渐地，武二在土匪窝里学会了赌博。

武二赌博是被土匪们逼会的。一次，苟肉头带人下山抢了一个大户，回来分钱时给武二也分了几角钱。武二把钱装进衣兜，一个小土匪见武二兜里有钱想弄到手，提出和武二耍赌。武二说不会，小土匪上前就把武二踹倒。老薛见了，骂武二不懂事，让武二陪着耍。从没上过赌场的武二刚耍了两把，兜里的几角钱就输光了，小土匪高兴地掠走武二身上的钱，武二也长了记性。从此，遇到别人耍赌就趴到跟前去看，渐渐地看出了门路，学会了赌博。

一天，武二喂马后蹲在窑里看土匪们赌博，有两个土匪想要掀花花三缺一，让武二顶一把。武二称自己没有钱，两个土匪说：“输了不问你要。”武二这才上了场子。他耍了一个多时辰，不仅自己一文没输，反而赢了一元多。结束时，两个小土匪把武二赢来的钱要去平分了，扔给他一角零钱。

武二仿佛天生就是耍赌的人，手气特别旺，在后来的日子里，他曾用一角钱做底摇单双，赢下一元多。

一天，两个小土匪又要和武二一起掀花花，武二抽了个头匠，手里揭了三牛对喜两副鱼，天虎没见就赐了。武二一把牌连赐带毒（赌博名词）赢了很多。两个土匪想赖账不给，又怕武二不耍坏他们的兴致，把把都算清。从绥远来的土匪坏是坏，但都讲义气，这次武二身上有钱，输了就掏，赢了就拿。耍完后，武二又赢了一元多。

土匪的生活，就是吃喝玩乐抢，吃喝由苟肉头管着，有了钱就要赌解闷。这钱来得容易，输了给得也很痛快。武二赢了钱只留下两角零钱，其余的和上次赢的钱放在墙缝里藏了起来。

苟肉头每一次抢劫回来会拿出部分零钱，放在簸箕里分给大家，出去杀了人的分得最多，其次是动手抢劫的或是挂彩受伤的。武二从没出去过，和老薛及四五个留在家里看守土匪窝和抢来的几个女人。土匪们有时候会给武二、老薛分几角零钱，时间不长，武二又攒下几角纸票。

武二连续多次只赢不输，渐渐在土匪窝里有了一些名气。老薛一边劝武二不要招惹这帮土匪，又一个劲地要他结识几个能说得来的朋友。武二谨慎，即使有土匪主动和他拉家常，武二也是问一句答一句，不敢多说。

武二有武二的心思，他不言不喘有些木讷，心里默默地想寻找机会做掉张扁头，可自从他来到土匪窝，只见过张扁头一面，问张扁头去哪儿了，老薛也说不清楚。

一天，苟肉头抢劫回来，得意扬扬地走进了灶房，看见正在烧火的武二说：“听说你耍得精得很，来跟老子耍几把。”

武二一见苟肉头吓得脸都绿了，站在灶火旁什么话都不敢说，老薛站在一旁也不敢言传。苟肉头一看两个人站在那里心里很不高兴，上前抓住武二的头发：“走，陪老子耍耍。”

苟肉头把武二提溜到另一座院子的窑里，苟肉头掏出一个红宝和一副牛骨磨成的骰子，扔到炕上。武二站在炕边不敢动，苟肉头见了骂道：“看你那个㞞样，坐下！陪老子玩玩。”

苟肉头坐下后拔出枪放在炕上，他见武二的眼睛盯着他的枪，把枪挪到自己的腿下。

武二坐在苟肉头的对面，一个土匪拿出一只洋瓷碗递给苟肉头。苟肉头接过洋瓷碗，快速地在炕上一扫，两个骰子被苟肉头拾进洋瓷碗里。然后，他把洋瓷碗往上一颠，洋瓷碗里的骰子向上飞了出去，就在飞起的骰子往下落时，苟肉头斜着碗口把骰子接住，骰子便在洋瓷碗里旋转了起来，并随着苟肉头转动的手腕越转越快，越转越快。最后，苟肉头猛地把碗一翻，骰子就被扣到炕上。苟肉头的这一串动作干净利索，看着把骰子扣在炕上，他摸出一块银圆往炕上一撂，嘴里喊：“单卖一碗子，谁要？都押，都押。”

武二正看得眼花缭乱，苟肉头让押钱，他还没有反应过来，一个年龄较大的土匪用胳膊肘捣了他一下，他才随口说了句：“我信双。”说完，摸出自己揣在裤腰里的二角钱押到了苟肉头一块银圆的对面。

几个土匪一看苟肉头信单，不知道自己该信什么，你看我、我瞅你一会儿，拿出几角钱和苟肉头的钱押在一起，都跟着苟肉头信了单，只有武二一个人信双。苟肉头叫了声：“有种，跟老子干上了。”叫着，他把碗子一揭说：“好，你给老子真赢了。”

武二押钱的时候，没有想到要怎么赔付，糊里糊涂地押上了，回想起来有些后怕。当时武二的身上只有一元多钱，如果赔不起，不仅要挨一顿饱打，还要利滚利地欠下一笔赌资。武二赢了，他不敢去拿苟肉头的银圆，只是把自己押下的两角钱捏到了手里。

苟肉头用碗把那块银圆和几角纸票往武二跟前一拨，说：“再来，看来你小子真有赌运。”苟肉头把骰子摇了两把放下喊道，“我再单卖一碗子。”他又押下一块银圆。

武二依然信双，而那几个土匪小头领，有信双的，也有信单的。不过武二这次输了，跟着他信双的一个土匪打了武二一拳说：“去你的，你哄老子。”

武二和苟肉头耍了几十把，虽然有输有赢，最终武二赢了三块多钱，收场时，武二拿走了自己掏出来的两角钱，苟肉头的银圆和几个小头领的零钱他不敢动。

土匪隔三岔五地出去抢劫，武二不知不觉已来了十来天。一天下午，武二躺在窑里睡觉，隐隐约约听到有人进来交给老薛一包东西，老薛给来的人一块饼子。来的人走后，老薛从缸背后掏出一个纸包，把手中的东西放在纸包里又放到缸背后。

武二对老薛藏的物品感到好奇，老薛出去后，他从缸后摸出老薛藏的一支手枪和十几发子弹，他奇怪老薛怎么不像其他土匪那样把枪别在腰上。

第二天下午，武二正在喂牲口，老薛进来抓住武二的衣领按倒在驴圈里，问道："你动了缸背后的东西？"

武二单腿跪在地上点头："嗯。"

"你看到了什么？"武二不知道老薛问的是什么意思，不敢回答。

老薛又催问："你给别人说了吗？"

武二摇了摇头，老薛好像还不放心，又追着问："你给别人说了吗？"

"没有！"武二诺诺地说。

老薛自言自语地说："没说就好。"抓武二的手也松了许多，可刚松开又使劲一攥，武二的衣领再次被抓紧，勒得他出气都很困难，"记住，缸背后的东西对谁也不准说。"武二似懂非懂地点了点头，老薛这才把手松开。

衣领松开后，武二揉了揉脖子，心想啥烂屄东西，至于吗？

老薛和武二仍睡在一孔窑里，两个人再也没提起缸背后的东西。

有一天，武二正在后山放马，突然一个熟悉的身影从沟边闪过。他走到沟边向下瞧，没有人影，正准备离开时，听到有人叫他，顺着人声望去，见栓子藏在水壕里。武二看见栓子吓了一跳，一纵就跳了下去，两个人几乎同时伸手抱在一起。

几个月来，两个人都憋着一肚子话要说，见了面看到的却是对方的眼泪。

武二抱住栓子问:“你怎么来了?家里怎么样了?掌柜的呢?”

栓子抱着武二泣不成声,也说不出话来。

两个人抱了很长时间,栓子推开武二,抹了一把眼泪问:“你怎么在这里?”

武二就把他惊醒后看到王宝挨打和他在墙上写字,以及栓子妈跳崖的事讲了一遍,问道:“掌柜的呢?”

栓子也把家中的情况告诉武二,最后栓子说:“我妈走后,我爹请原先生扎针、熥敷了十多天,现在能下地了,只是整天睡在炕上呆呆地望着窑顶一句话都不说。”

两人一边诉说一边哭泣,武二见了栓子就像见到亲人,十几天憋屈地蹲在这里,没一个说知心话的人,此刻把心中的话一咕噜地全倒了出来。听了武二的诉说,栓子也把自己的苦水倒了出来。

抬埋栓子妈后,栓子的表姐留下来,和燕子伺候王宝。几个老人看到王宝伤好后不说话,怕王宝憋出什么事来,商量把王宝家的羊分养到各家。栓子和燕子送王宝到他娘舅家养伤,栓子送完王宝后,借口有事出来,他在枸子山上转悠了几天摸到了这里。

武二听了栓子的诉说,陪着哭了一会儿问:“你来这干啥?”

栓子擦干眼泪说:“我要找张扁头。”

武二说:“你找他,找上他能干什么?你没看见这帮土匪天天杀人放火,手里都有家伙。”

栓子掏出从舅舅家带来的一把砍刀,说:“我也有,我偷偷地把他杀了。”

武二听了栓子的话,想笑他幼稚,一张嘴却哭了:“你别说玩笑话了,就凭你这东西,还没走到跟前,你早被人家撂倒了。”

武二拉着栓子说:“我也在找张扁头,可我来到这里就没见过他。”

栓子问武二:“你说咋办?”

武二想了想说:“我也不知道。”他停顿了一下,对栓子说:“你记得去过你家的老薛吗？”

栓子点了点头。

“他也在这儿。”武二悄悄地给栓子说。栓子和老薛只有一面之交，其他一无所知，没有说话。

武二看栓子不说话，又问栓子饿了吗，栓子点点头。

武二身上什么也没有，他把栓子拉到沟里的一个水洞中藏起来，跑回了灶房，见老薛不在，揣了一碗炒面藏在衣襟下面送给了栓子，又告诉栓子：“想报仇，得等机会。”

栓子藏身的水洞里没有水，那是山上水冲下来时在山沟里漩的一个洞，他有了一碗炒面可以维持两天，喝水却成了问题。

武二放下炒面，知道没水干得吃不下去，回去又想着怎么给栓子送水。

院子外有一口水窖，可怎么才能把水送给栓子呢？武二蹲在窖边正想着，被老薛抓住耳根子拧进了灶房：“你把我的碗弄到哪里去了？”

武二犟着嘴说：“我不知道。”

“什么你不知道，给老子弄哪了？”

武二一看瞒不住，结结巴巴地说：“让我给打了。”

“什么？”武二的屁股重重地挨了一脚，自从上次武二偷看了老薛的枪，老薛对武二的态度有了一百八十度的转弯。这一脚踢得有些重，武二一下子被踢倒了，头磕在了锅台上，蹭破了头皮，血流了出来。武二扶着锅台，很长时间才爬起来，等他站起来，头上的血已经流到了脸上。

老薛一看武二流血了，自己有些慌，说道：“你是怎么搞的，我轻轻地踢你一脚，怎么跌成这样？”说着，老薛把武二搂到怀里，从地上抓了一把土按在他伤口上，伤口上的血和土凝在一起，结成一个血红色的土疙瘩，可血还是止不住地流了出来。

老薛把武二头上的土刨掉，跑出窑找了件破衣服点着，把衣服烧的灰按在武二的伤口上。嘴里还不住地骂：“你这家伙皮嫩得很，踢你一脚还想讹老子。”就在老薛手忙脚乱地给武二止血时，武二又看上了老薛灶房里的一件东西。

晚上老薛给苟肉头做饼子时破例给了武二一个，武二吃了一半，把另一半塞进了衣服贴身的地方出去了。武二又到另一个院子的灶房里偷出两个窝头，吃了一个，把另一个也塞进怀里。回来见老薛不在，拿出下午看好的一个皮酒囊把水灌进去。

武二给栓子送水时没想到老薛就跟在后面，他跳下沟，老薛趴在沟崖边等着，过了一会儿武二从沟里爬上来就被老薛按住。

老薛捂住武二的嘴问：“谁在下面？”武二把脖子扭了扭不说。

老薛吓唬说：“你不说，我就告诉苟肉头。”

武二想，要是让苟肉头知道，他和栓子的小命全完了，才把脖子扭了扭说：“放开我，我说。”老薛放开了捂在武二嘴上的手说：“你小子别耍花招，说话小声点。”

武二喘了几口气才说：“是我们塬上的。”

老薛警惕地问：“他是谁？干什么来了？”

“我朋友。”武二还是不愿说出栓子。

“你朋友找你？他怎么不进来？你想逃跑？”老薛连珠炮似的问了起来。

武二一下被问住了，过了很长时间才说：“他害怕。”

“他害怕，你就不害怕了？你小子别拿小命当儿戏。老实说，究竟是怎么回事？”老薛不相信武二的话。

在老薛的坚持下，武二把老薛带进栓子藏身的水洞。

家里的变故，让栓子充满了仇恨，面对仇恨又不知所措。他想报仇，不知道怎么个报法。栓子遇到武二，把希望寄托在武二的身上，当他听武二说土匪窝里的人都有枪，张扁头又不在，就犹豫了。

杀父之仇不共戴天，自己面对仇人无能为力，就在栓子靠在水洞门口绞尽脑汁、无计可施的时候，武二领来了老薛。

武二和老薛跳下沟的声音惊动了栓子，他警觉地拿起砍刀把身体藏在洞外的一个土堆后面。武二走到洞口向里面喊：“栓子，出来，栓子。”喊了几声不见有人应声，奇怪地自言自语：“咦，哪去了？”

老薛猜到栓子是藏了起来，就说：“栓子，你出来，我是老薛。”

老薛又说：“栓子，我知道你想干什么，可你根本弄不过他，弄不好把小命都送了。我想告诉你，你先忍一忍，过几年再来。到时候，你再弄一把枪，最好是二十响的。我和武二一起帮你。”老薛说得很恳切，他说着说着，觉得有人走到了他的身边。

老薛摸着栓子的头说：“真的，你先得忍一忍，要找机会。”武二也告诫栓子再忍几年。最后，武二把自己攒下的两块银圆给了栓子，老薛也给了栓子一块银圆。第二天早晨，老薛告诉武二，栓子拿着几块饼子和装水的皮囊已经走了。

二十一

土匪的行踪是来去匆匆，逗留的时间一长怕被人捂了麻雀，这股土匪在这里一住就是一个来月，把周边的村子祸害得不成样子。

武二有几次在老薛面前流露出想要逃走的意思，都被老薛制止了。一天，土匪驮回了两个女人，一个被捆着双手双脚，另一个年龄较小，嘴里填着一团烂棉花，被装在麻袋里，从驴背上放下后，女人披头散发，衣襟的纽子已被撕掉，她把自己张开的衣襟拉紧，双手抱在怀里，而那姑娘已经奄奄一息地躺在地上。苟肉头的老婆踢了踢躺在地上的姑娘，转身见几个土匪弯着腰，两眼直勾勾地瞅着地上的姑娘，把手中的鞭子一举："滚，今天谁动这娘儿俩，老娘把屌给割掉。"几个小土匪听了身子一缩，刺溜跑了。

土匪走后，老薛招呼武二把姑娘抬进他俩睡的窑里。老薛和武二睡的土炕，本来就塌掉了一半，把姑娘往上一抬，他俩就没炕睡了。

老薛给两人熬了碗米汤，递给坐在炕边的女人，女人把手抱在怀里，没接老薛递来的碗。老薛端着碗站了一会儿，把饭碗放在锅台和土炕之间的土台子上面，拉了一把坐在灶火前的武二说："走，给她们娘儿俩找个住的地方。"

武二和老薛转到旁边一个院落，这个院子已成了牲口棚，拴在窑里的十几个牲口又尿又屙的，窑里臊臭难闻。老薛把一孔窑里的牲口归置到其他窑，用脚把地上的粪便往里面扫踢了一会儿，让武二抱了些喂牲口的草铺在靠近窑门口的炕上，又用脚把草踩平后回到自己住的窑里。

老薛见放在台子上的饭碗一动未动，站在地上劝说女人："遇上事就要想开，人这一辈子哪有顺顺利利的，我们都是被抢来的。”他指着武二说：“这娃被抢来时，东家婆姨在半路上跳崖摔死了，连个全尸都没留下。想开点，先吃饱了再说。”

女人低着头，眼里流着泪，没有任何表情。

老薛接着说：“我俩刚给你们拾掇好了地方，吃完饭，你俩就住在那里。”

天上的星眨巴着眼睛渐渐露了出来，栒子山笼罩在夜幕之中。窑里没灯，黑漆漆的什么也看不见。老薛觉得和陌生女人黑咕隆咚地坐在炕上有些别扭，过去把炉膛上的锅拔掉放在地上。炉火尚没有熄灭，没有着起来的柴火发出一丝暗淡的光。把锅拔掉后，老薛走到炕边想坐下，他屁股尚未落下就被女人一下子推得向前踉跄了几步。

老薛一看女人对他抱有戒心，说：“你们吃几口，趁着天黑没人搬过去。”说着，老薛招呼武二抬炕上的姑娘。武二没有明白老薛的意思，站在那里没有动，老薛生气地骂道：“武二，你聋了。”

武二这才从姑娘的脖子下伸进手，慢慢地把姑娘的头抬起来，让她的身体坐起来，头耷拉在武二的身上。老薛见女人坐在一旁没有再动手推搡他们，对武二说：“你扶好，我给她喂几口吃的。”说着，端起土台子上的米汤碗，又对女人说：“我知道你们俩都落了难，也能理解你们，可是无论到了哪一步，要想法活着，只要活着，就有希望逃出去。”

由于窑里的光线很暗，老薛看不清姑娘的脸色和表情，他给姑娘喂饭时姑娘连嘴都不张。他怕姑娘有什么不测，就把手放到姑娘的鼻子前探鼻息，姑娘的鼻息很弱。老薛觉得她还有气，就放心了。他知道给姑娘喂不进去饭，又舀了半碗水，在姑娘的嘴唇上滴了几滴水，见姑娘不能下咽，滴在嘴边的水顺着脖子流了下去，也停止了喂水。

“走，过去睡去。”老薛没头没脑地说了一句，武二和女人都没有听明白。老薛见大家都坐着不动，又喊武二，“你背她去旁边的窑。”武二这才明白老薛的意思，转身站到地上，把姑娘磨转到炕边，腰一弯，将姑娘背在身上。老薛和武二做这些事情的时候，女人再也没有阻挠和干涉，站在地上把姑娘的衣服往下拉了拉。

武二背着姑娘，老薛抱起武二盖的皮袄，两人把女人和姑娘送到驴圈窑里，把抱来的皮袄盖在姑娘的身上。

回来后，老薛又打发武二端了一碗水送过去，他觉得两人不吃不喝，怕挺不过去。

这一夜，老薛害怕有小土匪糟蹋了娘儿俩，一夜借着给牲口添草，进去了几次，见两人躺在一起再没打搅她们。

第二天早晨，老薛来到驴圈，见地上流了一摊血，女人一只手腕上血肉模糊，炕沿边放着一片打碎的碗片。他连忙过去摸她们娘儿俩的鼻息，两个人早已没了气息。看到这里，老薛把脚一跺说：“怎么会这样！”就去给苟肉头汇报。

土匪在这里又住了几天，老薛感到土匪好像有什么大的动作，套问了几个小土匪，都说不知道。直到一天下午，苟肉头召集所有的土匪说：“兄弟们，发财的日子到了，老子有你们，有枪、有炮、有炸药，就不愁周家庄拿不下来，就不怕周岳打老子的黑枪。”老薛才知道苟肉头要攻打周家庄。

几个月前，苟肉头听说周家庄的人很有钱，带人去攻打周家庄，不仅没打下周家庄，自己还挨了一枪，险些送掉了性命。

苟肉头认识了张扁头后，经张扁头介绍，又认识了张保长。苟肉头伤刚好，张保长出主意让买炸弹抢钱，有了炸弹就能打开寨子，这才有了张扁头带人抢王宝的事。抢上钱后，苟肉头躲在这里，派人和张保长、张扁头一起去西安买小炮，买炸药。现在张保长和张扁头买来了小炮、炸弹，苟肉头准备攻打周家庄。

手里有了小炮，苟肉头的心里还有些发怵，在动员中他说：“老子这次一定要拔掉这个周岳，周家庄的女人很多，兄弟们进去后，每人分一个，都还富余，还有白花花的大洋也是兄弟们的，我一个子儿都不要，只要周岳的人头。”土匪们听到苟肉头的承诺，仿佛女人和金钱已唾手可得，每个人都显得格外兴奋。

周家庄距苟肉头的窝点不远，是栒子山下的一座寨子。民国元年，周家庄的村民看到世道险恶、土匪如毛，拿出家底修了一座寨子，又买了三支洋枪，造了两门土炮，雇了几个家丁和村民们一起守护。民国四年，一伙土匪来了，围着寨子放了几枪，周家庄的村民架起了土炮，只轰了一炮，土匪们撂下了两具尸体，抱头逃窜了。

土匪被打跑了，当家的也看出寨子的墙不高不厚，要是土匪用炮轰，用不了几炮就会把寨子轰塌。若土匪架着梯子往上爬，寨子里的人也很难守住村庄。民国五年，村民又把寨墙加高加宽，新修的寨子虽然没有瓮以砖石，但墙体高大宽厚，一些毛贼土匪望寨心怯。从民国五年到民国二十三年，周家庄周边的村子屡遭抢劫，周家庄的男女老少却能安居乐业。

周家庄多年未遭到抢劫的话传到苟肉头的耳里，就变成周家庄人积攒下成柜的元宝，打开周家庄就是打开了银库。抢劫王宝后，张扁头被派到了西安买弹药，苟肉头又派人多次对周家庄寨子外的地形进行勘察，想派人进周家庄做内应，可外人根本进不到庄里，耍把戏卖艺、担卖绣花线的，只能在庄外面叫卖，晚上除了嫡系亲戚，谁都进不去。没办法进去，只能远远地建了个流动暗哨，暗中摸周家庄的出进人。去的人一连盯了半个月，发现周家庄人和周围村的人来往很少，出来进去就那么几十个人。

听了这话，苟肉头笑了，他叫师爷写了一封信：限 5 日之内拿出 5000 块大洋，不然就要攻寨子，响箭射了进去，周家庄连个反应都没有。

民国二十三年，周家庄能够出头做主的是年轻的周岳，周岳身强体壮，有头脑，在寨子里很有威信。看到苟肉头的来信，心高气傲，不以为意，心想外地的沙子还想压住本地的土？苟肉头能有多大的能耐，老弱病残不到 100 人，我寨子里也有 100 多人，你有洋枪，我有土炮，你想攻寨子，我寨子宽大坚固。从来没有吃过亏，周家庄的人不想凭空把几千块白花花的大洋送人，对苟肉头的来信不理不睬，甚至和周围村子的人都没联系一下。

信送出去后，苟肉头整天等候周家庄人来送银圆，可接连几天派去的人都是空手而归。到了期限这天，苟肉头的枪支、弹药也买来了，决定拔起窝子，攻打周家庄。

张保长把弹药买来就溜走了，张扁头还傻乎乎地跟着苟肉头。

苟肉头知道这是一场硬仗，开拔时给每个土匪发了5发子弹。分子弹的土匪也不管站在队伍里的土匪有枪没枪，见人伸手就发子弹。武二没有伸手，老薛把武二的手往上一拉，两个人每人都分了5发子弹。一上路，老薛就把武二的子弹要走了。

武二头一次跟着队伍走夜路，一路上深一脚浅一脚的。老薛告诉武二："到时候，枪一响你就往后躲，千万别露头。如果寨子攻破，你也别动，千万别跟上疯子扬土。"

趁着天黑，土匪们摸到了周家庄，一去就向寨子大门拥过去。

接到苟肉头的令箭，周家庄也做了准备，白天紧关寨门，晚上多加岗哨。苟肉头靠近寨子时，周岳正站在寨墙上，看到黑压压的人群，心里未免有些紧张，让人把火药填进大炮，自己拿着火把等待最佳的炮击点。十步、五步、两步，周岳在心里计算着，在他算计能击打上土匪时点燃了土炮的引信。然而点燃的引信只着了几寸就熄了，周岳连忙再次点燃，并把火把一直对准引信。引信炸着火花"啪啪"直响，眼望着全部烧完，土炮却没有声响，周岳的二哥点燃另一门土炮的引信，仍然没有点响土炮。

说话间，土匪已经爬到城门口，周岳一下急了："二哥，用垡垃打。"周岳的二哥举起一块垡垃扔了下去。二十多斤重的垡垃从上落下，冲在前面的土匪被打得不是断腰，就是脑浆迸裂，后面的土匪吓得退了回去。周岳的二哥蹲在火炮前查找哑炮的原因，他把火药取出一看，发现炮膛里的火药已经受潮板结到一块。

种地出身的周岳接到苟肉头的信后，只想站岗放哨，防止偷袭，没想到火药受潮，大炮不能使用。苟肉头的第一次进攻被堡垃打了下去，不大一会儿又组织第二次进攻，土匪们找来一辆牛车，车上装了半车草，几个土匪躲在车下把牛车一直推到寨门，把草点着了。

周岳一看土匪放火烧寨门，对寨子里的村民喊了声："端水来。"不大一会儿村里妇女儿童、老头老太太用桶、用盆、用锅、用碗端来了水，站在寨墙上的男人接过水泼在草上。有一个妇女端来了半锅开水，周岳接过开水锅对准一个正点火的土匪泼去，烫得土匪扔掉火镰连蹦带跳地"哇哇"大叫。

草被泼湿了，点火的土匪也被烫伤，苟肉头打了一个多时辰草草地收兵了。周岳见土匪收兵了，让守城的乡亲也回家休息。周岳的二哥把大炮里的火药倒出来，拿回家放在炕上烘干。

武二在苟肉头进攻时缩在后面，他知道老薛怀里揣着一支手枪，但一直没见拿出来。老薛见土匪不打了，拉武二在一个僻静的地方烧水，他一直是做小灶饭的，吃饭的只有苟肉头夫妻和几个小头目。这次老薛烧了满满一锅水。

两次进攻都失败了，苟肉头和几个头目商量新的进攻方法。苟肉头说："我察看了地形，寨子墙有二丈五尺多高，东西有二十来丈长，只有西北和西南的墙角适合攀爬，去找几架梯子爬城墙。"

苟肉头老婆说："把所有的快枪组织起来，爬城的时候用枪掩护。"

刚安排完，老薛的开水就送来了，渴了几个小时，苟肉头看到开水就像见了亲人，摸着武二的头说："好小子，真有你的。"

吃过炒面，苟肉头安排人给快枪手发子弹，他见武二没事，就让武二抱弹药箱帮着发，发子弹时一包子弹掉到地上，武二在地上踢了个坑把子弹埋上，又把弹药箱压在上面，等人走了后，武二把子弹挖出藏在怀里。

武二抱着一包子弹躺在一个土坎子下面，望着一眨一眨的星星睡不着。他想，土匪如果把周家庄攻破了，又会有多少个王宝、栓子和栓子妈受磨难。想到这些，武二有些烦躁，他侧身躺下把抱在怀里的子弹压在身子底下。

半夜时分，武二被一泡尿憋醒了，睁开眼睛发现躺在身边的老薛不知何时不见了。武二一直弄不清老薛是什么人，说是土匪，打仗时一直躲在后面，说是好人，却急急地给土匪烧水拌炒面。武二突然想老薛是不是跑了，想到这武二有些烦躁，他瞪着眼睛等老薛，等着等着，又迷迷糊糊地睡着了。武二迷糊了不大一会儿，被老薛的窸窣声弄醒了，他见天才麻麻亮，不知什么时候回来的老薛收拾着烧水。

天渐渐地亮了，起来的土匪又吃起了拌炒面。武二起来时把子弹揣在怀里，当他帮老薛干活时，揣在怀里的子弹掉在地上，老薛看见忙说："快捡起来。"武二把子弹揣起后，老薛紧张地压低声音说："你不想活了？"武二憨憨地一笑。

太阳刚冒花，吃饱喝足的土匪在苟肉头的组织下再次向周家庄发起进攻。在一阵激烈的枪声中，周家庄的西南墙角处架起了四五架梯子，每架梯子上都爬着三四个土匪，下面还有四五个土匪扶着梯子，离梯子不远的地方蹲着几排人拿着枪向上射击。

"坏了，周家庄的人要吃亏。"老薛自言自语，又像是对武二说，心神不宁地猫着腰，又向四周眺望。

土匪蹬着梯子往上爬，在土匪爬到寨子墙顶时，寨子墙上冒出许多人，男女老少一个个手持不同的器具，有的推下了坌垃，有的扔下了点着火的被褥。有一个土匪刚爬到寨子墙上就被四五个女人拿着铁叉、铁锹打了下去。一块土坌垃从梯子中间砸断了梯子，上面爬的土匪和下面扶梯子的土匪，骨碌骨碌地滚在了一起。

苟肉头的老婆领人推出一门炮，有四五尺长。土匪把炮架好后，有人拿出一个黑色的圆弹填进炮膛，用木棍伸进炮膛里鼓捣了几下，用火把在大炮的屁股后面一点，就听见"轰"的一声，一发炮弹落在寨门前，在地上炸了一个大坑。

有人到大炮前瞄了瞄，又装进一发炮弹，这一炮把寨子门下炸出一个大坑，接着又点了几炮，每发炮弹都射在大门上，连续三炮，寨子大门墩被震塌了，大门倒了下去。苟肉头叫着，带着土匪往里冲，就在苟肉头带人冲到离寨子大门有三四十米远时，只听“轰”的一声，一团火光飞了过来，打在离苟肉头不远的地方，苟肉头和十几个土匪全趴下了。

站在大炮旁指挥的苟肉头老婆，见苟肉头被炸倒了，跃身跳上马勒起缰绳在土匪前面转了一圈，喊道:“有种的，跟我冲。”说着，率先冲向寨子。

周岳在寨墙上看得真切，又点燃了另一门大炮，这次只炸倒了几个土匪喽啰。寨子墙上的枪根本挡不住女土匪的骑兵，十几个土匪霎时冲进了寨子。

寨子被攻破，周家庄人的心理防线也瞬间被攻破。守寨的男男女女掉头就往回跑，土匪们追上去见人就砍，不一会儿寨子里到处是尸体。

周岳的脸本来就黑，此刻像木炭一般，见土匪们冲了进来，提刀和他二哥及一个青年迎上去。周岳左砍右杀地砍倒了两个土匪，自己身上也挨了几刀。三个人一起冲杀，但被越来越多的土匪围住了。他二哥的腰被土匪砍了一刀，吃力地挥起刀，又被一个土匪从背后捅了一刀，栽倒在地。周岳一看哥哥被杀，两眼冒火，两个靠近他的土匪，一个被砍掉了一只手，一个脊背上被他砍了一刀，自己也被土匪打倒在地上，幸亏那个青年为他抵挡了几刀，才没有被人剁了。突然，寨子外枪声大作，一阵“杀”声传来，土匪们停下了砍杀，瞬间惊慌地向城外涌去。

原来昨天晚上老薛溜出匪营跑到附近的一个村子，找到当地哥老会头目，告诉大家，山寨连根，一荣俱荣，一损俱损，堂主有令，荣损与共。在哥老会成员的发动下，周边村子的百姓这才聚在一起给周家庄解了围。

苟肉头没有被炸死，见老婆带着人冲进了寨子，他爬起来骑在马上，刚骑上马就见一群老百姓拿着各种工具围了过来，连忙用暗号报警，招呼寨子里的土匪撤退。

周家庄村民得救了，周岳双腿一软跪在地上，身边躺着他二哥和两个土匪的尸体，周岳想到二哥的身边，伸了伸手挪不过去，和他一起拼杀的青年腿一软仰面躺倒在周岳的面前。

这一仗，周家庄死了六男五女，一个年轻姑娘被抢走，大部分人家遭到抢劫。周岳后悔自己当时舍不得银子，竟然让村子遭受这么大的损失，在家里躺了一个多月上吊自杀了。

武二和老薛跟着土匪跑，在途中，武二拾了一支枪，老薛也拾了两支枪。两个人跟着土匪跑了二三里地，见后面的村民不追了，才放慢脚步。

初秋的太阳火辣辣的，刺得人睁不开眼睛，两人走了一段，在一个山坡上躺下。老薛解开身上背的炒面袋子，发现水壶不知什么时候跑丢了，用嘴从袋子揞住吃了一口炒面，干得咽不下去，又吐了出来。武二解开衣服想把肚皮挨在地面上，一解衣服，摸到了怀里的子弹，伸手把子弹拿了出来。老薛看到武二的子弹说："这东西你也没用处，给我吧。"

武二身子一撇说："我有用途。"

老薛奇怪地问："你准备干啥？"

武二想了想才说："我给栓子。"

老薛听说给栓子，再没有言传。

两个人躺在日光下，一直等到天快黑的时候，老薛问武二："你知道回家的路吗？"

武二说："不知道，等一会儿找个村子问问。"

老薛说："你想找死？一进村子，人家看你就是土匪。"

"怎么？"武二有些不解。

"周家庄刚被抢，你背着枪，人家不认为你是土匪，是啥？"老薛躺着没动。

"那咋办？"

"等天黑了再走。"

武二再没有说话，他的肚子饿得咕咕直叫。

蓝蓝的天上飘浮着一团白云，那云在风的吹拂下，缓缓地向前飘浮变化。武二盯着不断变化的白云，无聊地想象着它们像什么。躺着躺着，老薛突然对武二说："你说怪不怪，昨晚和今天早晨熬得能拉稀的水，土匪喝了好好的？"

武二也喝了锅里的水，忙问："什么水？"

"巴莲子水。"

"巴莲子水？"武二不知道巴莲子水能致人拉肚子。

其实，老薛也不知道巴莲子水喝了能否造成腹泻，听人说吃了巴豆能腹泻，他把巴莲子当作巴豆了。

两个人说着，等着，看太阳西沉后沿着一条沟向东走了，走了约一个时辰看到一户人家，还没走进这家院子，一条大黑狗竖着尾巴龇着牙吠叫着，挡在两人面前。武二忙躲到老薛的身后，老薛拿枪挡着，黑狗两只前腿微屈，弓着身子做好前扑的准备。老薛知道这是一条下口咬人的狗，挥着枪不敢动，人和狗僵持在那里。

僵持了一会儿，老薛觉得这样僵持着也不是个办法，他向四周环视了一圈，觉得旁边的沟垴上有座烟囱，一边挡着狗，一边向有烟囱的沟垴移去。那狗一看老薛不向它家的方向去，弓着的身子立了起来。两人移到了沟垴，看到沟畔上有一孔窑，他让武二下去看有人吗。

武二端着枪摸下去，喊了几声，没人答应，反身爬上窑垴，看见一个男人拿着刀架在老薛的脖子上。

武二一看吓得颤抖着说："我，我们不是坏人，想问个路？"

"哪里的？"那人问武二时，刀仍架在老薛的脖子上。

"五座塬的。"武二如实说。

"五座塬的，怎么跑到这儿了？"说话时，刀还架在老薛的脖子上。老薛的头被扭得难受，想动一下，那人又往下按了一下刀，他的头被紧紧地抵在那人的腰部。

武二以为那人要杀老薛，忙喊："别杀他。"

"你快说。"那人对武二又吼了一句。

武二把苟肉头抢劫王宝家、自己被抓，以及他俩是怎么跑出来的简单地讲述了一遍。武二由于紧张，加上表达能力有限，费了很大的周折才把经过讲清。

武二讲罢，那人看看武二，又看看老薛，才把刀从老薛的脖子上拿掉说："我就信你们一次吧。"说着，把老薛一推，老薛往前栽了一下坐在了地上，因头低得时间太长，坐下就不住地咳嗽起来。

"你们准备到哪儿去？"那人问。

"回五座塬去。"武二回答。

"五座塬？怎么走到这里？"那人又问，随后他又自语地回答，"你们走岔道了，走了个弓背路，多弯几十里。"

那人把两人让进窑，见老薛还在咳嗽，从缸里舀了一碗水递给老薛。武二也舀了一碗水，咕嘟咕嘟地喝下去。喝下水，武二精神了许多。

"我见你们背个枪，以为是警察局的，走进一看没穿那身皮，估计你们是土匪。"那人坐在炕上拿出一支旱烟锅给老薛让了让，自顾自地抽了起来。

"差点儿把我勒死了。"老薛喝了水才缓过来，坐在炕头干笑了一声。

"嘿嘿。"那人笑了笑说，"没吃饭吧？我也没女人，要吃自己做。"

窑里油灯的火苗子忽闪忽闪地飘来飘去，老薛借着微弱的灯光见那人有三十多岁，再看看窑里空荡荡的什么都没有。

"我们带着炒面，烧点水就行了。"说罢，老薛溜下炕准备烧水。

那人把烟锅头在炕沿上磕了几下说："我来，我来。"

第二天天刚亮，老薛和武二就上路了，两个人背着枪，不敢进村庄，走到下午又饥又渴，看到路边有一棵李子树，两人揪下李子就往嘴里填。每人一口气吃了二十来个。老薛对武二说："不敢吃了，'桃养人、杏伤人，李子堆里埋死人'，再吃咱俩就撂到这儿了。"武二手里捏着一把边走边掰开了一个，正要往嘴里喂，发现李子里有一条小白虫和一包虫卵，忙说：“有虫。”

老薛说：“所有的李子都有虫，我把虫子弄掉才吃的。”其实老薛吃的时候也没注意到虫子，直到他不让武二吃的时候才发现，那时该吃的都吃了，就没跟武二说。

“你怎么不早说？”武二有些埋怨。

“不干不净吃了没病，走吧。”

周家庄离五座塬只有七八十里地，两人走了一天多，走得两腿发软，还瞭不见五座塬的影子。晚上走夜路害怕遇到狼，看到一个破窑就躲了进去。老薛让武二先睡，他拿着枪值夜。天麻麻亮，他喊醒武二，换他值夜，值夜放哨的武二拄着枪坐着坐着瞌睡得直打盹，看到院外有个土坎子，就抱着枪靠着土坎子坐下，坐着坐着又睡着了。

老薛睡得迷迷糊糊感觉有人用枪指着他的脑袋，睁开眼睛真看到一支枪抵在他的脑门上，吓得不敢动了。

“过来，搜搜看他有什么东西？”拿枪指他的人说。

几个人立即过来，把他压在身体底下的另一支步枪也搜了出来，说：“还有两支枪。”

拿枪的人又说：“把他的胳膊架起来搜。”

上来两个小伙子把老薛的胳膊向后拧起来，从他的怀里搜出手枪和子弹。

就在来人搜老薛时，靠着土坎睡觉的武二醒了，看见窑门口站着许多人，吓得不敢出声。来人只顾搜老薛，没有想到窑外有人，武二见老薛的枪被拿走了，悄悄地把自己身边的枪推进草里。

搜完老薛，出窑时有人说：“我看见两个背抢的，怎么只剩下了一个。”拿枪的人用枪顶着老薛的脑门问，“另一个呢？”

老薛没有说话。

“另一个呢？不说，老子打死你。”来人踢了老薛一脚。

武二一听要打死老薛，喊道：“我在这里。”说着，爬了起来。

武二一站起来就被人抓住了，接着武二揣在怀里的子弹被搜了出来。

用枪指着老薛的人问：“这两个怎么办？”

有人说：“他们是土匪，杀了。”

老薛一听忙说：“我们不是土匪。”

旁边有人问：“不是土匪，行走背着枪？”

“我们是从土匪窝里跑出来的，枪是偷的。”

“嘿，你倒有本事，会偷，再给我偷一支看看。”

武二觉得说话的声音很熟悉，大着胆子抬头斜眼一看，站在他面前的竟然是郭家塬的郭文耐。

看到郭文耐，武二把头一扬，喊道：“郭掌柜，我是五座塬的武二。”

郭文耐一听说是五座塬的武二，转身将武二的头发一提，武二的脸被扭了过去，“咦，还真是的。”

见是武二，郭文耐客气了很多。武二被苟肉头抓走的事郭文耐知道，他立即询问武二被抓走后的情况。武二把王宝被抢及他和老薛跑出来的经过颠三倒四地讲了一遍。

听完武二的话，郭文耐对武二没讲明白的地方又问了几句，最后说：“回。”

武二跟着郭文耐走了几步说：“等等，还有一支枪呢。”说完，掉头向刚刚藏枪的地方跑去。

郭文耐一听，骂道：“你小子，你发财了，闹了多少枪？”

一行人扛着枪向郭家塬的方向走去。

走到路上，老薛和武二才知道，郭文耐的老婆躲了一段时间，见土匪没有动静，嚷嚷着要回家，郭文耐来接老婆时听到有人说，见两个背枪的人住在沟里，郭文耐领着几个青年就闹枪来了。

郭文耐带着老薛和武二回到郭家塬，提出老薛和武二必须把枪留下。老薛说枪和子弹是他用命换来的。武二也说，枪是给栓子用来为他妈报仇的。几个人商量到最后，给郭文耐留下了一支长枪、十发子弹。老薛和武二回了五座塬。

二十二

秋日的五座塬五彩斑斓，远处的山峦和近处的沟壑相互映衬，虚实结合，层层叠叠。山呈淡绿，丘色微黄，映衬在山色中是一块块、一方方挂在山间的农田，荞麦地里花红叶绿，微风中香气袭人。一块块谷地里的谷穗低垂着头，阵风吹过，谷子低着头摇曳传出“沙沙”的响声。昨天刚落过雨，空气湿润润地拉起了薄雾，那雾似纱清清淡淡萦绕山间，使眼前的栒子山朦胧了起来。

栓子离开了武二后，一个人没有目标地在山里转悠了几天，最后决定回五座塬。他走过谷地，走过荞麦地，走过村落的花红叶绿间。山上的栒子树一入秋便结了栒子果，豌豆般大小，一串一串地挂在枝头。随着秋日渐深，那果也渐渐红润了起来。栒子树长得不高，枝枝桠桠铺了满坡，栒子果或红或黄地缀在栒子叶片里，使满山里的翠绿亮丽了起来。栓子从栒子树间穿行，需要绕来绕去寻找插脚迈步的空隙，走着走着他迷路了。

栓子知道村南边的沟一直向东，和从北边绕来的一道沟汇合的地方就是五座塬，栓子沿着沟向东摸去。

一个人的路是孤独的，栓子顶着太阳，踏着杂草，顺着沟一路向东。路边不时地蹿出野兔和黄鼠，栒子山上居民稀少，无拘无束的野兔看见人，停下瞭上一会儿，看着人走近了才向前跑几步，或藏在草丛中回头再看看。栓子遇到野兔，也停下脚步，人和野兔相隔咫尺，互相对望。黄鼠比野兔警觉得多，初秋的黄鼠还没有揽上膘，拖着瘪瘪的肚子活动在洞门口。黄鼠是群居动物，几个黄鼠出洞，分工极其明确，有捡拾草籽的，有负责放哨的。放哨的黄鼠会找一个相对高的地方，直立后腿把两只前爪合抱在一起，看到来人上下点几下，如同传统礼节中的告揖一般。栓子顾不上和礼貌的黄鼠打招呼，他需要寻找自己的晚餐和住所。

晚上睡在沟边洞穴里，半夜里猫头鹰、狐子、狼和其他一些动物的叫声，吓得他缩成一团，常常一夜一夜地不敢睡觉。那一刻，思念家乡、想念父母的泪水止不住地顺着脸颊流下来，第二天他擦干眼泪还得继续上路。

栓子离开武二已经走了十来天了，越走地貌越生，越走人烟越稀，知道自己迷路了。清晨，栓子爬上沟，想在沟畔找户人家，走了半天连块庄稼地都没见。天色已到正午，太阳火辣辣地烤着大地，一天多都没有喝上水的栓子，不得不再次下沟。

山里的塬都很小，起伏不大，村民们都是在沟边挖窑居住在沟畔，塬峁上只能看见冒着缕缕青烟的烟囱。栓子连续走了几天，身上带的炒面已经吃完，饿了只能吃草根和野果子，渴了直接喝沟里的水。

下到沟，沿着一条羊肠小道弯弯曲曲地向前行走，入秋后走在沟底很危险。

常常是你顶着太阳还在找水的时候，上游地区连日阴雨汇集的山洪咆哮涌来。长走山路的人，耳朵一直支棱着，警觉地聆听沟里的动静，稍有声响就要往沟垴上爬，等听到咆哮声时，想爬都上不去。

栓子走到一湾蓄有清水的地方，掬了一捧沟水喝罢，又爬上了沟。他向四周瞭望，只见山梁交错，没有路，也看不见庄稼地，双手扶在自己的双膝处稍缓了一口气又向前走去。

路漫漫遥远，目的地又不知在何处，栓子的心里只有一个念想，就是走，不走就会死在这里。他头上的汗珠子一颗一颗地往下滚，他很累，想停下休息，可他知道，停下来就会趴下，就永远都站不起来。栓子向前走着，步履变得踉跄了，他不知道还要走多远，也不知道等待他的是什么，但他必须走。

太阳火辣辣地晒着，饥肠辘辘的栓子疲惫地走不动了，他给自己定下行走目标。起先他确定一个山弯一个山弯地走。走着走着，又确定五十步五十步地走，最后是三十步、二十步，栓子已经完全走不动了，站在那里，勾着腰，再次用双手拄着双膝，头上的汗水一点一点地滴落，就是汗水模糊了双眼的时候，他听到远处飘来的山歌：

人家打马茹（呀么）人手多，
小（个）奴家打马茹我（呀么）我一个。
人家打马茹二（呀么）二斗八，
小（个）奴家打马茹一个也没打下。
……

听到歌声，栓子一下子来了精神，抬起头辨别出歌声飘来的方向，立即向歌声走去。听着歌声，他的步子轻盈了许多。拐过了一个山弯，终于看到一条山路弯弯曲曲地伸进山坳，沿着路走过两块荞麦地，艳丽的荞麦花在微风中抖擞，蝴蝶和蜜蜂在花丛中飞舞。栓子无心赏花，心急地向山里走去，当他看到山坳里依山而凿的一排窑洞时，更加着急了，想一步就踏进窑里，可此时他的步子反倒慢了下来，眼看到了窑门口，双腿一软，倒在了地上。

等栓子再醒来的时候，睡在窑炕上，一个中年妇女坐在炕边给他喂水。栓子挣扎着想坐起来，身上一点劲都没有，那妇女见栓子想翻起来，忙说："别动，喝点水就好多了。"

歌是中年妇女的女儿杏花唱的，杏花和她妈在院子里捡地软软，捡着捡着破口唱了几句，她妈被她突然间的一嗓子吓了一跳，骂道："死丫头，你嚎什么，吓死老娘了，小心把狼招来了。"杏花咯咯咯咯地一笑，算是答应了她娘。她没想到，她的这一嗓子招来了正走投无路的栓子。

杏花唱罢就看见了栓子，看着栓子踉踉跄跄地摸了上来，快走进院子时软软地摔倒了。杏花和她妈把栓子扶进窑，杏花妈一看栓子嘴皮干裂，知道长时间缺水，就让杏花熬些米汤。

栓子身体没有什么病，劳累和缺食使他虚脱了，看到人急火烧心才晕倒的。喝罢米汤睡了一觉，身体就恢复了。

杏花妈是一个贤惠聪明的女人，她不喜欢多事，凡事记在心里不管不问。栓子躺了两天，杏花妈只问了栓子的名字和家在何处，至于栓子从哪里来、到何处去一概不问。栓子告诉她自己家在五座塬，杏花妈摇摇头，她不知道五座塬在哪里，有多远。

身体恢复后，栓子主动帮杏花母亲干些家务活，遇到杏花一个人干活，他想帮又不好意思，站在一旁左右为难。一天下午，杏花熬了一锅山芋，她把山芋舀到一个柳编桶里，向坐在门口的栓子看了一眼，装作提桶的样子，把手伸进了桶系子里。

杏花熬山芋时，栓子想到要帮杏花干活，坐在门口等着，他见杏花要提桶赶紧走上去，接过柳桶提了起来。杏花悄悄地抿嘴一笑，跟着栓子出了窑。栓子把山芋提到猪圈，两个人一句话都没说，默契地完成了这件家务。

栓子是个勤快人，每天起来先把院子扫净，看到有重活累活自己帮上一把，但栓子的心里藏着心事，干完活常常一个人呆坐在门口，望着门前的山路，想着五座塬的家，想念病中的父亲。栓子想回五座塬，但五座塬在什么方向，问杏花妈也说不清楚。找不到方向，栓子不敢贸然出行，杏花妈也让他等杏花爹回来送他回家。

杏花爹是个石匠，秋收前赶着毛驴车转村子锻磨，秋收时才回来。栓子算算离秋收还有半个月的时间，嘴上不说，心里很急。栓子的着急，杏花妈看在眼里。她不能放栓子走，栓子连自己家在什么方向都不知道，放开他那不是让栓子往死路上送。

杏花和栓子的年龄差不多，已经懂得男女有别，两个人很少单独在一起，杏花妈想让杏花陪陪栓子，杏花脸一红说：“你看他整天不言不喘吊着个脸，就像谁差他二百吊钱一样，和他有什么好玩的。”

说归说，时间一长杏花干重活时还是叫上栓子：“哎，帮我提泔水喂猪去。”栓子就忙提起泔水桶跟杏花到猪圈。

“哎，抬水走。”栓子提起水桶跟着杏花就走了。时间长了，栓子知道到什么时候该干什么活，提水、提泔水这类活，不用杏花“哎”，栓子就已经完成了。

住在山里的人，生活离不开大山，柴火是山里砍的，粮食是山里产的，蔬菜也来自大山，猪羊饲料也是从山里采摘的。杏花做完家务后就要打猪草，大山里可供猪吃的野草很多，杏花不是见草就拔。她挎着篮子看到猪草后，每束草只掐几片叶子，或是只摘点草芯子，每次出去，要拔上几十种，这些草大部分都是中草药。回家后，她把草、山芋和在一起熬熟喂猪，这种用野草、山芋、荞麦喂的猪长膘快，肉味香。

杏花还有个弟弟，除了放羊跟谁都不打交道，杏花妈让他和栓子耍，他白了栓子一眼，一句话都不说就走了。杏花妈只能让杏花干活时把栓子带上，杏花见栓子的手白白净净不像个受苦人的手，除了熬猪食需要栓子帮着提一下，做饭、洗锅、劈柴、烧火都不让栓子插手，就连打猪草，杏花也是挎着篮子就走了，从不招呼栓子。

杏花妈在杏花面前说了几次，杏花悄悄地对她妈说：“你看他的手，像个干活的吗？”

一天上午，杏花出去打猪草，见栓子坐在院子发呆，想喊栓子不知怎么喊，提着篮子转了一圈才走到栓子跟前：“哎，和我一起打猪草去。”正在发呆的栓子听到杏花叫他，什么话都不说，站起来跟在杏花的后面。

杏花家住的山弯，整个形状就像一个大簸箕，她家就住在簸箕口的一角。前面是一大块良田，虽不平整，但起伏不大。窑院面向东南，背后靠着大山，在窑院的南面有一道沟，弯弯曲曲地通向后山。沟是干沟，并不太深，沟边的小路是杏花一家踩出来的。

从山口小路进去，两边长满了野杏树，枝枝桠桠，挨挨挤挤。树下是草，茂密蓬勃，整面山树扎在草中，草拥在树下，连个空隙都没有。杏花和栓子沿着小路，曲曲折折、蜿蜿蜒蜒地向山里走去，转过了一个山弯，栓子看到了一大片杏树林，碗口粗的杏树一排一排的，排得很整齐，树下的杂草也被清理得干干净净，树的枝桠也被修剪整齐。已过了季节，没有杏花，也没有杏子，只有椭圆形的树叶挂满了树枝，随着风轻轻摆动。

栓子第一次见到山里有这么多的树，惊奇地张望着，看到一片一片的杏树叶，不由得停下脚步，捡叶片整齐、没有缺口的，摘了几片，把叶片的根部和尖部对齐捋在手里。

走在前面的杏花见栓子瞅着一棵不走了，转过身说："现在没啥看头，要是开春来了，这一大片杏花开得粉嘟嘟的。"

她看栓子手中拿的树叶，又说："杏子熟了，摘上一串拿在手里，有红的、黄的、绿的，那才好看呢。"

杏花离开家，好像把羞涩也丢在了家里，话也多了起来。两人说着，又向前走了一会儿，看见有几棵挂果的树长在半山腰上。杏花说："哎，你能认得前面那是什么树吗？"

栓子看了看，摇了摇头说："不认识。"

"跟我来，我让你看看稀罕。"跟着杏花，爬到山坡的一棵树下，树上吊满了梨和桃，栓子感到奇怪，一棵树上怎么又结梨又结桃子。他仔细看才发现地上长的是两棵树，只不过从树根开始，两棵树就拧在了一起。

杏花发现栓子看出来了，就说："这都是我和弟弟干的，小时候，我和弟弟发现两棵树苗长在一起，就把它们拧在一起，用草捆上，开了后再捆上，后来我弟弟用驴缰绳把它们捆了起来，再也挣不开了，长大后，两棵树就长到了一起。树枝在一起，果子也在一起，远远一看，树上结的有梨还有桃子，成了一个奇怪的树了。"

杏花的弟弟早出晚归地放羊，回到家不爱说话，看上去老老实实的。栓子想象不出两人拧小树苗的样子，看着这两棵树，栓子心想他们姐弟两个小时候也很顽皮的。

“走，我再领你看棵树。”杏花这时候话也多了，胆子也大了。说罢，一个人在前面走，栓子跟在她的背后。走到一棵小树前，只见这树上结满了比拇指大不了多少的果子，一个个红丢丢的。栓子不认识这是什么树。杏花说：“这是甜果子，可甜了，你摘上吃，可好吃了。”听了杏花的话果真摘了几个，他把一个果子放进嘴里一咬，一股酸水酸得他张着嘴、挤着眼睛、咧着嘴，忙吐了出来，吐掉后，嘴里还是酸酸的。杏花站在一旁看到他龇牙咧嘴的样子，笑得弯下了腰，嘴里还一个劲地说：“笑死我了，笑死我了。”

栓子用手背擦着舌头，一边吐一边斜身看这棵树，心想这是棵什么树，果子又酸又涩，又把手里揪的几颗果子看了看，只有手指大小，圆圆的，红润润、水灵灵的，看上去很心疼。杏花笑够了，问栓子：“好吃吗？”

栓子做了个难吃的鬼脸，杏花又笑了。她说：“这是酸楸子，其他树上的果子都是酸甜酸甜的，很好吃，就这棵树上的果子，死酸死酸的。你刚才没咽，要是咽进去，放在肚子要难受几天。”栓子一听杏花这么说，忙把手里的几个酸楸子扔了。

栓子和杏花一路走一路玩，走了四五里路，认识了许多五座塬没见过的树木。两人走到一块草木很旺的地里，杏花揪了一篮子草叶子，栓子不知道是什么草，他也学杏花的样子只揪草叶子。杏花告诉他这是野苜蓿，叶子揪掉后还能长出新叶。两个人不一会儿就揪下一篮苜蓿叶，返回的时候，杏花在离她家不远的地里，拔了两个黄萝卜。她用萝卜秧把萝卜擦净，递给了栓子一个，两个人吃着萝卜回家了。这一次，栓子见识了很多，就连黄萝卜都是第一次吃。

栓子住在杏花家里，一住就是半个月，耐心地等着杏花的父亲回来，在等待的日子里，经常和杏花一起打猪草、锄地和干些零活。两个人也渐渐地熟悉了，杏花对栓子的称呼也由“哎”变成了“栓子哥”。

北方的初秋如同孩子的脸，说变就变，阴起来秋雨连绵，晴起来阳光灿烂。头天下了一场细雨，第二天早晨起来后地皮黏黏的，走在路上还打滑，等太阳一出来，地皮马上就干了。杏花看地皮晒干了，拉着栓子去采蘑菇，栓子说他不认识蘑菇，杏花告诉他去了一看就认识了。

两人沿着上次走的小路又往山里走了一段，见杏花的弟弟坐在一棵歪脖子树上放羊，见了他俩也不言传。栓子想过去和杏花的弟弟打个招呼，被杏花拦住了："你过去也是白搭，我弟弟三天都不说一句话，你还指望和他说话。"栓子向杏花的弟弟招了招手，杏花的弟弟就像没看见一样，瞥了一眼，坐在那儿，嘴里嚼着一根白草杆。栓子知道杏花的弟弟赶着羊出来的，可身边连一只羊都没有。杏花仿佛知道栓子在找什么，向远处的草丛一指说："那不是？"栓子顺着杏花手指的方向看去，只见那片草丛只有一亩来大，里面的草却有半人多高，羊放了进去，看不见影子，只见草动。栓子想，他和武二放羊时，要赶着羊在满滩里找草，杏花家的羊群每天只放在一个地方。

杏花领着栓子走到一块到处都长满酸枣树的地方，树不高，树枝挨着树枝，穿越树林的时候，一不小心就被酸枣刺刮伤。栓子随着杏花一步一步小心地往前走，杏花不时地在酸枣树的根部扳下伞状的小蘑菇，栓子看清杏花扳下的蘑菇的形状，渐渐地离开了杏花，自己在树根下寻找。找着找着，他发现蘑菇不仅在树根下有，在草地里也有很多，草地里的蘑菇比树根下的蘑菇要大得多，颜色也白，就专拣草地里的蘑菇扳，不一会儿就采了半篮子蘑菇。杏花在林子里来回穿梭，不一会儿也采了半篮子蘑菇。杏花远远地瞭见栓子采了不少蘑菇，招呼栓子："栓子哥，走，我再领你找东西吃。"栓子像杏花那样，把篮子放下，一起向阳面的山坡走去。

这是一块糜子地，糜子已快成熟，金黄的糜穗压弯了糜子杆，糜穗低着头轻轻地摆动着。杏花老成地用手把一颗糜穗放在手心里，把另一只手放在上面，双手合力一撮，糜子粒就撮出来了，用嘴把手心里的草皮吹尽，留下了一个个颗粒饱满的糜子粒。杏花把手伸到栓子的面前："看，今年的糜子有多饱。”栓子虽然是农家子弟，也种糜子，对于糜子是否饱满，从没关注过。杏花递来的糜子粒，栓子用手捻了几粒含在嘴里说：“饱呀。”没想到一开口说话，沾在嘴皮子上的几粒糜子粒喷了出来，喷到杏花的脸上。

杏花一看又是一阵银铃般的笑声，笑后说：“怎么？饿了，来扳火头吃。”火头，又称乌头，是糜子的花结。栓子从小和五癞子在地里扳上吃，吃完后嘴角染得黑黑的。栓子和杏花走进糜地里，不一会儿，两人都捏了一把，走出糜地。杏花一层一层地剥开火头外面包的一层糜子皮，她剥得很精心，生怕弄坏了里面的火头，剥开后露出了色泽温润、黑白相间的火头。杏花把剥好的火头放在嘴里，一点一点咬上吃。栓子拿出火头三下两下就剥开了皮，把里面的火头也剥破了，一剥开就填进嘴里，破了皮的火头被风一吹就往外飞。两个人每人吃了几个火头，杏花的嘴角干干净净，栓子不仅嘴角，就连嘴唇都被火头染黑了。杏花一见栓子染了个黑胡子圈，又是一阵嬉笑。

两个人嬉嬉笑笑地玩了一会儿，临回家时，杏花又到地里折糜穗，准备折回一把回家扎成扫炕的笤帚，栓子也要进去折，杏花说：“你那么笨，进去能干啥？”不让栓子进去。等回家路过黄萝卜地时，杏花让栓子在地里拔几颗黄萝卜回去。栓子到地里去拔黄萝卜，杏花翻看着栓子采摘的蘑菇，她一边翻一边把栓子捡的蘑菇扔了出来。等栓子提着萝卜回来，他捡的蘑菇已被杏花扔掉了一大半。

看到杏花扔掉了自己采的蘑菇，栓子不知道为什么，站在一边惊愕地说不出话来。杏花扔罢蘑菇，拍了拍手，看着栓子说：“你想毒死我呢，竟采的是有毒的狗尿苔。”

栓子不认识哪种蘑菇有毒，听了杏花的话，提着萝卜不知道说什么才好。

回到家，杏花把栓子拔的萝卜捡屁股小而圆的，找出了几棵，洗净切成铜钱厚的萝卜片，又找出她弟弟从山里掏回来的野蜂蜜倒进锅里。蜂蜜在热锅里渐渐地化开了，杏花把萝卜片，一片一片地放在蜂蜜里，慢慢地津煮，翻转，直到每一片萝卜浸透了蜂蜜，呈金黄色的时候，才一片一片地夹了出来，放在一旁的小瓦罐里。杏花又把瓦罐盖好，找出她冬天穿过的小棉袄包裹了起来。

栓子在杏花家又待了几天，杏花爹回来了。杏花爹一回来，给一家人买来了花布和生活用品，还给杏花买了香皂盒、雪花膏。杏花看见雪花膏，高兴地拿到窑里，闻了又闻，还在脸上擦了一点。杏花爹给儿子拿出来的却是水果糖和炒熟了的胡麻、燕麦。两个孩子各得所需，杏花爹看见栓子就问："你是哪里的？"

栓子如实地说："五座塬的。"

杏花爹问："花马池的五座塬吗？"

"就是。"栓子连忙回答。

"听说五座塬遭了土匪，还死了人，是真的吗？"杏花爹知道五座塬，但对这个庄子比较生疏。

栓子一听问起这事，心里一阵难过，眼泪花马上转了起来，强忍着眼泪说："真的。"

"究竟怎么回事？"杏花爹一边卸车上的物品，一边问。

栓子听到要让他讲家中被抢的经过，张了张嘴没说出来。正收拾东西的杏花爹等了一阵，没听到栓子的回答，掉头一看栓子满脸悲戚，奇怪地问："你怎么了？"瞬间猛然意识到了什么，走到栓子跟前："孩子，五座塬被抢的是你什么人？"

栓子再也忍不住了，眼泪"哗"地流了下来，却无法回答杏花爹的问话。杏花爹已经猜出栓子是什么人了，又摸了摸栓子的头："娃，想哭就哭吧。"

听了这话，栓子再也憋不住了，掉头出了窑，蹲在一个土梁上呜呜地哭了起来。这是栓子到杏花家的第二次哭泣，上一次是他的身体刚好时，一天晚上他想到这天是母亲过世的百天，母亲的坟头连个烧纸的人都没有，一个人在一个山冈上哭了一场。哭罢，他害怕回来被杏花妈碰见问他，坐在山冈前看着星星，想着亲人，过了很久很久，估计红肿的眼睛已经消了才进了窑。这一次，他的心事让人知道了，不用再躲躲闪闪，蹲在门口不远处的山冈前哭了起来。哭着哭着，他觉得身后好像有人，转身一看杏花站在他的背后。杏花把捏在手里的一个小手帕递给了栓子。栓子接过手帕，想到母亲一走再也没人关心他了，委屈地又哭了起来。

晚上吃饭时，杏花爹问栓子有什么打算？栓子说："我想回家。"

杏花爹说："你应该回家，等我把庄稼收倒了，送你回家。"

栓子说："不用送，告诉我回家的方向就行了。"

杏花爹说："告诉你，你也出不去。只等我两天时间，等粮食晒到场上，我出去转时顺便就把你送回去。"

栓子有些等不及了，说："叔，你告诉我五座塬怎么走，不劳你老人家送我，我自己回。"

当晚杏花爹没有给栓子指出回家的路，栓子也没问，他知道人家不说，问是不起作用的。

开镰前一天，杏花妈和杏花这天炸了百十个油饼。第二天，杏花爹来到地头面对糜子地跪下，拿出一把香在地头点着，领着老婆、儿子、女儿和栓子　起向四方诸神跪拜后才开镰收割。

栓子拿起镰刀一直落在杏花的后面，杏花爹见栓子和杏花一样割着三行糜子，就对栓子说："你撂掉一行。"栓子倔强地没有撂，可等杏花割到地头时，栓子还在地当中，杏花再折回来时，一下子割了五行，其中两行是接栓子的行。等杏花和栓子碰个迎面的时候，杏花给栓子留下了两行，自己割着三行又走到了栓子的前面。

杏花爹一年四季不常在家，他家种的庄稼不多，一家人整天吃喝在地头，用了两天的时间，就把荞麦和糜谷收倒了，晚上在月光下，一捆一捆地码成了糜子岭。第三天早晨，杏花妈早早地起来炸油饼，杏花爹也履行自己的诺言，吃过早饭套上驴车，杏花妈把油饼、水放在车上。栓子要走了，杏花的心里很难过，坐在窑里不出来，直到她爹拿起了鞭子要走了，她才跑出窑，让弟弟往车子上放了一袋酸楸子、几十个梨和几个黄萝卜。自己抱着那罐蜜浸的黄萝卜，还有一双垫着花鞋垫的鞋送到了栓子的手里。

杏花没有说话，眼睛里噙满了泪水。

杏花爹和栓子用了三天的时间走到五座塬，一上塬栓子着急地站在高处向村子瞭望。栓子在五座塬的家经过土匪的糟蹋已经不成样子了，村里和他沾亲带故的只有四梅家。四梅一家见栓子安全地回来非常高兴，四梅妈忙给栓子和杏花爹做饭，朱占宝出去给麻三爹、五癞子爹传信，不一会儿五座塬人都涌到了四梅家。大家听罢栓子说到出去几个月的经过，一个个嘘唏不已。当听说杏花一家救了栓子的命，又专门送了回来，几个年长的老人握住杏花爹的手更是感恩不尽，忙把杏花爹让到炕里。

不一会儿四梅妈剁好了荞面，炒了一盘鸡蛋和一盘腌猪肉端了上来，栓子和杏花爹为了赶路，没有吃上一顿可口的饭。栓子看到荞拌面，捧起大碗狼吞虎咽地吃了起来。四梅爹看到栓子的吃相，联想起去世的栓子妈，难过地背过了脸。

栓子从朱占宝的嘴里知道五座塬人建起了一支护村队，心想那次到了土匪窝，手里要是有枪总会有办法收拾掉土匪头子的，现在护村队有了枪，栓子也想参加护村队，他想有支枪，他想报仇。晚上栓子想回家，被四梅妈劝住了。

第二天早晨，四梅爹领着四梅妈和四梅、朱占宝帮着栓子把家里的窑洞打扫干净。自从王宝离开家后，窑里再没有进过人，几个月风吹土扬的，窑里落下了厚厚一层灰，经过一番打扫又恢复了家的样子。王宝走的时候，栓子将羊分放在五座塬的几个人家里养着，家里除了粮食外，几乎没有值钱的东西。

四梅爹把栓子家里收拾好后，栓子见家里的粮食和锅碗都有，决定等候武二回来两人生活。

没想到栓子回来的第二天，武二和老薛也回来了。

栓子、武二和老薛回到五座塬后，五座塬和老村子两个庄头的人都聚了过来，武二被绑后，大家认为武二是必死无疑，现在不仅活蹦乱跳地回来了，还背回来快枪，大家既羡慕又惊奇。五癞子过来一把抱住武二，麻三一来就伸手拿枪，武二躲开麻三，把枪抱在怀里。四梅爹和麻三爹过来问情况，他们想知道武二这段时间在哪里，怎么活过来的。高先生见到老薛更感到亲热了，看见老薛，把老薛的手抓住使劲地抖了抖，亲切得不得了。

栓子看到大家对武二亲切的样子，联想到自己的父母，避开众人，悄悄地进了武二的窑，几个月无人居住，窑里已经被沙土刮得不像样子。

院子里大家对武二问来问去，麻三爹见状，一把拉住武二进了栓子的窑。 武二见进来的人多，连鞋都没脱就爬到炕上，其他人进来后随便找了个地方坐下了。

大家这么欢迎武二，并不是武二的人缘好，好奇的山民想从武二的身上了解到自己不知道的事。武二坐在炕上，把王宝被抢时他看到的详细经过给大家叙述了一遍，当说到王宝被打、被扔进井里，栓子妈跳沟等细节时，坐在一边的栓子首先抽泣了起来。栓子一哭，惹得大家的鼻子酸酸的，不一会儿围在武二身边的女人全哭了，几个男人的眼圈也红了。当说到张扁头时，武二把他认识张扁头的经过和张扁头在周家庄帮苟肉头侦查寨子的情况告诉大家。大家气愤地大骂张扁头。麻三听了后随口说:“等老子遇到张扁头，一定把他打成烂扁头。”他这一说，一些正在哭泣的人也笑了。

接着，武二又把怎么遇到老薛，怎么遇到栓子，怎么打的周家庄，以及怎么闹的枪和子弹添油加醋地讲了一遍，老薛听到武二讲着讲着喧了起来，坐在一旁只笑不言传。当武二把他的故事讲完后，没有听过栓了讲述他离开武二经过的老庄子人，又催促栓子把自己几个月的经历又讲了一遍。不过，栓子不像武二连吹带喧，讲述中他压根没有提到杏花，只是对杏花爹妈说了很多感谢的话。

武二的窑里本来就没什么铺盖，在栓子的要求下，武二把自己那床被沙土快掩埋的被子，拿出去抖了抖提到栓子窑里。杏花爹留下来把栓子家的碾子、磨锻了一遍，五座塬人一看杏花爹是个石匠，纷纷请去给自家锻磨。

杏花爹临走时，四梅爹问杏花家住在什么地方。杏花爹说，他姓敬，住在老爷山下的杏花湾。杏花爹一说出他的姓，站在一旁的老薛马上联想到流窜在当地的土匪敬明君，杏花爹看出了老薛的疑惑，笑着说："我和他一个姓，可能是一个祖宗的，现在连辈分都拾不上了。"随后又笑着说，"我不抢人。"杏花爹的话说得大家都哈哈大笑了起来。

栓子把杏花爹送到村外，对杏花爹说："你看我现在的情况，也没啥能送您的。"杏花爹对栓子心疼地说："送啥哩？有啥难处就过来。"

"您现在准备到哪去？"栓子又往前送了一段。

"这一带我不熟，看看前面有锻磨的吗？再干几天，冬至前后就回去。"杏花爹向栓子扬了扬手，坐上毛驴车离开了五座塬。

二十三

王宝被打伤后，五座塬群龙无首。四梅爹想挑起头，怕麻三、五癞子等人不服，麻三爹、五癞子爹就更不行了。王老倔是个外乡人，在老村子说话还可以，到五座塬就不灵了。高先生看出在五座塬的两个村子里，想找出一个挑头的非常困难。朱占宝训练的护村队虽说把架子搭了起来，因缺少个能领着大伙训练的人，吆喝了几天散了伙。

一天晚上，高先生和老薛来到栓子窑里，召集来四梅爹、朱占宝、朱占宝爹、武二等人商量护村队的事。栓子说，只要能报仇，他愿意把家里的地拿出来，种下的粮食养活护村队。高先生说："我说的不是这个意思，我说的是这个张扁头。"一提到张扁头，朱占宝爹和四梅爹坐不住了。朱占宝说："张扁头那天来参加婚礼肯定是来探消息、摸情况的，不然他和我们什么关系都没有，谁请他来呢？"

四梅爹也说："我还不认识张扁头呢。"他问朱占宝爹，"你认识吗？"

"我到现在还不知道他是光脸子，还是麻脸子呢。"朱占宝爹说。

"我们和他都不认识，那天过来肯定是没安好心。"四梅爹更加确切地说。

老薛看大家都憎恨张扁头，就说："苟肉头跑了，抢人是张扁头带的头，我们的仇人就剩他了，把这小子给做了，王掌柜的仇就报了。"这话一出，栓子自然是十二万分的高兴。

"对，找个机会做了。"朱占宝首先表示积极支持，接着他对武二说："武二，你也参加我们护村队吧，掌柜的对你就像亲儿子一样，最有恩。"

武二自然是没啥说的，他答应过栓子。

“对，咱们要给王掌柜报仇，就凭我们现在的情况不仅报不了仇，弄不好，还把大家都给栽了。我想咱们首先把护村队组织起来，让老薛领着大家练练，这次有快枪了，学学快枪的打法。派人找到张扁头的下落，要稳稳地给他一家伙。”高先生连忙把话题引到护村队上了。前几天他看到老薛带来了步枪，马上就想到了护村队，想在五座塬拉起一支真正的队伍。

这次老薛回来，两个人躺在一起扯了一夜，互相交了底。一年多来，高先生知道老薛是哥老会的一个堂主，老薛也知道高先生是陕北红军的地下工作者。只是鉴于各自的组织不同，要求不一，谁也没有说破。王宝一家遇害，把两个人的关系拉近了一步。高先生和老薛商量，先不要管自己是哪里的，先把人组织起来再说。

老薛听了表示同意，他没有把自己也是共产党的身份暴露出来。高先生知道老薛曾在军队混过，打过仗，提出让老薛带大家训练。

老薛真不愧是带过队伍的，时间不长就把解散了的队伍组织了起来。这天上午朱占宝和三子把十来个青年小伙子召集到朱占宝家旁边的山梁下，老薛腰里别支手枪站在大家的面前，双手叉腰，讲道：“今天我们护村队算是正式成立了，目的就是要保护我们村的父老乡亲，让他们安安心心地过好日子。前几个月，王掌柜家让土匪日踏了一伙，他是个好人，是我们的大恩人，没有他，你小子还不知在哪里浪着呢。”他说话时指着武二，“现在我们组织起来了，不是要去玩，是要防止土匪来我们村子，是要打仗，是要报仇的。因此，我们首先要有个好身体，还要懂规矩，没有规矩那就不是队伍，那是羊群。现在让高先生给我们讲几条纪律。”

高先生从衣兜里掏出一张纸，把纸张展开后说：“今天我们先定三条纪律：第一，做任何事情都要听从指挥，不能擅自行动。第二，不能欺负人。第三，大家都是兄弟，遇到事情要团结一致，互相关照。”

听高先生把三条纪律说完，老薛接着说：“对，我们都是兄弟，今后要在一起保护我们的村子，保护我们的家人，首先要有一个好的身体。从今天起，我带大家训练体力，然后练枪。”说完，老薛在前面带路，从朱占宝家窑后的山路出发，顺着山间小路慢跑，这是一群常年爬山的孩子，起初他们一个个信心十足，迈着大步，当跑了一圈约有五里路时，一个个喘着粗气，步履蹒跚了起来。武二常年放羊，每天都要走几十里，跑步也不在话下，只是老村子有几个人跑了不到一圈，一个个都累得趴在了地上。

清晨的五座塬，温暖而又恬静，太阳慢慢地升了起来，一道道金光洒到了山峁上。跑了一圈回来的队员们一个个喘着气溃不成军，有的抱肚子弓着腰，有的坐在地上，麻五和老村子的几个小伙子干脆趴在了地上。老薛过去向麻五的屁股上踢了一脚，黑着脸厉声叫麻五起来。麻五摸着屁股一边爬起来一边嘟囔，老村子的两个小伙子见了也一骨碌爬了起来。

老薛连踢带骂地吆喝跑回来的青年在山峁上转了一会儿，才让大家坐下来休息。

这天参加训练的除五座塬的朱占宝、麻五、五癞子和武二外，其他人都是从老村子来的。栓子去他舅舅家看王宝，要把五座塬的情况告诉他爹。

大家坐下休息时，高先生让武二把王宝被抢的经过给大家重新讲了一遍，这些只有十四五岁的孩子，听了武二的讲述，知道了土匪的可恶，知道了自己肩上的责任。

老薛和高先生配合得非常默契，早晨上操后，高先生让大家把武二以前住的窑收拾出来，在窑里教大家学文化、识字。

麻三不愿和大家一起受苦训练，等到大家学习时，才睡眼惺忪地踱到武二的窑里，看着别人读书、写字，溜达溜达就走了。

五座塬的护村队天天训练、日日学习，不是跑步、掌握打枪的要领，就是学文化。高先生在把队伍整起来后，说家里有事就走了。时间一长，老薛见大家有了懈怠之心，和王老倔商量要整出点事来，好调动一下大家的积极性。整个什么事呢？两人陷入思考中。

就在两人思考着整什么事时，郭文耐来了，他听说五座塬在训练，过来看看，想从中学点经验。郭文耐一来，麻三就在郭文耐的耳根子底下吹起武二的赌术，说武二怎么怎么把土匪赢得没人敢上场，怎么有钱，等等。郭文耐是个好赌之人，听了心就痒痒，当时没说什么，心想找机会和武二较量一下。

郭文耐在五座塬上转了一会儿，看了看大家的训练后，把麻三拉到一旁，让麻三去约武二。

除了训练，武二也是闲得没事，王宝家的羊本来就不多，驴和牛放在四梅家，还有些羊分散在别人家里。只有粮食没人动，大伙训练的时候，王老倔担任伙夫。王老倔没有什么厨艺，能凑合着把饭做熟，再熬上几勺头山芋，清汤寡水的没什么味道，但大锅饭吃得香，吃饭的人合在一起，每人从自家拿来饭碗，端一碗黄米干饭就土豆，稀里糊涂地扒进了嘴里。武二没有了放羊的活计，除了吃饭、训练，整天游游逛逛的，没个正事。听说郭文耐要和他赌几把，心想：闲着也是闲着，赌就赌几把。他自知自己的本钱不多，也不愿把攒下的钱弄飞了，要求只赌零票。郭文耐知道武二是个穷揽工的，虽然麻三吹得震天，知道武二在土匪窝里即使赌博也赢不了几个，要大了也赔不起，他只想看看武二的赌技，便和武二两人几角几角地赌了起来。

武二的赌技确实不错，连续几把都赢了。郭文耐输了几把，脸上有些挂不住，想加大赌注翻本，又怕武二赔不起。又耍了几把，仍是输多赢少，等到耍结束，输了五块钱。

郭文耐输了几块钱并不心疼，武二赢了，却像发了财似的高兴。站在旁边的麻三一看武二赢了，假装帮武二整理角票，捋出两元钱说：“武二你今天能赢还是我的功劳，这算是红利。”说着，就拿走了，武二觉得他拿走得太多，想追上去要，郭文耐见状说：“算了算了，我给你 块，算是灯头钱。”武二这才坐了下来。

赌耍结束后，郭文耐突然想到了一件事，问站在旁边的四梅爹：“你们练兵准备干啥？”

四梅爹说：“不干啥，闲着也是闲着。”

郭文耐又问：“你们不给王掌柜的报仇了？”

四梅爹反问道：“啥意思？”

“张扁头带人抢王掌柜家发了财，整天泡在贾寡妇家，你们也不去把那个小子收拾了。”郭文耐好像有些不忿。

“咋收拾呢？”四梅爹是个老实人，从不舞枪弄棒，也没有报仇的想法，说到报仇他想起了栓子，“栓子不在，等栓子回来了，再说吧。”

“唉，我是个外人，你们自个儿看吧。”说着，郭文耐溜下炕，临出门时，反身对武二说，“小子，咱俩没完。”郭文耐出了门，武二站在门口捏着钱笑了。

郭文耐的一席话，四梅爹听罢也就过去了，老薛听了心里翻腾开了。他悄悄地找到王老倔：“张扁头在贾寡妇家，不知真的假的？要是真的，堵到贾寡妇家把他做了，给王宝就把仇报了。”

王老倔说：“我也想做件什么事，不然王宝好心好意地收留我们，咱们不替他干件事，让别人骂咱是白眼狼。”

“得找个人摸摸，张扁头是否在贾寡妇家里？”老薛提出。

“先找四梅爹问贾寡妇是哪里的再说。”王老倔停顿了一下，又说，“这事要悄悄的，谁都不能说。”

两人商量罢，王老倔找四梅爹询问贾寡妇的家，四梅爹明白王老倔问话的意思，嘴上却说：“怎么你想打贾寡妇的主意？”

王老倔嘿嘿一笑：“我哪敢打呢。”

“贾背洼的，她男人家早年发过财，抽大烟抽死了，年纪轻轻就守了寡。人长得俊，条子端，人们都叫她一根葱或贾寡妇，前几年听说门上常一夜守几个男人，这几年听不见了。”

王老倔一听她是贾背洼的，立即想到了麻三，找到麻三说：“麻三，有个好事，你干不干？”

麻三一听说是好事，伸长了脖子道：“好事哪有不干的？”

“有些事我想了很久，在五座塬还非你不可了。”王老倔卖起了关子。

“是吗？”麻三一听也来了劲。

“有个墙根，你给咱听听去。”听墙根是花马池、定边一带的风俗，以前人们的结婚年龄小，结婚后不懂得行房事，家长们为普及婚育知识，有在孩子面前讲黄色故事、结婚时耍房、结婚当晚听墙根等习俗。新媳妇过门这天晚上，新郎的嫂嫂、姐夫趴到新房门口，探听里面的动静。朱占宝结婚那天，五座塬的青年们都趴在了朱占宝的门口，四梅知道外面有人，前半夜压根就没有脱衣服，等到天亮听墙根的失望地走了，两个人才睡到一块儿。

麻三一听说让他听墙根，马上来了精神，着急地问：“听谁的？”

“贾寡妇，一根葱的。”王老倔试探地问。

“听她？那么老远，一个滥货有什么听头。”麻三有些失望了。

“当然，还有事呢，这事非你莫属。”王老倔先给麻三戴了一顶高帽子。

“噢？啥事？”麻三向王老倔跟前靠了靠。

“我只给你说，别人都不给说。”王老倔有些神秘地说。

“这个我知道。”麻三也一本正经了起来。

“你去看张扁头去了吗？一月能去几次，蹲几天？”王老倔压低声音说。

“干啥？”麻三想问清楚。

“这个你不用问了，就这事。”王老倔给麻三点了一下头。

麻三想了一下：“那我过去看看。”麻三想到的是秀云，他上次给了秀云两块银圆，让秀云给扔了出来，心里一直不是个滋味。

麻三没有直接去贾背洼，他先来到打虎店。躺在张家店里，想给秀云买点东西，等到第二天晚上才等上了一个布行的老板。老板见麻三只买一截布料，不卖，要卖就是三截。麻三想了想，三截就三截，给秀云一截，给贾占清的孩子一截，回去再给自己的老婆一截。三截布料把麻三抢武二的两块钱花光了，麻三觉得被商人宰了，可不买又怎么进贾占清的家门。

麻三这天上午去贾占清家，贾占清和秀云都不在家，他脑子一转，决定把原打算送给老婆的那截布料送给贾占清的大嫂。贾占清的大嫂一听麻三送她一截布料，高兴得嘴都合不拢，忙收拾给麻三做饭。吃饭时，贾占清和秀云才从地里回来。贾占清是个酒鬼，看到麻三，就要和麻三喝酒。两个人喝了几杯，麻三想到了正事，打问起一根葱的事情来了。

贾寡妇一根葱和贾占清不是一个门间的，住得也较远。贾占清以为麻三想打一根葱的主意，就说:“她家的窑门口早爬满了野汉子，哪能轮上你呢？”

“哪来那么多野汉子，你纯粹是损人。”麻三给贾占清倒了一杯酒，贾占清端起酒就喝了。麻三接着又给贾占清倒了一杯，贾占清说话间又喝了。贾占清连喝了三杯酒后，猛地想起麻三没喝，给自己倒了一杯要和麻三碰。麻三这才端起自己面前的酒杯抿了一下又放下。

贾占清的嫂子这天很热情，炒了个鸡蛋，又炒了腌猪肉，端过来对麻三说:“现在是空日子，没个什么菜。”

贾占清的嫂子听麻三和贾占清说到一根葱，过来坐在炕边说:“听说最近又和张扁头在一起，每次来还背着个枪。”

“他哪来的枪，他不就是一个赌博汉，咋能背上枪呢？”贾占清说过这话问麻三，“听说你们塬上组织了护村队，还有枪。”

“那还不是胡整，就几支土枪，能干个啥？”麻三应付着说。

贾占清一杯一杯地又喝多了，这时候，他想起了要盯酒，自己喝一杯，盯着让麻三也喝一杯。麻三被盯着和贾占清一起碰了三杯酒，放下杯子又问:“张扁头常来吗？”

“不知道，人家家在山那边，我们平常不过去。”贾占清的嫂子说。

“问那个干啥？你要想去，喝完酒自个儿过去。”贾占清开始说不清楚话了。

两个人说着，从下午一直喝到了太阳落山。直到贾占清的哥哥放羊回来。看见贾占清的哥哥进来了，麻三忙起身让座。贾占清的哥哥说：“你坐，你坐。”

麻三问：“大哥干啥去了，咋才回来？”

“几只羊不放不行。”贾占清的哥哥说着，一屁股就坐到了炕上，看看贾占清说：“又喝多了，一见酒就醉了。”说着，端起酒杯和麻三碰了一杯，麻三只好把一杯酒喝完。

贾占清听了哥哥的话，很不高兴地说：“谁醉了，来，咱们两个划两拳。”说着，就把手伸到了哥哥面前。他哥哥把他的手一推，拿着筷子去夹菜。贾占清又把手伸到麻三面前，麻三只好也伸手划了起来。

麻三的拳术根本不是贾占清的对手，连续输了三杯。在贾占清的监督下，麻三龇牙咧嘴地喝了一杯。贾占清又给满上说：“三拳两胜两杯，事先说好的，不狡不赖不代。”

麻三已经见酒发嘲，一杯酒下肚直往上翻，咽了几次才压了下去，见贾占清端酒的手不放下，只好接了过来。麻三这杯酒说什么也喝不下去，他把酒杯子悄悄地放到了桌子边，想趁贾占清不注意时倒掉，可贾占清说话时，一直用手指着酒杯。贾占清的哥哥觉得应该缓一下场，他从麻三手里接过酒一仰脖子灌进嘴里。贾占清一看这杯酒被哥哥喝了，很不高兴，又倒了一杯，扯着嗓子对麻三说：“那杯喝了不算，他想喝就喝，你把这一杯一定补上。”

麻三一看贾占清这架势，知道这杯酒自己不喝肯定不行。没等贾占清多说，接过杯子就喝了下去。

秀云看到贾占清划起拳来，知道贾占清又醉了，对贾占清说了声：“少喝点。”抱着孩子回家了。

贾占清见麻三喝了这杯酒，高兴地奓起一个拇指说：“这才像个喝酒的。”

接着，贾占清又倒了一杯酒端到他哥哥面前：“哥，你不是挺能喝的，你把这杯酒也喝了，就算当兄弟的给你敬一杯。”

贾占清的哥哥不愿接这杯酒，可贾占清端着酒不放手，没办法只好接过这杯酒。贾占清的哥哥端着酒杯并不准备喝，他趁贾占清不注意，把酒杯从胸前向下移，在移的过程中有意把杯子倾斜，让酒流了出去，可他刚一倾斜就被贾占清看见了，贾占清一把上去把他哥哥手中的杯子接过来：“洒了。”

酒杯到了贾占清的手里，他端着酒杯对麻三说：“我哥就有这个毛病，输了酒，不是倒在地上，就是赖着不喝。”他停了停，一看杯中的酒已经剩下了一半，端起酒坛又往嘴里添，由于他已经站不稳了，倒酒时前栽后仰的，把酒杯倒满后又倒在桌子上，然后把酒坛重重地往桌子上一放：“哥，酒是粮食烧的，不能洒。”说着，他把酒杯又递给了他哥。

贾占清的哥哥端起酒杯十分为难，知道自己的弟弟有些二杆子，不喝能跟你黏到天亮。他又确实不想喝，就把酒杯捏在手里，这一次他没有往外倒，他把拇指压在酒杯上面，准备喝酒时，把手指全部擩进去，杯子里的酒溢出一半。这时，贾占清的哥哥发现麻三不知什么时候不见了，奇怪地问贾占清：“干亲怎么没了？”

贾占清这时一门心思盯在他哥的酒杯上，对哥哥说的话根本没有放在心上，随口说：“你喝你的，管他干啥？”趁贾占清说话，他哥把半杯酒喝了。

麻三见贾占清和他哥哥黏在了一起，出去小便。一阵冷风吹来，酒劲直往上涌，就直接去了贾占清家。贾占清家的窑门轻轻地关闭，门闩闩没有销，麻三一推就进去了。

窑里秀云睡得很熟，因为炕热，被子只盖了一半，半边身子裸在被外。麻三进去什么也没看见，在地上稍站了一会儿，等眼睛适应了窑里的光线，才看到炕上共铺了三床铺盖，秀云靠近锅台一边搂着孩子睡着，麻三就在靠窗户的位置躺下。

躺在炕上，麻三脑子里想到上次钻进秀云被窝的事，他猜想秀云肯定没告诉贾占清，否则贾占清今天绝对没有这么热情。

月光洒在院子里，把院外照得明亮如昼，看着睡在一旁的秀云，麻三的心又动了起来，大着胆子移到了中间留给贾占清的被窝里，然后把一只脚伸进了秀云的被窝，他的脚刚挨在秀云的腿上就被秀云踢了出来，身上的被子也裹紧了。

麻三又要扯秀云的被子，秀云一转身就把孩子抱了过来，隔在她和麻三中间。就在这时，贾占清推门进来了。

麻三走，贾占清和他哥哥又黏了几杯，他哥也躲了出去。贾占清独自一人骂骂咧咧地喝了几盅酒，摇摇晃晃地回来。

贾占清确实喝多了，一路上直犯迷糊，走了十几步，就开始呕吐了起来，吐后踉踉跄跄地回了家。一推门见一个黑影从他被窝里滚了出来，脑子一下反应过来："你睡我老婆？"说着，贾占清到锅台前摸了一把剁面刀。麻三一看贾占清拿着一把刀过来，吓得光着屁股跳下炕，跑了出去。贾占清一看麻三跑了，掂着刀也追了出去，两个人都喝了酒，脚跟子不稳，跑起来栽栽磕磕的，尤其是贾占清追了没几步就摔倒了。麻三在院子里连躲带跑地转了几圈，光着身子跑不出去，贾占清摔倒时，秀云出来了。她见麻三光着屁股，进窑把麻三的衣服抱出来，扔到了院子里。麻三看见，躲过贾占清拾起衣服从门堳跑了出去。刚出门堳，一脚又踩在自己抱的衣服上，身体失去了重心，向前一倾，就从堳畔上摔了下去，顺着坡就滚到了堳畔下的沟里。

山里的窑都坐落在半山腰上，打窑时推出的土垫起门前的院子。窑小窑少的，垫的院子就小；窑大窑多的，院子就宽。院子下面就是深沟，从门堳到沟底有一个陡峭的斜坡。贾占清家只有两孔窑洞，院子有三米多，出了院子就是一道坡，大约有二十多米长，被雨水冲刷得高低不平。每年开春，坡上长满了荆棘条、马茹子、白刺等。麻三一脚踩空摔了下去，贾占清顿时吓得酒醒了一半。

贾占清并没有看清麻三钻她老婆的被窝，只见麻三从靠近秀云的被窝里滚了回去，猜测麻三睡了他老婆，没想把事情闹到这个程度。一看麻三栽了下去，怕闹出人命，忙喊秀云。

秀云扔掉麻三的衣服就进了窑，她知道贾占清追麻三也是吓唬吓唬，不会有什么事的。贾占清喊她时，秀云还责怪贾占清道："大半夜的，搁下觉不睡，咋呼啥？"

"睡你妈的，快看你那个贼爹掉进沟里了。"贾占清着急地说。

"什么贼爹？他不是跟你一起在老大家喝酒吗？怎么掉进沟里了？"秀云不知外面的情况，没有明白贾占清的话。

"不要脸的。"贾占清在心里骂了一句。贾占清门口的沟是他家的垃圾场，麻三正好从倒垃圾的地方摔下去的，一下去就被打碎的破碟子、烂碗把身上划了几道血口子，再往下滚就是长满野草、荆棘、马茹子刺、白刺的沟壑，一下去，身上顿时扎进去无数细刺，脖子、身体、腿子也被凹凸不平的山地划得不成样子，幸好摔了几米掉进了一个被水冲成的一个坑里，摔到沟底他的小命就报销了。

贾占清跑到沟里摸摸麻三的鼻息说："活着，没有摔死，你去喊个人吧。"

"你傻了，大半夜里到哪里喊人。"秀云觉得贾占清不长脑子。

贾占清听了秀云的话，心里暗暗地骂：好个婊子，真有你的。

秀云回去找来一床被，把麻三裹在被里往上抬。两人抬着抬着，麻三从被里滑了出来。开始麻三滑出来，秀云等贾占清过来将他往被子里抱，渐渐地自己也帮着将他往被子里抱了。在拉的过程中，麻三身上的皮肤又被蹭掉了几片。两个人折腾了有半个时辰，麻三也渐渐清醒了，自己能使上劲了，贾占清这才把麻三连拉带扛地扶进了窑里。

麻三进窑里后已完全清醒，他羞愧地闭着眼睛，不敢看贾占清。

麻三摔这一跤，虽然没有造成多大的伤害，却也跌得不轻。天一亮，贾占清赶着车子把麻三送回五座塬，说是喝醉了摔进沟里。

麻三躺在床上，头两天还好，从第三天开始身上到处起小红疹子，痒得难受，又挠不得，一动浑身就像针扎一样。麻三老婆连洗带擦，心疼得受不了。后来发现每一个小红疹子里都有一个细刺，用针慢慢地挑。几天后，麻三身上千疮百孔全是针眼，有些没有挑出来的刺，随着皮肤发炎，流着黄水溢了出来，因小刺很多，麻三婆姨怕溢出的小刺再扎进其他好皮肤里，和了一块面，用面一点一点地往外蘸。

连洗带蘸整整折腾了半个多月，才开始好转。

麻三爹站在一旁看了既心疼又十分地疑惑，住在外人家里小便，不该光着身子出去。麻三浑身被草刺划伤，分明是光着身子摔下去的，这小子在外面肯定是干了丢人现眼的丑事了。

麻三爹的疑惑自然是对谁也不能说。五座塬的青年们把麻三尿尿栽到沟里的段子当作笑话讲了几天。

贾占清把麻三送回家，回来后沉默了几天，他无法证实麻三睡没睡秀云，可心里一直感到不是个滋味。在家里咋看都觉得秀云不顺眼，常常摔碟子拌碗地找茬，秀云觉得自己做下了亏心事，只能忍气吞声。

就在贾占清找秀云茬时，秀云却真的惹祸了。正月二十三是最后一个年节，一大早贾占清和他哥哥就到山上挖草根、砍荒草，准备在晚上燎干。弟兄两人在山上、沟底挖了一早晨也没有挖出多少柴火。下午贾占清还准备出去挖草根，秀云说："快算了，去年秋天咱们不是砍了些马茹子草，那东西扎得没法烧炕，一直垛在圈里，不如抱出来烧了。"

贾占清想想也对，马茹子草到处都是刺，砍的时候就扎得人拿不回来，好不容易拿回家，越晒越干，扎得人没有填炕，一直放在草圈里，不烧掉也是个累赘。

正月二十三这天预示着一年能否五谷丰登，秀云在家和荞麦面时，把面揣了又揣，饧了又饧，羊肉臊子和萝卜丁也切得小小的匀匀的一般大，可汤也烩好了，贾占清却在外面耍得不回家。

秀云饿着肚子一边等一边纳鞋底，直等到天擦黑了，还不见贾占清的人影。天渐渐地全黑了下来，院子外有了嘈杂的人声，秀云知道贾占清大哥家的人出来燎干了，用围裙裹着擀杖、漏勺、剁面刀，又抓了一碗底盐，抱着孩子出去。她刚到门口，感到外面起风了，怕孩子着凉，回家又给孩子裹了件衣服。

院子外面的一块空地上，贾占清和他哥哥把早晨挖的草根倒在了一旁，草圈里的马茹子也摞在一旁。贾占清的哥哥见家里人都出来了，把贾占清拉到一边，弟兄俩面南跪在地上烧了几张黄表纸，点了三根香后才把草根点着，火借着风势呼呼地烧了起来。

火一点着贾占清的嫂子拿着自己裹的刀、擀杖过去，秀云抱着孩子，她想把孩子交给贾占清，瞅瞅周围不知道贾占清在哪儿，就把孩子递给了贾占清的哥哥，盐碗放在地上也跟了过去。妯娌两个拿着灶具左三圈右三圈地燎着，两人燎罢灶具，贾占清的哥哥把孩子递给秀云和一群孩子排着队跳火堆。

秀云抱着孩子把碗里的盐巴撒在火堆里，火堆顿时噼里啪啦地炸了起来，就在炸响声中，贾占清铲起一锹还没有燃尽的火花向空中扬了出去。扬花是燎干的一项主要程序，也是人们对一年丰收的寄托。秀云以及所有的人都仰着头喊出自己的期望："荞麦花。"贾占清又铲了一锹扬出去，人们看着星星闪亮的火花，喊道："糜子花。"

贾占清在扬花，在场的老小们在地上踩稍大的柴火块，这种没有烧尽的柴火块被人称作火老鼠，据说踩死它相当于把老鼠踩死了，田里的老鼠就少了。秀云跟着大家正踩火老鼠时，一个较大的火老鼠掉到了秀云的脚下，秀云相信把火老鼠放在自家的缸道里可以避鼠，一手抱着孩子，一手用漏勺去捡火老鼠。就在这时，贾占清又扬了一锹火花，正巧一阵轻风刮过，扬出去的火花向人群掉了下来，看见的人都四散躲开了。秀云抱着孩子弯下腰拾火老鼠，没有看到吹过来的火花，柴火一下落在了秀云和孩子的头上、身上，孩子被烧得哇哇大哭，秀云的头发也被烧着了。

贾占清的嫂子见了，忙抱过孩子扑拉，秀云也用双手扑自己头上的火。

贾占清一见，扔掉木锨跑了过来，也没看孩子烧得怎么样，听到孩子的哭声，一股无名火蹿了上来，发到秀云身上，伸手朝秀云的脸上就是两个耳光，一弯腰拾起了一把没有燃烧的马茹子草，也不管自己的手扎不扎，劈头盖脸地在秀云的头上、身上打了起来。

马茹子枝条柔软纤细，浑身长满了刺，打在身上，不仅留下了一道一道血棱子，还被刺扎下一个一个的细孔。秀云抱着头躲避，撕心裂肺地叫喊着。贾占清却越打越有劲，他把那天对麻三的气一起撒了出来。

贾占清的哥哥看贾占清下了狠手，忙上前抓贾占清的胳膊，贾占清一甩胳膊就把他哥甩开了。他哥踉跄了一步，也有些胀气，上前向贾占清的屁股上就是一脚："你这个驴肏的，还真往死里打呢！"

贾占清被他哥一脚踢倒，就在他摔倒的同时，秀云向前一扑就从山沟边跳了下去。这条沟和麻三摔下去的是同一条沟，麻三摔了一半就掉进了沟钵子里了，秀云骨碌骨碌地滚了下去，等到大家拉上来，虽没有断气，却也是头破血流，昏死了过去。

秀云跳沟摔伤的事情，贾家丝毫不敢隐瞒，秀云伤得这么重，万一有个三长两短，隐瞒就更说不清楚了。事情一发生，贾占清的哥哥就给秀云娘家报信说，秀云跌到沟里了。秀云的哥哥送来秀云娘，这娘儿俩一看秀云身上的血棱子，知道秀云挨打受了气。

娘儿俩在贾家哭闹了一场，因找不到贾占清，把他哥哥骂了个狗血喷头，又问找先生的情况。贾占清的哥哥不敢隐瞒，吞吞吐吐地说："先生已经找过了，怕一条腿是保不住了。"秀云娘一听又是上气不接下气地哭了起来。

贾占清在外面躲了三天，见秀云娘家再没有来人，以为事情过去了，悄悄地溜回了家。没想到，他前脚进门，后脚就被秀云哥哥领着一帮人堵在窑里，揪住他劈头盖脸地打开了，贾占清有嘴说不清楚，只能抱着头挨打。秀云妈怕这帮愣头青小伙子打得没轻没重，打出个好歹来，忙从中拉劝。贾占清还是被来人打得浑身是伤，连拉架的秀云妈也挨了几拳。

秀云的哥哥知道秀云在贾家蹲不成了，收拾东西拉秀云回娘家，刚出门看到贾占清的哥哥赶着一群羊回来，几个小伙子跑进羊群里每人拣膘肥的羊扛了一只走了。贾占清的哥哥一看这势头吓得连大气都不敢出，他的妻子刚喊了声：“那是我家的。”就被丈夫拉到一边。他知道这时说什么都是白费，弄不好自己和妻子会莫名其妙地挨上一顿揍。

秀云的娘家人走了，贾占清的哥哥把贾占清抬到了炕上，贾占清虽然挨得不轻，都是些皮外伤。只是可怜一岁多的孩子离了娘，吃不上肚子，整天饿得“哇哇”直哭。

贾背洼和五座塬中间只隔一个村子，秀云被贾占清打残的事情，很快传到了五座塬。麻三听了心里一紧，知道这事的根源在自己，觉得对不起秀云，想到秀云娘家看看，问了几个人也没有问清地方，把这事搁在了心里。

二十四

麻三因贪色没有完成老薛安排的任务，也给老薛提了个醒，凡事不能急于求成，用人必须看准。麻三害怕别人知道他的丑事，嘴上不敢多说，心里还是不服，一直想找个机会给大家证明一下自己的能力。

自从贾背洼受伤回来，麻三对老婆说的话多少能听进去一点，还是游游荡荡的，不务正业。看到武二有一支枪，心里很不服气，私下里对朱占宝说："武二能闹个真家伙，我也能弄一支。"

朱占宝刺了麻三一句："有本事你去弄，不要见了背枪的吓得尿了裤裆。"

麻三听朱占宝的话心里很不受用，决定自己一定要闹点事让朱占宝看看。这天他又出去浪了，一个人来到了打虎店。麻三在张三小店吃饱、喝好后，听有个脚户走姬左塬，跟到了姬左塬。

麻三从未来过姬左塬，上了塬才知道是连在一起的两个塬。到了街上他犯迷糊了，来姬左塬干什么？见到张扁头他又能做什么？麻三摸进姬左塬一家小饭馆，里面有三四个人正在吃饭。麻三一摸兜里还有几角钱，就要了一碗面。

饭馆很小，只有一张用柳木板搭起来的桌子，桌子两边各放一条长凳，麻三挨着一个吃饭的坐下来。几个吃饭的像是生意人，每人捧着大碗"呼哧呼哧"的，听到吸溜声，没人说话。麻三想听人说点什么，几个人吃完饭用手把嘴一抹，抬起屁股就出去了。

吃过饭又转到了街边，见几个人把羊拴在毛驴车上，围在一边掷骰子耍赌，一边东拉一句西拉一句地闲聊，突然听有人说："最近来的那个敬石匠，手艺挺好，就是爱打听事，弄不清他是个干啥的，是否去你们那儿了？”

“没有，我还真想接过去，我们家有盘磨要锻一下。”另一个说。

过了一会儿，有人问：“敬石匠在谁的家里，快干完了吗？”

“在赵二家，赵二家的磨大一点，可能快锻完了。”

麻三猜他们说的敬石匠可能是杏花爹，离开后就找赵二家。

赵二家在村子的最西头，麻三随便问了几个人就找到了。赵二正蹲在地上吃核桃，他拿了把锤子对准核桃一砸，劲用大了，把核桃连皮带仁砸到了一起，又拿了一个放在地上，下锤的时候没有对端，核桃被砸得滚了出去，锤子落在了赵二的手上，赵二疼得跳了起来，站在地上甩了甩手，又把手指揣进嘴里吮吸起来。

坐在炕沿上抽烟的杏花爹笑着对赵二说：“你放在门背后夹。”赵二果真把核桃放在门扇的背后，一开门，核桃就被夹破了，地上放着一个柳条笸篮，夹破一个核桃就放在笸篮里，夹了十来个后，拿起笸篮放到炕上。

杏花爹见赵二把核桃放在他的面前，忙把一条腿在地上一点，屁股向后挪了一点。赵二一趔屁股坐到杏花爹的对面，抓了一把核桃给杏花爹让了一下，自己开始剥皮来，吃着吃着遇到没有夹开的，用牙去咬，咬不开又从炕上摸出一个针线笸箩，拿了一根针用针挑上吃。

麻二进去后，眯着眼睛看不清窑里的人。赵二看见进来人，干咳了一声。麻三听到声音，又往里走了两步，看清杏花爹坐在炕上，问道：“表叔，你在这里。”

杏花爹端详着麻三感到面熟，想不起在哪里见过。麻三说：“表叔，我是五座塬的，你给我家锻过磨。”杏花爹这才想起麻三。杏花爹在麻三家锻磨时只见过麻三一面，对麻三的印象不深，经麻三一提，也觉得在五座塬见过。

“你有什么事？”杏花爹把腿往炕上一盘，向炕里挪了挪，让麻三往炕上坐。正在剥核桃的赵二也站到地上，也给麻三让位置。麻三坐在杏花爹的下边炕沿，赵二又坐到了炕上。

麻三说："我想找我赵叔问个事，没想到您也在这里。"

一听说麻三是找他的，赵二抬起了头，两只眼睛盯着麻三。

麻三连忙讨好似的对赵二说："我想找个姓张的本地人，听说您对姬左塬最了解，找您打听打听。"

赵二盯着麻三没有说话。

麻三接着说："这人是姬左塬的，姓张，喜欢要几把。"说这话时，麻三用手做了个摇骰子的动作。

赵二用针正在挑核桃仁，把针尖上戳的一小块核桃喂到嘴里后说："姓张的多了，爱要的人姬左塬到处都是，谁知道你找哪个？"

麻三心里知道自己要找的人叫张扁头，可他还是装作忘记的样子，一只手放在脑门上，在地上转了几圈，边走边说："叫张什么来着，呀，看我这个记性，张什么头。"

"张什么头？姬左塬有张光头、张扁头。"赵二提醒说。

"对对对，就是张扁头，三十多岁，大头，个子不高。"

"你找张扁头什么事？"

"年初，他和我一起要了一场赌，欠我几块钱，今天走到这，顺便找他看，手头方便不？"麻三诌了一个故事。

坐在炕上的敬石匠听到麻三说起张扁头，猜到麻三的用意了，插嘴说："我来这才几天，也听说过这个人，看来张扁头是个有本事的人。"

"有屁的本事，整天吃喝嫖赌的，他能有什么出息？"赵二接着说。

"我听说他和一个姓什么的寡妇在一起。"敬石匠在一旁插话问。

"贾家寡妇，两个没一个好的。"赵二不忿地说。

敬石匠和麻三不知道赵二和张扁头有什么恩恩怨怨，也不敢多问。

"他该你多少钱？"赵二问麻三。

麻三信口胡诌："三块多。"

赵二听罢说："等下辈子吧，他穷得叮当响，哪来的钱给你。最近听说在惠安堡混着，你到贾寡妇家看看他抢来了吗，去分几个。"

"他在惠安堡干啥？"敬石匠不知道惠安堡这个地方，说起来有点拗口。

"当黑狗子嘛，抢人嘛。他还能干啥？"赵二还是不忿地说。

麻三听了这话，和敬石匠又说了几句闲话就出来了。

麻三在街上转了转，向打虎店走去，晚上随便找了一户人家进去，要了点东西垫了垫肚子住了一夜。麻三早晨回到打虎店时住店的客人已经走了，他拉了床铺盖躺下，脑子里一直盘算着怎么才能找到张扁头。

张扁头没有在姬左塬，会不会在贾背洼？如果在贾背洼，麻三又怎么去呢？上次的事，外人虽不知情，麻三心里清楚，他脸皮再厚，也不能厚到不要脸。躺在床上想着想着迷糊着了，等他醒来时，客栈里已住下几个客人，其中一人正是上次遇到的陕北老客，还在说陕北闹红的事，麻三不想听这些，他把脸调过去，脊背对着老客，可老客们聊天的声却不时地灌进他的耳朵。

"听说今年闹得挺凶的，又把高桂滋打了？"有人问。

陕北老客说："五月份在马家坪埋伏，把高桂滋的姐夫打了，一下打掉了两个营，还把高桂滋的姐夫左象亨也给收拾了。"

"两个营？那咋打的？"有人又在追问。

麻三一听打仗把身子又调了过来，面对着说话的人，耳朵也竖了起来。

"谁知道咋打的，我也是听说的。"

麻三睡了大半天，肚子早饿了，翻起来在院子里转了一圈，摸到灶房窑，从放在案板上的蒸笼里拿了一个窝头，一边往外走，一边往嘴里塞，走到门口时，又反身进去拿了两个窝头揣在怀里。

出门后麻三去了贾背洼，这次他没进村子，冒荒从村前的山梁插过去，走到贾占清指给他一根葱家窑洞的对面梁上，找了一个挖黄鼠的坑爬了进去。

月亮已经偏西，星星也隐隐约约地藏在夜幕中，一根葱家住的山坡黑魆魆的一片。麻三趴在山头上，静静地盯着山畔子的窑。土窑里的灯光早已熄灭，门口也没有人影。麻三想张扁头要在的话，早已经睡下。一阵冷风吹过，麻三打了个激灵，他心里暗暗地想：你们在窑里快活，老子蹲在坡上挨冻。他把手袖在衣兜里，又变换了一下姿势。

花马池昼夜温差很大，白天走在路上晒得冒汗，一到晚上穿薄了就冷得发抖。麻三出门时，没有想到晚上去贾背洼，只穿了一件布衫，风一吹，觉得冷风直往脊背里钻。山坡上没遮没挡的，任凭寒风吹袭。麻三想如果再能往前挪几十米就好了，可自己现在就在沟边，向前就是沟了。

寒冷使麻三坐卧不安，有几次他都想离开，这想法一产生很快就被自己否定了。上一次到贾背洼了解一根葱的情况时，不仅没有办好老薛交代的事情，还害得秀云跳了沟。

想到这里，麻三想到了秀云，自从上次分开，再也没有见过秀云。秀云现在怎么样了，伤好了吗？她住在她哥哥家里，她的嫂嫂嫌弃她吗？想着想着，麻三感到自己被这些事折腾得头都大了。他爬了起来，摇了摇头，又趴下。

月亮越来越西沉了，东方渐渐有了光亮。一根葱家的窑隐在山坳里，此时还是黝黑一片，两扇门依然紧紧地闭在一起。

张扁头这天带着侯七、王八两个后晌来到了一根葱家，他把侯七、王八两人安置到隔壁的窑里后，自己摸进去就再也没有出门。

看着天色逐渐亮了，张扁头不敢在一根葱家里再待了，爬了起来，想穿衣服，他一动又被一根葱搂在怀里。

张扁头又躺了一会儿，挣脱一根葱翻了起来，从炕边拉过衣服，摸出几块钱扔下，转身在一根葱的脸上亲了一下，跳下炕。

临出门时，喊了一声侯七、王八。这两人住在旁边的窑里一夜，和衣而卧，听到张扁头叫喊，急忙跑了出来。两人刚跑出来，张扁头也钻出了窑，就在侯七、王八走到张扁头的面前时。只听一声枪响，站在张扁头面前的侯七、王八齐齐栽倒在地，张扁头吓得转身钻进了窑里，把窑门关闭了起来。

等了一会儿侯七爬了进来，张扁头一看侯七一点伤都没有，王八在窑外哼哼唧唧喊开了。张扁头在窑里找了一根烧炕用的灰耙子，从门缝伸了出去，让王八抓住灰耙的另一头，和侯七一起把王八拉了进来。张扁头一看王八的屁股上打了两个窟窿，知道这是土枪打的。见对方拿的是土枪，张扁头镇静了许多，拿起自己背的步枪伸出去，看都没看就向门外放了一枪。

张扁头听听外面没有响动，心里稍平静了点。他想自己从没有杀过人，谁和他有这么大的仇，竟然想要他的命。张扁头和侯七两人一人拿着一支枪藏在门背后，等了很长时间，见没有动静才把门打开。侯七把门推了一道缝，蹲在门后直哆嗦。张扁头骂了句："松尻子，滚。"侯七往旁边让了让，张扁头弓着腰趴在门背后向外看。

天刚麻麻亮，对面山梁还黑魆魆的，看不清楚，张扁头把放在门口的灰耙子拾起来扔了出去。听了听，窑外没有动静，提着枪在门口探头探脑地观察了一会儿才溜了出去。他一出门，连忙躲在一垛土墙后面，又等了一会儿，听听周围没有动静，又挪到旁边的一孔土窑里，这孔土窑没有窑门，窑里空空的，张扁头一看这孔窑没有个遮挡藏身的地方，又爬了出去，藏在旁边的一个牲口圈里，藏了好大一会儿，见天已经完全放亮，四周的沟沟岔岔都已经看得很清楚，他张望着，看对面没有人，才大喊让侯七出来。两个人朝周围的山坡上瞅了瞅，不见人影。

天亮前的那一枪把麻三也吓呆了，正趴在黄鼠坑上犯迷糊的麻三听到枪声后，不知是哪儿打的枪，正四处张望，就听背后有人喊道："麻三，走。"

麻三一听是栓子，连忙爬起来，跟着栓子就跑了。

两个人跑出来后，栓子问麻三怎么来的。麻三说："我正准备问你呢，你怎么会在这里？"

原来，栓子送走杏花爹后，在家里翻出一支多年没用的土枪，用土和草把枪上的锈擦掉，让朱占宝教他装药、打枪。试打了一次后，朱占宝说："枪，锈是锈了点，还能用。"朱占宝帮栓子用清油把枪机卸开擦干净。

栓子把枪收拾好后，暗地里打听张扁头的行踪，听说张扁头在惠安堡警察局保安队当班长，经常领人上山。昨天下午五癞子来说："有人见张扁头回来了，住在一根葱家。"栓子一听，没等天黑就摸到了一根葱家门前的山梁上，麻三过来的一举一动看得清清楚楚。

栓子原想一枪结果了张扁头，一枪打出，见有人倒地，连忙喊上麻三跑了。回到家，过了几天有人传出张扁头被人打了黑枪，敬石匠一听，猜是麻三干的。

张扁头在一根葱的家里遭到袭击后，知道自己惹上了仇家。仇家是谁，他摸不清楚。天一亮，驮着打伤了屁股的王八绕回保安队。张扁头添油加醋地说自己下乡遇到了土匪，激战中王八受伤了。保安队大队长一看王八屁股上被打了几个眼子，当场把张扁头从小队长提为副中队长，受伤的王八提拔为小队长。提拔后，张扁头手底下的人更多了，所到之处也更加飞扬跋扈了。

二十五

民国二十四年，一进初冬，老天爷就来了个下马威，大雪花子整整飘了三天三夜，五座塬人就像冬眠的仓鼠窝在家里连门都出不去。下雪前一天，老薛住在武二的窑里，一场大雪也被堵在了栓子家。刚下雪时，武二拿着锹铲出了一条小路，伸到院子外。等到第二天早晨，大雪把院子堆满了，落下的雪没过膝盖，连老薛都去不了栓子窑里。

白天又飘飘洒洒地下了一天，武二和老薛把院子里堆的柴草和羊粪端进了窑里，到了晚上，三个人挤在一孔窑。第三天的早晨，武二起来拉开窑门，见门口的积雪像墙一样齐齐地砌在门槛上，有半人多高，三个人连滚带爬地滚到院子里，用锹铲了整整一个早晨，才铲出一条小路。老薛看着自己铲开的路问栓子："你说这些雪什么时候才能消？"

栓子从没有见过这么大的雪，凭着以前下雪、消雪的经验估摸说："估计在来年的三四月吧。"

老薛惊异地瞪着栓子，好像是栓子不让雪融化一样："这么长时间？"

"我也是估摸的，也许用不了这么长时间。"栓子一看忙改口说。

栒子山山大沟深，一下雪就出不了门，只能窝在家里。老薛、栓子、武二三人不抽烟、不喝酒、不玩牌，从早到晚大眼瞪小眼。一天晚上，武二问老薛家在哪里，老薛神色黯然地说："没家，爹妈死得早，从小就四处流浪。"

老薛是陇东华池人，父亲打猎时失足掉进沟里摔死了。十三岁时母亲不幸去世，他在流浪中参加了哥老会，在庆阳给谭其骧当过兵，又在陕北流浪了几年。

大雪下了三天三夜，雪停后，三人每天的活计就是铲雪，花了几天时间才把院子里的雪铲到了门前的沟里。又开始向院外铲路，一方一方地把雪堆起来，由于落雪很厚，铲不了多大一方，就堆起了一个大雪堆。栓子看到堆的雪堆很大，滚了一个雪球放在雪堆上。武二找来一根棍做成鼻子，栓子见雪人的长相太怪，挖了锹土做成眼睛和嘴巴。

路修好后，三个人开始往水窖里铲雪。四梅爹让人把水窖淘净后，水窖一直空着。武二把压在窖口的一捆柴搬掉，三个人把窖口周围的积雪扔进窖里，几天就把水窖填满了，四周露出了一大片空地。

清晨的湿气在枸子山上拉起淡淡的薄雾，远处的山若隐若现，沟壑白茫茫得失去了往日的惊险，积雪绵绵地圆润了山的棱角，一切都平和了起来。武二走出院子看到水窖旁边的空地上有十几只斑鸡捡拾草籽。山里的山鸡、斑鸡、呱呱鸡太多了，几只、几十只聚在一起是极其平常的事。又过了一天，空地上的鸟类突然增加了很多，几百只小鸟把这片空地挤得满满的，栓子走过去奓开双臂轰赶了几下，那鸟儿看见来人“腾”地飞了起来，在空中旋转，见栓子一走便又扑了下来。

栓子把水窖旁满是鸟儿的事告诉老薛，闲得无聊的老薛一听来了精神，趿拉着鞋跑到离水窖不远的地方观察了一会儿，招呼武二说：“你去窑里给我抓一把糜子。”武二端来小半升糜子，老薛抓了一把向鸟儿扬去，正在捡拾的鸟儿一惊，“呼”地飞了起来，在空中旋转了几圈，又落了下来。

老薛一看，对栓子和武二说：“咱们有肉吃了。”说着，他又向空地里撒了几把糜子，又引来了几只鸟儿飞落。在老薛的指挥下，武二和栓子把家里的一个大笸箩翻了出来。武二找麻搓了一根细麻绳，栓子找来一根木棍和一块小木板，他把笸箩倒扣在水窖旁，用木棍一头从笸箩边沿支起来，另一头支在地上放的小木板上，绳子一头拴在木板上，另一头远远地抓在老薛的手里。老薛并不急于扣笸箩，他让武二又在笸箩下面撒了些糜子，就领着栓子和武二趴在远处观看。

雪后的天气格外晴朗，金灿灿的阳光洒满了栒子山，雪原上不时闪出耀眼的光芒。被积雪覆盖着的田野，苍苍茫茫得显现不出一点土地和草原。缺少食物的鸟儿在空中盘旋了许多圈后，大着胆子向窖边的空地飞来，这鸟儿一拨一拨的，飞去归来。在窖边觅过食的鸟儿看到窖边突然有一个硕大的物品放在那儿，吓得不敢靠近，远远地趔在一旁，或是警惕地围着笸箩绕来绕去。初来乍到的鸟儿，原本不知这里有个笸箩，或经不住笸箩里糜粒的诱惑，走到笸箩旁，向四周看了看，试探地往里走几步，吃了几口又迅速退了出来。

连续试探了几次，鸟儿在确认没有危险的时候，在几只胆大鸟儿的带领下，逐渐探进笸箩里。武二性急，看见有鸟儿钻进了笸箩就要拉绳，老薛挡住武二，静静地等候着。

鸟儿吃着吃着便忽视了潜在的危险，直钻进笸箩深处，它们一吃又招来更多的鸟儿钻进了笸箩，不一会儿，笸箩下挤挤挨挨地钻进了十几只鸟。

老薛见鸟儿钻进笸箩，手里的绳子才慢慢收紧，然后果断地用力一拉，笸箩下的木板迅速滑了出来，支在笸箩上的木棍随着笸箩倒了下去，笸箩扣了下去。笸箩下的鸟儿惊恐地飞了起来，还没等张开翅膀就被笸箩扣在下面，在笸箩口的几只鸟儿侥幸逃脱，也被刚才惊险的一幕吓得在地上打了个趔趄才飞了起来，又围着笸箩旋了一圈才惶恐地飞去。扣在笸箩里的鸟儿扑腾着，在笸箩里挣扎，无奈它们的力量无法掀开沉重的笸箩，只打得笸箩"啪、啪"直响。

武二见鸟儿扣了进去，忙跑去要揭笸箩，老薛赶在武二之前用手按在笸箩上，好像怕鸟儿齐力掀翻笸箩一样。

老薛慢慢地把笸箩挪到一个有凹坑的地方。他们又开始转动笸箩，随着笸箩的转动，扣在笸箩里的鸟也紧张地踱来踱去。笸箩里翅膀扇动声、"啾啾"声交织在一起，随着笸箩的转动有鸟儿的爪子从凹口处露了出来，老薛立即伸手把鸟腿抓住，再把笸箩稍稍抬起一丝缝，从凹口处拉了出来，不一会儿武二的手里抓了五六只。几只鸟儿在武二的手里扇动着翅膀，打得武二跳在地上抓不住。武二抓住鸟腿甩了几下，那鸟儿安静了一会儿，又挣扎了起来。老薛忙叫栓子找个麻袋，把抓出来的鸟儿塞进麻袋里。

从筐箩里抓出几只鸟儿后，筐箩里的空间变大了，鸟儿在里面更惊慌了，飞起落下撞得筐箩不停地晃动。若不是老薛用手按着，恐怕厚重的筐箩已被掀翻。武二把手中的鸟儿装进麻袋，高兴地在筐箩上面拍了几下，筐箩里的撞击声此起彼伏地更响了。

筐箩里的鸟儿一只只地被抓进了麻袋，又在麻袋里扑腾了起来。栓子按住麻袋口，他的身子却随着被鸟儿扑腾的麻袋带着活动。

武二见鸟儿扑腾得栓子按不住，在麻袋上踢了几脚，麻袋里的鸟儿渐渐静了下来。

栓子按着按着，他的目光从麻袋上移到了水窖里，水窖口依旧堵着一捆柴，父亲从坡地引过来的收水渠依旧可以辨析。看到水渠，栓子仿佛又看到父亲弓着腰引渠的身影，想着看着，栓子按麻袋的手渐渐地松了下来，麻袋口慢慢地张开了。

麻袋里的鸟儿看到张开的麻袋口，也看到了求生的希望，一只只迫不及待地挤出麻袋，在栓子面前抖动了几下翅膀冲上了五座塬的长空。

栓子呆呆地望着水窖，老薛和武二也呆呆地望着栓子。

这场雪把塬上的人都困在了家里，老薛三人除了吃喝没个正事。老薛给栓子和武二讲哥老会的故事，教二人学陕北话或土匪的黑话。栓子对陕北话的兴趣不大，把老薛说的黑话记在一个本子上，一边记的是黑话，另一边写清黑话的意思，时间不长，他的小本子上就记了满满几页。

一天，武二没事，拿起小本子念道：

把风——侦察、刺探。

白米——枪弹。

搬黑老——做鸦片生意。

采花——劫持绑架妇女或儿童。

彩票——家境富裕的人质。

带彩——受伤。

风————警察或士兵。

回老家——被杀死。

捞——营救。

漏水——泄露秘密。

落底——处理偷窃的东西。

落水——被军队杀害或捕获。

……

栓子一把夺过本子说："别念了，你学会了，想当土匪？"

武二正念得高兴，见本子被夺，反唇说："光兴你记，我连念念都不行？你记上才想当土匪呢。"

栓子和武二两人谁也不想当土匪，两人的话是闹着玩的，谁也没有当真。

五座塬人被雪困了几个月，一个个窝在家里无事可做，年轻人更是心慌得待不住。雪化薄了的时候，麻三就开始踏着雪走东家串西家了，当他转到栓子家时，屁股后面跟着麻五和五癞子。

住在一个塬上，几个月没有见面，看见麻三，栓子连忙起身让座。自上次袭击张扁头，栓子非常感激麻三，平时见面对麻三客气了许多。几个青年在栓子家聊天，老薛给他们炖山鸡，几个人天南地北地瞎扯起来，直等到老薛把山鸡炖好，一个个吃得满嘴流油才走。

十月，红军经陇东到达了陕北，马鸿逵为防御红军进入宁夏，给各县分配了大量征兵任务，张扁头的保安中队调到大水坑负责征兵。

滩底下比山上空旷许多，落雪也比山上化得快，山上阴面山坡还白皑皑的一片时，山下的枯草已经随风飘曳。侯七溜进了张扁头的房间：“队长，我们被困几个月了，也不出去弄点吃的。”

张扁头也馋了，对侯七说：“去把王八找来。”

侯七转身出去，不一会儿王八来了。上次栓子袭击的铅弹只钻进王八屁股的表皮，铅弹取出几天伤就好了。大水坑只驻着王八一个中队，张扁头虽是副中队长，到了大水坑他的兵权几乎和王八划上了等号。王八一进门，张扁头就说：“最近弟兄犒（方言：馋的意思）了，出去征兵顺便给弟兄们搞点吃的。”

王八一听，这还不是小菜一碟？向张扁头“唰”地敬礼说：“没问题。”

王八和侯七带着三个士兵下乡了，走到一个靠山的村子时便闯了进去。连续进了几家都是老头、老太婆，没一个青年男子，几个人走得饥肠辘辘，找不到一个敲诈的理由。

中午在山脚下看到一个男子抱着不到一岁的孩子坐在院子里，侯七像看见救星一样围了过去，装腔作势地询问了男子的姓名、年龄，说：“马主席规定三丁抽一，你家正好三个人，抓上走。”

马鸿逵规定的是一家有三个符合当兵条件的人，抽一人当兵，而不是三口人就抽一人当兵。侯七为了敲诈，故意把“三丁”改成“三人”。那男子一听忙说：“我家上无父母，下无兄弟，就我一个能干活的，我走了他们娘俩就要饿死。”

王八说：“饿死不饿死，找马主席说去，我们也是当差的。”

窑里的小媳妇听见哭叫着拉住丈夫的胳膊不让走。侯七见小媳妇有几分姿色，围着这一家三口人转了一圈说：“不想当兵？不想为国民政府分忧解难？你是想通共通匪呢？”

侯七说的“通共”，夫妻俩都听不懂，站在那里什么话都没说。

“怎么？承认了？那就是共产党，都给我抓走。”王八大声吼叫。

“求求你，我们什么也不通。”小媳妇一见这阵势，吓得连忙跪下了。

侯七走到小媳妇跟前说：“不想被带走，那就……”他的话没说完，王八急切地说：“那就出钱雇兵，是你雇，还是我帮你雇？”

男人忙说：“我出钱，我出钱。”

王八说：“那就把钱拿来。”

男人站在那里不动，王八又吼了一句：“把钱拿来呀。”

“没钱。”

“没钱，你雇的什么兵呀！”侯七有些急。

女人一看这几个捞不上东西不会走，就说：“我们确实没钱，你看上啥就拿走吧。”

这时候，院子里传出一声羊叫，侯七就说：“那就拉个羊顶上。”

男人说：“羊在圈里，你看上哪个拉哪个。”

侯七到羊圈一看，只有一只母羊一只羊羔子，母羊刚下过羔，羊羔子只有十来天大，就说：“这也叫羊，找个羯羊来。”

男人急于脱身，说：“走，我家没有，给你借一只去。”说着，就往院子外面走。王八心里清楚这个男人不是一个合格兵，领着几个士兵跟上走了。王八走后，侯七进了窑，他对小媳妇恐吓了一顿后，把小媳妇强奸了。

张扁头到大水坑，就让各堡保长把户口报来，按照户口征兵。张扁头、侯七、王八原本就是些地痞，手中有了权更是为所欲为，在征兵中他们把原定免征一个兵的标准从五块提高到七块钱，大大地增加了百姓的负担。张扁头每天坐在家里都有几元钱的进项，还嫌不足，这天他叫来侯七、王八说：“你们两个也不看看，最近兄弟们过得都是什么日子，清汤寡水的，连个油水都没有。”

王八一听，说：“队长，你的意思呢？”

张扁头把眼睛一瞪：“我没意思。”

侯七揪着王八的衣袖轻轻一拉，王八会意地跟了出来。走进一间保安队员住的房间，见地下有两个保安队员正在擦枪，王八向一人的屁股踢了一脚：“去，出去擦去。”两个士兵提着枪，像猫一样弓着身子躲了出去。

侯七在门口向外面瞭了瞭，关上门说：“你没看出队长什么意思？”

“没有。”王八把头摇得像拨浪鼓似的。

“哟，我的傻哥哥，队长对咱们这种小打小闹不满意，要干就得干大的。”侯七在王八的胳膊上拍了一把。

王八好像开窍了，踱着步子盘算了一会儿，走到侯七的面前问：“咱们闹谁呢？”

“闹谁呢？”侯七也没有想过要闹谁，也答不上来。

两人把大水坑的商户、店铺一个一个地算了一遍，没想出一个值得闹的人选。王八扣着头说：“都是些穷受苦的，有啥诈头，能弄两个算了。”

侯七说：“说得轻巧，队长还等着钱过年呢，弟兄们也等着用钱。”

王八看侯七的意思非要诈上钱不可：“你选吧，选好了再说。”

大水坑是花马池南部最大的村落，却只有二百来米长的街六七家山西、甘肃人开的商铺和十几个地摊，一个个灰头土脸的，挣不上几个钱。侯七带两个保安队员商户、字号挨个儿疏了一遍，不是夫妻俩经营的馒头铺，就是一家三口指望吃饭的杂货店。三人走进一家磨坊，一个六十来岁的老头和他的哑巴儿子，被面粉糊得看不清人样。侯七摇着头转身进了旁边的带匠（理发）铺，从山西过来的带匠是个孤老头，临街租了一家房子，既是住家又当店铺，见侯七进来忙弓着身子站在一边。侯七知道这类店铺没什么油水，他们连自己都吃不饱，哪来的剩余。

在店铺转了一圈，侯七在往回走的路上遇到一个身穿棉袍、头戴礼帽的人背着手四平八稳地过来。侯七一看来人的穿戴和架势，以为碰到哪位达官显贵，连忙趔在一旁，毕恭毕敬地低下头。没想到这人走到一个保安队员面前，抹掉帽子，低头恭敬地问：“张家少爷，你这是忙啥？”侯七一听满肚子火气，他妈的遇见老子连理都不理，碰见个下三滥当兵的却恭恭敬敬。侯七虽然有气，因摸不清这人的来路，把气咽进肚子，装作没有听见。

回到驻地，侯七把张家少爷叫到面前，没开口就向张家少爷的肚子踹了一脚，张家少爷龇着牙捂着肚子，莫名其妙地瞅着侯七，侯七火冒三丈地骂张家少爷："你小子是哪家的张家少爷，跑到老子面前装蒜。"张家少爷弓着腰不敢言传。

原来穿棉袍的人是朱占宝的舅舅马占彪，和张家少爷都是野人洼的。张家少爷原本是野人洼的大户，羊儿上千其他牲畜数百，家中雇佣长工短工几十个，马占彪的父亲就是张家的长工。

张家的家产落到了张少爷的父亲手里后，从小染上了烟瘾的他，整天抱着烟枪无心操持家业，有钱就抽大烟，没钱就卖地。马占彪的父亲也是个要强的人，省吃俭用攒下点钱见张家卖地就买了几十垧，又置上羊和其他牲畜，渐渐地日子过得红火了起来，到马占彪的手里依然是勤俭持家。张家少爷的父亲抽大烟抽死后，张家少爷和他爹一个德行，不务正业只会花钱，把剩下的地廉价出售，马占彪不愿让土地落到他人手里，想方设法地买下来，张家少爷把地卖光了，钱花光了，马占彪成了野人洼的地主。

马占彪骨子里是个重男轻女的人，偏偏他老婆生了两个姑娘就不生了，就把一个上门讨饭的姑娘纳成妾，没想到小妾进门四五年光撅屁股不下蛋。这时他不知听了谁的谗言，说他苦死苦活给外人挣下了一份家业，不如这辈子好吃好穿呢。马占彪于是脱掉老羊皮袄换上了棉袍子，抹掉了狗皮帽子换上了礼帽，就差拄文明棍了。

朱占宝的妈听了直骂弟弟是个倒财子，可骂归骂，马占彪还是骑骡子、穿袍子，自己要阔。穷困潦倒的张家少爷最终自己把自己卖到了保安队当了一个大头兵。

侯七一听决定讹马占彪家的财。可马占彪家里全是女人，怎么去敲诈呢？侯七在地上转着圈子想办法，就在这时王八进来了。他见侯七在地上转圈子，叫着说："老驴拉磨转什么转，告诉你个好消息，我刚出去抓了一个坐探，把咱这的情况全部告诉了老陕，幸亏被我抓住了。走，喝两盅去。”

王八的话一下子提醒了侯七，侯七根本没心思和王八喝酒，带着几个人去野人洼。

马占彪不认识侯七，没想到刚进家门，侯七就来了。侯七推开门二话没说，让人拉起马占彪就走。马占彪挣扎着不走，侯七绕到马占彪的背后，对准脊背就是一枪托，跌跌撞撞地拉着马占彪去了大水坑。

马占彪被带走，家里几个女人慌得六神无主，想给朱占宝送信。大雪封山过不去，哭哭啼啼地无计可施。

张家少爷得知马占彪被抓大吃一惊，心里明白侯七想干什么，自己却没有办法。

侯七抓住马占彪向外撒出风声说是老陕的坐探，住在野人洼专门给陕北收集情报，还说等审讯清楚后送到宁夏杀头。这话一出，马占彪的两个老婆、女儿急得就像热锅上的蚂蚁。大老婆崴着小脚找到侯七，侯七一张嘴就要两百块大洋的通融费，马占彪老婆一听傻眼了，这几年有了钱都买了地，家里砸锅卖铁也凑不够两百块大洋，蹲在保安中队的院子里哭哭啼啼。

张家少爷跑去给侯七说情，侯七乜了他一眼理都不理。张家少爷又找王八，王八背地里觉得侯七要得太多，心太狠了，当着张家少爷的面却不松口。

马占彪被扣了三天，马占彪的老婆在保安队蹲了两天。侯七一看这么多钱真诈不出来，对马占彪的老婆说：“你快回去，让马占彪的小老婆过来，她来我就放人。”

马占彪的老婆一听有了希望，回到家连逼带骂地让小老婆过来。小老婆猜到侯七对她要打歪主意，说什么也不去。大老婆断了小老婆的粮，不让她进家睡觉，最终把小老婆逼到了大水坑。

侯七一见马占彪的小老婆色相毕露，对马占彪小老婆说：“马占彪这条老驴，啃这么嫩的草。”把马占彪小老婆扣下，逼马家凑足五十块大洋才把两人保了出去。

二十六

阳春三月，春风唤醒了沉睡的大地，覆盖了几个月的积雪终于融进了黄土地。太阳下被雪水浸泡的黄土地稀软得下不了脚，直到深夜地冻后，在家里待不住的年轻人才摸黑聚上一会儿。

麻三心野，雪还没消时，就踩着雪窝子去过郭文耐家，奉承郭文耐说："郭叔的赌技在周围算是最好的，要是能把武二闹败，恐怕没人抵上你了。"郭文耐一听，心里来劲："武二算个啥，我要赌时还没他呢。"从此心里就惦记上了武二，让麻三帮他约武二。麻三摸黑到栓子家把武二捣出来，把郭文耐的话传给他，武二都推辞不去。

郭文耐听了，当着麻三的面骂武二"给脸不要脸"，等哪次见了非要砸烂他的狗头。只因开春地软，郭文耐在白天来不来得了五座塬，武二的狗头也没有被砸烂。

初春的西北风迅猛强劲，寒湿的冷空气在风的裹挟下无孔不入，黄土地也被风吹得板结在一起。高先生在外面转了一个冬天回来了，他心里想着办学，在王老倔家住了几天，又搬到武二的窑里。

高先生回来好像变了个人似的，嘴上有了更多的新名词，说话中不时地冒出"红军""共产党"等新名词，对老薛的态度也转变了许多。

吃过早饭，人们三三两两地聚在栓子家的院子里，栓子家的窑多，有一堵面向东南的墙，宽展向阳，春季农闲时人们喜欢在这里晒太阳聊天，女人们纳着鞋底，男人们你扛我一下，我逗你一下，几个年龄大的眯着眼睛抽烟。五癞子爹蹲在地上，五癞子妈站在一旁给五癞子爹捉头上的虱子。

有人开玩笑问高先生怎么常年都不回家，是不是犯了什么案子。有人猜测高先生没有老婆，是个蹓鬼。麻三来赶上话茬随口说：“高先生说他把一个丫头的肚子搞大了，吓得跑了出来。”大家知道麻三是在胡扯，还是嘻嘻哈哈地笑了起来，高先生也跟着笑了笑。

开春后，栓子把寄养在别人家的牲畜赶了回来，武二早晨起来就给牲畜垫圈，栓子在一旁帮忙上土。武二背着一背篓土走进羊圈，麻三跟了进来，他去搂武二的脖子。武二知道麻三想干啥，头一低，想把麻三的胳膊甩掉。麻三说：“你甩㞞啥，我找你都是好事。”

“我知道，可我要不起，我没钱。”武二恳切地说。

“我给他说了，他就是要见识见识你的赌技，不在乎你的钱。”

“我输了，赔不起。”

“我让他要小点，从一角要起。”

“人家那种要家子，哪有要一角钱的，别蒙我了。”武二知道麻三是说话不做主的人。

“这次我让他从小钱开始要，你也不能只带一块钱吧。”

最终，武二被麻三缠得只好答应了。

时节已过了惊蛰，五座塬的雪还没有化尽，白天地里依旧是黏兮兮的，无法下地。

女人们窝在家里纳着永远都纳不完的鞋底，男人们一天到晚聚在一起聊天、闲玩。高先生想组织青年们学习文化，因山路难行，老村子的人走不过来就放下了。

武二放羊回来，高先生领着武二去了老村子。王老倔避开武二告诉高先生，他感觉朱占宝好像跟什么人有联系，提醒高先生注意点。

天色已晚，武二因明天还要放羊，撇下高先生一个人回来了。他走到五座塬时，星星已经爬满了天空，一进村武二看见有个人影一闪，钻进朱占宝家的院子里，好奇地跟了过去，见人影一闪身摸进了朱占宝的窑。武二很久没见朱占宝，估计四梅背过朱占宝在家养野汉子，支棱着耳朵靠近门缝偷听。

他听出屋里是朱占宝的声音失望地准备离开，一转身把朱占宝立在窑门外的锹碰倒了，没等武二离开，里面闪出一人把武二拧进窑踏倒在地上，朱占宝一看踏倒的是武二，向武二的屁股狠狠地踢了一脚:“你怎么跑到这里了？”

武二被踏在地上，吓得连气都不敢出。

朱占宝又在武二的屁股上踢了一脚向来人说:“这家伙被抓进过土匪窝。”

来人也不知道怎么办，拿灯照了照武二，觉得武二不像土匪，对朱占宝说:“把他先捆起来，等事情办完放了。”

朱占宝用驴缰绳把武二死死地捆起来，将他拉出院子，怕他半夜冻死，又拉了进来，推到窑掌说:“你给我老实待着，等我回来再说。”出门后又反身进来让武二躺下，找了根绳子把武二的脚也绑上，对坐在炕上的四梅说:“等天亮再放掉。”

朱占宝走了，窑里剩下四梅和武二。开始武二吓得连气都不敢出，他觉得朱占宝和来人不会回来了，才大着胆子向前滚了滚，见四梅不吭声，又向门口滚来。

朱占宝走了，四梅也吓得要命。最近一段时间，晚上经常有人找朱占宝送这送那，四梅提醒了朱占宝几次，不让他和那些乱七八糟的人来往，朱占宝说是些生意上的朋友，让她对谁也不要说。

四梅听出武二向门口爬来，吓得不敢言传。

“四梅，你把绳子给我松开，我的手都麻了。”

“……”

“四梅，我什么都不知道。你就放了我吧。”

“你不要动，等天亮再说。”四梅不知道朱占宝为什么要等到天亮再放武二，可一个门上长大的武二被捆在地上，四梅的心里确实过意不去。她很纠结，不知道该不该放武二。

“四梅，我给你五角钱，你把我放了。”武二想用金钱换取自由。

四梅在炕上没有动，她不放武二不是为了钱，虽然听到武二给钱有些动心。四梅还是要听朱占宝的话，她把身子缩进被子。

武二一点一点地往前挪，他见四梅缩进被窝，以为四梅嫌钱少了，又央求着说：“我给你一块钱，你把我放了。”

一块钱能买很多东西，四梅绣鞋垫正没钱买花线，她还是没有吭声。

武二在土匪窝里赢来的钱一直没机会花，没想到竟然花在这里。武二狠了狠心说：“两块，怎么样？”

她听到两块钱把身子一趄，才想到自己浑身光溜溜的，害羞地缩进被窝。刚才来人时四梅已经脱光睡下，她穿了件棉袄围着被坐在炕上，朱占宝走了后，就直接躺进了被窝。

武二见四梅躺在炕上没有动静，着急地说：“好奶奶呢，我就这么点钱了，你把我放了。”

四梅听出武二很有钱。武二放羊和四梅一年见不了几面。她听说武二在土匪窝赢钱了，不知有多少，心想武二的钱都不是好来的，说不定还偷表哥的钱呢，但依然说：“躺着等占宝回来放你。”

“好奶奶呢，那得等到猴年马月，等着来给我收尸了。”武二真害怕等到朱占宝回来，不停地央求四梅，“好奶奶，你说怎么办？想要什么就直说。”

四梅突然想诈武二，狮子大张口地向武二说：“你给我五块，我放了你。”那个时候，五块钱能买一头牛，武二自己也没有五块钱。

绑得时间长了，武二的手脚开始麻木，他觉得四梅心太黑，一咬牙答应把自己所有的钱都给了四梅：“给你三块，我就这么多了，好奶奶呢。”

武二应了三块钱，四梅一下来了精神，裹着被子坐了起来，用屁股一点一点地往放衣服的炕角挪。她伸手抓衣服时，被子的一角掉了下来，白光光的半个身子露了出来，四梅忙拉起被子，一看地上武二的眼睛正盯着她，脸一红，骂开了："武二，还不滚开。"

武二赶紧把眼睛闭上："我什么都没看见，窑这么黑。"武二确实什么都没看见，只看到一团白光，分不清哪儿是哪儿。

四梅在被窝里穿上衣服，跳下地就向窑外走了，一边出门，一边说："你刚看了姑奶奶，就把你捆死在窑里。"

四梅其实是尿急了，武二一看四梅出去了，放声喊了句："你别走，放了我，好奶奶呀。"四梅一听见武二的声音很大，害怕隔壁窑里的父母听见，返回来把窑门拉上："把嘴闭上，我又不是杀猪的。"又在武二的屁股上踢了一脚，"我看你钱在哪里？"

"我怀里只有一块钱。"武二躺在地上仰着头对四梅说。

"你说给三块的。"说着，四梅蹲在武二的身边把手伸进武二的怀里。

武二的怀里有一个小布包，里面装有一块钱法币，还有几枚硬币。四梅把小布包里的钱数了数，是一元三角，把钱拿走，把小布包扔到武二身上说："短的钱呢？"

"你放起来，我回到窑里给你拿。"武二迫不及待地答应。

四梅解开绳子，武二翻起来就往窑外跑，一迈步趔趄了一下，一头撞在了门框上，也顾不上疼，摸着头跑了。

武二刚走，朱占宝回来了，他走出有几里路，猛然想到，窑里只有四梅一个人，万一武二挣脱起来，四梅怎么办。他把通往大水坑的路指给来人又折了回来。

朱占宝进到窑里前，四梅已经把钱藏好了。朱占宝进窑一看武二不在，忙问："武二呢？"

"让我给放了。"四梅轻松地说。

"人呢？"

"刚走。"

"你怎么给放了？"

“你把一个男人留在家里，让我怎么办？”四梅说着，委屈地要哭，可刚从武二身上诈的一块多钱装在兜里，那高兴劲把眼泪压了回去，想哭却哭不出来。

“那好，那好，没事吧。”朱占宝也觉得对不起老婆。一看四梅无事，朱占宝想到被他撂到路上的人，跟四梅敷衍了几句，急急忙忙地向大水坑追去。

二十七

武二趴在炕上感到心里憋屈，平日见面嘻嘻哈哈的朱占宝竟然用绳子把他捆起来，为了逃命又让四梅诈去三块钱。武二越想越气，想着想着趴在炕上呜呜地哭了起来。

早上武二仍然起得很早，他在天刚刚亮时就把羊赶出去了，等到太阳升起来时就已回来。栓子把饭已经做好，武二舀了一碗米饭泡上米汤坐在炕上。昨天晚上没有睡好，武二还有些迷糊，走出院子他见栓子蹲在大门外落泪，感到奇怪，走近栓子。栓子见是武二，把眼泪擦了擦说："没有菜，只能甜吃了。"

武二说："那有啥，肚子不受穷就行了。"

"我妈在的时候，没咸菜咱们还能吃点羊奶子干饭，现在什么都没有了。"说到栓子妈，武二的眼睛发涩，他没有说话，也不知道该怎么说，抬起头看着对面的山梁，眼里闪出了泪花。

栓子想起母亲，眼泪又流了下来，抖动着肩膀抽泣起来。过了一会儿侧身问武二："你能把枪借给我吗？"

武二的枪没有给栓子，他把枪藏在窑里，老薛把长枪送给了王老倔。朱占宝想要那支长枪，老薛说："有本事找张扁头要去。"一句话把朱占宝说了个大红脸。

栓子提出借枪，武二爽快地答应："用的时候你拿去。"

听了武二的话，栓子起来搂着武二的肩膀进了窑院。

武二进窑院时，瞥见四梅拿着鞋底过来了。看见四梅，武二想到他还欠四梅一块多钱，跐溜遛进栓子的窑里。

武二的窑里还埋着两块银圆，那是他在土匪窝里赢来的不愿送给四梅。昨晚被四梅讹走了钱，武二想起来心里就不舒服。

四梅不是向武二要钱的，她怕武二嘴不牢，把昨天晚上看见她光着身子穿衣服的事说出去，一边纳鞋底，一边观察别人的脸色。

晒太阳的人中另一个惦记武二的是麻三，武二已经答应麻三和郭文耐赌博，他喊了武二几次，武二都推说等等。他见武二没出来，直接进去找，在栓子窑里看见武二，朝武二的耳朵一拧，说："你这个屄货。"

武二知道麻三骂他是什么意思，把麻三的手掰开，说："我没有钱。"

"五块有吗？"麻三质问武二。

武二把头一摇："没有。"

"三块有吗？"

武二还是把头一摇："没有"。

"那两块钱总该有了，咱们赌一把，赢了，不就有了？"麻三有些急。

栓子在窑掌摆弄土枪，听到麻三逼问武二有多少钱，说到"赌一把"时，栓子出声了："麻三你想干什么？"

麻三一听栓子在家，忙把武二放开。

麻二和武二的话被门口的四梅听得清清楚楚，她不明白麻三让武二干什么，但听出武二连两块钱都拿不出来。她后悔昨晚把武二的钱全部搜走。听到这里，四梅出去又和晒太阳的人站在一起，眼睛却不时地瞟着栓子的窑。

麻三见栓子在家什么话也没说，胳膊一甩出去了，也站在晒太阳的人群里。

麻三走后，栓子问武二什么事，武二张了张嘴什么都没说也出去了。他见四梅在院外心想住在一起躲是躲不掉的，上去靠边站下。

栓子见武二出去放下枪，也跟了出去，站在栓子的旁边。

五癞子站在人前嗑麻子，麻子壳像蜂窝一样厚厚地堆积在嘴唇上，嗑着嗑着，“噗”地一下吐掉嘴里的麻子壳，嘴唇上的蜂窝随着嘴唇的颤动倒塌了。人群中不知有人说了句什么话，大家肆无忌惮地大笑。栓子没有听见，袖着手，面无表情。就在大家笑得开怀的时候，四梅拿着鞋底向武二跟前挪来，她先挪过两个人，站在人群中，过了一会儿列出靠墙的人外，一边纳鞋底，一边向后退了两步，让过两个人又站进人群。四梅出来进去做得非常自然，武二却看出了她的目的，见四梅向身边挪，像老鼠见了猫一样，转身躲在栓子的背后，拉着栓子挡在前面。栓子没想到武二会拉他，向前一挪身子失去了平衡，脚跟趔趄了几下才站稳。

四梅再没有动，武二却在算计。欠四梅的一块多钱是赖不掉的，与其白白给四梅，还不如和郭文耐赌一把，运气好的话，说不上能赚几块。想好后，武二把麻三拉出人群，两个人嘀嘀咕咕了一会儿。

麻三来到郭家塬，郭文耐正趄在炕上，听说武二答应和他要，郭文耐像好斗的公鸡一样兴奋：“明天看看他小子有多大的本事。”

麻三原打算把武二领来，没想到郭文耐要去五座塬，忙回去给武二报信。武二是不想把两块钱白白给四梅才答应和郭文耐赌的，听麻三要把郭文耐约来，心想这事要给栓子说一下。栓子不支持武二赌博，但听说已经约好也就不再反对，毕竟上次袭击张扁头还要感激麻三。

第二天上午，郭文耐如约来到五座塬，麻三和五座塬人也早早地过来等着。郭文耐一看来的人多，就摆起了谱，首先是“出恭”，把污浊排出去，回来要打水洗手，五座塬人屎尿后从不洗手，看郭文耐洗手也像看稀罕。郭文耐洗得很慢，手掌、手背、手腕全搓了一遍，又从身上掏出一套挖耳朵的银器，掏挖耳眼后用银签子把指甲缝的污垢也挑净。然后展开一张财神爷的画像，点了三根香敬到财神面前。全部做好后，跳上炕选择面东的位置坐下。武二见郭文耐坐好，也上炕坐在郭文耐的对面。

有人拿来了碗和碟子放在炕上，郭文耐从兜里掏出一副牛骨骰子，把骰子往碗里一撒，骰子“当啷”地顺着碗边转了起来，骰子旋转了几圈，力道越来越小，就在转不动的时候郭文耐把碟子往碗上一盖，双手抱着碗哗啦哗啦地摇了两下，把扣在碟子上的碗放在武二的面前。这套动作干脆利索，看得人眼花缭乱。武二没见过这种耍法，等郭文耐把碗放到他面前时，他不知道该不该揭，就在他犹豫的时候，麻三把碗揭开了。这是开场前的抢头匠，两个人每人摇一把，最后谁的点子大，谁当宝官。郭文耐摇出了一对四，麻三看过点子把碗推给武二说：“你也摇两下。”武二拿起碗子胡乱摇了两下，和郭文耐一起来的一个小伙子把碗子揭开，是对一。

郭文耐一看武二摇的是对一，把眼睛皮抬了抬，看了一眼武二。武二这会儿还在发蒙，不清楚郭文耐要跟他怎么耍。

郭文耐的对四大于对一，宝官是郭文耐。郭文耐从身上掏出一个元宝和五块银圆放在桌角亮梢，告诉众人知道是带着钱耍的，不是耍输了拨飞碗子跑掉的人。麻三让武二也亮梢，武二从兜底挖出仅有的两块钱放一边。大家对武二拿出两块钱并不奇怪，但对郭文耐拿来一个元宝有些吃惊。

武二是个穷尿，几辈子都没见过元宝。五座塬人也没有见过摆着元宝要赌的。

单双原本是集体赌博项目，郭文耐和武二两个单打独斗，好像演武场上的争霸赛，武二的亮梢在士气上已经输给了郭文耐。

郭文耐盘腿坐，端双手，将碗碟举过头顶，又放在胸前哗哗哗连摇了两把，放在炕上。自信地坐在那里，他环视了一下四周，露出了几分傲气。麻三伸手把碗子揭开，大家凑上去一看是单数；郭文耐又摇了两下放下，麻三再次揭开，是双数。郭文耐第三次摇过之后，揭开又是单数。有人在背后议论说：“看来今天是跳宝。”郭文耐摇的这三次称之为亮宝。”

亮宝之后，郭文耐搓了一下，收捧起骰碗摇了两下，向两人中间轻轻一放，看都不看武二就说：“单卖一碗子。”这是赌博的行话，意思是自己确信碗里是单数。郭文耐的话一出口，有人说：“要是跳宝，这一把应当信双。”郭文耐向场子里的人扫了一眼，说话的人舌头一伸，不敢言语了。郭文耐喊罢拿出两块银圆向前一撇。

武二看着碗子心里算计，刚才最后一把碗里是二五点，从摇法看没有跳点，郭文耐应当“押死碗子”了，碗里的点数都没变。算过之后，武二向郭文耐瞭了一眼说：“跟上，信单。”说着，把自己的两块银圆向前推了一把，推到一半停顿了一下，又向前推了推，放在郭文耐银圆旁。麻三看着郭文耐的脸色揭开碗子，碗里果然是一个二，一个五。

郭文耐不动声色地拿起碗子，摇过放下后说：“我还卖单。”

武二说：“我还跟上。”揭开后又是单点子。

有人站在一边见连续两把没个输赢，不耐烦地说起话来，麻三大声斥责：“小声点。”说话的人顿时住了声音。

连续两把武二跟着没押，郭文耐也摸不清武二的路数，但他压根不相信武二有什么本事，土匪窝里能练个什么。耍了三十多年、经历过大风大浪的郭文耐根本没有把武二看在眼里，他又摇了两把，把碗子一放说：“我卖双。”

武二又在算计，郭文耐每一次摇的时候，武二都仔细地听骰子的滚动声，当郭文耐喊出“我卖双”，武二也猜到碗子里是双数，他有些犹豫，继续跟有人会嗤笑他，不跟就输了。想了想，还是跟了。果然，他刚说罢“跟上”，五癞子在后面喊叫：“武二他小子，是个跟屁虫，别人喊什么，你跟什么。”

武二看了一眼五癞子，什么话都没说。麻三揭开碗子，果然是个双点子，后面的人都“哦”了一声。

郭文耐的三把摇完后，两人没有输赢。武二拿起碗子在胸前随便摇了两下放到炕上，用手指了指炕上的两元钱，对着郭文耐说：“我信双。”

郭文耐也在仔细听，也在认真算计碗子里的点数，他猜定碗子里是单数，就肯定地说：“我买单。”说着，他把两银圆又向前推了一把和武二的钱放在了一起。和郭文耐一起来的一个青年用一个手指按住碗说：“喊好了吗？”武二低声答应：“喊好了。”郭文耐点了点头，在场的人一看这把两个人喊得不一样，都来了劲头，一个个伸长脖子，两眼盯住碗子。那青年慢慢地揭开碗子，碗子里一个三,一个五，是个双数。

麻三把炕上的四元钱向武二面前一刨，高兴地咧了咧嘴，仿佛赢钱的是他自己。郭文耐不在乎钱，第一把就赌输了，心里有些不舒服，看了一下武二，什么话都没说。

一把定不了输赢，武二知道这个理。面前的钱不一定是他的。第二把摇完，武二也不确定自己应当喊什么，把眼睛闭上，想了一下，喊道：“信单，两元。”他的话音刚落，郭文耐叫道：“我买。”

麻三把手放在碗子上没有揭，郭文耐说：“揭开。”

揭开碗子，郭文耐赢了，两个人各赢一把，打成平手。麻三替武二捏着一把汗，他是这次赌博的始作俑者，武二赢了证明他没说大话，要是武二输了，郭文耐会骂他：“什么眼光，支不住三拳两棒。”今后他在郭文耐眼里的地位就没了。

武二把两只拳头攥在了一起。来五座塬时是个穷光蛋，这两元钱还是从土匪窝里赢来的，输了又和来时一样。想到这里心里坦然多了，拿起碗子摇了两下放在炕上，就在放碗子的那一刻，武二的手一滑，碗子轻轻地斜了一下。郭文耐也看到武二手滑了，但没有在意。

武二也像郭文耐那样喊道：“单卖 碗子，两元。”

郭文耐赢了一把，觉得自己即使输了也不丢人，武二话音一落就说：“揭。”碗子里的点子是个单数，郭文耐又输了一把。

赌博仍在继续，炕上放的钱一会儿推到武二面前，一会儿推到郭文耐的面前，看着钱在两人间过来过去地游动，看热闹的人也兴奋起来。当郭文耐拿来的五块银圆全摞到武二面前时，大家的眼光一下聚到郭文耐的元宝上。

一个元宝谁也找不开，眼看着就要散场。郭文耐突然拿起元宝往炕上一拌，说：“再赌一把，输了你拿去，赢了就你那七块钱。”郭文耐的话一出，场子里的人炸开了。有人直接说：“这不公平，太便宜武二了。”

郭文耐并不理会别人的闲话，此刻他有些喜欢武二了，但他不相信武二一定能赢他。郭文耐慎重地把碗子抱在怀里摇了两下放在炕上，摸出烟袋，摭了锅烟点上，深深地咂了一口说："我信单，有本事把这个驴卵子（指元宝）拿去。"

武二两眼看看郭文耐，又看看炕上的元宝，没有揭。麻三往前一挤说："喊呀。"恨不得自己要揭开。武二又看看郭文耐，他没有喊，伸手揭开了碗子。

武二赢了，所有的人几乎都"啊"了一声。

这一把郭文耐要了手艺，但他在放碗子时因心气不稳手抖了一下，变了一个点数。

郭文耐亮梢的钱全部到了武二的手里。见元宝到了武二的手中，郭文耐有些恼火，他觉得自己有些丢脸，要了大半辈子赌博，在阴沟里翻了船。

麻三见郭文耐输局已定，幸灾乐祸地说起风凉话："今天老马卧槽了。"郭文耐摭了一眼麻三。

这时候五癞子爹挤了进来，这个年轻时跑过江湖场的人，进来一看银圆、元宝都堆在武二面前，郭文耐面前什么都没有，就已知道了结果，见郭文耐手里的烟火半明不灭的，就劝郭文耐："老郭，唉，输了就输了，走吧，总不能把手指头铡给人家。"

郭文耐输了钱心里正窝火，听到五癞子爹的话，咆哮地吼道："你管我呢，我想押就押，吃得不多，闲心还操得不少。"

五癞子爹一见郭文耐火了，讪讪地打着圆场，说："唉，唉，我说个好话，你看你，真是狗咬吕洞宾不识好人心。"说着，就往外走，边走边说，"有本事把丫头押上我看看。没个本事，在这里瞎哼哼。"

"我就押了，来，再要一把，就押女儿。输了，你就领了去，要是我赢了，怎么办？"郭文耐听了五癞子爹的话有些气急败坏。

武二没有接茬，麻三也没有接茬，走到门口的五癞子爹听见这声吼叫，也停下了脚步，整个窑里静寂无声。

“武二，你押什么，你要不赌就是孬种。”郭文耐还在咆哮。

武二一听，不知道郭文耐说的是真的，还是假的，喃喃地说：“我什么都没有。”

“傻屄，白送的婆姨还不要，你不是还有一身子力气，怕啥呢，答应他，他想赌啥就赌啥。”五癞子爹不相信郭文耐会把丫头真赌上，点了一把火。

武二什么话都没有说，郭文耐好像急于要赌丫头，就说：“我就赌你一身子力气，输了丫头是你的，你输了给我扛三年工，叫你干啥就干啥。”

武二还是不相信郭文耐会把女儿押上，没有说话。

“怎么样？赌不赌？”

“赌，我替他做主了。”麻三一看郭文耐说的是真话，插了一句，武二听了麻三的话也点了点头。

麻三把碗子重新摆好，他不知道把碗子交给谁，就放到了桌子中间。

郭文耐从碗子里拿出一个骰子，向碗里一撒，骰子滴溜溜地转了几圈，停下来是个一点，武二也学着郭文耐把一个骰子扔进碗里，转了几圈后，停下来是个二点。郭文耐一看像泄了气的皮球一样蔫。武二拿起碗子，把手中另一个骰子掷进碗里，两个骰子在碗里跳了起来，没等骰子停下把碟子往碗上一盖，拿起碗“哗啦哗啦”摇了两把，然后放到炕上：“单卖一碗”。这一把武二耍得很公正。

郭文耐看出武二这一把没有捣鬼，让他猜时却为难了，这一把不是金银，不是田产，而是女儿的一生，是翠翠的幸福。他见武二没事人一样坐在那里，脸上连点表情都没有。郭文耐对武二的确不太了解，只知道武二胆子大，闯过土匪窝，耍赌时，武二的话不多，不像个油嘴滑舌的家伙。只是武二和翠翠比，翠翠是天鹅，武二就是个癞蛤蟆。

郭文耐越想脑子越乱，分析不出碗子里是单是双。最后心一狠，心想无论单双就看翠翠她娃的命了。

郭文耐揭开碗子，把翠翠输给了武二。

二十八

脸蛋子、屁股蛋子和奶蛋子是五座塬人评判女子漂亮不漂亮的一把尺子。脸蛋子圆、眼睛大、眼睫毛长的相貌好。屁股蛋子大、长得圆的女人坐得稳，有福相，能生娃。胸脯子挺得高，生下的娃有奶吃，孩子长得憨实。至于腰身、条子端不端，都是其次。细胳膊、细腿、细腰身的女人，下不得地、干不了活、当不了饭吃，是中看不中用的。

翠翠的屁股大，走路左右晃动、上下直颠，那张云盘脸上镶着一对大花眼睛，配上长长的眼睫毛，眼睛一忽闪特勾人。翠翠的胸大，14 岁那年两个奶子就忽闪起来，她妈觉得太招人，找来几尺白布做成带子，让翠翠把奶子裹住，翠翠用白布带子在胸部绕了几圈。冬天裹着暖和，穿的衣服又厚，也没什么。到了夏天，原本一对大奶头，被白布带子一裹更大了，在单薄的布衫下面既难看又燥热。翠翠在家把布带子解开，又怕奶子跳动让人看见，做了一个很大的肚兜，连胸带肚子一起裹住。她妈也想罩住翠翠的奶子，给她做了一件宽大的布衫。

翠翠的胸被罩住了，可当她做饭、洗锅的时候，系上围裙，圆屁股就凸撅了出来，惹得一帮青年小子常在翠翠做饭洗锅时到她家串门。

郭文耐从五座塬回来，窝在家里不说话，和他一起去五座塬的人早就把风散了出去，翠翠妈听到风声急吼吼地问郭文耐："听说你把翠翠输了？"

郭文耐躺在炕上蒙着头不言传，翠翠妈摇了几次，见郭文耐不吭声，一把拉掉蒙在他头上的被。郭文耐猛地坐了起来吼道："你管老子呢？"吼叫中，郭文耐的眼泪扑哧扑哧地往下掉。

郭文耐真后悔了，躺在炕上，后悔得直抠腔子。女儿是他的心头肉，从小像珍珠般地捧在手里，由着女儿任性泼辣。他知道女儿和虎子的关系，看得出女儿的心思。只是虎子家有弟兄四人，他爹又是个大烟鬼，家里一贫如洗，弟兄几个立夏还脱不掉身上的羊皮滚子。他不愿让女儿和虎子来往，可女儿偏偏喜欢这个个头高挑、身体强壮、虎头虎脑的虎子。郭文耐曾想在外面寻个人家早早把女儿嫁出去，免得她哪天做下伤风败俗的事来。可他无论如何也没有想过，最终用赌博的方式给女儿找一个没有婆婆的婆家。

郭文耐把虎子和武二细细地做了比较，武二胆大、聪明，虎子老实、厚道；武二读过几天书，虎子斗大的字不识一个；武二没父母兄弟，有啥事没有帮手，虎子有爹有妈，弟兄四人；武二寄人篱下，没有产业，虎子家产虽薄，却能养家糊口。郭文耐一边比较，一边为武二的所有不是又一一开脱，武二没有父母兄弟，有什么事情都会听翠翠的，翠翠过去受不了气。没有田产也不是大事，他在王宝家多年，按照王宝的为人不会亏待他的。何况武二赌艺高强，将来和他一起出去，可以互相帮衬，扩大家业不在话下。

想到这里，郭文耐觉得自己这事虽做得唐突，却也不是太亏。翠翠嫁给武二，就是女户当家，武二没有亲人，无依无靠，自然全都得听他的，他不是把翠翠嫁出去，而是娶回一个女婿。

郭文耐在自己的遐想中渐渐平静了下来，翠翠就风风火火地闯了进来，看见郭文耐躺在炕上，上前把郭文耐身上的被拉了下来，哭着说："你是不是我爹，世上哪有你这号爹，竟然把丫头卖了，你是不是我的亲爹？"翠翠在郭文耐的肩膀上连推带打，说着说着大哭了起来。

"谁把你卖了，你这么大的人了，还想靠老子一辈子。"郭文耐刚才还心烦地拿不定主意，被女儿一闹反把主意拿定了。等到女儿发泄够了，他一骨碌翻起来坐在炕上，对翠翠吼了起来。

"你说得好听，我嫁人也要找个好人家，不能嫁给一个睡在羊圈里的赌博轱辘子。"翠翠连哭带跺脚地嚷道。

“什么赌博轱辘子，你爹不赌博，能把你养得想吃就吃，想喝就喝？”郭文耐听翠翠嫌弃赌博有些生气。

“不是赌博轱辘子，不要赌，能把我输了？”翠翠还是连哭带嚷。

“行了，你不想嫁就不要嫁，长老到家里。”郭文耐生气地跳下了炕，趿拉着鞋一甩门出去了，心里烦，不想和女儿纠缠。

“你把我卖了，不要后悔！”郭文耐背着手佝偻着腰还没走出院子，翠翠在身后重重地吼了一句。郭文耐听见，停住脚步在院子里稍停顿了一下，背着手出去了。

虎子听说翠翠被郭文耐输了，一个趟子跑到郭文耐家，一进窑院碰见郭文耐。正在气头上的郭文耐把气撒在虎子的身上：“你个驴日的，咋才来，你要是喜欢，你那个妈早寻个媒人登上门，能有今天的事？一家人屎本事没有，就知道受瞎苦，穷得精屎打得炕响呢，现在才来。”

虎子连门都没进就挨了一顿，听了郭文耐的话呆呆地站在那儿。郭文耐把翠翠输给武二，武二还值三年的苦力，自己有什么，几亩薄田，一年下来只能凑凑合合地吃饱肚子。想到这里，他没有进翠翠家，转身跑到村外跪着，放声地哭号起来。

翠翠在家哭闹了一顿，躺在窑里，整整两天不吃不喝。她妈进去相劝，翠翠蒙着头不说、不动、不起床。她妈问郭文耐咋办，郭文耐不说话，问得多了，郭文耐发毛地吼道：“不想吃就饿着。”

翠翠在家里不吃不喝、又哭又闹的时候，武二却高兴得合不拢嘴。五座塬的年轻人对武二十分钦佩，但老人们却用鼻子嗤笑：“娶不起婆姨就别娶了，要赌赢老婆，算啥本事？”五座塬的人不赌博，不是通过劳动得来的都是不正当的。四梅爹得知武二要赌赢了郭文耐的女儿，骂郭文耐不务正业连女儿都往外输，又骂麻三：“不干不净的人你给我少往村子里领。”最后说武二：“要是掌柜在，早用棍子把你个二流子撵走了，简直是败坏庄风。”

一个冬天没怎么盖的铺盖湿气很大，高先生见被子湿漉漉的，就抱出去搭在羊圈墙上。正在搭被子时，王老倔过来说："听说武二要赌把郭文耐的女儿赢下了。"高先生听了怔了一下，什么话都没说，这种事山里很多。

王老倔蹲在墙角"吧嗒吧嗒"地抽着烟，他见高先生不说话，自言自语地说："你还说武二是个好娃娃，我看也是烂泥扶不上墙。"

高先生没有接王老倔的话，问道："朱占宝回来吗？"该种地了，咋还不见影子。

王老倔见高先生瞅他，就摇了摇头。

开春后人们忙碌起来，王老倔领着老村子的人也忙着送粪，去年开的生地晒了一年，捡了一年的草还没有收拾干净，今年还打算开些生地。老庄子人多，不开生地不够吃。忙忙碌碌地干了二十天把糜谷的种子撒进地里后，开始等雨了。种地的时候，老薛、朱占宝都回来了，地一种上又不见影子了。高先生这次回来活跃了许多，经常走东家串西家地找人闲聊，外面也常有人过来找高先生。

一天，高先生领着老薛、王老倔和一个小伙子来塬上找朱占宝爹，武二认出那个小伙子是他在朱占宝家碰见的那个，这人也认出了武二。趁无人时，他悄悄抓住武二的衣领说："嘴巴紧一点，不要胡说。"武二吓得当真闭紧了嘴巴，连栓子都没敢告诉。

武二赢翠翠的事情像没发生过一样，再无人提起。地种上后，高先生又搬到武二的窑里。高先生想召集麻三、麻五几个过来认字、学文化，让武二喊了一圈，麻三、麻五、五癞子把头摇得像拨浪鼓似的。高先生和武二在一起，没事就闲聊。武二从高先生的嘴里知道了刘志丹、陕北红军、陕甘边游击队、中央红军等新名词，高先生再也不讲分田地的事了。

一天晚上，小伙子到武二窑里找高先生，高先生告诉武二这小伙子家是吴起的，大家叫他吴起娃。等王老倔、老薛和朱占宝爹来了后，吴起娃从怀里摸出了一个小布包递给高先生，高先生从里面拿出一张布告，一字一句给老薛、王老倔和朱占宝爹读："中国国民党、中国国家主义青年党、中华民族革命大同盟、中华民族解放委员会、中国大众生产党、中国托洛斯基主义者同盟、全国公款联合会、全国青帮、红帮、哥老会……”

高先生看了一眼大家接着读：“在全中国亡国灭种的紧急关头，中国共产党中央委员会特向全中国各党各派郑重宣言：不管我们相互间有着怎样不相同的主张与信仰，不管我们相互间过去有着怎样的冲突与斗争，然而我们都是中华民族的子孙，我们都是中国人，抗日救国是我们的共同要求。”

高先生读的内容武二一句也没有听懂，老薛和王老倔也听得稀里糊涂的。高先生一看大家听不懂，放下布告说：“就是说，共产党、红军要把所有的党派联合起来一起抗日，赶走日本人。”

经过高先生的解释，老薛坐了起来，摭了一锅烟点着说：“看来真要合起来了。”抽了几口烟，老薛又说，“这是哪儿发的？”

高先生看了一下布告下方的落款说：“中国共产党刚发的，你们总堂主应该知道。”

几个人说罢，每人拿起自己的烟锅闷头抽烟，很长时间都没有说话。

武二已经看出高先生、老薛、王老倔、朱占宝爹和朱占宝是一起的。

过了几天，高先生、老薛、王老倔一起劝栓子出面建学堂，在栓子和朱占宝爹的出面下，学堂在武二的窑里又建了起来。高先生不仅教学生识字和背诵古文，还开始讲中国共产党和红军的政策。五座塬的人从高先生的口中知道山那边还有一块不一样的天地。四梅爹有时候也到学堂门口听高先生的课，最初觉得高先生讲课扯得太远，说文解字用不了讲那么多无用的东西，听了几次，也觉得新鲜，有时还问问红军是干什么的？从哪来的？一天晚上，吃罢晚饭，高先生给四梅爹聊起了自己的家庭。高先生说：“我五岁那年爹妈双双去世，哥哥拉着我要饭到花马池，哥哥在一家字号里当伙计。有一年，花马池城里要建学堂，县老爷要求所有人家把孩子都送进学堂读书，掌柜家里的孩子比我哥还大，管着一链子骆驼，没法上学，掌柜的让我顶替他的儿子到学校读书。”

“我哥在乡下娶了个寡妇，我在外面混日子，在榆林中学又读了一年书。”说到这里，高先生停了下来，咂了一口烟。

窑里静悄悄的没人说话。麻三朝高先生瞅了瞅说：“你这恐怕是编的吧？”

高先生把烟嘴从嘴里拿出来说：“我编什么？”

“你说你在外面混日子，怎么行走带的人？”

高先生告诉麻三，那娃是吴起的，和武二一样命苦，从小没有爹妈，跟他一起讨生活。

高先生的话，武二半信半疑，朱占宝不在，高先生让三子组织护村队，让吴起娃训练。武二听说让吴起娃训练，他借故放羊不参加，麻三、麻五、五癞子也懒得参加，就栓子每天和老村子的几个青年一起参加训练。

武二赢了翠翠，一直惦记在心里，麻三主动给他穿针引线，领着五癞子到郭文耐家讨口信，看翠翠什么时候过门。进门就碰见郭文耐的老婆，看见麻三把门一摔就走，给麻三一个无趣。麻三的脸皮厚，他见翠翠妈走了直接进了窑。

郭文耐最近看不见老婆一点好脸色，气得心火直冒。麻三进去见郭文耐躺在炕上，上前问候：“郭叔，睡着哪？”躺在炕上的郭文耐斜眼一看是麻三，眼睛一闭装着没听见。

麻三还以为郭文耐睡着了，趴身边喊：“郭叔，郭叔。”

躺在床上的郭文耐一看装不住，“嗯”了一声，没有动身。

麻三还在喊：“郭叔。”

没想到，郭文耐猛地把被子一掀，翻起来吼叫：“喊什么！老子又没有聋！”

麻三被骂得莫名其妙，张口说不出话来，结巴了一会儿，才反应过来：“你吼什么，我做下的事？是我让你去赌了，还是我让你把丫头押上的？没那个本事别逞能。事情做下了，还想要赖，我不知道你是不是个男人？”麻三说罢，用肩膀把五癞子一扛，“五癞子，咱们走，我就不信他能把这个婚赖掉。”

郭文耐被麻三顶了几句，想反驳又找不上个合适的话，坐在炕上气得脸红面赤。就是这时，翠翠从外面冲了进来，一见麻三就骂道：“麻三，你个不是人的东西，又来坑害老娘来了，老娘哪辈子欠下你的，你伙哄你这个爷爷把老娘输给你那个贼爹，欺负到家里来了，你看老娘今天不宰了你，”骂着，翠翠在窑里搜翻找工具要打麻三。

麻三一看这架势，什么话都说不成，一边往外跑，一边骂道：“老子今天跑进驴圈了，碰见了这么两个牲口。”

二十九

郭文耐被麻三呛了几句，心里极不舒服，在家躺了一天，在第二天早晨去了打虎店，见张三不在，便一个人躺在窑里歇息。

正躺着，听见窑外乱哄哄地进来许多人，两个拿枪的用枪指着郭文耐："哎，哎，下来，下来，没长眼睛吗？也不看谁来了？"

郭文耐不知道来人是谁，一看这架势，连忙往下溜，没等他溜下来，从外面就进来一个人。

这人进窑后就停下了，郭文耐一看来人乐了，三日不见，张矬子的牌子要了个圆。他一边穿鞋，一边笑呵呵地说："我以为来的是谁。三……"郭文耐原本想说："三矬子来了。"抬头看到两个拿枪的，忙改口说："三老板来了！"

来人是张保长，因个子矮被熟人称作张矬子。张保长和郭文耐两人一起吃、喝、嫖、赌什么坏事都干过，曾在秦团庄联手骗过几十个人。这几年，郭文耐不多出去了，张保长也改了行。

看见郭文耐，张保长知道自己装不下去了，伸手拉住郭文耐说："听说你这两年发财了。"

郭文耐最怕别人提他赌博的事，忙用话岔开："听说你现在是骑着骡子，挎着盒子，洋气得很。"

"我怎么敢跟你比，听说最近又干了一件大买卖。"张保长似笑非笑地说。

郭文耐不知张保长想说什么，赔着笑，没有言传。

张保长靠近郭文耐，压低声音说："赢了一个女婿。"说罢，哈哈哈地笑了起来，郭文耐尴尬得脸上红一阵、白一阵，羞愧难当。

张保长并不想再戏弄郭文耐，摘掉礼帽递给随从，又脱掉长衫露出杭州鼎源泰出品的藏蓝色缎面二毛马甲。郭文耐往下看见他下身穿的是青布长裤，打着裹腿，脚蹬家做布鞋。张保长穿着鞋跳上了炕，随从马上从炕掌的被卷里抽出一个枕头放在炕桌旁，张保长一屁股坐在枕头上，接着又一个随从把一套水烟枪放在炕桌上。

炕桌上原本放着一盏清油灯，那随从摸出一盒火柴点亮油灯，见油灯不亮，用灯下放的一根拨火签把灯头挑了几下，火头忽闪忽闪地亮了。

张保长坐在枕头上干咳了几下，随从马上凑上去说："店里没有电壶（指暖水瓶），已经烧水了。"

有人拿出水烟枪捏了一丸烟丝按在水烟锅上，张保长接过烟枪，把烟锅头靠近油灯的火苗一吸，水烟就点着了，他闭眼睛咂了一口，水烟经烟杆在水里过滤后进入张保长的口腔，在口腔里转了一圈又从鼻孔里缓缓流了出去，流出的青烟悠悠的，缓缓的，不急不急。张保长的呼吸也随着青烟悠悠地舒缓开了。然后，他又纳了一口气含着烟锅嘴用力一吹，烟锅头里燃过的烟灰"噗"地喷了出去。张保长连续吸了三口烟，把手一伸，装烟的随从把水烟枪接了过去。

郭文耐坐在一旁，看到张保长的一举一动，心里暗暗地骂："去他的，真发迹了，看这牌子耍的。"

张保长坐在桌旁嘘了两口气，有人已经把一碗水放在桌子上，他端起碗喝了一口水，扬起头"呼噜噜"地涮了一下口，"啪"地吐到地上，抽出手帕把嘴上的水渍一点一点地搌净后，用手招呼郭文耐。郭文耐见招呼他，忙向炕桌前挪了几步，他没敢太靠近炕桌就坐下了。张保长一看，又向他招了招手，郭文耐把身子向前又挪了挪，靠近炕桌坐下。

张保长把身子往前伸了一下，靠近郭文耐说："听说张扁头前段日子在贾背洼挨了黑枪，是不是你干的？”

郭文耐一听这话，吓得一下子跳了起来，也不管窑里有人没人，忙申辩说：“怎么是我干的？我和张扁头耍过几场赌，又没什么怨气，我能打黑枪？”

见郭文耐跳了起来，张保长示意郭文耐坐下，说：“我想不可能是你，你和他无冤无仇的，怎么能干这事？怕是他把谁家相好的抢了，也不会吧，一个寡妇，谁那么看重？”张保长像对郭文耐说，又像自言自语。

郭文耐听了这话没有言语，张扁头挨黑枪的事他知道，估计是五座塬人干的。

“五座塬王宝家被抢是不是张扁头干的？”张保长明知故问。

郭文耐一听连忙摇头：“不是的，都知道是土匪干的，土匪跑得连影都没了。”

听了这话，张保长笑了，拿起水烟枪，随从又上来装烟。

看到张保长吸烟，郭文耐的烟瘾也来了，他把身子往后挪了挪，抽出自己的旱烟锅捻了一锅烟，掏出火镰敲打了起来。

张保长低着头吸了几口烟，抬头对郭文耐说：“老郭，我说算了，一步临近的，没意思。”

郭文耐听到张保长说话，停下点火，把头抬了起来，茫然地瞅着张保长。

“你也是江湖上跑的，各人有各人的活法，各人有各人的路数。老郭，张扁头若做下对不起人的事，我这里给他赔不是了，那天我提上礼专程上门道歉。乡里乡亲的，让人一步，自己宽。”张保长这番话说得慢吞吞的，郭文耐的头皮却一阵紧似一阵，仿佛张保长知道那枪就是他打的一样。

下午时分，郭文耐见张保长歇在张家小店不走，借口小便出了张三小店，去了不远处的周家店。

周大一个人坐在窑里抽烟，见郭文耐进来，趄起身子让郭文耐坐下。郭文耐见炕上放着一张小炕桌，和周大面对面地坐下了，也掏出烟锅摝了一锅烟，摸了下衣兜，觉得打火太麻烦，就把烟锅里的烟叶按了按，侧身把烟锅头伸到了周大的面前。周大身子一侧把自己正点燃的烟锅头伸了过去，烟锅头对在一起，两人同时咂各自的烟，郭文耐烟锅头里的旱烟燃着了。

两个点着的烟锅，一明一暗地忽闪着，两个人各自抽自己的烟，谁也不说话。周大把一锅烟吸完后，把烟锅头里的烟灰在炕沿上磕了几下，又把烟杆含在嘴里，用力一吹，烟锅头里的烟灰就被吹掉了，然后把烟锅插进烟袋，用烟袋口上的绳子一绕，放在桌子上了。

周大看看郭文耐说："心里有事，觉得不舒服。"

郭文耐点点头，闷着头吸烟。

"想说说，还是喝两口？"周大说着翻身跳到地上，趿拉着鞋向窑里走去。不大一会儿，端来两半碗酒放在桌子上："这是去年酿下的，老婆没在，没菜。"

"不要菜，随便喝点。"郭文耐把腿盘起来，说话有气无力。

周大脱掉鞋，上了炕，一盘腿坐在郭文耐的对面。郭文耐一看周大把酒端来，紧咂了几口烟，把盘起的腿向炕沿边伸了一下，在鞋底边磕掉烟灰，把烟锅插进烟袋，放在炕桌下面。

郭文耐端起半碗酒，在周大面前晃了一下，一口喝进去半碗，呛得咳嗽了起来。周大抿了一口，见郭文耐不住地咳嗽说："缸里有水。"

郭文耐果真跳下炕，从缸里舀了半马勺水，"咕嘟咕嘟"地灌进肚子里，又过来坐在炕上。

端起酒碗和周大碰了一下，又喝了一口。喝完酒，郭文耐想说句什么，张了张嘴，什么话都没有说，又抿了一小口酒。

周大明知郭文耐有事，郭文耐不说，自己也不问。

郭文耐又喝了两口酒说："刚碰见了张科那个龟孙子，以前也就那样，现在吆五喝六的。"

周大知道郭文耐骂得是谁，咂了口烟没有言传。

“说的好像张扁头在贾背洼挨的黑枪，是我放的一样，在我面前装孙子。”说完，郭文耐端起碗，又喝了一口酒。

“咋的了？不是你，谁还有这么大的胆？贾背洼一窝囊阪走路连土都踢不起来，剩下那两个酒鬼，打娃娃、骂老婆能行。这周围谁还能有你的胆大，我估计张扁头把你的相好占了，你出气来。”周大斜着眼瞄着郭文耐说。

郭文耐听到这话，把手里的酒碗往桌子上一撂，说：“照你说，也是我干下的？要我跟他面对面地干，不搞这个人背后的事。”

周大一看郭文耐恼了，忙说：“不是就好，不是就好。张扁头那个龟日的，不知把他哪个楞大惹下了。咱不管，喝酒。”周大说着，端起酒碗就要和郭文耐碰酒，郭文耐端起刚扔在桌子上的酒碗。

两个人默默地又喝了几口酒，郭文耐见周大不说话，反倒有些坐不住了，他跳下地，端起碗喝了一口说：“周老板，你说我这事该怎么办呢？”

“啥事？”周大端将起来的酒碗又放到桌子上。

“唉，我做下的糊涂事。”接着，郭文耐扣着头说，“你给我出个主意。”

“这事你的确做得荒唐，事已经做下了，你要想好，丫头嫁过去，不一定一辈子跟上受苦。要是不嫁呢，你一辈子让人耻笑。不过，耻笑事小，丫头的一牛事大，这种事情别人不好出主意。”周大最终没给郭文耐说出一个好主意，听了周大的话，郭文耐已经有了自己的想法。端起碗把剩下的酒一口喝干，又问：“还有酒吗？”

“窑掌盖皮袄的缸里。”周大没有动，用嘴往窑里努了努。

郭文耐在周大的店里喝了两碗酒，醉得一塌糊涂，把几天来的不快全吐了出来，晚上起来还直打摆子。

麻二被郭文耐轰了出来，这桩原本不被众人看好的婚事眼看要泡汤了。

翠翠也以为自己闹成了，脸上又挂满了笑容。几天后翠翠见她爹转了一圈回来整天窝在家里不出门，悄悄询问她妈。她妈告诉她，把麻三骂走，她爹更愁了。赌博的事塬上塬下几乎人人知道，她爹这张老脸就没处搁。翠翠听了她妈的话，高兴的脸上一下子失去了笑容，这一次翠翠没哭，也没闹。

麻三回到五座塬，气得逢人就骂郭文耐，他爹也跟着骂郭文耐言而无信，并放出话说，哪天亲自找郭文耐给武二提亲。五癞子爹听了，呲着鼻子对四梅爹说："老麻也没个掌握，自以为三张麻纸糊个驴脸，好大的面子。"

王宝不在家，五座塬的事无人做主，几个老人在四梅家说起武二的事，四梅爹骂武二："癞蛤蟆想吃天鹅肉，自己不知道自己是哪根葱。"麻三爹也把郭文耐数落了一顿。

五癞子爹想到那天是他把郭文耐惹恼了，才把翠翠押上去的，觉得有些对不起翠翠。朱占宝爹则认为："我估摸，麻三去了不成，老麻去了也不成。郭文耐在赌博场上多少年，说话是算数的，他说了不算，怕被众人的唾沫点子淹死。他在等一个人，这人去了准成。"

四梅爹听了没说话，心里想亲家是不是在说他。王宝不在，五座塬的家应当由他来当。

五癞子爹不明就里，伸着脖子问朱占宝爹："你说是谁？"

"这话还用问？掌柜的呗。"朱占宝爹想都没想就说出来了。

四梅爹一听说是王宝，搲了一锅烟，低下头打火。

几个人坐在窑炕上吧嗒吧嗒的，不一会儿窑里就烟熏雾绕的。

武二听说麻三被郭文耐骂了回来，高兴劲一下子没了，整个人也蔫了。这天，高先生和老薛进了武二的窑，老薛见武二蔫不拉几的，凑到武二跟前说："哟，还是个情种，为个女人成了这般样子，不用打扮就能上戏台子。"

武二听了老薛的话，趴在炕上没有动。

老薛在武二屁股上拍了一把说："起来，我给你出个主意，保证你娃娃把婆姨弄到手。"

听了老薛的话，武二屁股一撅爬了起来。

高先生和老薛坐下，栓子也进来了。高先生问栓子："王掌柜啥时回来？”

“本想地种下后就接回来，都让他给闹的。”栓子说话时，把嘴向武二努了一下。

高先生说：“他的事好办，只要你爹回来都解决了。”

听到高先生的话，武二的腰直了起来，瞪大眼睛疑惑地望着高先生。

高先生把腿盘在炕上对栓子说：“只要你爹愿意，保证武二能把那丫头说来，到时候，就怕你家还得给武二一个窑院呢。”

栓子听了，没有说话，这主不是他做的。

停了一会儿，栓子说：“我打算一两天把我爹接回来。我爹也盛不住了。”

高先生得知栓子准备接王宝，关切地问了问王宝的身体情况，之后和老薛回了老村子。

两天后栓子和武二两人一起把王宝和燕子接回来，四梅爹宰了一只羊羔子把几个老人请来给王宝接风。

吃饭时，不知谁提起武二赢翠翠的事。

四梅爹对王宝说：“这事传得很远了，上上下下十八座塬的人都知道了，郭文耐想赖是赖不掉的，咱们不知该咋办？”

王宝在栓子舅舅家已经听说了，昨天晚上武二和栓子又给他把详情说过。听了四梅爹的话，王宝一时也不知怎么办，他想听听大家的意思。

五癞子爹说：“不管怎么说，武二是咱五座塬人，总不能让人看笑话。”五癞子爹一心想促成这事。

五癞子爹的话，没人接茬，大家都掂着烟锅等王宝。

王宝见大家不说话，溜下炕说：“表叔，我想出去走走。”

王宝出了窑，见四梅、燕子在院子里，就喊燕子：“燕儿，跟爹走走。”燕子陪着王宝走上了塬。

五月的塬上还是光秃秃的，春天已经溜走，夏天刚刚来临，小草争先恐后地挤开土壤，眨巴眨巴眼睛打量着陌生的世界，在微风中顽强地扭动自己黄嫩细小的身子，吐出袅袅清香。

王宝吸了一口气，这是他最熟悉的五座塬的地气，潮湿、温润、沁人心脾。上坡时，他佝偻着腰，把头低着，燕子以为他走不动，抓着他的一条胳膊搀扶他，被王宝甩掉，他还不到上坡要人搀扶的时候。

走出村子，他走进自家的地里，糜子已经破土，泛出一行行的淡绿，他知道这个冬天是老薛陪着栓子和武二过的，地也是高先生和老薛带着栓子、武二一起种上的。望着地里的绿，王宝的心里不断浮现出往事，他看到了沉甸甸的糜穗，看到栓子妈跪在地里，抱着一把从老鼠窝挖出来的糜子，放声地哭泣。这哭声响在耳边，真真切切，王宝流出了眼泪。燕子见他爹流泪，自己的眼泪也流了下来。王宝突然发觉自己的坏心情影响了女儿，用手抹掉眼泪对燕子说："燕儿，回家，塬上风大，吹得爹直淌眼泪。"

王宝进了院子，见武二撅着屁股趴在炕上发愣，就拐了进去。

从四梅家回来，武二趴在炕上，脑子里一直想着郭文耐和他摇的最后一碗子，那碗子他摇得稀里糊涂的，赢得也莫名其妙。最近一段时间武二越来越觉得那一碗子的赌注太重，以至于他拿不起、扛不动、放不下。

武二觉察到窑里来人，爬了起来，一转身见是王宝，忙把光脚丫伸进鞋里往一边趔。王宝看见武二的鞋心里怦然一动，鞋是栓子妈做的，鞋头已经磨破。武二把脚伸进鞋里，脚趾光溜溜地探出了头。

王宝坐在炕边上，武二局促地站在一边，两只手搓在一起，不知如何是好。燕子见她爹进了武二的窑，知道他们有事，一个人走了。

王宝把一条腿搭上炕沿，身子往炕里挪了一点，问："多大了？"

武二怯怯地说："十七。"

王宝伸手抽出旱烟锅，正在捺烟，听见武二的话，停下了手，脑子里计算武二到五座塬的时间，想了一会儿说："可不？十七了，你来的时候才十来岁，就这么高。"说着，王宝用拿烟锅的手比画了一下，"来的时候，两只鞋都跑丢了，你婶子找来栓子的鞋让你穿，你的脚大，穿不进去，只好让你穿她的鞋，整个冬天你都穿她的鞋。”

王宝讲着，脑海里浮现出多年前的画面。

“一转眼，十七了，能娶媳妇了。”王宝连打了几下火镰，把手中的艾草点着，艾草冒着淡淡的烟。

王宝吧嗒吧嗒地抽着烟，武二低着头，看着自己的脚拇指在破洞口一上一下地扭动着，整个窑里非常静寂。

停了许久，王宝说：“郭文耐把丫头许给你了。”王宝用了一个“许”字。

武二点了点头。

“你咋想的？”王宝把话转到正题上。

武二摇了摇头，原本想跟王宝诉说诉说，此刻却不知道该说什么。

“那丫头你见过吗？”王宝问。

“没有，”武二摇着头说，停了一会儿，又喃喃地说，“多年前见过。”

王宝笑了，什么话都没说。

“咋想的，怎么说去？”王宝又咂了一口烟，慢慢地把烟吐了出来，“郭文耐的丫头说是许给你，可怎么娶，娶来怎么安置？还是干脆你上门当站年汉？”

停了一会儿，王宝又说：“你来五座塬多年了，这里算是你的家，可该怎么办，还得你拿主意。”王宝把底牌端了出来，决定权留给了武二，溜下炕拍拍屁股上的土出了窑。

武二听出王宝没有赶走他的意思，也知道以前从王宝家出去的几户，结婚时住在旧窑里，婚后王家给每户一个塬峁，自己修窑，自己耕种。现在五座塬上再没有塬峁了，但地很多，旧窑也有。武二在五座塬已经有五六年了，五座塬就是他的家，王宝就是他的家人，他不想成了郭家塬招的女婿。

王宝的精神头明显不如以前，村子里的大事小事还是离不了他。几个老人没事就过来陪王宝，坐在一起什么话都不说，蒙着头抽几锅烟就走了。高先生和老薛也过来几次，王宝知道自己的命是高先生请大夫救过来的，对高先生非常尊敬，对老薛也特别客气。

苗出齐了，塬上泛起了嫩嫩的新绿，高先生和老薛又张罗搞训练，专门去征求王宝的意见，王宝不知道高先生的真实目的，他噙着眼泪说：“算了，别闹了，我命里活该有一劫，过去就过去吧，再闹还要伤人。”

高先生说：“咱不闹人，是人家不让咱好好活。训练护村队不是想出去欺负人，咱组织起来不想让人来欺负。”

王宝听了闭着眼睛想了很长时间，说：“我是怕咱吃亏，这亏咱吃不起。”

王宝摸起烟锅，见炕上的油灯早已熄灭，又把烟锅放下。

高先生忙掏出火镰点火，王宝摆了摆手，把身子向前倾了一点问：“你和老薛是不是一路的？”

高先生听了不知如何回答王宝的话，想了想也弯下腰问：“你是指……”

王宝用手指了指高先生的衣襟，高先生随着王宝的手指，看到自己别在皮袄里的手枪不知什么时候露出了枪头，高先生笑了，以问作答：“你说呢？”说着，把自己拉开的衣襟往紧里裹了一下，把枪头遮住。

王宝摆了摆手，没有作答。

王宝的摆手已经答复了高先生的问话，高先生知道这个问题一时半会儿说不清楚，就对王宝说：“你放心，我们绝不会发生什么的。”

王宝再没有继续询问，他知道问也不一定得到真话，该说的他们迟早会说的，不该说的，问了也是白问。

高先生离开时，王宝说：“我支持你办学堂，让娃娃都睁开个眼睛。”

高先生出来把王宝让办学堂的事告诉栓子，他想让栓子出来当先生。栓子听说是他爹的意思，同意了。

时间不久，五座塬的学堂又办了起来。

麻三爹听说又要办学堂，对王宝说：“一办学堂，麻三和麻五就不见人影，家里的活都没人干了。”

王宝听了淡淡地说：“你家能有多少活，是我让办的学堂。”

麻三爹听了什么话都没说。

麻三被郭文耐骂了后，在栒子山逢人就骂郭文耐。这天来到打虎店，周大把郭文耐让他给五座塬人传的话传给麻三。

麻三传来的话和王宝猜想的一样，一是要王宝亲自说亲，拿彩礼把翠翠娶到五座塬。郭文耐不招女婿，想当站年汉也行，在郭家塬住上几年，你爱去哪儿去哪儿。

五癞子爹听了，说："武二又不是五座塬人，你爱要不要呢。"

四梅爹站在郭文耐的角度上说："我把丫头养了这么大，不要彩礼真把丫头输给你了。你不娶，过两年我的丫头照嫁不误。"私下里，四梅爹和王宝商量过，武二不愿当站年汉，这个亲五座塬人娶也得娶，不娶也得娶。

五癞子爹说："武二要㞞大得很，站年汉怎么了，又不更名，又不改姓，过去扛上几年活，蹲在丈人家婆姨娃娃生一堆，人也有了，钱也有了，娶婆姨又不花钱。你看人家李记畔的李八，当了八年站年汉，等协议到期，领了一群娃娃，赶了二百多只羊回来，现在人家的日子过得不比谁好？"

站年汉是山里人的一种风俗，一般是这户人家生的女子大，儿子小，女子结婚时把女婿招到家，帮助娘家干活，等到儿子长大后，按照协议，从娘家分上一份光阴回去。郭文耐的儿子只有六七岁，武二被招成站年汉要在郭家住上十来年必须离开，那时候流浪到五座塬的武二，留不得郭家塬，回不到五座塬，连个去处都没有。

武二的主意已定，他告诉王宝就留在五座塬，用赢郭文耐的元宝把翠翠娶回来。王宝知道一个元宝不仅娶媳妇够用，还能置两条耕牛。

听了武二的话，王宝让麻三爹带武二到红柳沟置办说媒用的礼品，又让四梅爹给郭文耐说："在五座塬给武二娶媳妇可以，但不能大操大办。"

郭文耐知道栓了妈过世不满三年，懂得婚丧嫁娶的礼数，也明白王宝的心情，婚礼一切从简，可有一样必须应他。他没有把话说给四梅爹，给王宝带了一封信，信上只有六个字："拜干亲，来提亲。"

四梅爹不识字，把郭文耐的纸条交给王宝，王宝一看就明白。对四梅爹说："这个老郭死要面子，他让武二拜我为干爹，还要我亲自去提亲。"

四梅爹听了，苦笑了一下，摇了摇头，让人捉摸不透他是嘲笑，还是反对。

拜干亲在枸子山极其平常，郭文耐想把亲戚攀得门当户对，提出武二拜王宝干爹，王宝的义子和自己的女儿成亲也算是门户相当。王宝觉得武二和自己一家吃喝拉撒好几年，早就是一家人，拜个干亲更亲近，没有什么不当的，对四梅爹说："既然老郭提出来了，我看也没有什么，拜就拜吧。"停顿了一下，王宝又说："不知武二啥想法。"

"啥想法？高兴死了。他能有啥想法？"四梅爹好像有些不高兴，说话阴不阴、阳不阳的。

王宝和四梅爹说这番话时，两个人站在街门墹上。王宝听出四梅爹有些不乐意，背着手转身回家，见四梅爹没有跟他过来，就说："表叔，回窑去？"

四梅爹听王宝让他进去，心里不痛快地说："不了，我还有些事。"说罢，把双手往袖筒里一揣，抱着膀子走了。王宝见四梅爹没来，停下脚步望着四梅爹渐行渐远的背影，苦笑地摇了摇头。

王宝把和武二拜干亲的原因和想法给栓子和燕子说了，两人表示听爹的。武二和麻三爹从红柳沟回来，王宝准备举办拜亲仪式。

武二听王宝收他为干儿子，确实像四梅爹想的那样高兴死了。他不知道拜干亲给干爹准备什么，问四梅爹。四梅爹扯着脸子说："你想给什么就给什么。"

武二又去问麻三爹，麻三爹想了想说："按理你应该拿一身穿的，提包点心，再买些烟叶，这会儿买什么都来不及了，你就多磕几个响头吧。"武二听了，确实像麻三爹说的，什么也没准备。在拜干亲那天，王宝让麻三爹专门把郭文耐找来，四梅爹任司仪，栓子和武二把窑里的八仙桌搬出来放在院子中间，桌子上放着两只香碗，香碗前摆着一盘蒸馍，还有武二和麻三从红柳沟买来准备提亲用的糖果、点心等，桌子旁放着一张凳子。四梅爹在院子里转了一圈，见八仙桌子旁只摆了一把凳子，过去把凳子拉开。

四梅爹也是第一次主持这种仪式，把自己见过的和想象的结合起来，先让王宝向四方神灵、列祖列宗敬香、叩头。又让栓子、武二向四方神灵、列祖列宗敬香、叩头。

敬香之后，四梅爹把拉在一旁的凳子重新放在八仙桌子的前面，让栓子和燕子扶王宝背靠八仙桌子坐下。

在王家这么多年，武二从没有给王宝跪下过。有一年春节，王宝给栓子和燕子压岁钱时，也给武二几角钱。武二见栓子和燕子给王宝跪下磕头、谢恩，也准备给王宝跪下。王宝连忙拉住他说："使不得，使不得，男人膝下有黄金，上跪苍天、下跪父母。给我下跪，你想折煞我？"今天，王宝端坐面前，等他下跪，从此之后，这就是自己的爹。武二跪在王宝面前连磕了三个头后，双腿打颤，趴在地上，深地磕了下去。连续九个头磕下去后，眼泪已经不断线地掉了下来。

武二落泪使得原本喜庆的气氛有些低沉，四梅爹板着脸骂武二："日囊㞞娃娃眼泪多。"等武二和栓子跪下一起给王宝磕头时，武二和栓子都是流着眼泪磕完的，站在一旁的燕子含着眼泪把头一扭，跑出了院子。

王宝强忍住泪，从衣兜里掏出一份契约，这是他昨天晚上写下的一份土地转让契约。收义子、拜干爹，按理说就要给义子一份礼物，他没有什么好给的。五座塬天大地大，谁种过的土地算谁的，只是新开一块地需要两三年的功夫，王宝和栓子、四梅爹商量把自己以前靠近郭家塬种过的一块地给了武二。

四梅爹从王宝手里接过契约，没有打开，直接把契约内容背了出来。武二一听王宝要把一块地转让给他，原本低着的头，猛地抬了起来，拉着长长的哭腔，说道："不，我不要，这不是我的，我不要。"

武二的哭声出乎所有人的意料，大家的目光全都聚在了他的身上。

“这地我不能要，这是栓子的东西。再说，朱叔、麻叔都是从王家出去的，他们都没有要地。我来到这里，干爹能收留我，把我养大，已经感恩不尽了。拜干爹，我是想报答您，不想占您的地。要种，我自己开生荒。”武二不大爱说话，一口气说了这么多，有些气喘。说完，他用衣袖抹了一把眼泪，向王宝磕了一个头就跑了出去。

看见武二跑了，王宝站了起来，想说句什么，最终什么话都没说。

三十

翠翠最终嫁给了武二，出嫁这天，郭文耐用四条骡子驮着嫁妆。五座塬娶人赶去了叫驴，翠翠见叫驴不上轿，郭文耐无法，只好用自家的儿马（公马）送她。这儿马性烈，平时一直由虎子饲养，郭文耐让虎子牵着儿马送亲。

翠翠走了，郭文耐在家里一直默默地祷告，祈祷翠翠千万不要闹出什么故事。虎子牵着儿马一路低着头，两眼瞅着脚梁背前的几步，不像个办喜事送亲的。自从得知武二赢了翠翠，虎子一直躲着她。翠翠找了几次都找不上，今天一大早她堵在虎子家门口，没想到虎子出去得更早。她站在虎子家的地上，对还没有起床的虎子爹娘说："今天虎子要是不去送亲，我回来就吊死在你家门上。"

翠翠一甩屁股走了，虎子爹娘和他那几个兄弟急忙在满滩各洼把虎子找了回来，她娘哭着求虎子去送亲，他爹唉声叹气地蹲在门口抽烟，烟锅头子在门槛上磕得山响。

虎子找了件干净点的衣服换上，没想到一进翠翠家，有人就给他端来了青布裤子、藏蓝色的布衫，布鞋里还衬着一双"双鹊弹梅"的鞋垫。衣服和裤子虎子没见过，那双鞋垫虎子熟悉。

年前虎子去翠翠家，见翠翠正在纳鞋垫，凑过去要看翠翠纳的是什么。翠翠靠着墙，把鞋垫藏在背后不让他看，虎子把手伸到了翠翠的面前，翠翠一巴掌打掉说："就不给你看。"

虎子笑着问："你让看不让看？"

翠翠把两只手都背在背后说："就不让你看。"

虎子看到翠翠背手时，鞋垫的一角露在了外面，趁翠翠不注意，一把把鞋垫抽出来。翠翠扑了上来要鞋垫，虎子故意把鞋垫举得高高的，让翠翠在自己的面前跳来跳去。

虎子看到了鞋垫上的两只喜鹊站在一棵树上弹梅花，知道这是一件嫁妆鞋垫。

虎子捏着鞋垫，想着年前的事情。换上衣服，感到衣裤全都贴身合体，心里明白这是翠翠专门给他做的。

马蹄在坚硬的黄土路上"吧嗒、吧嗒"地敲打着，接亲的唢呐嘀嘀嗒嗒地吹个不停。

虎子拉着骡子，身体紧靠着马头，抓紧缰绳两眼望着前面的路，直等到要过五座塬的沟时，才身体向后抵在马的脖颈处，后坐着屁股，用自己的坐力减少下坡的惯性。翠翠也瞅准了这个机会，把头往前一低，俯在马背上，贴近虎子的耳朵，告诉虎子："沟边我家的三亩河滩地就是我的嫁妆地，你抽空在地边的崖面上收拾好一孔小窑，我有用处。"虎子没有听懂翠翠的话，绷着脸答应了。

武二拜了干爹，武二的婚礼自然是王宝家的大事。家里的事情全部托付给四梅爹，一大早就转了出去，王宝径直踱到栓子妈的坟前，围绕坟丘转了一圈，嘴里默默地唠叨："今天是给武二娶媳妇的日子，这娃命苦，从小没有妈，好不容易找你这个疼爱他的人，你又早早地走了，都是苦命的人呀。按理他不该这个时候结婚，你还没满三年，可世道乱啊，谁知道还生出什么岔子，我做主了，你就担待点。栓子也没个弟兄，做什么事没个商量的人，还是我做主了，收这娃当儿子，和栓子有个照应。待会儿栓子会领武二过来，你就保佑他们吧，他也是咱家的娃。"

王宝正在栓子妈的坟前唠叨着，朱占宝爹领着栓子、武二过来了。两人在荒地向先辈列祖烧纸磕头后，来到栓子娘的坟前。栓子一看到母亲的坟眼，泪就涌了出来，鉴于今天是武二的大喜日子，强忍着不让自己哭出声来，默默地把祭品摆在了地上。武二跪在坟前颤抖着敲打火镰，那火镰在武二的手中一下一下地敲打，总是点不着手中的艾草。

王宝站在一旁默默念叨："栓子妈，我知道你心里委屈，你不该这么早就走了，这都是命呀。栓子是你养活大的，武二你也养活了他多年，现在儿子跪在你的面前，你就多担待点，他们都记得你的恩。"王宝话没说完，栓子和武二已经哭出声了。

朱占宝爹接过火镰，点着艾草，拿起一张纸点燃，陪着武二完成了婚前的祭祖。

翠翠婚礼还算热闹，该有的程序一个不少，只是翠翠不像别的新娘子那么配合，有时候叫她朝东她偏朝西。四梅妈看不过去，揭开翠翠的盖头说："结婚是个大事，不按老规矩来，小心将来不顺。"翠翠听了这才稍好一点，不过，从头到尾还是憋着一肚子气。

晚上耍房时，翠翠很不高兴，只要稍微有点过分就拒绝了，尤其是麻三把一个枣子从她的领口扔进贴身的衣服里，让武二把手伸进去摸蛇蚤时，翠翠瞪着眼睛真想踢麻三一脚。武二也觉得麻三有些太过，不愿配合。武二稍一迟疑，他的头上就被人打了几笤帚疙瘩，打得武二直摸头，翠翠从棉袄襟子下面抖出枣子递给麻三："想吃给你，摸什么摸。"

翠翠的举动一下子让看热闹的都呆住了，麻三窘了个大红脸，把手一挥："亏先人呢！耍屎呢！走！"说着，麻三带头走出了武二的窑洞，接着耍房的人没趣地走了。

武二的典礼，王宝是主家，四梅爹是主事人。武二出钱，四梅爹安排，五癞子和麻五是跑腿的，麻三自然而然地当了媒人。谢媒时，武二给麻三一只羊夹子、一方猪肉，还有油饼炉馍馍。他把礼物递给麻三，有意赔了一个笑，算是替翠翠赔个不是。

这一天，五座塬唯一情绪不高的是朱占宝一家。

朱占宝从大水坑回家走到野人洼时，去了野人洼，走进舅舅家见家里鸡不鸣，狗不叫，没有一点生气。马占彪趄在炕上吸烟，小舅妈捂着被子躺在炕上，两个小表妹安静地坐在一边，看见他也没有一点热情的样子。

朱占宝奇怪地问舅舅家里出了什么事，舅舅说："你小舅妈病了。"再问得了什么病，舅舅说了半天也说不清楚。大舅妈憋不住了，把朱占宝拽到院子里，将事情的经过一五一十地告诉朱占宝。朱占宝一听又是张扁头干的，肺都气炸了。朱占宝的大舅妈心疼自己的五十块大洋，见朱占宝生气，火上浇油地对朱占宝说："还有些事情我都说不出口！"

朱占宝猜到他小舅妈被欺负了，朱占宝的大舅妈想增加朱占宝对张扁头的仇恨，便添油加醋地说："你看他们是人不是人，整你小舅妈的时候，专门把你舅舅拉了进去看，气得回来就吐血。"

朱占宝一听大骂张扁头不是人，发誓说："老子一定要宰了他。"

朱占宝在舅舅家帮忙料理了几天回来，正赶上武二结婚。他不敢把舅舅家的实情给母亲说，只是淡淡地说舅舅被张扁头诈去了五十块大洋。

武二婚礼结束后，高先生又张罗着组织护村队，朱占宝这次比任何人都积极，动员麻三、麻五、武二、五癞子参加，麻三不愿参加，朱占宝威胁麻三："不参加你就等着，看你有好果子吃吗！"麻三听了，吓得乖乖地参加训练。不几天，五座塬的护村队又组织起来。

高先生和王宝、栓子商量为了解决护村队的生活，再多种些迟糜子、晚荞麦。栓子说："地多得是，能种多少就种多少。"高先生组织护村队、老村子人和吴起娃等把王宝以前种过的地全部种上了。

这次训练比以前正规多了，从言谈举止中，武二觉得朱占宝在外面学习过，想到曾被朱占宝捆过，他把自己的猜测讲给栓子听。栓子告诉他，朱占宝也是陕北的人，这次出去就是在那儿上了学。过了几天，吴起娃又领来了一个家在清涧的清涧娃，负责讲解枪支结构、射击要领。

郭文耐从翠翠的口中知道五座塬的护村队办得红红火火，有人教打枪、打仗，就让自己的两个侄儿也过来学习。高先生放出话来，来多少要多少，全部免费。

郭文耐一高兴把村里不干活的、怕出力的、想读书的全部打发了过来，这些人虽然三天打鱼、两天晒网，高先生还是非常高兴，来一个教一个，不想学的也随便，时间一长，那些想来就来、想走就走的人，渐渐安下了心。

翠翠陪嫁的三亩河滩地就在河南岸，这是一块洪水冲积多年的水漫地，略高于沟底，地势平坦，土地肥沃，种植的庄稼长势非常好。只是一旦遇到洪水，就会颗粒无收。翠翠出嫁时，地里的谷子已有膝盖高了，地边的山芋也长得绿莹莹的。郭文耐想等收了这茬庄稼，再把地给翠翠，翠翠听见说："你把我卖了，还想饿死我，心太狠了吧。"

郭文耐一听什么话都没说，请人作保写了个契约装进翠翠的包袱。

翠翠过门不久捏了把小锄要去锄地，武二挡着不让翠翠去，翠翠把眼一瞪："我的地不要你管，今后你也不要过去，我能种就种上一点，不能种就给我荒着。"

武二觉得翠翠蛮不讲理，心想自己也不是指望老婆过光阴的，她想干啥就干啥去。

谷苗渐渐长高了，翠翠去地里的次数也越来越勤。武二要陪着翠翠去地里，翠翠吊着脸了不让他去。武二知道翠翠不喜欢他，很少到河滩地里。过了段日子，翠翠嚷嚷着要回娘家。武二说："想回就回去吧。"他把翠翠送过沟就被翠翠撵了回来。

进入仲夏，高先生和老薛等人把迟糜子、迟荞麦撒到地里后，五座塬人又清闲起来。正是组织人学习训练的好机会，高先生、老薛等人都匆匆地走了，朱占宝在栓子、武二、王老倔的支持下，领着大伙坚持训练。

武二的枪被栓子擦得乌光锃亮的，准备接王宝时，武二把枪拿回来藏在自己的窑掌。武二结婚时，在王宝的主持下，武二和栓子等人把武二住的窑又镟大挖深了几尺，武二在窑掌专门挖了一个拐洞，准备藏粮食和山芋，先把枪包好藏在拐洞里。护村队组织起来后，武二白天忙着放羊，栓子背着枪训练。

高先生、老薛和吴起娃、清涧娃出去一段时间回来了，高先生仿佛兴致很高，老薛不再提哥老会的事，和高先生一样，讲红军、讲团结和抗日，王宝已感觉到老薛的变化。

早晨武二的羊出圈后，翠翠拿着一把锄准备出门，走到门口觉得谷地可能不需要锄，放下锄在院子里转了一圈，看见门口立着一张锹扛上走了。

仲夏时节的沟水清澈见底，哗哗地流个不停，翠翠站在沟边不敢跳。上次和武二一起回娘家，走到这是武二抱她过去的。翠翠锹头擩进水中，用力往下按了按，还是不敢跳，抬头看看四周一个人都没有。她迟疑了一会儿，弯腰把鞋脱掉，光着一只脚伸进水沟里，让水从脚面上漫过。沟里的流水冰凉冰凉的，擩进去的脚连忙抽了出来，在地上站了一会儿，又把脚擩进去。擩了几次后觉得水不冰了，才把两条裤腿扁起来，拄着锹把一只脚伸进水里，一手拄着锹，一手提着鞋。

沟水缓缓流动，那水像无数个小虫从她的腿肚子边游过，腿肚子痒得站不稳。翠翠把手中的鞋扔过沟，用两只手拄着锹往前又探了一步，拔出锹又往前插了一点，挪着步子蹚了过去。上岸后，她把脚伸进水里来回摆了几下，才穿上鞋。

翠翠的漫水地就在沟边，不用浇水，在沟水的沐浴下，种下的谷子长得高大茂密。走进地里，大半个身子隐在谷间，她有意蹲下身子往外看，看不到外面的任何景象。

谷子长有一尺来高的时候，翠翠来过一次，那时沟里的水只有细细的一股，站在沟边用力一纵，就能跳过去。上次回娘家，她让虎子在谷地旁的崖畔上给她打 孔歇息的窑。虎了一夜工夫就打了一孔窑，又铺上麦草，几乎天天去窑里转一转。

翠翠站在谷地瞅不见虎子打的窑洞，心里气得直骂。就在这时，她看见虎子从一个山弯里闪出，一闪身就消失在谷地里。

看见虎子，她没有喊叫，闪身进了谷地，向虎子闪身的方向追去。刚转过河湾，见崖下有一堆新土，在一处塌陷的崖面下看见一孔土窑。翠翠走到窑门口，佯装拍土向四处张望了一圈，确定周围没有人，把头一低弯腰遛进了窑。翠翠和虎子在窑里，一会儿哭，一会儿笑，一会儿诉说，两人待了很长时间才回了家。

从谷地回来，翠翠的心情好了许多，武二每天也能按时吃上饭了。一个雨天的下午，武二早早地回到家和翠翠一起做饭，正在揉面的翠翠突然对武二说："我说你真是个瓷头，王老倔来了，栓子爹把地给了王老倔，高先生来了，栓子把地给了高先生，你在他家当牛做马几年，又给人家当干儿子，人家给你的地一点都不要。"

武二说："掌柜的对咱不薄，打下的粮食，你想吃多少就吃多少谁挡你了。"

翠翠用手背揉了一下鼻子说："挡是没人挡，不是自己窑里的粮食，掂起来心里总是不顺。"

"保你有吃的就行，哪来的顺不顺？"武二有点生气，说话的声音高了许多。

"保我吃的，我吃你的了吗？你有一块地吗？你打的粮食在哪？还保我吃的。"翠翠知道王宝在家，她的话想让王宝听见，说话的声音越来越高。

武二不想让王宝知道他和翠翠因地吵起来，对翠翠说："小声点，就算我吃了你的，有什么好嚷的？"

"我嚷，你就是个瓷夙。"翠翠说着说着，真来气了，把和好的荞面向案板上一摔，擀成坡状，气哼哼地剁了起来，那声音清脆响亮，好像把一肚子的气都撒在荞面上。"咚咚咚"地响过，案板整整齐齐地码下一缕粗细均匀的面条。

武二忙插上话恭维："你剁得荞面像线一样。"翠翠听了用眼睛剜了武二一眼，捧起一把面撒进锅里。

栓子把武二拉到背人处说："武二哥，这么多年了，你在我家也没少受苦，我原想，我的就是你的，我家的窑你想住就住，我家的地你就想种就种。后来我爹给你一块地，你说啥都不要。你不当家，不知道柴米贵。成家了要学会过日子，这是我爹上次答应给你的地，拿好。"说着，把一份契约递给了武二。

武二一听，猜到他和翠翠争吵时，王宝听见了，觉得很不好意思，他红着脸没有接契约。

"你拿上，你不拿，我爹和我的心都不安。这地也不是我家的，是整个老王家的，你到五座塬是替老王家守住了田产，理应得到一份。南坡比较平整，我爹说那块地，一个人种不了，不种的地方，可以当草原养羊、放牲口。嫌这里挤，可以在那里打孔窑。"栓子说得很轻松。

武二还是摇了摇头，他什么话都没有说，转身走了。

武二走了，栓子收起契约。晚上他拐进武二的窑里把契约递给翠翠。五座塬所有的地都没有明确的主人，没有地契，武二拿到五座塬的第一份地契。

三十一

武二从郭文耐处赢来了翠翠，这件事在四乡八邻传得很响，很多赌徒都想会会武二。

翠翠知道赌徒输急了，什么坏事都能干出来。只要谁来约武二，翠翠就用刀架在自己的脖子上对武二说：“你要敢赌，我就死给你看。”

武二摆着手说：“我要再赌，你就铡掉我一只手。”

麻三听了惋惜地说：“这么好的手艺，坏到女人手里。”

麻三不死心，跑到武二家窑垴上喊：“我给你找的是红柳沟的大耍家子，他们用驴驮着银子，你娃娃要是能赢一驮银子，啥想算，一辈子够你吃了。”

翠翠骂麻三：“你个兔崽子，不要哄你那个贼爹了，你那爷爷要了半辈子赌，怎么把老娘输了？”

麻三知道翠翠不待见（喜欢）他，知趣地走了。

五癞子早就喜欢翠翠，但不像麻三什么事都敢干，只是借晒太阳的机会，溜到武二家门口瞅瞅。一次，五癞子闲聊时说破了口：“我看见武二婆姨的眼睛一忽闪，心就痒痒的。”

有人纵容五癞子：“心痒了，你就上呀。”

五癞子摇着头道：“哪有我上的，你没看见贼日的，眼睛瞪得就像驴卵子一样，哪有我上的，那不要拼命呢？”

五癞子的确不敢上翠翠，一来武二不离翠翠左右，二来翠翠也看不上五癞子，他在翠翠的眼里什么都不是。

日子平平常常地过着，王宝的精神也渐渐好了，随着年龄增大，他不再下地干活，重活累活栓子和武二干，没事的时候就在门前转转。这天王宝走进武二的窑里，翠翠手里纳着一双鞋底，看见王宝进来，“噔”地跳下地，武二背对门靠在墙上，见翠翠跳下地，也把双脚从炕上拿了下来，他一站起来正和王宝碰个迎面。

王宝很少进来，他在武二的肩上轻轻地拍了几下：“小日子过得怎么样？”王宝从不开玩笑，想和武二聊句轻松点的话题，问话时笑了一下，嘴咧了一下，没有笑出来。

武二低着头，声音诺诺地说：“好着哪。”

王宝问翠翠：“习惯了吧？”山里有媳妇和公爹避嫌的风俗，武二拜王宝为干爹，翠翠也把王宝当公爹一样，见了面头一低就过去了，从没单独说过话。

翠翠听到问她，低着头什么话都没说。

王宝见翠翠不说话，又问武二：“你拿来的粮食够吃吗？不够，再拿些。秋粮马上下来了，我看了看，翠翠陪嫁地里的谷子长得很好，再收些荞麦和糜子，你在旁边收拾孔窑，好把粮存下来。”

“嗯。”武二用鼻子哼了一下。

翠翠这时才想到王宝进来还站着，她向窑里挪了一下对王宝说：“干大，坐。”

王宝坐在炕上，面对着武二：“高先生几个住在老村子，不知是怎么吃的，赶明儿你装上几粧糜子给他们送过去，他们今年的人多。”

武二说：“咱们的粮也不多了，顶多能给他们半粧。”

王宝一听，停顿了一下说：“你自己看吧，半粧就半粧，新粮马上就下来了。”说完，王宝坐在炕上搲了一锅烟，武二忙从窗台上拿起火镰打火。

王宝家的秋粮是大家一起收的，王宝去了几次地头，高先生都不让他下地。粮食上场后，王宝对高先生说：“今年的地，种是你们种的，收又是你们收的，给我和武二留点，够吃就行，再的你们打走吧。”

高先生果真留下王宝和武二两家的粮食，再的都拿走了，他在老村子收拾了一孔旧窑，专门储存粮食。武二也在王宝家的院子里收拾了一孔窑，用土坯砌了几个粮仓，把糜子、荞麦、谷子倒了进去。

秋收期间，训练停了一段时间，粮食一进窑，训练又开始了。一天高先生叫栓子和武二去老村子，两人过去见老薛、王老倔，三子和朱占宝都在。高先生见他俩来了，招呼大家坐在炕上说：“你们知道五座塬的仇家是谁吗？”

“张扁头，那还用说。”听了这话，三子抢着说。

“对，但不单是张扁头一个人。栓子娘是被张扁头领着土匪害死的，占宝舅也险些被张扁头害死。可大家知道张扁头是什么人吗？他怎么有这么大的能耐，想害谁就害谁。他的背后有谁撑腰？张扁头现在是惠安堡保安队的队长，如果没有惠安堡保安队，张扁头他还敢吗？”讲到这里，高先生停顿了一下，望着武二说，“上次武二和老薛一起从土匪手里弄来几条枪藏在家里，私藏枪支要让保安队知道，是杀头的事情。”说到这，他又看了看栓子和武二，“尤其是你们两个：一个背地里打黑枪，一个私藏快枪，哪一个不是杀头的罪。”

武二不知道他私藏枪支若被抓住是要杀头的，听了高先生的话紧张起来。

高先生又看了一眼武二接着说：“张扁头以前是土匪的走狗，领上土匪残害乡亲，把栓子娘害死了，领着土匪攻打周家庄的寨子，死了很多乡亲。当上国民党的保安队长后更坏，害得占宝舅舅一家无法过活。张扁头有人有枪有队伍，又有撑腰的。我们一个两个人根本斗不过他，要想斗，要想不被他害死，就要团结起来，就像五个手指攥在一起，形成一个拳头。张扁头现在正得势，我估摸，我们不惹他，他都会找上门来的。”

“武二，你说呢？”高先生把话引到武二的身上，“武二上次做得很好，栓子父母被害，他告诉我们谁是害人者，让我们知道张扁头这个土匪。”

夸罢武二，高先生又夸栓子：“栓子爱憎分明、胆大心细，对待穷苦人，给粮给地给住处，一个人敢闯土匪窝，敢打张扁头的黑枪。”

武二听了高先生的话，心里美滋滋的。

“你说我们现在怎么办？”自从舅舅一家被张扁头欺负了，朱占宝一心想着报仇。

听了朱占宝的问话，栓子和武二抬头看着高先生。

“不要急，上次栓子和麻三两人把张扁头惊动了，吓得张扁头几个月不敢上山，咱们要下去摸清张扁头的情况，才好商量下一步的行动。”

“你准备怎么摸？”王老倔站在一边问。

高先生环视一圈在场的人，朱占宝对大水坑熟悉，可他正在气头上，碰上张扁头忍不住打起来，就会坏事。栓子和张扁头的仇更深，敢一个人打黑枪，下山肯定不妥。王老倔和三子都是外地口音，大水坑地方太小，一出声马上引起别人的注意。武二在栒子山生活多年，会说当地话，可武二行吗？高先生没有把握。

经高先生和老薛、王老倔商量，让三子陪着武二下山。

武二和三子下山三天就回来了，只听说惠安堡增加了兵力，张扁头带领保安队在各村征粮。

两人的消息对高先生的决策没有起到任何作用，他安排大家积极训练。从大水坑回来，武二依旧和四梅爹轮流放羊。一天，武二在滩里遇到五癞子放羊，武二靠近问道：“叔，今天咋没来？”

“他有些不舒服，在家里躺着。”五癞子跟在羊群后面，手里拿着牧羊鞭，一边走一边甩打，惊得羊群往前紧跑，

武二见五癞子跟着羊走了，他在后面慢慢地转悠，突然五癞子放声唱了几句：

五座塬来五圆盘，

两条那个水沟夹中间，

水沟里有一个神仙洞，

红鞋鞋挂在那门当间，

挂在那门当间。

武二听罢五癞子的歌，想了想，听不明白。

翠翠是郭文耐的掌上明珠，在家里从来不干农活，嫁到五座塬后翠翠要去种地，武二认为翠翠是闹着玩的，也没有在意。

五癞子则不然，他见翠翠下地，非常稀奇，一有空闲就跟在翠翠的后面。那天翠翠和虎子在沟畔的窑里，五癞子也去了，等他去了，翠翠已经钻进了窑，他连个人影都没有，趴在沟边一直等到翠翠和虎子出来，五癞子才明白翠翠下地是怎么回事。

他想武二哪是赢了个老婆，他为自己赢来了一顶绿帽子。见翠翠爬上沟，站起身来，高声唱道：

绿茵茵的山头流水的沟

山山相连水长流

红花花的棉袄身子下铺

绣花的鞋鞋爹上头

……

几天后，五癞子一个人走到滩里，被人用背篓罩住头拉到沟里狠狠地揍了一顿，尤其是他的双眼被打成两个桃子。

五癞子被打，原本藏藏掖掖的事情，一下子明朗了起来，五癞子编的歌也唱红了五座塬。

三十二

翠翠的事被五癞子吵明后，翠翠仍像没事人一样，该收时收，该拿时拿，该回娘家时依然去回娘家，对待武二还像以前一样，不冷不热。

高先生住在老村子，总想弄出点什么事来，把想法告诉王老倔、老薛、栓子和朱占宝，几个人都支持他袭击张扁头。尤其是老薛，自从和高先生去了一趟陕北，和高先生完全站到了一起。高先生不断派人去侦查张扁头的动向，每一次侦查回来，都说不到时候，再等等。

中秋过后，天气渐渐地冷了。麻三依然在外面胡转，聊天、玩牌不务正业。一天，他了解到八月十五前，张扁头让几个当兵的给一根葱、送一只羊和一个猪腿子，那些当兵的在一根葱家住了四五天，推出了很多新土，不知一根葱家又闹什么。

高先生听了这话让朱占宝下山探听情况，朱占宝在野人洼想让舅舅去大水坑，马占彪一听直摇头、不敢去，他小老婆听后大骂马占彪："一家人被欺负成这样，还怕什么？"警告马占彪说："你不去，我去。把老娘害得男盗女娼的，我能饶了他。"马占彪被小老婆逼着去了大水坑。

张家少爷把马占彪请进一家馆子，马占彪告诉张家少爷，粮食已经拉上场，催张家少爷回村把打下的新粮拉走。

张扁头征粮后，无地的张家少爷也被摊派了公粮。

第二天张家少爷找了一辆大车回了村，在吃饭过程中几个人聊着聊着谈到了张扁头。

张家少爷说："张队长八月十五给一根葱送去了酒肉银子，一根葱就带话让张队长过去，张队长上次挨了黑枪，害怕得很，让侯七带着几个弟兄过去把几孔窑连通，又挖了几个出口，估计要在贾背洼过年。”

朱占宝故意问：“谁敢打他的黑枪？”

“谁知道呢？他也说不清，这几年得罪的人太多了，尤其是侯七爱女人，前段时间把一个小媳妇搞了，人家男人敲明亮响地要找他拼命，吓得他一个人不敢上街。”张家少爷和朱占宝拉起了家常。

“有人打黑枪，他还敢到处走？”朱占宝又问。

“多带点人呗。”

马占彪突然问：“啥时候到咱村？”野人洼是进山的第一个村子。

“按照征粮计划，大水坑征完就上山，估计十天半月就到了。”张少爷估摸着说。

马占彪一听脸色都变了。

张家少爷一看马占彪的脸色安慰说：“咱村可能不来，你家算征过了，我这一车粮送去也算征过了。”马占彪一听松了一口气。

朱占宝试探地说：“张队长手下的人真多，看家的看家，征粮的征粮，能分得开。”

张家少爷说：“也就三十来个，今年上面抓得紧，征粮、抓丁他得亲自跑，征不够说要枪毙，张队长也害怕着呢。”

朱占宝想知道的都问清了，吃完饭，张家少爷拉着粮回了大水坑。朱占宝返回五座塬。过了几天，高先生派吴起娃以打工为由住在马占彪家，负责传递情报。

山下的情报站点安排好后，高先生训练山上的青年。这次集中训练放在老村子，由清涧娃担任教官，高先生负责文化教习，老薛是做饭的大师傅。五座塬去的几个青年，没结婚的晚上一律不让回。结了婚的两三天才让回一次家。

训练了半个多月，山下一直没有传来信息，高先生打发朱占宝下山了解情况。他和王老倔、老薛商量，张扁头的保安中队有三十多人，如果来三分之一也有十来个人，五座塬两个村子只有十来个人，在人数上和保安队差不多，可枪太少了，有人连土枪都没有。赤手空拳怎么能打仗，打起来肯定吃亏。

老薛想把郭文耐吸收进来，能增加四五个人。又想到这是送命的营生，郭文耐和张扁头没仇不会来的。

王老倔想问郭文耐借枪。又想借枪不是件小事，谁能借来？几个人想到武二，摇了摇头。有人想到王宝，王宝会去借枪吗？

建护村队，王宝既不支持也不反对。被土匪抢劫后，王宝明确告诉栓子："冤家宜解不宜结，不要考虑报仇的事。"栓子闯土匪窝，打黑枪，都是瞒着王宝干的。让王宝去借枪，所有人心里都没底。

王宝确实不愿去，他告诉王老倔："五座塬的年轻人多，多读书、学习，干点正事，组织起来训练，护村，也不反对，别出去惹是生非。教他们学习打枪、打猎是好事，再干什么都不行。枪弹主凶，招惹凶器能带来什么好处？"

王老倔一听没戏，寒暄几句走了。

王老倔回去和高先生、老薛商量请四梅爹和栓子找郭文耐协助五座塬建护村队。

四梅爹不想把自己牵扯进去，听了一口回绝道："你们想干什么都行，出去惹事我不干。开始说组织护村队对付土匪，我想那是好事，有了护村队，小蟊贼就不敢来了。没想到又要出去惹事，你把那些王八蛋惹急了，有你的好果子吃？要去让你爹去。"

栓子左一个表叔爷，右一个表叔爷，央求道："表叔爷，我爹一辈子什么人都不惹，可他最后是啥下场？我已經知道是谁领人害死了我娘，这仇能不报吗？我要不报仇，恐怕连你在背后也戳我的脊梁骨，骂我是软蛋、尿包。现在明显这仇我一个人报不了，可是张扁头有几十号人，咱们只有几条枪，不联合郭家塬就是领上大家寻死。您老人家有威信，郭文耐信你的，联合不了他们，把他的枪借来用一下也行。”

四梅爹听了，坐在炕上闷头抽烟。

栓子又软磨硬泡地说：“表叔爷，我也不想让大家为我送死，不连累大家，这仇，我一个人报。”说罢，栓子就要走。

四梅爹希望栓子是个有血性的人，但更害怕仇没报，反而把张扁头惹上了山，大家受到祸害。

栓子出了四梅爹的窑一个人走塬上，见朱占宝爹放羊回来。朱占宝爹放羊不拿放羊铲，背着半袋子羊毛，一边吆着羊，一边纺毛线，等到回家时，半袋子羊毛变成了毛线。下次出去，一边放羊，一边织毛衣、毛裤和毛袜子。一年四季朱占宝爹手不闲，一家人的穿穿戴戴大都是他织成的。

栓子走近问：“表叔爷（也就是表姑爷），回来了？”

“嗯，有事？”栓子性格内向，很少和长辈们打交道，朱占宝爹感到突兀。

“我想找你问个事。”栓子盯着朱占宝爹手中的毛线说。

“什么事？”朱占宝爹把毛线蛋子收了起来。

“野人洼的马掌柜是你什么人？”栓子站定问。

“问他干什么？”朱占宝爹站在栓子的面前。

“他家出事了，你知道吗？”栓子开门见山地说。

“知道，我听占宝说了。”朱占宝爹慢慢地说。

“我表叔爷想替他舅报仇，你知道吗？”四梅和朱占宝结婚后，栓子叫朱占宝表姑父。

“知道，他说过，让我给骂了一顿，咋的了？”

“我表姑父这次出门就是为报仇的事，马上就回来了。”

“你怎么知道？他咋去报仇？”

“他去摸情况，等摸准了就报仇。”

"怎么报？你也报去？"

"嗯。"

"就你们俩？"

"去的人多不顶用，有人没枪，还不是白跟上跑蹚子。"栓子向贾背洼的方向瞭了一眼。

"你说这话是啥意思？"朱占宝爹感到栓子话中有话。

"也没啥意思，郭文耐有两支快枪，我想借来，我爹和我表叔爷不愿去借，我只能用我家的那杆老土枪了，能不能报仇一锤子买卖，我怕连累我表姑父，你劝他别管了。"栓子说得很无奈。

朱占宝爹没有言传，抬头吆了一声羊，往前走了几十步，转过身问栓子："啥时候要？"

"等我表姑父回来就用。"栓子大声回应。

朱占宝爹赶着羊走了，栓子站在后面估计他会找四梅爹的，高兴地把拳头往另一只手掌上一砸，回家了。

第二天，朱占宝爹对栓子说："你表叔爷答应去借，啥时候要，你找他。"

四梅爹和栓子找到郭文耐时，郭文耐一听两人的意思，双手直摆："枪是我花银子买的，凭啥要借给你。"说归说，又招呼两人在家吃饭。坐在饭桌前，四梅爹把朱占宝舅舅一家的事告诉了郭文耐，郭文耐听后许久没有言传，最后说："我知道张扁头那个驴日的太坏了，可我舍不得我的枪，怕有去无回。"

栓子说："我用东西抵押。"

"你用什么作抵押？"郭文耐问。

"一支枪一百垧地。"栓子直接说。

"你爹同意吗？这么大的事，你一个娃娃说了顶用？"郭文耐听了栓子的话，不太相信。

"我爹自我娘去了后，什么事都不管。要不能让我表叔爷过来，自己早来了。”栓子把自己想好的一套话说给了郭文耐。

郭文耐最近在外面耍赌，听到很多人骂张扁头祸害人的事。四梅爹提出借枪，郭文耐还真舍不得。枪这玩意，是用来杀人要命的，一旦借出去，责任也借出去了。枪一响，追查下来，肯定脱不了干系。一支枪压一百垧地要说也不少，郭文耐不是要卖枪，也不缺那一百垧地，想了很久说：“你俩真叫我为难了，借枪不是个小事，按理不该借给你们，可谁让咱们是亲戚呢。用完要还给我，地就不说了，有句话就行。”

郭文耐用一件老羊皮袄裹着枪，递给了四梅爹。

两人临走时，郭文耐问：“张保长，你们知道吗？”

栓子摇了摇头，四梅爹问：“哪个张保长？”

“张科，下塬的。后来迁到姬塬那边了。”郭文耐解释说。

“怎么了？”四梅爹点了下头问。

“张保长那天见我，好像想从中调和，了消栓子家的事。”郭文耐顿了一下又说，“我当时装作不知道，没言传。”

栓子不知道张保长是谁，听说要了消这事，就说：“干爹，我娘都叫他们弄死了，你说能了消吗？”说着，鼻子发酸，有些哽咽。

“好了，好了，不说了，你们的事，我不管，提醒一下要注意。”看到栓子的样子，郭文耐忙打圆场。

王宝知道四梅爹和栓子把郭文耐的枪借来了，装作什么也不知道。为了让王宝放心，除了训练，还组织学习，要求所有人背写《三字经》和《百家姓》。

进入腊月，高先生和老薛紧张地计划袭击张扁头，很多人对栓子、朱占宝等人的安全担忧了起来。

朱占宝和吴起娃在野人洼住了很长时间没有探回什么消息，高先生估计张扁头能派人去收拾窑洞，肯定会去的，又派三子到包家塬去打探。

包家塬在野人洼和五座塬的中间，整个村子围在沟壑之中，从五座塬到包家塬要翻一道沟，从包家塬到大水坑还要翻一道沟。村民们依沟而居，出门就要翻沟。到包家塬没有非要当面办的事，都是隔沟喊话。站在崖边使出全身的力气，拖着长长的尾音吼，那吼声抑扬顿挫，尤其是尾音声音拖得很长，当气息快用尽，声音低沉得几乎听不到时，换口气，拔高音调继续吼出去，这声音传播得很远，也极具韵味。

三子以打工为由来到包家塬，一连去了两家，都没找到用工人家。进入冬季，家家都闲得无事，谁还雇用人工。晚上，三子借宿在一个跛脚老人家，老人年轻时摔坏了脚，一走路，身子左右直摆。他见三子找不上活，就说：“你住几天，年后就有活了。”

三子知道老人是好意：“什么活都不干，住到别人家里，太打搅了。”

“谁都要出门，出门都有难处，我们家没有人手，年年地都撂荒，你盛下，开春把地给我们种上，有我吃的就有你吃的。”

三子听了这话非常感动，他知道老人实在、厚道，应承的话就要兑现，忙说：“老人家，我是个四处流浪的人，不敢保证在这能住多长时间，这几天要有活，我就住下，管饱肚子就行。”

“先盛下吧，明天再说。”老人看三子也是个老实人，诚心把他留下。

三子第二天起来帮老人扫院子、喂猪，上午和两个老人一起碾米、磨面，下午没事。三子觉得碾米、磨面是力气活，两个老人干不动，提出再碾些米，被老人挡住了，说碾多了一下子吃不完。三子就在村里转一转，翻过沟，往大水坑的方向观察了一下。

三子平时在老人家干活时，总是向路上张望。一天，他和老人正在铡草，远远瞭见朱占宝跑来了，撂下铡刀迎了过去，朱占宝跑得满头大汗，猛然看见三子急忙说：“张扁头带着人上来了。”

三子一听就往五座塬跑，刚跑了几十步，又转回来问朱占宝：“他们来了多少人？有多少枪？张扁头来了吗？”

三子把朱占宝问了个大张嘴。朱占宝远远地看见十来个背枪的人向包家塬走了，抄近路跑了上来，哪知道人数、枪支！

三子又问朱占宝："你确信有队伍上山了？"

"是的。"朱占宝肯定地回答。

"你喝口水，我去看看。"三子撂下朱占宝急匆匆地跑到村北沟崖边，想看看是不是张扁头的队伍，有多少人。

这是一条古老的盐马古道，一条仅容骡马行走的山路傍这山崖弯弯曲曲地绕在山间，山崖的红砂石崖壁在数千年的风霜雨雪和洪水的冲击下，形成了千姿百态的形状，沟中有两个高大的土箭紧紧地依靠在一起，就像一对偎倚的恋人拥在一起诉说。三子爬到崖边无心欣赏沟里的景色，两眼盯着山路，盯着对面的沟口。他想下沟，又怕被张扁头堵到沟里。就在三子为难时，跛脚老人来了，他见三子着急的样子说："我过去帮你看。"

三子不忍心让老人翻沟，忙说："挺远的，算了吧。"

"这娃，看你说的，这沟我不知爬了多少次，虽然瘸着一条腿，走习惯了。你俩刚说的张扁头，我也听说了，坏尿，该整治整治。"

三子想张扁头不认识老人，碰见不会起疑心，对老人说："我想知道他们来了多少人？有多少支枪？你想办法给我吱个声。"

老人一瘸一拐地下了沟，绕过已经干涸的沟底向沟对面爬去，三子远远地望着老人越爬越远，越来越小的身影，心里热乎乎的。

老人用了近半个时辰才爬过沟，朱占宝喝过水，吃了几口馍馍，过来告诉三子："我先过去，知道后给我传个话。"

三子问："我咋说，你才能听懂呢？"

朱占宝看到远远的滩里有一群羊："就说羊吧。"说罢，提根棍向五座塬走了。

沟边有一条羊肠小道在山峁间曲折地向前延伸，转过一道山峁就被遮挡住了。老人见路上没有人，转身向三子摆了摆手，找了个地势较高的地方坐下，拿出火镰和旱烟袋抽起烟来，一锅烟还没抽完，远远看见山弯里转出一队人马，没等他看清，又被另一道沟岔挡住了。老人想给三子报信，不知道说什么才好，猛然想起日日唱过的陕北民歌，没头没尾地吼了一句：

一道道子山来一道道子岭。

三子正爬在沟崖，猛然听到对面沟边传来了歌声，抬起头向沟对面望去。只见老人奓起手向前面指了指，三子明白老人在给他报信，明白是张扁头的兵马来了。

不到一袋烟的工夫，老人的歌声再次响起，三子侧耳细听：

山丹开花哟背洼洼里红
赶骡子的哥哥进了村
哥哥（呐）去了包头城
一去就是一十五月整
赶年底哥哥往家里转
十五个灯笼（呐）个个红
远远瞭见回来了
转过了山弯不见了

老人停顿了一下，向三子招了招手。吼陕北民歌招手是最平常的动作，唱着唱着老人向着张扁头的队伍迎了过去。三子瞭不见老人，回想老人刚才唱的民歌，猜出这帮人中有人骑着骡子，大概有十五个人，两次出现十五这个数字，会不会“十五个灯笼”指十五条枪？想到这里，三子向村南边的沟边跑去。

看见朱占宝坐在沟对面，三子拖着长长的尾音对朱占宝喊道：“哟唉……，你瞭见我家的羊了吗？我十五个羊过沟了。”

朱占宝吼道:“多少?”

“十五个!”三子一个字一个字喊出。

“有骚胡吗?”朱占宝想知道张扁头来了吗?

“我不知道。”三子明白朱占宝的意思。

“有记号吗?”朱占宝想知道带了多少枪。

“每只羊都打了耳记。”三子用羊打耳记这一生活常识把朱占宝想要的内容传了过去。

“知道了。”朱占宝站在对面沟沿回答。

三子不知把骑骡子的话怎么递过去,估计跛足老人告诉他骑骡子的,可能是张扁头,又对朱占宝吼道:“有一只骚胡。”

朱占宝拔腿向五座塬跑了。

三子传过话后,跟在朱占宝后面也回了五座塬。

高先生得到信息,听说张扁头带着十五个人过来,仔细计算双方的实力,五座塬的人只有十来个,尤其是缺少枪支、子弹,打埋伏明显不行。只有堵在窑里打黑枪。

想好之后,高先生说:“咱们人太少,先干一家伙再说。”

王老倔摇了摇头:“咱们可不能吃亏,第一次吃亏就没人干了。”

“我想用几个人,打完就跑。”高先生有自己的想法。

回到窑里,高先生对朱占宝说:“你去把栓子找来。”

朱占宝喊栓子时,碰见武二,就一起叫来了。

高先生环视了一下在场的人说:“晚上张扁头可能要去贾背洼,咱们干他一家伙。武二和三子到贾背洼的路上,溜远点,千万不能让他们看见,确定是张扁头就回来。”

两人走后,高先生说:“今天是护村队的第一仗,一定要打好,栓子和朱占宝的仇能不能报,全凭这一仗,但有一点,我们人少,人家人多。硬打肯定打不过。不过,我们在暗处,他们在明处。到时候要听话,让打就打,让撤就撤。”高先生表情很严肃。

他环视了一下大家说：“栓子和老薛、朱占宝、武二去一根葱家对面，怎么打，听老薛的。”老薛和栓子点了点头。“栓子和武二各有支长枪，老薛有支短枪，朱占宝带支土枪去，土枪的威力大，到了近处再打。”

又说：“其他人到贾背洼东梁接应老薛他们，老薛在沟南一打响，张扁头会向东边跑来，我们就埋伏在东梁上，他们过来再给他一家伙，争取把张扁头搞掉。”

最后商量把袭击的时间定在早晨天擦亮时。

布置安排完后，高先生和王老倔上了五座塬，他俩觉得这么大的事不能不跟王宝说。

王宝背着手在院子里转悠，最近一段时间武二、朱占宝不断出去，王宝奇怪地问栓子：“老高他们准备干啥？”

栓子如实地告诉他爹：“计划打张扁头。”

王宝听说要偷袭张扁头，思考了一下说：“就凭你们几个乏人，能干这么大的事？”

栓子说：“干不成，也要让他知道，五座塬人不是好惹的。”

王宝说：“小心偷鸡不成蚀把米，把骚撩了上来。”

刚才栓子和武二被叫走，王宝猜到又是商量偷袭张扁头的事，替栓子和武二担心，一个人呆在窑里心烦，就在院子里转悠，看见高先生和王老倔过来，忙招呼到窑里。

进了窑，高先生直接告诉王宝自己的安排，王宝不放心地说：“你们几个种地的，能行吗？”

“准成，你不知道，自从栓子上次打了黑枪，张扁头的尻子松得很，我们准备不露面，瞅好机会打了就跑。”

四梅爹远远地瞭见高先生到了王宝家，跟朱占宝爹也过来了。

四梅爹不放心地问：“你能有几成把握？”

高先生听了说："没有十成的把握，要能打死，把仇就报了，打不死，我敢保证他挨了打不敢追来。"

尽管高先生做了保证，三个老人还是非常担心，每人捏着一支烟锅"吧嗒吧嗒"地低头抽烟。王宝咂了两口烟，抬头望着高先生说："我想冒昧地问个事，不知道当讲不当讲？"

"你讲，有什么不当讲的！"高先生也拿着烟锅，一直没有点燃，听到王宝的问话，把烟锅头向王宝面前伸了一下，王宝伸出烟锅头，两人的烟锅头对在一起，都深深地吸了一口。

"你究竟是个干啥的？"王宝把嘴里的烟吐出去问。

高先生仿佛知道王宝要问什么，淡淡地一笑说："你知道刘志丹吗？"

"听说过。"王宝如实说。

"你听说过红军吗？"高先生又问。

"也听说过。"王宝不知道红军是干啥的，他知道在陕北有这么一支队伍。

高先生笑了："我就是。"

高先生的答复让王宝很惊奇，他猜到高先生是队伍上的人，只想听他个准话。

听了高先生的身份，王宝把目光移到王老倔身上。王老倔一看，王宝转身看他，直了一下腰说："我以前是哥老会的，现在也跟了他。"

王宝想问还有谁，但话到嘴边没有说出来。

高先生看出王宝的意思，心想索性都告诉王宝吧。他说："你想还知道有谁不？还有老薛，他也是从哥老会转过来的。"

王老倔一看说开了，就说："三子以及从陕北来的那两娃也是。"

高先生和王老倔都没提朱占宝，但朱占宝爹和四梅爹猜到朱占宝也是。

晚上朱占宝、栓子住在王老倔的窑里，三星上来的时间，武二和三子回来说张扁头天黑后才进贾背洼，所有的人分开住在一根葱家的几孔窑里。

天交子夜，大家分头行动，为避免惊动郭家塬、贾背洼的狗，老薛、栓子、武二、朱占宝绕了一大圈才摸到一根葱家对面的梁，老薛原打算用土墙袭击，他算计面前这道沟有二十多丈宽，土枪根本打不到，爬到沟崖，找不到一个能够隐蔽的地方，决定放弃土枪袭击。

天渐渐亮了，一根葱的院子已经有人走动，老薛告诉栓子不能见人就打，要等张扁头出来再动手。又过了很大一会儿，一根葱端着尿盆出来了，随后几个当兵的也出来撒尿，就是不见张扁头。栓子一个劲地问武二：“你是否不认识张扁头了。”

武二说：“他长啥样我现在想不起来，一见准能认识，出来的人没有张扁头。”

又等了一会儿，太阳已经出来了，爬在上梁上的老薛等人已经无法撤出。栓子看到从一根葱的窑里出来了一个人，忙问武二：“这是不是张扁头？”

武二看了看说：“这个有点像。”武二话音刚落下，栓子手中的枪就响了。窑门前冒起了土。老薛一看抡起手枪打了两枪，没等武二开枪，出来的人就窜进窑里。

枪响之后，一根葱家的窑里没有任何还击，也听不见任何声响，老薛等人又趴了一顿饭的工夫，突然听到一根葱家窑背后响起了枪声。老薛断定张扁头向后山跑了，带着栓子等向高先生伏击的地方跑去。

高先生埋伏在贾背洼山后的小路，听到枪声不久，见从一根葱家的山峁后爬出十几个人没有上路，冒荒跑了，高先生埋伏点离张扁头有一里多地，知道打不上。

张扁头冒荒跑了一段，又折到小路上，三子一看张扁头跑回来了，拿着栓子家的土枪迎了上去，在距张扁头很远处打了一枪。这一枪离张扁头太远。张扁头一早晨连续遭到两次枪杀，吓得不轻，听见枪响后再次折到荒地上，向大水坑的方向跑去，跑着跑着遇到一道沟挡住了去路，拉着骡子下了沟，走着走着，只听“砰”的一声枪响，一个保安队员倒在地上，张扁头等人立即趴在地上。张扁头向四周瞭望了一圈看不见人，大着胆子站了起来，一抬头看到山梁上跑过四个人，他认出是郭文耐。

这一枪的确是郭文耐他们打的。入冬以来，郭文耐又召集人在家赌博，麻三也隔三岔五地蹭在这里帮着打杂、混个油嘴，遇到赢钱分红利，还能捞几个毛钱。早晨贾背洼传来枪声后，麻三立即联想起栓子，他对郭文耐说：“贾背洼打起来了。”

郭文耐迷迷糊糊地被麻三吵醒，眼睛都没睁，问道：“怎么了？”

麻三重复了一句：“五座塬人把张扁头打了。”

郭文耐一骨碌翻起来：“死了吗？”

“不知道，刚听见打枪了。”

郭文耐在炕上坐了一会儿，对麻三说：“喊几个人，咱们去看看。”

麻三喊上虎子和郭家塬的一个青年，临走时虎子提了一支土枪，几个人抄近路向贾背洼走去，没想到正好碰见张扁头。郭文耐等人趴在沟边见张扁头在沟底下向他们跑来，郭文耐突然说：“五座塬人要是在这里给他一枪，一枪就报销了。”

郭文耐话一出，背枪的小伙子连忙把枪摘下来，递给了郭文耐。郭文耐手一推，枪被推到麻三的身边。麻三不敢接枪，土枪就放在他的身边。

沟里的张扁头从沟里向上爬了，郭文耐对麻三说：“麻三你要是五座塬的种，给他一家伙。”郭文耐想到女婿武二可能在袭击张扁头的人中，撺掇让麻三开枪。

麻三曾想过要打死张扁头，一到关键处就㞞了。听了郭文耐的话，麻三把枪拿到了手里，却不敢开枪。

郭文耐见麻三下不了手，又说：“你是你大㞞做的，就打呀！”

麻三被骂，心一横，牙一咬，闭上眼睛，搂动了扳机。枪响之后下面的人全趴下了，郭文耐一看，忙说：“快跑。”他们还是被张扁头看见了。

不久，张扁头传出话来，扬言要带人血洗郭家塬，扒了郭文耐的皮。

精心策划的袭击失败的原因很多，高先生承认自己对一根葱家的地形、地貌勘察得不清，也没有把护村队的人带上手，纪律性不强。可当听说张扁头要血洗郭家塬，扒郭文耐的皮时，又为郭文耐捏了一把汗。

高先生重新训练护村队，王老倔和朱占宝爹对五座塬的所有土墙进行检查，发现五座塬的土枪质量太差，有的根本打不响，需要改进或更换成安装了火炮子的枪。几天后听说一根葱去了大水坑，武二、麻三和五癞子悄悄去了趟一根葱家，发现一根葱家的四孔窑洞在窑掌处互相通着，还有一条通道挖到山背后。

三十三

听说张扁头认出自己，郭文耐后悔不迭，恨不得把自己捶一顿，在家长吁短叹的。翠翠妈劝导说：“祸已经惹下了，捶死有什么用？”翠翠和武二回来，郭文耐一见武二开口大骂：“你这个婊子娃，整天跟上你的那些贼爹想干啥，不是因为你，哪有这事？”

武二站在地上把头低下，什么话都没说。过了几天，栓子替王宝过来看望郭文耐，把枪还了回来。郭文耐害怕遭到报复，放出话说自己那几天在外耍赌，那个驴日的给身上扣屎盆子。话虽这么说，郭文耐还是安顿虎子要多留点心，让郭家塬的人把土枪都装满火药。

张扁头对郭文耐的报复是说来就来。腊月二十下午，张扁头带人闯了进来。郭文耐一看跑不脱，从窑掌的山芋窖钻进去。郭文耐家的窑是双层的，从外面看是一孔窑，实际上从山芋窖进去有一条通道，直接通窑顶，在窑顶有 个暗室，有一个烟囱向上通气，还有一个锨把粗的通气孔即可以看见院子里的情况。郭文耐藏在暗室里，通过通气孔见张扁头提枪站在院子里。

窑里只有几个在他家做馍馍的婆姨，张扁头把女人们逼到角落里，逼问郭文耐的下落，一个女人被逼得无法，说：“他就在窑里。”

张扁头忙退到院子里，对着窑里大吼：“郭文耐你给老子出来，你敢放老子的黑枪，老子怎么把你惹了，是把你妈睡了？你出来给老子说说。”

无论张扁头在院子里怎么叫骂，郭文耐躲在窑里一声不吭。张扁头见郭文耐不出来，把枪一挥：“搜，他今天是大腿上的虱子，往屎上跑呢。”

张扁头话音刚落，四五个保安队员端着枪就进了窑，见缸就翻、见洞就钻，把头伸进山芋窖里看到里面是半窖山芋。

保安队员们翻箱倒柜，把郭文耐放在缸里、柜里的元宝、银圆搜了出来。一看到银子他们忘记自己进来是干什么的，一个个把银子往身上揣。张扁头站在院子里很长时间不见人出来，大声向窑里喊：“找上了吗？”

保安队员这才丁零当啷地揣着银子跑了出来。张扁头见一个个怀里装得满满的，问道：“郭文耐呢？”

保安队员们一个个头摇得像拨浪鼓似的，又把郭文耐院子里的大窑、小窑挨个儿搜了个遍，折腾了一个多时辰找不上郭文耐。

张扁头猜想郭文耐已经跑了，知道这里是是非之地，领着保安队员带着搜来的东西跑了。

临出门时，对几个女人说：“你们都给我听着，郭文耐跑了和尚跑不了庙，下次抓不住他，你们一个都跑不了。”

张扁头带人进郭家塬时被五座塬人看见了，高先生得知这一情况，马上召集人去救援。腊月的枸子山光秃秃的，一只野兔跑着，人离得很远都能看得清清楚楚。刚翻过沟，远远看见张扁头带着人往回走，张扁头一看想躲已经来不及，就近找个地势较高的地方埋伏起来。

五座塬人也躲在一座山峁上，两支人马各守着一个山梁，谁也不敢露头。

张扁头伏在山梁上不见五座塬人过来，怕时间久了，郭文耐领人追来，指挥人向外撤，高先生一看张扁头想跑，喊了一声：“打！”老薛、武二、栓子、朱占宝、三子拿着长枪、土枪一起打响了，山梁上尘土飞扬。

这是两支没有任何作战经验的队伍，张扁头的人平时在老百姓中耀武扬威，打起仗来一个个都是怕死鬼。五座塬人在一排子枪打出后，也窝到梁坡下安装火药不敢露头。

郭文耐见自家的银子被抢，从窑顶下来提着枪追了出来，出门遇到虎子，两人一起追来。半道上听见枪声，两人摸到张扁头的背后，郭文耐拿起枪不管打上打不上，“砰砰砰”放几枪，虎子溜到跟前，用土枪向人员集中的地方放了一枪，一枪之后几个人都跳了起来。张扁头一看遭到两头夹击，心想再不跑，自己的人就被打光了，喊道：“不想死的，快跑。”躺在地上的匪徒“呼啦”一下全爬了起来，瘸的拐的，全跑了。

郭文耐一看，提着枪一边追一边喊：“想跑，没那么容易，把老子的东西留下再跑。”几个怀里抱着元宝的保安队员抱着元宝跑不动，听话的把元宝撂下了，揣着银圆不想扔，用手捂着银圆往前跑。郭文耐一看，银圆一块都没有，对准人群又是一枪。几个胆小的手一松，银圆从衣襟上“哗啦”掉了下来。武二看到岳父提枪追人，也跳起来跟着追了出去。他不知道郭文耐被抢，也跟着喊：“不放东西，就打死你。”

再说麻三半道上解了个手就落在后面，听到枪声，麻三心想子弹是不长眼的，躲在一个土包后面。张扁头仓皇逃窜时，正好跑到麻三躲藏的地方。麻三一看许多人提着枪向他跑来，吓得没命地向前跑，张扁头的人马跟在后面追了过来。

慌不择路的麻三跑到贾背洼村北的沟里，张扁头的保安队也跟着麻三边追边打，进沟后麻三知道坏了。这是一个沟嘴，再向前是个立崖，麻三急忙往沟上爬。来的时候麻三顺手从家里拿了一支土枪，可他的枪里根本没有安装火药，跑着跑着，他转过身想看看后面的人离他有多远，拿着枪把身体向后一转，后面的几个保安队员迅速趴在地上。麻三明白是怕他开枪，趁机向上爬了几步，追兵们追时他再次把枪举起来，等到保安队追到麻三爬沟的地方，麻三已经爬到半坡，爬着爬着他手一松，手里的枪掉了下去。

追到沟边，几个保安队员一起举枪向麻三射击，一阵枪声响过之后，麻三栽倒在沟畔。

张扁头偷袭郭文耐险些被包了饺子，当天晚上跑回大水坑清点人数，两人失踪了，一个被铅弹打伤。

麻三的腿也被打伤，用手一摸看到满手鲜血，吓得趴在沟畔动弹不得，过了很久才直起嗓子大喊："救命。"

打跑秀云，贾占清的酒也喝得少了，一个人既要操持家务、喂鸡、喂猪，还要放羊种地。

自从一根葱沾上张扁头，贾背洼已经响了两次枪。听到响声，贾占清以为一根葱家又被袭击，想到一根葱不在家又否定了。贾占清爬到山梁上，看到一个人顺着沟对面的山坡连跑带滑地滚了下来，后面追来三个拿枪的人，追追停停地跑了过来。

起初，距离远，他没看清，等到沟崖下，看清追赶的是麻三。一见麻三，贾占清满肚子怒火，心想打死才解恨，见麻三从沟里往上爬，心想等你爬上来，老子一脚把你踹下去。

贾占清的嫂子听到枪声也爬了上来，问贾占清："怎么了？"

贾占清不愿说麻三的事，答道："没事。"

"没事，怎么噼里啪啦地直响。"就在这时，麻三在半坡上喊道："救命！"

贾占清嫂嫂听到有人喊救命，又问："谁在喊叫？"

贾占清很不情愿地说："麻三被打伤了。"

贾占清的嫂子想起了麻三给她的那块布料，对贾占清说："在哪里？拉上来吧，总不能眼睁睁地让他死了。"

"要拉，你去拉，我不管。"贾占清对麻三怀恨在心，一甩手走了。

贾占清的嫂子往沟边走了几步，看见麻三趴在半沟坡上，想下去怕自己拉他拉不上来，回头见贾占清走了。趴在半山崖的麻三看见贾占清的嫂子，忙伸出手，喊道："嫂子，救我。"贾占清的嫂子见麻三两个眼睛骨碌碌地直转，使劲往前爬，一条腿拖在后面爬不动。再看脚底下长满了莎草，那草一道一道地形成一级级天然的台阶。她用脚试了试，觉得自己踩着莎草能下去，就一步一步地往下挪，慢慢靠近麻三。

麻三见贾占清的嫂子挪着步子下来，觉得自己有救了，静静地不再喊叫。贾占清的嫂子挪到麻三前，麻三像受了委屈的孩子见到亲人一般，叫了一声“嫂子”，鼻子一酸，眼泪流了出来。

贾占清的嫂子蹲下，抹开麻三的裤腿，见麻三腿肚子的血和泥草粘合在一起，看不清伤口。麻三流着眼泪嚷嚷：“嫂子，救我。”

贾占清的嫂子看不见伤，没好气地对麻三说：“别叫，死不了。”她想拉麻三，拉不动，就对麻三说，“你扶着我站起来。”

麻三扶着贾占清的嫂子往起一站，他的大裆裤掉了下来，连忙往上提，想把裤带系住，裤腰里空空的，裤带不知掉到哪了。就一手提着裤子，一手拉着贾占清的嫂子。

贾占清的嫂子回头喊贾占清，喊了几次贾占清才不情愿地过来，抓住麻三的一条胳膊，和他嫂子两个人连拉带架，费了很大的劲把麻三拉上沟，扶到贾占清家窑里。

贾占清的嫂子找到伤口，见子弹从腿肚子擦了一道口子，没有伤骨动筋，找了一把棉花烧成灰，敷在伤口上，又把麻三送她的那块布料翻出来，剪下一块盖在上面，用布条扎紧。

这一仗五座塬人和张扁头打了个平手，就少了麻三。麻三一家大哭小叫地正乱成一团时，麻三被贾占清送回来了。这一次麻三添油加醋地吹了几天。麻三的话谁也不信，可看到麻三的枪伤，又不得不相信几分。

郭文耐家的浮财追回了一部分，损失也不少。翠翠妈坐在院子里哭了半天才被武二和翠翠连说带劝地安顿回家。

张扁头连续在五座塬吃了几次亏，对郭家塬、五座塬人恨之入骨。看看自己手下几十个人，平时耀武扬威，抢东西也是一个顶俩，但一遇到打仗，胆子比老鼠还小。回到大水坑，他逼着手下的人把在郭文耐家抢来的东西全部交出来，分成几份，和侯七去了惠安堡。晚上，他把准备好的东西分别送给惠安堡警察所长和保安大队长，在警察所所长的引荐下认识了马鸿逵驻在惠安堡的骑兵二团一营营长孙兆祥。

孙兆祥是河南睢阳人，1928 年中学毕业考入信阳教导队，毕业后参加了马鸿逵的部队。他为人独断专横，做事心狠手辣，深受马鸿逵的喜爱，年龄不大就被提拔为骑兵营营长。1933 年随马鸿逵来到宁夏，后在同心驻防，听说红军要攻打宁夏，调防到惠安堡。

俗话说："得人钱财，与人消灾。"孙兆祥拿了张扁头的银子，答应要帮张扁头出气。张扁头又开始酝酿一场新的报复计划。

三十四

离过年越来越近，老薛带着吴起娃和清涧娃走了，高先生心里惦记着张扁头的报复，不敢离开。麻三腿上的伤一好利索，他爹托人买来一块布料、点心，让他去贾背洼谢恩。麻三硬着头皮到了贾占清哥哥家，见了贾占清的哥哥、嫂子，跪下磕了三个头。贾占清对麻三心里有气，听说麻三来了，没有过去。

麻三走后，贾占清提着麻三带来的点心到秀云娘家，给秀云爹娘磕了个响头，想给秀云赔不是，秀云躲得没见上面。过了一段时间，秀云爹把秀云送了回来。

和张扁头的两次对决，五座塬人的子弹消耗很大，快枪快成烧火棍了。高先生算了算大家手里的子弹只有十来发，估计郭文耐也不多了。

有枪无弹，高先生整天是提心吊胆。好的是张扁头也胆怯得不敢来了，五座塬、郭家塬人总算平安地过了年。

初五送穷，麻三起了个大早倒垃圾，他到村中间小路的交汇处见早已有人倒过垃圾，垃圾堆上还燃着半截没有燃烧完的香头。麻三没有抢到头一个，心里有些不爽。

风一缕一缕地从塬峁上刮过。吃过饭，麻三裹着皮袄上了塬，他眯着眼向四周望了望，整个塬峁空荡荡的，什么人都没有，便向栓子家溜达去。

栓子不在，麻三从栓子窑里出来，转身进了武二家。翠翠见麻三进来，什么话都没说。麻三觉得无趣，溜达出去，爬上窑畔远远地见虎子过来，抱着膀子迎了上去："上哪儿？"

虎子见是麻三说：“找高先生。”

“不对吧。”麻三阴阳怪气地说罢，诡秘地笑了。

“郭掌柜请高先生过去坐坐。”虎子看出麻三笑得不怀好意，补充一句。

“呃、呃。”麻三点着头，心想我为你差点被打死，请客就没有我，心里很不舒服。

“高先生在吗？”虎子问。

“不知道，武二不在。”麻三有意说。

听了这话，虎子的脸腾地红了，连忙把话岔开：“高先生呢？”

“不知道，你下去问。”麻三不想和虎子多说，看见虎子心里酸溜溜的。

虎子进了栓子家的院子，麻三挪步到栓子家的窑垴上，伸长脖子见虎子进了栓子的窑，他才走了，走出不远，突然放声唱了起来：

> 五座塬来五圆盘，
> 两条那个水沟夹中间，
> 水沟里有一个神仙洞，
> 红鞋鞋挂在那门当间，
> 挂在那门当间。

虎子听见歌声，猜到麻三取笑他。

进栓子窑里没人，又进了王宝的窑去请王宝。

栓子和武二一大早就去老村子找高先生。高先生昨晚睡下，觉得自己右眼跳得厉害，半夜起来到草棚找了片荞麦皮贴在右眼皮上。早晨起来，思前想后觉得不踏实，对王老倔说：“这几天一直心慌得很，怕是要出事。”

栓子进去看到高先生眼皮上贴的草皮问：“你也信这个？”

“我不信，就是跳得难受，贴个草皮看能起作用不？”高先生坐在炕上边说，边把眼皮上的草皮揭下来。

“小时候，我妈常说‘左眼跳财，右眼跳挨’的话，我爹不信，我也不大相信。”栓子对高先生说。

高先生没有接栓子的话茬，把前几天从栓子家带过来的几本书，往炕边放了放。这些书都是王宝的，大都是古典小说，还有《幼学琼林》和《弟子规》，是王宝让高先生教人识字用的课本。

栓子随手翻了翻《三国志通俗演义》，问道：“你快看完了吗？”

“这本书我以前就看过，只是版本不同，随便翻翻。”高先生已经下炕。

几个人坐在一起，估计张扁头吃了亏后不会善罢甘休。

高先生提出把五座塬、郭家塬等邻近村子联系在一起，小心被张扁头单个收拾了。

王老倔也觉得应该把大家召集在一起商量一下，联合不成，至少互相通个气，不要吃了暗亏，他问栓子：“咱们这里有多少个村子？多少个塬？”

栓子想了想，算不过来，摇了摇头说：“我只知道前塬、饶塬、包塬、穆塬、姬塬、左塬，别的说不上。”

高先生说：“这事得和王掌柜商量，当前最主要是缺弹药，快枪没有子弹，土枪没有火药。”

王老倔也说：“没有弹，枪连个烧火棍还不如。”

高先生提出到花马池城或定边城去购买，又觉得没有可靠人不敢轻举妄动。

栓子、武二和高先生从老村子到五座塬已经到了中午，路过翠翠家窑门口时，翠翠告诉高先生：“我爹打发人来请我干爹、你和栓子过去吃饭，有事商量。”

王宝告诉高先生自己答应一起过去，高先生把想联合周边庄子的情况告诉了王宝。

王宝自从在五座塬被张扁头领人抢劫后，再也不反对组织训练了，听了高先生的提议，想了想说：“能联合起来固然好，就怕联不起来。不过给各庄子打个招呼，通个情况还是好的。”

王宝和高先生商量了一会儿一起出来，喊上栓子准备到郭家塬。

翠翠见大家准备动身，就对武二说：“爹让你也过去。”

武二一听还请他，推辞说：“我就不去了。”

翠翠头一扭进去了，临进窑时说：“狗肉上不了抬杆秤。”武二听见，什么话都没说，栓子向武二伸了一下舌头，做了个鬼脸。

郭文耐被抢后，武二和翠翠去了，见一向霸道的郭文耐流眼泪，翠翠妈看见了女儿大哭，那哭声极具韵律，长吁短叹并拉着长长地余音，诉说如同念道白，融合在音律中，最后拍着大腿号道：“这叫我怎么活呢？”

翠翠听烦了，责备她妈：“该怎么活就怎么活，况且那些钱也不是好来的，抢了就算了，有什么哭头！”

翠翠妈一听，不哭银子，开始骂女儿不孝，一边哭，一边骂。翠翠一看自己的一句话把她妈惹下了，瞅了个空子溜了出去，留下武二坐在翠翠妈面前哄劝丈母娘。两人待了半天，连肚子都没填就回来了。

正月初二过去拜年时，翠翠妈一个人坐在灶火旁抹泪，翠翠一见忙溜了出去。武二陪郭文耐有一句没一句地瞎扯了一气，没说上一句心里话。

武二不相信郭文耐商量事会找他，只是觉得让他去，就得过去，怎么说也是老丈人。

山里人待客很朴实，来了人不论身份贵贱都是刀剁面，来的人多吃饸饹面。压饸饹有专用的床子，压起来省力，吃起来筋道。至于吃饸饹的汤料，肉多就切成手指大小的肉丸和饸饹拌上吃，肉少时炝成臊子汤，一碗汤一盆面，把面捞进汤碗。遇到无肉时，舀一瓢缸里腌菜的腌菜水炝成酸汤，一碗酸汤饸饹，即是待客的佳肴，也是家常便饭。对待贵客，在客人的碗底卧一对圆圆的荷包蛋。

郭文耐请高先生吃的是羊羔肉摊馍，花马池在什么时节吃什么羊肉，过了春节春羊羔肥胖鲜嫩，适于爆炒红焖，红焖后的羊肉汤便是吃摊馍最佳的汤料。

王宝和高先生到郭文耐家，围坐在炕上，武二帮忙端来一碟鸡蛋，翠翠拿出郭文耐事先准备好的酒，郭文耐端起酒碗说：“也没个菜，凑合着吃，感谢上次搭救之恩。”说到这儿，郭文耐突然一拍大腿，“怎么麻三没有来，他还挨了一枪，真的要感谢呢。来，先喝下这杯，让人把麻三也请来。”

郭文耐让虎子骑上自家的搐鼻子骡子去请麻三。麻三听说郭文耐请客没他，心里很不痛快，坐在家里，心想我为你郭文耐挨了一枪，险些送命，请客的时候却没有我，真是连点情谊都没有。想着想着，麻三烦躁地一摔门上了塬。

麻三在塬上转了一圈也没碰见个人，去了五癞子家。

五癞子一家人正吃饭，见麻三进来，五癞子站了起来，五癞子爹也趄着身子让麻三吃饭，麻三摆着手坐在炕边。五癞子把碗里的几个饺子“呼噜呼噜”地扒到嘴里，含糊不清地说：“走。”

五癞子把麻三领到妮子的窑，麻三见妮子不在就问：“妮子呢？”

“住娘家了。”

麻三诡秘地笑了一下。

五癞子看见骂道：“你笑㞎呢。”

麻三半开玩笑地说：“你不怕她给你再找个哥？”

“找就找去，反正我哥也没了。”五癞子跳到炕边坐下说。

“你爹不是让你和妮子一起过，你咋不同意？”麻三想到了自己和妮子的那一次，心跳有些加速。

“你说我咋过呢？我哥是我砸死的，我一看见她就想起我哥，跟她在一起，老觉得我哥就在旁边，咋能过成？”五癞子有些伤感地说。

“那你爹再不催你了？”

“不了，上次他们准备提亲，让我一说再不言语了。”

“妮子啥意思？”

“妮子也不喜欢我。”

麻三知道妮子喜欢谁，说：“你不和妮子过，好活了别人。”

“好活就好活。”五癞子知道麻三是什么意思，说出一句后就再没有言传。

麻三一看五癞子不说话就换了个话题：“你知道武二老婆跟谁吗？”

“早就知道了。”

“他俩今天准约到一起了，等会儿咱们搅和搅和。”

“要去你去，有啥搅和头。你又不是没有。”五癞子一句话把麻三堵得说不出话来。

过了很长时间，麻三说：“闲得没事，不搅和干啥呢？”

“你搅和别人，小心哪天你叫别人搅和了。”五癞子随口说的，麻三感到五癞子好像有意说他，心里有些不自在，又一想他和妮子的事没人知道，和秀云的事也没传到五座塬。

麻三和五癞子闲聊五座塬的女人，在这山大沟深的地方，闲了不讲故事，不说女人，没什么话题。只是五癞子话不多，性子直，三言两语就戳到了麻三的疼处，平时在人多处，麻三不敢和五癞子闲聊。

两个人正说着，五癞子爹进来了：“虎子找你来了，就在外面。”

麻三一听蹿了出去。

虎子见麻三就说：“郭掌柜请你去吃酒，还要感谢你。”

麻三听是郭文耐请他，顿时感到脸上光彩了许多，对虎子说：“你前面走，我随后就到。”

虎子把骡子缰绳递给麻三：“你骑上先过去，我随后去。”

麻三一听忙不迭地接过缰绳，骑上骡子就走了。

三十五

进入三月，王宝把栓子、武二招呼到一起，商量种地的事，翠翠听说叫武二商量种地，也跟了过去。

王宝开门见山地问武二："地已经化开了，能下犁了，叫你们过来，想合计合计看今年的地咋种？"

武二到五座塬多年一直放羊，对种地一窍不通，翠翠更是啥也不懂，听王宝的询问低头不吭声。

见武二不言传，王宝继续说："去年给你的那块地，你要想种就拉上牛去种，不想种就和栓子一起种，那块地还算你的。那块地是多年撂荒的生地，要种也得晒一两年再种。"

王宝停顿了一下，见武二仍不说话："你和栓子都不会种地的，有地也伺候不了，我想还是让高先生过来，揽工也行，合伙也行，打下的粮食匀着分，你们看咋样？"

武二在王宝家里多年，什么话都是听王宝的，种地的事更插不上嘴。那天栓子把地契给了翠翠，武二对翠翠说："地你要来了，我看明年你种，还是我种？"

翠翠知道武二不会种地，拿上地契说："不会种就让它荒着，有了地，就有了主心骨，总比啥都没有强。"现在王宝提出合伙种地，翠翠也在寻思，武二种不了合伙种的地，打下的粮食匀分也不吃亏，没等武二说话就把头点了又点。

栓子和武二两家合伙在一起犁地，栓子不会犁，武二也是个半瓶子，两个人坑坑洼洼地犁了一天没犁出多少，最后还是王老倔、三子和高先生过来一起犁的。王宝告诉高先生去年他们种的那块地，今年照种，只是请高先生多指导指导这两个娃娃。在高先生等人的帮助下，栓子把地犁完，又帮武二把翠翠的漫水地犁了。高先生觉得武二没必要再开生地，王宝给武二的地仍然荒着。

高先生去年种的地都在阴洼里，还没有解冻，需要再等几天了。他帮栓子犁地时问栓子："最近不知道张扁头在干啥，听不见动静。"

栓子说："要不咱们下去看看，小心张扁头又悄悄摸上来了。"

"我也这么想的。"高先生说。

"咱俩下去？"栓子询问高先生。

"朱占宝下去过几次，他熟悉情况，你明儿看看朱占宝家活干完了吗，把他喊上。"高先生对栓子说。

晚上，栓子回到家把准备和高先生、朱占宝一起下大水坑的事告诉了王宝，王宝沉默了许久才问："你们定了？"

"定了。"栓子怕王宝不答应。

"除了看张扁头在哪儿，还干啥？"王宝又问。

"我也说不上。"栓子的确心里没底。

父子俩沉默了，许久，王宝说："咱家的土枪好用吗？"

"不好用，有时候卡火，打不响，王老倔收拾过，还是不行。"栓子如实说。

王宝点了点头："我知道，那是老毛病了。"

王宝光着脚蹲在炕上，食指在毡上一上一下地敲着："还有药吗？"

栓子知道王宝问的是火药，就说："还能打几枪，镦子不多了。"

"你去，我也不拦你，看在下面能买支新的吗？"王宝把头抬了起来，看着栓子。

栓子没有言传，坐在炕边，两只手的手指交叉在一起。

“你把鸡窝拆了，将鸡窝下的坛子挖出来。”王宝依然蹲在炕上，面无表情地说。

栓子出去一会儿，抱进来一个黑釉陶罐放在了王宝的面前。

王宝看了一眼陶罐没有动，从炕上摸起烟具，搲了一锅烟，栓子给他爹打火。

王宝咂了一口烟说：“这是你妈腌菜的罐子，每年她都要腌一罐子蔓菁丝，一家吃着蔓菁丝过冬。有一年，我从西峰回来赚了几百两银子，你妈把罐子里的菜倒掉，把一对元宝用布包好藏在罐子里，她说留给你将来娶媳妇用。从此，我每次出门回来，她都要留下点东西放在罐子里，时间一长就攒下了。”

王宝悠悠地回忆着，他的思绪拉得很长。栓子坐在他爹的身边，仔细听着，昏暗的窑里十分静谧，清油灯一明一暗的火光照在两张凝重的脸上。

“你妈开始把罐子埋在炕洞门口，天天看见心里踏实，后来回娘家，你舅给她讲有个财主的银子埋在炕洞门口，被土匪翻走了，又把罐子埋在院墙根处，害怕时间一长忘了地方，在上面盖了一个鸡窝，养了几只鸡，天天看着她的鸡，也看着她的罐子。”王宝说到这里，好像很累，连烟都抽不动了，拿烟锅的手放在了炕上。

“这是你妈给你攒下娶媳妇的钱，她告诉我无论如何都不能花。现在我想通了，这钱该是你的，谁也拿不走，不该是你的，攒下也不是你的，那次我要和你妈一起走了，你到哪儿找这银子去？”王宝抬起手把烟锅嘴含在嘴里吸了一口，烟火不知什么时候已经熄灭，栓子准备给他爹点烟，被王宝伸手制止了。

“你想给你娘报仇，我能理解，有仇不报，枉为男人。可咱家那杆连兔子都打不死的枪，你能干什么，还不是白白去送命！我思谋着，你出去买支硬实的家当。这银子，你拿上面去买支快枪、弹药。”王宝说着把罐子口填的破布、棉花拉了出来，罐子里露出了银圆、元宝。

王宝伸手把银圆抓几把撒在炕上。

栓子背着铺盖卷跟着高先生、朱占宝一起去了大水坑，到那才知道张扁头领着二三十个民工到县城扒沙子去了。栓子不知道什么叫扒沙子。高先生说："那可真不是人干的活，要把压在城墙上的沙子，一簸箕、一背篓地背出去，那活能把人苦死。"

栓子无法想象那活有多苦。

三个人走进街边的一家小饭馆，饭馆不大，两张八仙桌旁各放两把条凳，三个人拣靠里面的一张桌子坐下。老板过来给每人倒了一碗茶，栓子吹掉飘在上面的几根茶叶棍抿了一口："哟，怎么这么咸？"

老板笑着说："这是盐茶，怎么不咸呢！"

栓子一听，为自己的孤陋寡闻感到难为情，不再言语了。老板却打开了话匣子："小伙子可能没有喝过，从这里向北到绥远的人一年四季都喝盐茶，这种茶喝起来稍微有点咸，却有明目消炎的作用，喝了之后什么牙疼、咳嗽全都好了。夏天喝这东西解渴，赶着牲口走西口，一路上保证头不晕。"

栓子听老板的介绍，低头喝了一口，由于喝得太猛，烫得他连忙吐了出来，伸着舌头吸溜吸溜的，惹得几个人全笑了。

高先生见老板没有什么事就问："你生意咋样？"

高先生一出声，老板听出来他的陕北口音，警觉地问："你们是从哪里来的？"

高先生不知道咋回事，就说："我们是从山上来的，咋啦？"

"听他的口音倒是山上的。"老板指着栓子说。

"咋回事了？"朱占宝故意问了一句。

"你也是山上的，就是你？"老板指着高先生有些疑问。

"我是花马池的，从陕北逃荒来的，来了多年，就是这口音改不了，花马池话腔口太硬，不好学。"高先生尽量用花马池话说，老板才点了点头道："我听口音，你是陕北人。"

高先生忙问：“陕北人怎么了，看你紧张的？”

“听说陕北闹了红，马主席下令让查陕北来的探子，前几天有几个人被保安队抓走了。”

“呃，我们是受苦的，又不是探子。”朱占宝说着，把自己一双布满老茧的手伸了出来。

老板把他的手挡了回去说：“探子都是手上布满老茧的人。”

“听说大水坑的保安队都进城扒沙子去了？干吗要扒沙子？”栓子又想到了前面的问话。

“没干过？你去干干就知道了。”老板看了一眼栓子，在旁边的一把条凳上坐下：“听说花马池县城从明朝就有了，城北就是蒙地，那里到处都是大沙窝，每年秋收后，大风把沙窝里的沙子刮起来，一个冬天后县城西城墙就被沙子埋住了，每年四五月县太爷让各村各堡派人去扒城墙上的沙子。沙子是个流动的东西，扒下面的，上面的又流了下来，只见干活不见出活，扒半个月沙子能扒掉人一层皮，回来的人都苦得黑干黑干的，这活太苦了。”老板说着还摇着头，好像他刚扒沙子回来似的。

高先生还想摸一下张扁头的去向，觉得没有话茬，想到还没要饭就说：“你看光知道扯磨了，还没叫饭呢，来三碗酸汤剁面。”

老板向屋里喊了声：“酸汤剁面三碗。”

栓子前面问过一次保安队的事，老板没有回答，栓子又问道：“这么苦的活，保安队的人还去干？”

“他们哪去干，都是押着庄户人去的，这次去的是里山堡的。唉，你们就是里山堡的，怎能不知道？”老板有些奇怪。

“我们那就几户人家，住在打虎店的后山里，山大沟深的，很少有人组织我们。”高先生忙说。

“呃。”

“保安队的人很多，跑进城吃住都成个问题。”高先生转着弯子问。

“三十几个人，没有都去。庄户人自己带着炒面、干粮，他们带着锅灶，睡在学堂里。不过这次去得早，学堂的娃娃还在上课，怎么住就不知道了。”说罢这话，老板进了灶房，他估计饭快做好了。

不一会儿端来了三大碗荞剁面，碗里辣子油漂得红红的，油汪汪的，一看就有食欲，高先生用筷子挑起了一筷头面，看到面剁得很细，均匀整齐，夸奖说：“好厨艺，难怪开饭馆。”

“没有人，一家人开的，老婆子剁的，凑合着吃吧。”听了夸奖，老板脸上喜滋滋的，嘴上谦虚地说。

高先生一行在大水坑没有摸到什么情况，朱占宝提议到花马池去看看，他去过一次花马池，知道大水坑离花马池有一百来里地远，起个大早赶紧一点，一天就到了。栓子没去过花马池，一听朱占宝的提议也想去。高先生想了想说：“想去就去，就是不能让张扁头看见，要是遇到张扁头那就坏了。”

三个人说走就走，从大水坑起身已经是下午了，晚上路过一个小村庄借住了一宿，第二天下午就进了城。花马池城里住有一千多人，三座城门，南门平时很少开门，东门也是偶尔才开，百姓从北门出进，天一黑城门就关了。

高先生住在城门外的车马店，店里的院子很大，能盛十几辆大车和几十匹骡马。

店掌柜张武是个三十来岁的年轻人，和高先生很熟悉，看见高先生来了，把他们领到靠近城墙根下的一个客房。栓子第一次出门，看见城墙，眼睛就不够用了，这瞅瞅，那看看，觉得什么都新鲜，问朱占宝道：“你来过花马池，这是什么东西？这么高，能上去吗？”

朱占宝来过一次花马池，也是来去匆匆，被栓子一问，张口结舌地答不上来。

三个人住下后，朱占宝找了个盆子，端了一大盆热水进来，让高先生泡脚。高先生常出门，知道跑长路泡泡脚舒服。他让栓子先泡，栓子是第一次出门看到什么都新鲜，见朱占宝端来一盆开水，问道：“这么多开水，谁能喝的了？”高先生让朱占宝把盆子放在地上，指示栓子把袜子脱掉，把脚放进去。栓子不肯，朱占宝抓住栓子的一只脚就按进盆子里，烫得栓子哇呀直叫。

栓子泡完脚，问清打热水的地方，去给高先生端水，他提着盆子一出门就看见张扁头摇摇晃晃地从大门进来，一闪身进来把房门关上了。高先生一看栓子的举动，拔出腰间的枪藏在门后。

张扁头带来扒沙子的村民住在街心的平民小学，他借口人多住不下，带着侯七等几个保安队员住进旅店。侯七每天监督干活，他在县城里闲逛。

旅店背后住的是马二寡妇，以前是土匪苏雨生手下马团长的一个老婆。马团长在花马池病死后，老婆当了烟花女，张扁头进城和马二寡妇打得火热，在马二寡妇的哄诱下，县政府发给民工少得可怜的生活费，被他花了一半。

高先生听说张扁头在店里，舔开窗户纸，见张扁头和两个护兵走进离他们不远的房间。真是冤家路窄，他怕栓子和朱占宝两人做出什么事来，告诫两人说：“县城比不得乡下，千万不敢轻举妄动，不要随便出进这个房间，尿尿也要夹到天黑。”

当着高先生的面，栓了和朱占宝一个个点头答应不出去惹事，可每个人的心里还盘算着如何把张扁头搞掉。

张扁头来到县城，除了到马二寡妇家，连街都不上。按理他的级别根本不够配护兵，自从在贾背洼遭到袭击，在郭家塬吃了败仗，张扁头知道自己结下了仇家，无论走哪里都领着两个护兵，晚上也睡在他的房里。

张武的店里一到晚上住下很多南来北往的脚户，院子里也热闹了起来，高先生趁着天黑，人多，领着栓子、朱占宝溜了出去。

花马池的街道一到晚上黑魆魆的，连个人影都没有。

三个人在城里转了一圈也没见个饭馆，好在高先生在这里生活多年，在一个巷道上敲开一家饼子店，买了十来个干饼子。

栓子自看见张扁头，心里一直盘算着如何动手，躺在炕上脑子里一直想着这事，可人家人多，城里也比不得山里，事成之后往哪儿跑呢？弄不好就让人捂了麻雀。

朱占宝也在想搞掉张扁头后往哪跑？花马池县城小，城周围都是空旷的草原，藏没个藏处，躲也躲不掉，朱占宝觉得花马池不是个下手的地方。

两人辗转反侧地想着个人心事，一夜都没有睡好。第二天早晨，高先生看到他两眼睛红红的，就问："昨晚你俩干啥了？"

两人几乎异口同声地说："没有啊。"

高先生说："告诉你俩，这里是花马池，不是枸子山，不要胡思乱想。"

高先生又拉过朱占宝："你上次来送信的那家能找上吗？"

朱占宝想了想说："应该还能。"

"我这有封信，你给我送了过去。"高先生说着，拿出一张纸条交给朱占宝，又说，"进去时多长点心眼，小心有人跟踪，认清老板把纸条给他。"

上午，朱占宝根据记忆，摸到曾经来过的那家杂货铺。铺子的位置没有变，老板还是以前的老板。

朱占宝一进去冒昧地问："你还认识我吗？"

老板瞅了瞅朱占宝，摇着头说："请别怪我眼拙，小店来往的人多，我这记性也差，对不住了。"

朱占宝还不甘心："我是去年夏天来的，才几个月时间。"

店掌柜的问："请问，你买什么？"

朱占宝有些失望，他只好问："有炸药吗？"

"没有。"店老板警惕地说。

"黑火药呢？"朱占宝又问。

"这个倒有点，你进来吧。"店老板已经认出朱占宝，听他莽莽撞撞在门面上买炸药，害怕弄出什么事，把他叫到后院。

朱占宝进去后说：“我是五座塬的，想买点火药打狼。”

“我是做生意的，不管你们的闲事，要打猎的火药、鐵子都有点。杀人的东西我这没有。”

朱占宝一听老板不认识他，高先生给他的纸条没敢拿出来。

回到店里，朱占宝把纸条还给高先生说店老板不认识他，没敢给纸条。高先生一听知道朱占宝没有按他的吩咐先给纸条。

第二天高先生让朱占宝再去趟杂货店，临行时高先生从手上抹下一个银戒指递给朱占宝，把戒指给店掌柜就行了。这一次进杂货铺，朱占宝在柜桌上一趴，店掌柜看到戒指就把他领到后院。朱占宝把戒指给了店掌柜提出买炸药、火药、铁子，店掌柜微微一笑说：“等你离开张扁头时来取。”朱占宝一听，惊得心差点跳了出来，怀疑这个店掌柜和张扁头是一伙的。

栓子想在城里买一支枪，进县城一看，整个县城小得连店铺都没几个，哪来的枪呢。他跟着高先生从北门走到街心，转到鼓楼旁，高先生让他进路边的一家杂货铺里问有黑火药吗，自己拐进另一家店铺。栓子到店铺里转了一圈，杂货铺里卖得都是农具、车具，没有火药，更别说枪了。

晚上，栓子悄悄地告诉高先生他想买支快抢，高先生什么话都没说，接过栓子给他的钱袋子放在自己的褡裢里。

三个人在店里又住了一天，高先生出去了几次，每次出门都告诫栓子和朱占宝不要轻举妄动。栓子报仇心切，嘴上答应着，背地里依然暗暗地寻找机会。

傍晚，栓子看到张扁头一个人摇摇晃晃地上厕所，悄悄地跟在后面，拿着一块砖，想趁张扁头小便时砸死他。高先生看见连忙咳嗽了一声。听到高先生的咳嗽，张扁头转过身，栓子也背过身子装着小便。

栓子回来埋怨高先生坏了自己的好事，高先生说：“我的瓜娃呀，院子里到处都是人，你以为你能跑掉，你这不是送死吗？”

朱占宝也帮着高先生说：“你一砖能砸死倒消停了，砸不死咋办？”

栓子听了，心里很不服气，把头扭了几扭，没说什么。

在城里待了三天，高先生好像什么东西都没买，三人出城走到三眼井旁，杂货店掌柜的赶着一条驴过来，驴背上的捎裢里装有纸张、笔墨、针头线脑和黑火药。

朱占宝接过杂货店掌柜拿来的褡裢问："多少钱？"

杂货店掌柜对朱占宝说："钱已经给了，回去不要惹事。"

三个人赶着驴走出城南几户人家，见路上蹲着一个猎户。猎户看见他们过来，迎了过来。高先生背着褡裢过去，把自己的褡裢放到猎户的褡裢旁，接过猎户递来了土枪。然后高先生拿起猎户背来的褡裢一句话没说就走了。

栓子见高先生出城神神秘秘的，看到土枪猜到是高先生给他买的枪，接过土枪背在自己身上。

三个人沿着花马池进山的盐马古道走了几十里路，在一个无人的地方休息时，高先生解开栓子身上背的褡裢，里面除了火药、鐵子外，还有一个布包，他一层一层地打开裹着的布，露出一支手枪，抽出弹夹，里面装满了子弹。栓子解开杂货店老板的捎裢，里面有黑火药、黄火药、铁鐵子，还有十几发子弹。

朱占宝看见子弹和火药问高先生："这钱是谁付的？"

"你呀。"高先生一本正经地说。

"我？"朱占宝惊讶地问。

高先生笑了，在自己的手指上做了个戴戒指的手势。朱占宝明白了，不过令他纳闷的是一只银戒指能买这么多东西！

看到自己想要的东西都有了，栓子和朱占宝心情愉悦，赶着毛驴上山了。

三十六

民国二十五年的五座塬迎来了春旱，麦苗旱得耷拉着脑袋，连身子都立不起来。荞麦、土豆眼看着要错过季节种不上了，五座塬人坐不住了，几个老人到王宝家，吧嗒吧嗒地吸上几锅烟，抽到肚子饿得咕咕叫的时候，将烟锅往烟袋里一戳，背着手回去了。

高先生等人从花马池回来后，把火药、镞子分成小包，放在干燥的地方。栓子把手枪送给王宝，王宝摆手不要。高先生接过枪，递给王宝说："不让你扛枪上阵，拿上防身。"劝了许久，王宝才接过枪。高先生也趁机教王宝学习装弹、射击。王宝拿着枪一发子弹都没打过，但他学习打枪的消息影响很大，五座塬的几个老人都翻出了自家的土枪擦拭，孩子们学习、训练也无人反对了。

一天王宝拉着高先生问："你们红军要老头吗？我是不是也算当了红军？"

高先生听了一愣，继而告诉王宝："红军是共产党领导的一支革命队伍，护村队打倒地主恶霸，打倒国民党反动派，也是党的队伍。"

听到"地主"一词，王宝喃喃地说："我不是地主，五座塬的土地不是我的，我只有自己种的和给武二的那块地，其他荒地都不是我的。"

高先生知道王宝的意思，那年五癞子爷爷要给王二爷写分地的字据，王二爷就说："五座塬的地不是我的，谁有缘谁种。"现在住的几家都没有任何契约，五癞子家占的地比王宝加上武二的地还多。

高先生说："我知道枸子山缺水不缺地，山里到处都是无主地，和陕北不一样。”

王宝听出高先生说他不是地主，放下心来。坐了一会儿，王宝又问：“我是共产党吗？”

高先生听了趁机把共产党的成立以及共产党的政策、主张向王宝做了宣传。这一夜，高先生住在王宝的窑里。

四月底，老天爷终于下了一场小雨，干涸的土地顿时湿润了。五座塬人开始抢种，上下两个村子几乎在所有的地里都种了荞麦和土豆。

武二和翠翠苦了一天，天一黑早早地钻进了被窝。天刚麻麻亮，他家的窑门就“咚”地被人推开，随着一股冷风闪进一个人。翠翠听到声响，连忙侧身探望，看到黑影闪进，本能地惊叫了一声。正睡得迷迷糊糊的武二被翠翠的惊叫惊醒了，没等他开口说话，就听到来人喊：“栓子，栓子。”

迷糊的武二辨不清是谁的声音，问道：“谁？”

“老薛。”来人压低声音说。

一听是老薛，武二连忙往起爬，翠翠也在被窝里摸索着穿衣服。

武二跳到地下，手里提着裤子说：“啥事？半夜三更的。”

老薛感到半夜突然闯进别人家不妥，见武二下来，把武二拉了出去。

翠翠摸黑穿上衣服，把被子叠起来才点亮灯。

武二见窑里灯亮了，把老薛拉进窑。武二见老薛双手捂着耳朵，忙说：“坐，炕上坐。”

老薛没有往炕上坐，拉了一把武二：“我还有人呢。”说着，老薛把嘴往窑外面一努。

“让人进来吧，外面冷。”武二说。

“不急，你住这孔窑？栓子和高先生呢？”老薛问。

“在旁边。”

“我弄错了，摸到你们窑里。”

武二正准备说话，见高先生披着一件衣服进来，把老薛的手抓住说：“你终于来了，还带来了这么多人！”

“你这里好吗？”老薛也紧紧地抓住高先生的手。

“暂时没什么。”

栓子一进门就说：“外面那么多人冻着，也不让进来。”

老薛开玩笑说：“你看，你一进来就把地占满了，哪有他们的呢？”

武二一听，忙说：“来里头坐，里头坐。”

“坐下，把你的情况讲讲。”

“我在测绘队，给一帮娃娃当向导。”老薛松开高先生的手说，“你知道吗？老刘没了。”说这话的时候，老薛瞬间就像换了个人似的，声音低了许多。

“什么？”高先生不相信地问。

老薛流出了眼泪，点了一下头，把嘴抿了抿说：“真的，过河到山西没的。”

高先生听了，眼泪涌出了眼眶，顺着面颊滚了下来，喃喃自语：“不会吧！怎么会呢？”

高先生转身坐在炕沿上，低下头任凭眼泪落了下来。

这时，窑外进来一个背枪的小伙子，个子比枪高不了多少，进门对老薛喊了声：“报告，他们也来了。”

小伙子的报告一下子打破了窑里的沉闷。

老薛没有回答小伙子，转身对高先生说：“我有个伤员。”

高先生一听，说：“抬到隔壁窑里。”说着，就向外面走，老薛、栓子、武二跟了出去。

两个青年抬着一块门板，门板上躺着一个人。高先生帮着抬到栓子窑里，七手八脚地把门板上的人抬上炕。栓子点着油灯举到跟前一看，抬进来的是清涧娃。

清涧娃脸色苍白，虚弱地躺在炕上，高先生和老薛一起把清涧娃的裤子脱掉，右大腿的骨头戳穿肌肉露了出来，轻轻一动疼痛得泪水直流。栓子不忍看清涧娃痛苦的样子，把脸调转过去。高先生看罢伤势问老薛道：“怎么摔的，伤得不轻。”

老薛说：“还不是遇到张扁头的保安队！”

老薛跟着清涧娃的测绘队，从瓦窑堡出来一路向西到花马池测绘地形，走到枸子山的赵记湾，遇到了侯七、王八领着保安队正在征粮。侯七等人正把一个没钱交治安费的老乡吊在窑外的一棵树上殴打时，测绘队走进了村子。他们一进村就被侯七、王八布置的岗哨发现，双方交火，二十多个保安队员端着枪向老薛他们五六个人扑来。从没打过仗的学生们一见这阵势，慌得又喊又叫，有一个学生在慌乱中跑散了，清涧娃为了救这个学生被保安队员追到了沟崖边，摔进沟里。

高先生听到这儿，猜到老薛等人是饿着肚子跑来的，拉过武二说：“让你婆娘给他们做点饭。”翠翠听说，忙开始张罗着做饭，两个女测绘队员给她打下手。

外面的嘈杂声惊动了窑里的王宝，王宝穿好衣服坐在炕上。王宝看见高先生起来领着老薛进来了。

老薛走进窑，向王宝拱拱手说：“掌柜的，打搅了。”

王宝见老薛进来，要从炕上往下溜，老薛上前把王宝挡在炕上。

老薛把自己回陕北参加红军，带人出来被保安队追打受伤的经过简单地讲了一遍。

王宝听说清涧娃受伤了，说：“我去看看。”说着，溜下了炕，和高先生、老薛一起进了栓子的窑。

窑里的清涧娃疼得龇牙，看见王宝一动身子，又“哎哟”了一声。

王宝忙走到炕边说：“不要动，不要动。”转身对高先生说：“赶快找先生看看。”

高先生说：“我先看看。”说着，走上前。

接骨正骨要等瘀肿消了后才能进行，高先生看到清涧娃腿上露出的骨茬，顾不了许多。

他找了块毛巾让清涧娃咬在嘴里，他环视了一周说："你们几个谁的胆子大？"

几个学生一听吓得直往后退，高先生对栓子说："把武二叫进来。"

老薛坐在炕上抱紧清涧娃的腰，两个青年学生压住清涧娃没有受伤的腿，一个学生在炕上帮老薛扶着清涧娃。高先生说："到时候，我喊到三时，大家一起用力，拽的拽、压腿的压腿、搂腰的搂腰，好坏就在这一下。"武二抓住清涧娃伤腿的脚脖子。

王宝见大家准备给清涧娃治疗腿，转身走了出去。

高先生数："一、二、三！"当数到"三"时，只见武二用力一揣清涧娃的腿，高先生在清涧娃受伤的腿上用力一按，嘴里咬着毛巾的清涧娃"妈呀"叫了一声，露在肌肉外的骨茬缩了回去，清涧娃疼得昏了过去。

清涧娃疼得浑身冒汗，高先生用手摸清涧娃腿骨的复位情况后说："有些茬口还没有对上，还得来一次。"

老薛用清涧娃嘴里的毛巾给他擦了把汗，心疼地说："他能扛住吗？"

高先生看看昏迷的清涧娃说："不复位，这条腿就残了。"

听说腿要残，大家什么话都不说了，老薛紧紧地抱住清涧娃的腰，武二按照高先生的示意再次用力拽清涧娃的脚，这一次他不像刚才那样使猛劲，用脚蹬着炕洞门，使出全身的力气像拔河一样拉住清涧娃脚往后扯。

高先生一边用手捏，一边用拳头敲，连敲带捏了一会儿才说："好了。"武二喘着粗气放下了清涧娃的脚，脸上沁满了汗水。

高先生想找点新棉花，可栓子家什么都没有。正在做饭的翠翠听了，把自己的棉袄前襟拆开了一个小口抽出棉花递给高先生。

高先生看到翠翠从自己棉衣里一缕一缕地抽出棉花，默默地接到手里。两个女学生看到翠翠抽衣襟里的棉花，抱住翠翠的胳膊。

中午时分，武二见两个测绘队员趴在炕沿上，在一张纸上画满了弯弯曲曲的线条，他问老薛：“他们在干什么？”

“画地形图。”

“啥叫地形图？”

“打仗用的，指挥人员一看图就能知道哪里是沟，哪点是梁，哪点有敌人，应该在哪点打。”老薛详细地告诉武二。

武二瞪着眼睛不相信：“这些屎壳郎爬过的渠渠道道，能这么神？”

站在一边的栓子听了也觉得不可思议，他不像武二那么直率，准备一会儿看看图中的山和沟是什么样的。

吃晚饭时，一个女测绘队员给清涧娃喂饭，她推了推清涧娃，清涧娃睡得迷迷糊糊的，女测绘队员吓得拉着哭腔说：“他怎么不醒来？”

听到女测绘队员的哭声，高先生和老薛跑了进去。高先生用手摸摸清涧娃的额头，说道：“不碍事，还昏迷着。”

“这孩子身体很虚，要能有点西药就好了，我看得找个人下去弄点药。”高先生对老薛说。

“哪儿能弄上西药呢？”老薛知道红军正向西进军，花马池和定边去不得。

“我看让朱占宝去红柳沟看看。”高先生提出自己的意见。

清涧娃被几个学生连推带叫地弄醒了，睁开眼睛看了看，又疲惫地闭上。朱占宝去了红柳沟，武二、高先生和老薛及几个学生轮流放哨。栓子看测绘队员绘图，看着看着看出了门道，当他得知这些测绘队员都是西安一所中学的学生，背着家长参加了红军时，栓子非常佩服他们的勇气，主动地帮着他们干一些力所能及的事情。

高先生要求五座塬人要做好保密工作，无事不得串门，没想到一个所有人都没想到的人来到五座塬。

三十七

栓子家一下来了这么多人，不出两天塬上所有人都知道了，王老倔听说从陕北上来了队伍，和三子来了。高先生见大家都来了，和老薛、王老倔商量，大家都在五座塬，必须建立一个统一的组织，不然张扁头来了，连个领头的都没有。经商量组成了高先生、老薛、王老倔、朱占宝、三子五人党小组，高先生担任组长，这是花马池成立的第一个党小组。

五座塬有了组织，有事高先生和王宝一起商量，清涧娃高烧不退，几个测绘队员和翠翠、燕子一起用水敷。一天栓子正在灶火旁烧水，五癞子从外面闯了进来，看见栓子，也不管窑里有人没人大喊："栓子，你快出去看看，上次的那个石匠领个丫头找你来了。"

没等五癞子说完，一个姑娘跟在敬石匠的身后走进窑院，胳膊腕里挎着一个柳编的小篮子。

五癞子对栓子说："你看，找你来了。"

杏花跟着父亲进了窑院，发现院子里站了很多人，看见他们把目光都射了过来，连忙躲在父亲的背后，羞涩地低下了头，两只眼睛瞅着自己的脚背。

栓子看见杏花怔住了。

翠翠最近在女测绘队员的影响下，懂得了许多道理。她听了五癞子的话，猜到姑娘和栓子有着什么关系，见杏花站在院子里窘迫得连头都不敢抬，出去抓起杏花的手，把她拉进了窑。

五癞子见杏花被翠翠拉进窑，跟着向窑里张望。翠翠转身冲着五癞子吼道：“滚，有什么好看的！”五癞子一听，没趣地退了出去，走到栓子跟前，向栓子做了个鬼脸。

栓子见敬石匠来了，忙上前帮着卸车，武二也过去把驴拉走了。王老倔见过敬石匠，上前招呼让进窑。

敬石匠进了窑，来不及穿鞋的王宝双手抓住敬石匠的手，两腿弯曲要行大礼。敬石匠弓腰就把王宝扶住：“怎能行这样的大礼？”

王宝一边挣扎着还要下跪：“救命之恩，非同儿戏，哪有不敬之礼。”高先生、老薛过来扶住王宝，让两人坐在炕上。

栓子见大人们坐在一起聊天，主动避了出去，燕子不知从哪里窜出来，一头钻进武二家，仔细端详了杏花一会儿说：“长得挺俊的。”一句话把翠翠和两个女测绘队员全惹笑了，杏花原本羞涩的脸更红了，坐在炕边连头都不敢抬。

翠翠一看燕子说话太直接，女学生突然想到刚烧的热水，端着水拉着燕子出去给清涧娃热敷，窑里剩下翠翠和杏花。

由着性子长大的杏花，胆子大，遇事心不怵。看见翠翠，误以为是栓子的媳妇，坐在炕边为自己的多情和鲁莽感到后悔。

燕子出去后，翠翠舀了一碗水端给杏花，杏花接过碗，低头盯着自己的鞋尖。翠翠想和杏花说话，不知道说什么才好，把手放在自己掏空了棉絮的衣襟上翻卷着自己的衣襟。

正在这时武二进来找东西，翠翠为打破窘境给杏花介绍：“这是我家里的。”杏花听了，抬起头，脸上掠过一丝不易觉察的微笑。

武二临出门时说了声：“我去找栓子。”

武二出去并没有把栓子找来，杏花的到来让栓子不知所措。栓子知道杏花在武二的窑里，却不好意思进去，见燕子出来，悄悄地让燕子进去陪杏花。燕子调皮地问：“她是我什么人，让我陪？”

“是你姐。”栓子推了燕子一把。

燕子走了两步，转过身嬉笑着说：“我能叫嫂子吗？”问得栓子臊红了脸，栓子装着要打燕子的样子，燕子笑着跑进武二的窑。

翠翠无话找话地询问杏花的家，杏花抿着嘴不作回答。翠翠就说：“栓子太实在，把你撇在这儿，不知干啥去了。”

杏花依然低着头，两眼瞅着自己的脚背没有说话。燕子一进门说：“谁说我哥实在，这么俊的姐姐让他给骗来了，你还说他实在。”

燕子的话逗得杏花抿嘴笑了。

王宝和敬石匠、高先生、老薛、王老倔坐在窑里说话。站在窑院里的五癞子见栓子追打燕子，酸溜溜地说：“没看出，栓子还花骚得很，不知从哪里勾引个姑娘，还心疼得很。”

大家看五癞子怪模怪样的，都没有说话。五癞子见他的话无人接茬，在院子里转了一圈走了。

五癞子刚出院子见朱占宝拉着骡子进来，又返了回来，帮朱占宝拉住骡子。朱占宝把骡子背上的捎褳抱下来，高先生出来取出捎褳里的药问朱占宝：“这是几副？”

朱占宝说：“三副。”

高先生递给一女测绘队员说：“快把药熬上。”

一个女测绘队员提着药进翠翠家，不久又出来问朱占宝：“药锅锅呢？”

朱占宝压根就没想到药锅锅，他把五座塬的人家捋了一遍，转身喊五癞子找药锅，五癞子不知道给谁熬药，站在院子里没动。武二过去从五癞子的脖子后一搂，两人出去了。

翠翠和燕子连拉带扯地把杏花让在炕上，拿出一个小被子盖在杏花的脚上，三个年龄相仿的女孩不一会儿就聊熟了。燕子听说栓子爬到杏花家时昏了过去，拉着杏花的手说：“杏花姐，你住下，让我哥好好地招待你。”

杏花红着脸说：“我爹锻磨，我是跟着他出来玩的，我爹走，我就走了。”

燕子说：“我不管，你坐着，我去找我哥。”

燕子出去一会儿就把栓子叫了进来，栓子扭扭捏捏地站在了门口，翠翠打趣说：“见人也不问候一声。”

栓子搓着手没有言语。

杏花见栓子进来就要下炕，被燕子挡住了：“你都救过他的命，还给他让座。”杏花见燕子挡着不让她下地，忙把腿团起来压在自己的屁股下面。

杏花团腿时把脚上穿的一双挽着花边的羊毛袜子露了出来，翠翠看见，用手捏着花边说：“手还巧得很，挽个花边。”杏花听了忙把脚往屁股底下收了收。

无论翠翠怎么逗，看见栓子进来，杏花都很紧张。翠翠一看，拉着燕子的胳膊说：“走。”

翠翠和燕子两人走了，窑里剩下栓子和杏花两人时，栓子扭捏了一会儿才大着胆子问：“炕热吗？”

杏花点了点头。

栓子又问：“你怎么来了？”

杏花依然没有言语。栓子这才仔细地打量起杏花，一年多不见，杏花已经出落成个大姑娘了，比以前更漂亮了。

“这么远，咋跟了过来？”栓子有些发傻。

“我过来耍一耍，兴你去我家，我就不能来耍耍？”杏花本来就胆大，这会儿没人，渐渐恢复自己的本性，莞尔一笑说。

杏花的话噎得栓子无法回答。

“你们家怎么这么多人？要知有这么多人，我就不来了。”杏花喃喃地说。

栓子笑了，他不知道该不该让杏花来。

栓子和杏花聊天的时候，杏花爹和王宝也在聊天，两个人掂着旱烟锅在昏暗的窑洞里一明一灭地拉着闲话。王宝把自己的生生世世、过去未来全部告诉了杏花爹，最后说：“栓子是个没妈的孩子，心里还背着巨大的伤痛。这痛伤在心底，时时冒着火，想掐都掐不灭，你来了，劝劝他。”

杏花爹在鞋底上磕着烟锅灰说：“我理解，要是我，也一样。”

王宝说：“幸好还有高先生他们，要不，我都不知道咋整？这世道，乱呀！”

“照我说，你就放开让他们干，我走了一大圈，感觉这世道要变。”

临近中午，四梅爹在家里炖好了肉，高先生、老薛、王老倔陪着杏花爹、王宝一起过去吃饭，几个人一边吃一边聊，吃着吃着，杏花爹压低声音问身边的高先生：“你们是红军？”

高先生一听，警觉地瞪着杏花爹说：“你知道红军？”

“我锻磨时见过，去年十月他们就到了老爷山、白马崾岭、罗庞塬，今年开春来了几个搞测绘的还在我家住过，里面有个花马池的娃。”杏花爹说。

“花马池的娃？”高先生问。

“就是，好像姓张。”杏花爹把吃了一半的羊肋条放在炕桌上的盆子里说。

“是第三测绘队，那娃娃叫穗穗，十几岁大？”老薛插话说。

“差不离，十三四岁，听说是在滩里放羊时跟上红军走的。这娃跟我扯过磨。”杏花爹一看有人能和他搭上话，话多了起来。

王宝听了杏花爹和老薛的对话，知道这一带活动的红军还不少呢。至于红军到这想干什么的，高先生也不说，他也不问。

老薛把话锋一转对杏花爹说：“老哥，我这里有点活，不知您能帮一下忙不？”

杏花爹听了，用手把自己的嘴擦了一把，又用手背在嘴上一抹，然后右手捂在左手背上一转，换过来左手又捂到右手的背上一转，然后两只手的手指又相互搓了几下，算是把手擦净了。

杏花爹掠了一锅，拿起火镰“啪啪”地打着火，深深地吸了一口，吐出一缕烟问：“啥活？”

“想让你凿几个石窝窝。”老薛说。

“石窝窝，啥样子？”杏花爹不知道老薛让他干什么。

老薛用手比画说：“就是把一个石头凿成空心，把药装到石头的肚子里面。”

杏花爹明白了，问：“皮要多厚？”

“有一指头最好。”老薛伸出左手食指说。

杏花爹跳下地说：“从你比画的东西看，你该是个行家。”

老薛嘿嘿地笑了：“也不算行家，用过，就是自己不会凿。”

杏花爹留在五座塬，在王宝家旁用旧磨扇凿了起来。

老薛和高先生没有说有什么用处，杏花爹也没有问，但他的心里明白，这东西与红军，与栓子报仇一定有关系。

杏花爹细心地凿着石窝子，高先生让麻三和三子两人下红柳沟，朱占宝去大水坑，把两个地方杂货铺的铁镦子、黑火药全都买来了。

朱占宝在大水坑买黑火药时，听说张扁头回到了大水坑。

四梅最近一直没有到王宝家，她在山上遇见燕子领着杏花，远远地问燕子：“燕儿，你领谁来了？”

“是，是……”燕子“是”了几声，不知怎么答复就说：“是，杏花来了。”

“哪来的杏花？”四梅追问了一句，说着向燕子这边走来，走到跟前，仔细看了看问：“这丫头挺俊的，哪儿来的？”

杏花诺诺地说：“敬记山的。”

四梅不知道敬记山在什么地方，见杏花的鼻子棱得像根葱，嘴巴翘翘的，拉起杏花的手说：“长得很乖的，叫什么？”

杏花不知道四梅是干什么的，看到四梅对她感兴趣，不好意思地低头说：“杏花。”

“难怪长得跟杏花一样！”四梅的话一说出，杏花的脸羞得通红通红的。

三人说着一起去了燕子家。

翠翠把荞面和好后，指导两个女测绘队员剁面。两人第一次见剁面刀不知道怎么用，翠翠笑着做示范，三个人正嘻嘻哈哈时，四梅和杏花、燕子进来了，四梅打趣地说：“哟，你们这是在做饭，还是在唱戏？”

翠翠指着案板上切得宽窄不一的面条说：“你看这像什么？”

四梅猜到是两个女测绘队员的作品就说：“挺好的，我第一次和面时，把半袋子面揣上了，没把面和好。”

翠翠见杏花进来了，把话锋一转说：“你们不知道，杏花可利索了，昨天见她和面，面团揉得那个光，和妮子揉的差不离。”

“是吗？杏花再给咱们露一手。”四梅一听忙把杏花拉到案板前，两个女学生也趔在一边。杏花没想到她们说着说着说到自己身上，想往后缩，燕子挡在杏花的身后说：“怕什么，你做给她们看看。”

杏花不想去，无奈被燕子拉着手，只好跟燕子走到案板前。

杏花知道这个饭不做不行了，拍了拍手，拿起案板上的面揉了起来。不一会儿把两个女测绘队员切过的面重新揉到一起。她把面团一切两半，一半放在盆子下饧着，一半擀成坡状，擀薄后就剁了起来。杏花在家里常做饭，这次又用了心，面剁的纤细、均匀，引得四梅、翠翠等人不停地夸赞。

吃完后，四梅碰见王宝，悄悄地问：“哥，今天的荞面剁得怎么样？”

王宝不知道四梅是什么意思，如实说：“好着哪。”

四梅神秘地说：“你媳妇的面剁得香吗？”

王宝笑了。

杏花爹凿好石窝子了，王宝和高先生过去拿起一个皱着眉仔细端详。杏花爹不知道王宝为什么皱眉，以为对他的手艺有看法，忙解释说：“我这次来拿的都是锻磨的家当，这石窝子口太小，工具大了揣不进去，要在铁匠铺打几个小一点的錾子，我能将窝子镟得更大一点。”

高先生连忙说：“我知道，也太难为你了，咱这，要石头没石头，要工具没工具，害得你把几副錾子都折弯了。”

杏花爹听了高先生的话脸上晴朗了许多，他掂了掂被自己折弯的簪子说：“这东西两榔头就砧端了，就怕这活过不了你的眼。”

“好着哪，好着哪。”高先生连连夸奖。

杏花爹把石窝子凿好后，要领着杏花回家。临走时，杏花拉着翠翠的手依依不舍。翠翠悄悄地笑话杏花，说：“你是舍不得我，还是舍不得栓子？”羞得杏花连忙甩掉了翠翠。

四梅也趁机对杏花说：“先回去，等忙过这一阵子，我让栓子去提亲。到时候，你可别忘了。”

杏花听了四梅的话羞涩地低下了头。

王宝、高先生、老薛、栓子把杏花爹送走，高先生见栓子低着头一句话都不说，打趣道：“怎么？魂没了？”栓子知道高先生话中的意思，笑了笑算是作答。

让王宝想不到的是，杏花爹回去后不久又来到五座塬，专门送来了三支土枪和一些黑火药、铁黴子，说是在姬左塬买的。

杏花爹拿来的枪全部是安装了铜皮炮子的，他向栓子交枪时说道：“娃，到时候，放机灵点，把几支枪都装满药，打掉一支换一支，不敢让人家冲到了跟前。”

民国二十五年的初夏，张扁头没有在五座塬露面，也没有放出什么口风，但五座塬人心里明白，张扁头决不会饶过五座塬人，双方迟早有一仗。

三十八

张扁头从城里扒沙子回来不久，接到孙兆祥勤务兵的传话："孙营长在十日内进驻大水坑，请中队长做好接待准备。"张扁头一听，知道债主上门了。

送走勤务兵，急忙把侯七、王八找过来，说道："孙营长，马上要来，要做好劳军准备，至于怎么劳就看你们两人的本事了。"

侯七、王八一算计，一个营要有四五百人，每个兵给两块大洋，就要一千多块，况且那些营长、连长、排长，给少了，根本不满足。还有米面油肉酒，哪样也不能缺，至少要有两千块大洋才能把这些人打发走。到哪里弄这么多钱呢？

侯七、王八带着几个兵在街上的店铺收劳军费，连打带骂折腾一天才收了二十几元钱。

张扁头大骂："你两个日囊屃死了，跑了一天，才闹屌那么几个？"

王八面带难色地说："上上个月咱们刚收了剿匪费，上个月又收了扒沙费，实在收不上来。"

"你们两个怎么收我不管，钱一定给我收上来。"张扁头坐在一张八仙桌旁。

"是，是。"侯七一看张扁头的架势，知道说什么也不顶用，给王八使了个眼色，两人就往外退。

"等等，你们两个准备收多少劳军费？"看侯七、王八要溜，张扁头问。

"我们……"两个人互相看看，不知道怎么回答。他们原想需要二千大洋，现在连两百都不敢保证了。

“到底多少？算过吗，总不能用这二十几块钱搪塞我。”张扁头抬高了声音。

“哪能呢？我们开始算计至少要两千大洋，现在看无论如何都收不来。”侯七结结巴巴地说。

“哈哈哈。”张扁头大笑了起来，“两千块大洋，你要不去抢大户，哪来那么多钱？你们也不想想，咱们这里总共才有几家，有多少人家能拿出一块大洋的？指望街上的馍馍店、棺材铺、杂货铺能弄几个？去，七天之内弄来五百块就算你们干得好。”

侯七、王八一听这个数字，心里的石头落下一半。

从张扁头处出来，侯七和王八一起商量到哪弄钱。王八说：“平摊，给每个堡分一点，咱们下去收。”

侯七想了一下说：“这样倒是省事，时间来不及了，七天时间怎能收上来呢？咱们以前收一次治安费不得一两个月。”

“你说，那怎么办？”王八问侯七。

“要不抢大户？”侯七试探着问。

“抢大户？”一听到抢大户，王八的头皮都发麻。上次在野人洼惹了许多麻烦，在郭家塬又发生枪战，几个兄弟都受了伤。再要抢个厉害人，那还不是“撕破卵子见子弹”，和你拼命！

王八想了想说：“再别干这事了。”

“不干这事，七天之内你到哪里凑这么多的钱。”侯七不知道王八想的是什么，接着说，“就算抢，抢谁呢？”

“就是，抢谁呢？牛皮沟的王英前几年刚被土匪抢过。郭家塬的郭文耐被咱们收拾了，五座塬的王宝也让人收拾了，野人洼的马占彪刚刚被收拾过。再抢谁呢？”王八跟着侯七的思路也在想。

侯七和王八在一起把大水坑周围的富户一个一个地数了一遍，最终也没有确定要去抢谁。

摆宴井的石老大有钱，可那个庄子人多，弄不好，进去出不来。柳条井的包记已经主动给过银子了。宋堡子是一帮外来的穷㞞，骨头里没有多少油水。毛尔庄住的就是几户姓赵的，也不是什么大户人家。

算来算去，两个人一起算到了杨家寨子的杨三。

杨三也算不上有钱人，早年祖上留下点田产家业，因弟兄多，分家分得七零八落，弟兄几个又抽洋烟耍赌不务正，只有杨三的情况好点。这个村子小，就杨家弟兄四人，一旦闹起来，也不怕。侯七、王八分析了一会儿，决定就从杨三身上下手。

两人把自己的分析告诉张扁头后，张扁头拍着二人的肩头："你哥儿俩不愧是我的人，当紧张忙碌的时候能想到一起。"

红军要攻打花马池的传言越来越多，县城里的几家商铺开始转移财产。农村的土财主们也把财产、骆驼、牛羊向偏远的牧场迁移。

赵记湾的赵财是个小财主，听到风声，把家中的银子和父母驮到灵武姐姐家，然后回来接老婆孩子。没想到他把银子送到灵武的消息让侯七侦查到了，张扁头一听有人转移银子，心想我找银子找不上，你把银子往外拉，让王八带人去追银子。王八心想这银子是赵财的，人家愿意放哪就放哪，咱能管得住。王八把自己的心思透露给侯七，侯七一听，大骂王八道："看你那个口囊㞞样了，管他谁的银了，咱需要就是咱的银了。"骂完，侯七领着二十多个保安队员跟着张扁头跑到赵记湾，把赵财堵到家。

赵财虽不认识张扁头、侯七，一看肩上斜挎着匣子枪、背后跟着二十几个人，知道来了不好惹的硬茬子，忙赔着笑脸拿出十块银圆，说道："队长，您辛苦了，这几个钱您和弟兄们喝杯茶去。"

张扁头一看，赵财的家搬得乱七八糟，牛羊也没了，只剩下老婆、孩子及几个牲口。看到赵财只拿出十块银圆，生气地问侯七："侯七，战时临阵脱逃，怎么处理？"

侯七扯着破锣嗓子说："枪毙，一律枪毙。"

赵财一听侯七的话，吓得“扑通”跪在地上，头就像捣蒜一样，说：“队长，我不是临阵脱逃，我把老婆、孩子赍发掉，我哪儿都不走。”

张扁头指着赵财骂道：“你哄鬼去吧，老子要是不站在这里，你跑得连影子都没了。”

赵财的老婆、孩子一听张扁头说要枪毙，吓得跪下向张扁头求情，整个院子哭声、喊声、叫骂声混成了一片。张扁头想，赵财逃跑不能算是战时临阵脱逃，不够枪毙呀，心想弦要是绷得太紧，就会断了。又把话转过来说：“听说你多年来，能够主动缴纳公粮、公款，也算是一个良民，具有立功表现的，可以从轻处罚。”又询问站在旁边的侯七，“你再看战时逃避壮丁，有立功表现的，怎么处理？”

张扁头和侯七两人演的是双簧，宁夏省政府根本就没有颁布这种条令、规定。侯七听张扁头询问，心想现在需要五百块大洋，看看赵财家里也拿不出太多，就说：“罚款五百，还要折抵家产。”

张扁头对赵财说：“听见了吗？罚款五百，折抵家产。”张扁头嘴上说着，心里想侯七这家伙也忒黑了，一个没名气的小地主，哪儿来的五百大洋！可话已经说出了，只能顺着竿子爬。

赵财听到这里，知道张扁头等人是来讹钱的，心想银子已经转移走了，剩下几十块的零钱，哪儿来的五百块银圆？便哭丧着脸哀求地对张扁头说：“队长，我的家产已经送到灵武，剩下就这堆破烂了，没有那么多钱，您就高抬贵手吧。”

张扁头一听，说道：“不枪毙你就轻饶了，还敢讨价还价？”

赵财连忙说：“不敢，不敢。”

“侯七，搜，看看有没有违禁品。”张扁头一发话，侯七领着三四个匪兵进了窑，抓起炕上放的一个包袱就拉开。

赵财的妻子跟进窑，看见他们抖开了自己的包袱上前就护，被一个保安队员从肩头抓住一把甩到身后，赵财的妻子向后踉跄了几步跌倒在地。

保安队员搜了一番没有找到值钱的东西，撒气般地把东西撒到地上、院子里。两个保安队员在赵财家的厨房窑里见没什么可拿的，举起枪托把墙角放的一溜缸全部打碎，一转身看到锅台墙边一块木板上摞着碗、碟子和几个小坛子，一个保安队员，用枪管往上一顶，板子上放的碗碟噼里啪啦地摔在了地上。张扁头正在院子里吆喝着骂赵财，听到响声不知发生了什么，掂着枪猫着腰躲到了墙角，当他反应出响声来自厨房时，大着胆子向厨房溜去，看见厨房里站着两个保安队员才直起腰走了进去。一看水、酸菜、破碗碟撒了一地，大骂两个保安队员："这地方有个啥搜头，快滚。"两个保安队员听见骂声跑了出来，张扁头从厨房出来又拐进了正窑。

正窑里除了一盘大炕，空空荡荡，炕的一头连着锅灶，上面放着一张簸箕。窑掌有一张很小的木桌，桌子上空空荡荡。张扁头转了一圈见什么都没有，火气蹭蹭蹭地直往上蹿。憋着气出门时，见炕里的墙上有一个方洞，洞里放着一个布包，用枪指着布包说："快、快，把那个东西取下来。"

站在张扁头身边的侯七一看大声骂道："都瞎了，那么大的东西就没人看见。"

在侯七的指挥下，一个保安队员把布包拿了出来，放在张扁头的面前。

侯七一圈一圈地解开布包上捆的绳子，里面放着几本书，张扁头不识字，用枪拨了拨书说："是些什么东西？"

侯七翻看了一下，见封面上用毛笔写着《三字经》，告诉张扁头是课本。

张扁头虽然不识字，他看到除书名以外，还写着一行字，就问侯七："这写的是什么？"

侯七拿起书见字写得潦草，就对旁边的一个保安队员说："去，把赵财叫来。"

赵财看了一眼书，说："写的是'赵财仁兄惠存，王宝。'"

张扁头一听王宝，盯着赵财问："哪个王宝？"

赵财不知道张扁头与王宝的恩恩怨怨，如实说："五座塬的王宝。"

张扁头一听好像被火烧一样，说：“啊？你和他勾结在一起，来人给我拉出去！”

赵财不知为什么就被张扁头捆在院子里的一棵树上。

张扁头看着把赵财绑好后，拿着枪在院子里转悠起来，几个保安队员看张扁头不搜了，也都斜挎着枪站在一旁。张扁头见站在一边的保安气呼呼地吼道：“滚，再搜一遍。”站在院子的保安们提着枪啪嗒啪嗒地跑进了窑。张扁头把手里的枪往枪盒里一装，抽出插在马鞍上的马鞭，在手里掂量了一下，举起来“啪”地打了一个响鞭。由于这一鞭打得突然，站在一边的马匹惊吓得仰起头向后直退，绑在树干上的赵财原本耷拉着脑袋，也被惊得抬起了头，树上落的几只麻雀“嗯”地飞走了。正在搜查的保安队员以为有人打枪，端着枪都跑了出来。张扁头一看破口骂道：“快给老子搜，搜不出东西，别怪我翻脸无情。”

保安们又都进了窑，张扁头提着马鞭在赵财面前转悠，等待着搜查的结果。赵财家的窑里没有什么家具，也没有值钱的东西，几床破被已被翻过来调过去地抖了多次，窑里的拐拐角角也都翻过，就连炕洞门也已经搬塌了。在窑里搜查的保安队员觉得确实没有什么可搜的，才一个个地溜了出来。

张扁头一看保安队员都是空爹着两手，火气再次蹿出，带了这么多人，费了这么大的劲，一个铜板都没有，他知道赵财现在别说藏有银子，几十口子人从这里到灵武仅吃喝拉撒也还要几十块银圆，怎么一个铜板都没搜到！他走到赵财面前，抬手打了赵财一鞭子：“银子在哪里？你敢抗令不交？！”

这一鞭子打得赵财“妈呀”地叫了一声。

赵财的叫声激起了张扁头打人的快感，连续又是几鞭子，喊道：“我就不信，是你厉害，还是马鞭厉害？”

几鞭打过，张扁头的手有些发麻，把马鞭顺手递给旁边的一个保安队员，说：“给我打，我就不信了。”

这个保安队员接过马鞭，在赵财的头上、身上乱抡了起来。赵财的家人看见，有的跪在张扁头脚下求情，有的跪在赵财面前求赵财快把银子说了。

被打得已经熬不住的赵财终于说出：“在炕洞里。”

两个保安队员一听，跑进窑里捣塌炕，揭开炕面子，从炕洞里挖出一个小坛子，坛子已经被炕火烧裂。保安队员抱在怀里往外跑的时候，颠了几下，坛子裂开了，陶片、银圆“哗”地撒了一地。

这是赵财留下准备在路上花的二十块盘缠，从赵记湾到灵武有三四天的路程，一家全指望这点银子了。赵财见银子被搜去，腿一软昏厥了过去。

就在张扁头殴打赵财时，老薛领着测绘队员也来到了赵记湾。他们在对面的山梁背后正在画图，猛地听见一声脆响，一个测绘队员被张扁头布置的哨兵发现了，接着几个保安队员提枪追了过去，在追击中清涧娃的腿摔伤了。

从赵记湾回来，张扁头把抢来的银圆摞在桌子上，怎么算都觉得太少，决定按照原来的想法找杨三的麻烦。

杨三弟兄四人除了杨三过得比较好外，其他弟兄日子也都是紧紧巴巴的。这天，张扁头带着侯七等以征集民夫进县城挖沙为由来到杨家寨子，一进村子遇到杨老大的儿子杨成周。杨成周是出了名的鬼钻钻，从小跟他爹走南闯北见过世面，认识张扁头和侯七。他一看张扁头和侯七领着保安队来了，心想鸥怪子进宅，无事不来，便亲亲热热地凑过去，说道：“张队长、侯队长来了，听说两位队长要来，我专门出来迎接，快到家里坐。”

张扁头心里明白他在胡说，跟着杨成周进了家。杨成周的父亲是常年在外做生意的，比较仗义，这几年赌博要得家里穷了，一看张扁头进来，连忙从炕上溜下来给张扁头让座，又拿出两套旱烟锅让大家吸烟，转身给杨成周说：“去，抓只鸡给队长炖上，再找点酒，我今天要陪几位队长喝个痛快。”杨成周听了应着声出去了。

张扁头接过旱烟锅，假惺惺地对杨成周爹说：“杨掌柜，你看你，见外了吧，我们来这办公事的，哪能喝你的酒呢？”

杨成周爹说：“我最近正想请您几个过来聚聚，请不到的遇到了，不喝几盅那咋行！你们办公事的，出门又不带锅，走到哪里，哪里就是家，不用客气。来来来，都进来坐。”杨成周爹招呼站在门外的几个保安队员进来。

杨成周他爹的热情使得张扁头原准备来敲诈杨三都说不出口了，两人和几个保安队员干脆坐在炕上，等候杨成周拿酒、炖鸡。

杨三听说张扁头等保安队的来了，连忙让老婆把该藏的东西都藏起来，自己到杨成周家，一听杨成周说给杀鸡，心里想大哥家吃了上顿没下顿，连个鸡毛都没有，哪来的鸡呢！忙说：“鸡哪够吃，宰个羊，拣个密齿子宰，那肉好吃。”接着对杨成周说：“让你三妈炒盘鸡蛋，凉拌个山芋丝，我们先喝着。”

不一会儿，杨成周端来了一盘鸡蛋，一盘凉拌山芋丝，还有一盘拌了香油的咸菜。杨氏弟兄和张扁头等人就喝起来。

就在大家喝得半醉的时候，杨成周从杨三的家里端上一盆羊肉。那是标准的冷水炖羊肉，白生生，嫩闪闪的，每一块羊肉比拳头还大，两只前架子，完整地炖了一块，每条后腿也只是一分为二，还有羊脖子也是囫囵炖的。

张扁头用一根筷子戳了一下羊脖子问：“羯羊，还是母羊？”

杨成周一听忙说：“您来了，咋能宰母羊呢，自然是羯羊了，密齿子。”

张扁头一听是羯羊，把两根筷子往羊脖子上一戳，假装客气地对侯七说：“侯队长，你啃腿子，我最近不行了，要用羊脖子补补。”说着，把羊脖子抓到手里。

王八和其他几个保安队员们也都一人抓着一块啃得满嘴流油。

杨成周的爹和杨三见大家都吃了起来，两人悄悄地出来商量。杨成周的爹说：“这帮兔崽子来了，就是要刮点油水，你不给，小心日后给你穿小鞋。”

“我也想过，怎么给呢？少了不行，多了也不成。”杨三也为难地说：“大鬼给了，小鬼也得给。”

“小鬼比大鬼难缠。”杨成周的爹说。

老弟兄俩商量来商量去，最后拿出十块大洋，放在一个布袋子里，张扁头临走时，递在了张扁头的手中。张扁头接过银圆，对杨成周说：“兄弟，去把剩下的那个羊腿给哥包上，王队长在家还没吃上呢。”

杨成周忙给张扁头剩下的肉包上，张扁头递给身后的一个保安队员，拉住杨成周他爹的手说：“兄弟当差，也没什么油水，走到哪里就是吃点、喝点、拿点。”说罢，摇摇晃晃地走了，杨三从背后吐了一口，骂道：“去你的，拿去，拿去喂狗去。”

在杨三家混了个肚儿圆却没有闹上银圆，回来后，张扁头又想了个办法，让侯七拿着羊腿去找王八，王八一看张扁头在外面吃肉还惦记着自己，心里感激得不得了，给张扁头出主意说，从明天开始到各堡抓民夫进城应差。张扁头一听骂道：“你搞的什么鬼，这几天正想法子给孙营长凑钱，你凑什么热闹！”

王八“嘿嘿”一笑：“我就说凑钱呀，还是一举两得。”

“做你的美梦去吧！”张扁头推了王八一下。

“真的。”王八固执地说。

“怎么干？”张扁头问王八。

“这个队长不用操心，小的自有办法。”王八卖起关了说。

张扁头一听骂道：“你小子，一条羊腿吃上，还长心了。”

第二天，侯七、王八就把各堡的保长找来，侯七训话说：“接屈县长的指示，多年来十三堡、十四堡因离县城较远，很少进城服役。这次，红军要攻打花马池，为了保卫县城，要求十三堡、十四堡共出壮丁五十人，谁要抗拒一律按通共论处。”侯七的话音一落，各村堡的保长就议论开来，两个堡要出五十个壮丁，那就是说，每个村堡、寨子都得去两三个人。

有人大着胆子问：“要是出不上呢？”

“那就由你顶上，你不想顶，就花钱雇一个过来，我不管来的是谁，人数子一定要对上。否则，你们自己去县城给屈胡子交差。”侯七一着急，把屈县长的绰号都叫了出来。

最近红军要攻打花马池、定边城的传言很多，有人说红军已经派出探子住在花马池城里，准备搞里应外合。还有人亲眼见了红军的侦察兵，一个个长得红头发、红眼睛，身高丈二，站在地上不弯腰就能把人薅着头发提起来。还说马鸿逵派出一个师的人马要保花马池，让人把花马池城里、城外的沙子全部扒干净，准备和红军大干一场。种种传言让老百姓生活在恐惧中，经侯七这么一说，人们更加相信传言的真实性。

保长们一听完不成任务找屈胡子交差，吓得一个个大气都不敢喘。屈胡子，本名屈伸，陕西洛川人，毕业于北京政法大学经济系，1926 年参加了马鸿逵的第七师，历任连长、营长，马鸿逵部国民党书记等职。1933 年，马鸿逵到宁夏后，屈伸担任花马池的县长。屈伸长着一脸大胡子，自称是美髯公，文化程度高，思想前卫，做事严谨，为人正直，对待弄虚作假的事情会严肃处理，多次把耍赌、懒惰、不务正业的人押到县政府的院子里用皮鞭抽打，因此外面传说的屈胡子是一个张飞式的睁眼豹子。

侯七用屈伸的威名唬住了所有的保长，然后说：“另外，一个村堡、寨子派五个挖沙子的，如果去不了，每人交五块银圆，交的钱由保安队雇人进城挖沙子。还有家中多年没有应差的，交多少银圆都不行，必须亲自去。我们这里都有一本账，这账都是你们每年报上来的，我一点也没有弄虚作假。”

保长一听，多年没有应差的这次一定要去，不就是指保长和保长的家人亲戚吗，多年来每次遇到挖沙子、出壮工的事情，都把那些无钱无势的人派去，或是雇几个外地逃荒的充数，从来都没有把自己和有钱有势的富户报上去。侯七一说，有人后悔当初怎么没有把自己的名字写到簿子上！

侯七这一招的确唬住了在场的保长们，回去后连忙找村里有钱有势的人商量如何出钱了事。第二天就有人送来二三十块大洋。张扁头和侯七、王八串通一气，一副公事公办的样子，把送来二三十块大洋的保长们全部拒在了门外。这些保长们一看傻眼了，忙回去商量对策。

最后四十多个从没有出过工的保长、富户，每人拿出二十块大洋送给张扁头，这次拔丁就在张扁头、侯七、王八数银圆的日子里过去了。

张扁头的保安队员，许多人是抽大烟把家底抽光后跑出来混饭吃的。张扁头想报私仇，离不开这群没落的公子哥，派人到定边买了几十两大烟分给大家。保安队的几十号人，见到大烟就像见到了爹娘，保安队也像烟馆一样乌烟瘴气。

消息传到惠安堡后，保安中队长带话要张扁头去说明情况。张扁头一听，提着礼物，裹着银圆，夹着大烟，悄悄地进中队长家。第二天，中队长拿着银圆和大烟向县保安大队长汇报，传言大水坑中队有人抽大烟是陕北的共产党造谣。既然是陕北的共产党造谣破坏，保安大队自然不能对张扁头等人进行处罚，为了鼓励张扁头的保安队，给张扁头奖励了几百发子弹。

三十九

花马池春迟，到了五月西北风才渐渐收住，地上的冰草最先冒出芽，不久整个大地泛起淡淡的青绿。

张扁头把从赵记湾、杨家寨子搞来的银圆一包一包地包裹好，去找孙兆祥。

孙兆祥住在清朝盐大使住的院子里，把惠安堡乡公所挤到城门楼子上。张扁头来到营部时，孙营长刚吃过饭，坐在办公桌前剔牙，听到卫兵在门口的报告，起身整理了一下衣襟坐端正。多年的军旅生涯养成他标准、历练的军事素质。

张扁头进门哈着腰把身上的褡裢放在地上，孙营长见张扁头弯腰、放褡裢的动作，站了起来，看着张扁头从褡裢里把包裹好的银圆一卷一卷地拿出放在桌子上。

张扁头掏出银圆抬头见孙营长站在自己身边，转身后退了两步，向孙营长鞠了一躬。

孙兆祥瞥了一眼银圆问："你们都准备好了？"

"都准备好了。"张扁头点着头。

"就几个土匪？"孙兆祥又问。

"不是土匪，是红军的密探。"张扁头又鞠了一躬说。

"县政府知道吗？"孙兆祥吃油饼又怕油嘴，想让张扁头把这事报告给县政府，自己出兵就有理了。

"报告了，去年我报告过，上次从您这出来，又给县长写了报告，说请当地驻军协助剿匪。”张扁头说。

“好。”孙兆祥把手里的银饰牙签往桌子上一撩，转向门口，喊道：“卫兵！”随着孙兆祥的叫声推门进来一个士兵。

“把东西收下去，把二连四排长找来。”卫兵把桌子上的银圆放进柜子出去了。

不一会儿四排长来了。四排长是个长得肥胖敦实的人，进来往地上一站，孙兆祥笑了，又吃夜草了，肚子都隆了起来。

四排长摸了一下肚子，说：“报告营长，我就是这份骨头，喝凉水也长膘。”

“还是吃得太好了，给你吃糠咽菜，让你长膘。”孙兆祥走到四排长的身边拍了一下他的肩膀，“比当卫兵强多了吧！”

四排长嘿嘿一笑，算是回答。

“山里发现一股分子，和土匪沆瀣一气，打家劫舍，奸淫妇女，已经抢劫了许多村庄，命令你带一个班，配合张队长前去剿灭，明天早晨出发，三天后到花马池城归队。”孙兆祥站在四排长的面前，双脚并拢，双手自然下垂，呈立正姿势向四排长布置任务。

“是！”四排长听完命令，向孙兆祥敬了个军礼。

“弹药自备，后勤保障由张队长负责。”孙兆祥又交代了一句。

“是！”四排长又敬了一个礼。

“重复命令！”孙营长给四排长布置任务后，按照军规要求，四排长重复命令。

四排长听到孙营长的指令，再次敬礼说：“配合张队长前去剿匪，明早出发，三天后在花马池城归队，弹药自备。”

“后勤保障由张队长负责。”孙营长补充了一句，向四排长还礼。

孙营长补充的一句是说给张扁头的，明确地告诉张扁头，这兵不是白借给你的。

张扁头也是明白人，听了这话连忙点头鞠躬：“这个自然，这个自然。”

张扁头从惠安堡回去，马上找侯七商量：“你说一个班的后勤保障需要多少？”

侯七也不知道，想了想说：“这是让送命的差事，少了可能打发不了，每人三块大洋，十个人就得三十块，还有四排长、班长不能和战士一样。排长至少得十块，班长也得五块，算起来需要准备四五十块大洋。”

“这么多，这帮人的心也忒黑了，准备吧！”张扁头有些心疼地说。

这天下午，张扁头蹲在大水坑等四排长，让侯七、王八带着队伍提前出发。侯七、王八两个人带着人马慢腾腾地向山里走去，下午走到野人洼，王八见大家累了，和侯七商量：“咱们住在野人洼，让弟兄们歇缓歇缓。”

侯七一听就骂王八：“愣尿，你不要命了。”

“咋了？”王八不明白侯七什么意思。

“上次咱们把马占彪治了，你说马占彪能服，住在他家眼皮子底下，不怕他给下套子。”侯七说。

王八一听也是的，对手下说：“弟兄们，咱们再往前走几步，翻过这道梁就到何记山了，到何记山歇缓。”他见平时给大家做饭的王二走在旁边，说：“晚上，清炖羊肉，就看你的手艺了。”

王二说：“只要有肉，没问题。”

晚上侯七叫两个保安队员去搞生活。两个保安队员看到一家羊圈，于是进去抓了一只绵羯羊，主人出来一看几个背枪的抓羊，吓得缩在一旁不敢言传。

何记山是挨着赵记湾的村子，赵财被抢后，一家人无钱去灵武就留了下来。队伍一进何记山，赵财看见了，他回到家心想，自己已经被折腾了，这帮土匪又去哪儿糟蹋人？

何记山庄子周围有野人洼、杨家寨子，他觉得走野人洼的路不顺，走杨家寨子的可能性大，起来翻过梁给杨成周他爹报了信。杨成周一听侯七带人又来了，忙通知弟弟杨三赶着羊转场，第二天天没亮就把信带给他爹的赌友郭文耐。

王八在何记山把羊肉吃掉已经后半夜了。第二天上午爬起来，怕四排长赶到他前面，把沿路各村的驴和骡子全“借”了。走到包家塬，这群步兵已变成骑兵，每个人的胯下不是骑着驴就是骡子。

来到包家塬，保安队员一边做饭，一边等张扁头。

包家塬的跛脚老人见保安队的人来了，知道又去打五座塬，溜出村顺着沟就向五座塬送信去。

高先生已经接到郭文耐的信息，听说保安队已到包家塬，让武二、栓子和朱占宝分别通知五座塬和郭家塬的人到栓子家集中。

王宝听说张扁头带人又来了，觉得自己惹祸连累了大家心里很难过，一个人坐在炕上发呆，高先生安排栓子等出去后坐到王宝的炕头。

两个人谁也没有说话，呆坐了一会儿的王宝缓缓地说：“我把大家连累了。”

高先生摇了摇头，没有说话，静静地看着王宝。

王宝又喃喃地说：“最近一段时间，我经常梦见栓子妈，她一直在哭，哭得好伤心。”

王宝抽搐了几下鼻子：“这几年我真要感谢你们呐，你们蹲在五座塬，把孩子们的心聚了起来。前段时间，你说是要和张扁头斗，我怕大伙吃亏，嘴上没说，心里不愿意。怕你们几个走后，塬上这么几户人家，让人家捂了麻雀。后来郭家塬又和张扁头干上了，我知道这一下把梁子结深了，张扁头一定会来的。”王宝慢悠悠地说着。

高先生伸手握住王宝的手，说：“也得感谢你呐，你拿出银子不仅给五座塬置备了武器弹药，也资助了红军。张扁头迟早会来的，他要不来，我也会去找他，你放心五座塬决不会丢给他的。”

“钱是身外之物，土地是大家的土地，这么大的塬，谁家也种不了。”说着，王宝拾起身边的烟袋递给高先生。高先生示意自己不用，王宝放下烟袋说:“五座塬已是上了弦的箭。”

“是的，不得不发了。”高先生随着王宝说。

“咋样？有底吗？”王宝关切地问。

“不要紧，咱塬上的人，只要懂得保护自己就行。张扁头领的人也是些受苦人，谁也不愿给他卖命，我估摸着一放枪，都跑了，只要不被捂了麻雀，不会有事的。”高先生安慰王宝道。

“那就好，最好不要闹出人命，不要伤人，吓唬吓唬就行，别把仇结得太深了。”王宝还是不放心。

高先生没有接王宝的话茬，停了一下，对王宝说:“张扁头快来了，估摸着也就一两个时辰，听说已经到了包家塬。”

“嗯！”王宝听了高先生的话，把身边的烟锅和烟袋一捏，一边下地一边说，“这么快，千万别叫进了庄子。”

高先生站起来说:“我把大家喊到这里，准备把他们堵在村外。”

院子里来的人越来越多，叽叽喳喳地吵吵了起来，王宝站在炕边向外挥了挥手说:“你就领着大家干吧，千万不要伤了人。”

高先生从王宝的窑里出来，见三个村子的人都来了。他一出来，吵闹声小了许多。

高先生站在地势较高的大门口环视了一下院子的人，说:“五座塬算是和张扁头结上仇了，我们不打他，他撵上门了，今天带着几十号人要袭击五座塬，大家说怎么办？”高先生的话音刚落，院子里的吵闹声又响起来。

吵罢之后，没人提出办法。过了许久，五癞子爹说:“咱们跑吧，留得青山在，不怕没柴烧。”

“对，跑！可我们往哪跑？跑了，你再回来吗？跑的时候，猪羊鸡狗怎么办？”高先生连着几个问题，问得五癞子爹直往后溜。

朱占宝爹说:“躲，怕是躲不过去，闹了几次，把仇气闹上来了，他能饶了你。”

麻三说：“大腿上的虱子往屎上跑呢，再打球一下，就当尻子再钻个眼呢。”麻三的话一落，大家“哗”地笑开了。

高先生并不是想让大家出主意，是想摸摸大家的底气，听了听大家的话，觉得大多数人是不会跑的，就说：“张扁头的保安队，没有什么战斗力，来了也就咋呼几下。如果我们把村子撂下人跑了，恐怕我们的家就完了，他就会捣塌我们的炕，捣塌我们的窑。但是我们也不能不做准备，我的意思是把老人、女人和娃娃送过沟，年轻人留下。大家准备准备。”

高先生的话一出，院子里的人嗡嗡嗡地嚷叫了起来，嚷了一阵谁都没动。

郭文耐站在人群里一直没有说话，栓子过来把郭文耐拉进了王宝的窑。

郭文耐一进窑，五座塬的几个老人、高先生、老薛、王老倔也都跟着进去了。

高先生把五座塬人的想法告诉郭文耐后，盯着郭文耐问：“打不打？”

郭文耐说：“他接到线报后就想打，不打也没个去处。”

听了郭文耐的话，高先生和王宝交换了一下眼色说：“有想逃的吗？”五癞子爹想躲，他见王宝把窑里每个人都扫了一遍，低下头没有说话。

看大家没人说跑，高先生说：“谁出去把占宝、栓子、武二、三子喊进来？”几个青年就站在窑门口，听见高先生的话挤了进来。

高先生对坐在炕里的王宝说：“王掌柜的，你说两句。”王宝单腿跪在炕上，听高先生一说，他把身体往起一立，原本坐在炕上的这条腿也立了起来，成了跪姿。

高先生一看，忙说：“使不得，使不得。”炕上坐的其他人也都纷纷挪动身子或蹲或站了起来。

王宝原本想直起腰来，没想到自己跪下了，看到炕上一阵骚动，人们都改变了原来的姿势，索性跪在炕上：“哥几个，还有高先生、老薛和亲家。咱五座塬人从没有招谁惹谁，是人家找上门来。这事因我而起，是我害了大伙，我给大家赔个不是。古话说得好，是福不是祸，是祸躲不过。我想事已到此，想躲是躲不过的。咱们出头也是一刀，缩头也是一刀，我看不如出头。干这事咱不懂，大伙就听高先生的。”说罢，他向高先生拱拱手，“拜托了。”

王宝说罢没有人搭腔，高先生一看火候差不多了，安排测绘队员疏散所有的妇女、孩子、老人，并把清涧娃抬过沟去，让人把翠翠送过沟回郭家塬安排妇女、小孩、老人也躲起来。三子和麻三再去包家塬了解情况。朱占宝负责把所有的枪支集中起来，统一分配，派一个测绘队员带着高先生和老薛的口信到姬塬一带找其他测绘队请求支援。

将所有的牲畜圈起来就行，把家里收拾一下。女人们一听忙回家了，妮子在家收拾时，从被下拿出自己绣的鸳鸯鞋垫，她见三子还没走，把鞋垫送给三子。

女人、老人和孩子走了，男人们聚在王宝的院子里，高先生、王老倔、老薛、栓子、朱占宝在王宝的窑里商量埋伏袭击的地点，大家你一言我一语地把从包家塬到五座塬路途中的沟沟坎坎挨个儿理了一遍。

王宝听栓子、朱占宝等人说了几个伏击地点，觉得都不妥，有的山形不好，有的离五座塬太近，想一想说：“到老鹰嘴去。”

老鹰嘴离五座塬有四五里路，两边是山崖，中间是一条水冲的壕，千百年来水越冲，壕越宽，渐渐地形成了一条山路。这段路走到出口时，有一个转弯就像鹰嘴一般，人们便把它叫作老鹰嘴。在离老鹰嘴不远的地方还有一个地势很高的山峁，被称作老鹰崖。

这条山路是唐宋时期的盐马古道，也是从包家塬进五座塬、郭家塬、贾背洼的一条大路，山里人出门都是翻沟过崖抄近道，来的人多了，要从这道沟里走。

张扁头的保安队员大都是平滩里的人，遇到山路心里发怵，只好从这条路上来。

王宝提出在老鹰嘴伏击，麻三爹想了想说:“老鹰嘴是个好地方，从上往下打，打完想跑也方便。就是沟嘴太长，去的人又要分在路两面的山坡上，怕人手不够。如果不把路两面都占住，被人家从一侧爬上去后，咱们就要吃亏。”

王宝提出:“咱们不能在入口处打，要打也要在临出口的地方打，让几个人趴在鹰嘴的转弯处，把出口一封，他们就爬不上去了。”

高先生和老薛都不知道老鹰嘴的地形地貌，插不上嘴，王宝和麻三爹讨论了一番，四梅爹和朱占宝爹、郭文耐也支持王宝的意见，最后把伏击的地点定在了老鹰嘴。

把人员分成三组：王老倔领着三子、老村子的三个小伙子、麻三爹埋伏在一面山梁上；高先生领着郭文耐、虎子和郭家塬的四个小伙子以及朱占宝爹和四梅爹埋伏在老薛对面的梁上；栓子、朱占宝、武二和麻五埋伏在鹰嘴转角的地方，他们和高先生、郭文耐爬的是一面山坡。在分组的时候，人们才发现五癞子爹不知什么时候走了。

人都分好后，四梅爹去五癞子家见门闭着无人，听说五癞子爹赶着一群羊躲到沟那边去了。

朱占宝爹、四梅爹、麻三爹和郭文耐默默地在给所有的土枪装好火药，老薛领着朱占宝、虎子、武二把石雷埋在山下的路上。将石雷埋好后，高先生心里不踏实，又打发虎子领着郭家塬的一个青年守在路口一个地势较高的山梁上观察张扁头的保安队。

一切安排好后，大家等候打探情况的三子和麻三。

等到天已擦黑，三子和麻三还没有回来。

高先生对郭文耐和四梅爹说:“估计今天他们来不了。”无奈三子和麻三没有往回送信，所有的人都不敢往回撤。

傍晚时分，大家终于等到了麻三的回话，张扁头的保安队和惠安堡的骑兵班驻扎在包家塬，三子住在跛脚老人家里观察。

接到麻三传来的信息，高先生听说有马鸿逵的骑兵班参加，大家都感到有一种无形的压力。晚上，几个庄子的村民挤在五座塬的几户人家里。睡到天快亮时，吴起娃娃和两个测绘队员又领来了五个学生兵。天刚麻麻亮，五座塬人家的烟囱几乎家家都冒起了炊烟。燕子领着两个女测绘队员来到王宝的窑里说："有几家的女人回来在给大家做饭。"

听了燕子的话，王宝有些感动，高先生却板着脸说："胡闹，这是打仗，不是闹着玩的。"他看见两个女测绘队员也来了，就问，"你们回来，清涧娃咋办？"

燕子对高先生说："五癞子他爸和他妈将他抬上去打虎店了，说放在张三的店里。"

家里有了女人就有了生气，天刚放亮早饭就做好，人们分别在王宝、四梅、麻三、朱占宝妈等四人家里吃过早饭后，集中在王宝的家里。不一会儿，三子从包家塬跑了回来，告诉高先生，张扁头他们在包家塬也在做饭，估计吃过就来。

高先生一看，觉得有必要再做一次战前动员，他站在昨天讲话的土台子前对着院子里的人说："听说有人怕了？"听到问话，站在一旁的吴起娃和四五个测绘队员齐声说："不怕。"五座塬人一看有四五个不认识的小伙子，心里一下安（方言）多了。

"是的，今天袭击五座塬的，不仅仅是张扁头的保安队，还有马鸿逵的骑兵队。但今天和大家一起战斗的，不仅仅是五座塬人、郭家塬人，还有红军。我们的红军战士从江西打到这里的，走了两万多里路，不知打了多少仗，打过敌人的飞机，打过敌人的大炮，打过敌人的汽车，还怕这几个骑兵吗？有五座塬人在，有郭家塬人在，有红军在，我们什么都不怕。这一仗，我们必胜。"

说完，高先生看着王宝。王宝看到老村子、郭家塬、五座塬的父老乡亲和红军一起来给他报仇，心里特别激动，向前跨了一步，面对大家鞠了一躬说："各位乡邻，我王宝谢谢大家了，本来是我王家和张扁头的私事，没想到把大家都牵连了。我不想惹事，可人家不饶咱，欺负到门上了，闹到今天也是没法子呀。"

"今天的事我牵连了大家，我对不起你们，让你们担惊受怕、到处避难。我也没有什么好报答的。"说罢，王宝双手拄着膝盖，又深深地鞠了一躬。"红军是干什么的，我真不知道，但从高先生、老薛和这些娃娃们做的事情看，红军就是咱的兄弟、咱的亲人，我在这里也谢谢红军。"说着，王宝向站在一边的几个测绘队员鞠了一躬。

王宝一连鞠了三个躬，三鞠躬是山里人的最大礼节。在山里人的心里，王宝是五座塬人的主心骨，是五座塬人的魂。王宝的三鞠躬也是五座塬人在向所有来客行礼，每当王宝鞠躬时五座塬人不由地跟着抬起手向身边的人拱一拱。

高先生听到这里十分激动，高声宣布："就按昨天晚上的分工，现在出发。"听了高先生的话，大家一下子涌出了院子。

高先生劝王宝过沟，和女人们一起避避，王宝坐在炕上，摆了摆手，没有说话，没有动，挥手让高先生快走。栓子和武二临出发时，见王宝坐在炕上，想拉王宝躲避。王宝一甩胳膊说："你们去吧！别管我。你们两个，还有燕子今后要好好在一起。"栓子恳求王宝快走，王宝拍了拍栓子的手说："去吧，你也没个弟兄，武二就是你哥，一起去吧，放机灵点。我坐一会儿就走。"

四十

鹰嘴般的山路两侧是十余丈高的崖壁，栒子山的山崖并不陡峭，看似很高，人可以从缓坡攀爬上崖，给防御增加了困难。

一到目的地老薛、高先生、朱占宝招呼分给自己的人埋伏各自的位置。清涧娃带来的五个红军，每组分配了一两人，清涧娃领着一个爬到了武二身边，武二看见了，和栓子换了一个位置，避开清涧娃。

高先生见人员已经就位，麻三和五癞子还在自己的身边，对两人说："鹰嘴处是最要紧的地方，守不住，土匪就进村子了。五癞子也到鹰嘴处，麻三和老薛再检查一下地雷。"

昨天晚上得知张扁头的保安队和骑兵队一起来，高先生觉得有些吃劲，看看每一面都埋伏了不少人，手中有武器的不多。为了防止偷袭，他安排麻三爹、朱占宝爹每人带一个测绘队员从包家塬到五座塬一路布置岗哨，有信息就让测绘队员跑回报信。

早晨刚吃过早饭，麻三爹发现从包家塬出来了一队人马，连忙让测绘队员向下一站报信，他在沟边看到这队人马全部下了沟才往回返，临近中午时分，这队人马终于走进了老鹰崖。张扁头和四排长骑着马走到最前头，一个班的骑兵跟在后面，最后是张扁头的保安队。保安队的二十多人，骑骡子、骑驴的都有，像蜜蜂一样地拥在后面，一个个衣帽歪斜，吊儿郎当。四排长看见，皱着眉头对张扁头说："你这个队伍，松松垮垮的，哪像个部队的样了。"

"弄了几个毛驴当代步工具，不然路远，等走来都乏了。"张扁头看到四排长不高兴，赔着笑脸说。

说完，张扁头对走在他身后的王八说：“王队长，让弟兄们都精神点。”

王八挥手向跟在后面的保安队喊道：“前面就是五座塬了，弟兄们都放机灵点。”

为了混口饭吃的保安队员没人愿意提着脑袋卖命。早晨一听说到五座塬打仗，一过包家塬的沟，就开始往后溜了，大家你溜我也溜，越溜行军的速度越慢，越溜队形越乱，等到了老鹰嘴整个队伍稀稀拉拉地不成个样子。

王八见保安队员一个个吊儿郎当带走不走的，转到后面对几条落在最后的毛驴屁股打了几枪托子，那毛驴把尾巴一夹，蹬蹬蹬地向前蹿了几步。

看到张扁头过来，老薛拉紧了地雷的拉绳。拉地雷虽然不是什么技术活，却要把握好火候，老薛不想浪费这几颗石雷，亲自爬在最前面担任拉雷手。

张扁头和四排长根本没想到五座塬的一帮农民会组织武装进行抵抗，带着人马稀稀拉拉地走进鹰嘴崖。老薛见前面的骑兵一个个骑着清一色的黑马，感到非常吃惊。这不是一般的骑兵部队，知道遇上了硬茬子。

骑兵们看到老鹰崖的地形也警觉地把枪拿在手中，几个精明的保安队员看到前面的骑兵把枪拿在手中，纷纷跳下自己骑的驴或骡子，不敢向前。

面对整齐有素的正规部队，老薛有些发蒙，打不打？拉不拉雷？这支部队很有战斗力，打起来，不是预想中的吓唬吓唬，那可是一场鱼死网破的搏击，老薛犹豫了。

张扁头和四排长带领骑兵已经全部走进了沟里，张扁头的保安队才刚进沟口，有的还远远地落在后面。四排长看出这段地形对自己不利，他拔出手枪回身对骑兵喊道：“走快点，迅速离开这里。”

老薛手里撺着地雷拉绳见骑兵已经进入伏击圈，他向高先生所爬的方向看了看，得不到任何指示。

栓子、朱占宝、武二、麻五、五癞子趴在前面拐弯的地方，按照原来的计划，把走在前面带路的张扁头放进来，老薛拉响地雷后一起伏击，栓子、朱占宝、武二等重点打张扁头。

看着张扁头、四排长带着骑兵队已经走进雷区，保安队还远远地落在后面，中间形成一段很长的空档。老薛的犹豫，错过了使用地雷的最佳时机。栓子一看张扁头已经走到他的面前，不见雷响，心急地举起手中的土枪，瞄也没瞄，对着张扁头开了一枪。

栓子的枪声就像一声命令，趴在对面山上的高先生，一看打响了，不等老薛的地雷，带着郭文耐、虎子开枪了。

老薛一看打了起来，用力一拉手中的绳子。“轰”的一声，地下的土被炸得飞了起来。可惜地雷附近没有人，只见黄土飞扬，没有任何杀伤力。

听到枪声，骑兵队的士兵立刻滚下马，散开后借助战马掩护，向老薛等射击。拉罢地雷的老薛还没拿起枪，骑兵队的子弹打得他连头都抬不起来。

看到老薛挨打，高先生又打出了一排子枪弹，这次打过之后，黑马队的士兵分成两部分别对抗，并且跑到山脚下，利用死角进行还击。

五座塬使用土枪的人，打过一枪，就把枪放到身边，朱占宝爹和四梅爹还有几个没有武器的蹲在一旁给枪里装弹药。老薛拿的是快枪，瞅不准射击对象不敢开枪。老薛见骑兵队的枪把五座塬人压得抬不起头，想到苟肉头攻打周家庄寨子放排子枪，告诉王老倔把弹药装好一起打，王老倔、朱占宝爹、三子、一个红军战士和老村子的一个小伙子准备好，在老薛的统一指挥下一起开枪。这一枪打出，不仅一下镇住了骑兵队，还打倒了一匹马。高先生一看老薛的法子，也让郭文耐、虎子等人也听他的，两次排子枪终于把骑兵队镇住了。

栓子一枪只是起到了引领作用，没有伤到张扁头。朱占宝看骑兵队离他们的埋伏点还有些远，知道打了也是白打，告诫所有人只看热闹不开枪。

四排长带的骑兵队和张扁头、王八被围在了沟壕里，枪声过后，躲藏在沟边的隐蔽处。

栓子一看见两边的人打起来，他这边打不上，扔下土枪，接过武二手中的快枪向高先生埋伏的地方跑去。山下的黑马队看见栓子一人提着枪跑在山崖上，举枪向他射击。高先生见了忙喊叫栓子趴下，密集的子弹也使栓子无法向前跑，就地趴倒，这个地点正好在高先生和朱占宝两支人马的中间。

三子打出排子枪后躲在山脊后装药。王老倔拿着枪掩护三子，他见三子装好药，才向山下打了一枪。妮子的哥哥手里抓住一根地雷绳，老薛按住不让他拉，趴在那里等机会。在早晨埋地雷的时候，老薛把埋好的两颗地雷让妮子的哥哥管理，要求如果圈里有人就不要拉，当看到装备精良的骑兵队老薛改变了主意，决定等骑兵队进入雷区再拉，得到老薛指令，妮子的哥哥等候着骑兵跑进地雷圈。

栓子跑了，朱占宝见栓子不听话，非常生气。再次告诫身边的其他人说："都不要动，等来了再打。"

骑兵队一进老鹰崖，五癞子从山梁上下去了。朱占宝问："你上哪去？"

五癞子双手捂着裤裆："我尿急。"溜下土坡，连裤子都没有褪下去，就滴淋开了。

麻五向后看了一眼五癞子，骂道："懒人懒马屎尿多。"

五癞子提起裤子白了麻五一眼，趴到了武二旁边。

山下的骑兵队被东一枪、西一枪打得摸不着头脑，骑兵队的人员虽少，但他们从河南信阳一路打来，经历了无数战役，武器也比五座塬人的武器强几十倍，战斗经验丰富，很快组成了三个进攻小组，分别进行还击。一路攻打高先生，一路攻打老薛，一路攻打栓子。朱占宝和武二因为没有暴露，暂时没人攻击。

张扁头领着三个骑兵向栓子所在的方向爬来，栓子一见忙向张扁头开了一枪，枪声一响，张扁头等趴倒在地上，栓子趁机折回向朱占宝处跑去。张扁头一看栓子又跑了，就向朱占宝等埋伏的方向追去，这一追正好跑进了妮子哥哥看管的地雷伏击圈。妮子哥哥用力一拉绳，只听"轰"的一声，张扁头领的三个骑兵，有两人被炸倒在地，张扁头也趴在地上，等他再次爬起来时，已经不知道栓子跑到哪儿了。

四排长一看自己的士兵被炸，气得带人向朱占宝所在的山冈冲来，一边冲一边开枪。老薛瞄准一个保安队员准备搂扳机时，看到四排长向朱占宝埋伏处冲去，站起来把枪口转向四排长。就在老薛瞄准四排长时，和四排长跑在一起的一个骑兵一侧马身挡在四排长的前面，原本想打四排长的老薛一枪撩倒了这个骑兵。四排长顾不上身边倒下的骑兵，把马缰绳往马背上一撂向朱占宝等人冲去。

地雷一响，五癞子的裤子又尿湿了，双手捂着裤裆，弓着腰起来准备去撒尿，刚站起来就听见麻五在喊："五癞子，开枪呀！到你跟前了。"五癞子连忙趴下，看到张扁头带人向他冲来，他的手指抖得放不到扳机上。

张扁头爬得离他越来越近，五癞子的手抖得抓不稳枪，麻五又吼了起来："五癞子，打呀！"

五癞子提起枪，看到来人已经冲到了他的面前，眼睛一闭，用力一扣扳机，只听"轰"的一声，眼前正在跑的几个人都栽倒了。

"五癞子，趴倒！"朱占宝在大声喊。

五癞子这时已被一种莫名的恐惧吓得不知所措，闭着眼睛呆呆地站在那里。

"五癞子！……"麻五拖着长长的声音喊道，就在这时，一个骑兵提起一把机枪，一梭子弹全打在五癞子和麻五的身上，两个人一起倒在山梁上。

武二一看骑兵爬上来了，端起栓子留给他的土枪打了一枪，见骑兵已经爬上山崖，顾不上装药，端起枪就戳了过去，失去平衡的骑兵身子向后一仰，抱着武二的枪滚了下去。

麻五和五癞子被打倒了，躺倒在地的五癞子手指还紧紧地扣在扳机上，麻五趴在五癞子的身上，双手奓开，抱着五癞子。朱占宝看到这一幕后，热血直涌，跃起身子举起手里的土枪对准滚下去的骑兵就是一枪，由于距离较近，一枪膛鐵子全部打在这个骑兵的身上，眼看着他的身上成了马蜂窝。

麻三看到麻五被打倒，疯一般地向麻五跑去，趴在麻三身边从江西来的红军战士举起枪掩护麻三。他的枪里只有三颗子弹一直舍不得打，见一个骑兵举起枪要打麻三，屏住气向那个骑兵瞄准射击，没等骑兵开枪就把他撂倒了。

麻三跑到麻五身边时，武二和两个测绘队员已经把麻五和五癞子扶了起来。五癞子和麻五身体上各中了几枪，脸色苍白，在战场见过救护的两个测绘队员脱掉自己的外衣，撕开外衣后给五癞子和麻五包扎。麻三跑过去，看到五癞子昏迷不醒，麻五还睁着眼睛，一把把麻五揽在怀里。

麻五看见麻三说："哥，我不要紧。"

四排长带人冲到山崖下，躲在一个水壕里，看到自己的骑兵连伤了几个，趴在那里不敢贸然往上爬。

在骑兵和高先生等打起来的时候，侯七领的保安队跟到了伏击口，听到枪声一个个龟缩在山口不敢往前走，督战的侯七听到枪声心里发毛，趴在一山崖下不敢动。他观察了一会儿，觉得枪声虽不激烈，但断断续续地不停。等了一会儿他听到机枪声，胆子大了许多，督促保安队员道："上，快上，谁不上就是临阵脱逃，老子的枪子可不是吃素的。"想溜走的保安队员一听，怯生生地向前挪去。

昨天临出发时，张扁头专门把保安队员召集在一起训话："这次剿匪是县政府交给我们的任务，政府看得起我们，才把这么重要的事交给了我们。为了保障大家的安全，又给我们派了一个班的骑兵，他们是打过大仗的黑马队，不是闹着玩的。到时候兄弟们也要勇敢点、机灵点，该冲的时候要冲，该打的时候要打，该撤的时候要撤，否则一律军法处置。侯七在后面督战，有不听话的、临阵脱逃的，你的枪可不是吃素的。"

保安队员在侯七的吆喝中一步一步地往前探去，转过山弯就走进了老薛布置的第一个地雷跟前。妮子哥哥的手里只剩下这颗雷了，他看到都是保安队的人，不想拉，在他旁边的一个测绘队员一看保安队进入地雷圈，再不拉就没机会了，伸手就把绳子拉了，只听"轰"的一声，三个保安队员被炸得摔倒在地，跟在他们后面的保安队员呼啦躺倒了一大片。

老薛和高先生听到地雷声，见地上趴了一片保安队员，趴了一会儿起身向后就跑，张家少爷突然喊了声：“妈呀，真的往死里闹呢。”喊着，拼命地往回跑，在他的带动下保安队员没命地往回跑，几个跑在后面的，跑着跑着连手里的枪都扔了。

四排长见自己带的骑兵被打倒了几个，再不冲就被打光了。他溜出水壕翻身上马，对身后的骑兵喊：“弟兄们，冲出去。”说着，带头从朱占宝等人埋伏的山崖下向前冲，有两个骑兵骑上站在一旁的战马，跟着四排长后面，冲出了鹰嘴。

一出老鹰嘴就是一大片坡地，顺着坡地可以转到朱占宝等人的背后。朱占宝、武二、栓子，还有两个测绘队员，一看四排长骑着马冲过来，连忙向侧背后的山坡上跑去。跑了十几米，栓子看见麻三还抱着麻五，忙喊：“麻三，快跑。”麻三一听，背起麻五就跑。两个测绘队员见麻三背起麻五，跑回来帮忙。朱占宝、栓子、武二望着四排长和他们间的距离越缩越短，三个人提着枪爬上了老鹰崖。

老鹰崖是一座断崖，一面是陡坡，一面是悬崖，在老鹰崖上，除了束手就擒，只能跳崖。麻三见四排长追朱占宝，领着两个测绘队员跑进了老鹰崖和高先生伏击点之间的老虎沟。

四排长带着两个骑兵贴着马背向前冲，可老鹰崖的坡的确太陡，一个骑兵骑着马冲出不远，突然失去重心，连人带马向后摔倒，另一个骑兵看见忙跳下马，把缰绳往马背上一搭，提着枪一步一步地向上爬。栓子一看骑兵队爬了上来，手脚并用奋力往上爬，想借助老鹰崖陡峭的地形甩脱追兵，几个人越爬越高，一直爬上崖顶，才发现自己爬上了一条绝路，面前是一道十几丈深的沟。三人知道自己已经无路可走，转身趴在地上。

经历了一场战斗，三个人已经成熟很多，武二的土枪里还有一膛火药，栓子拿起步枪把仅有的两发子弹装进弹夹，武二把衣兜里的一发子弹也递给了栓子。朱占宝坐在地上一边休息，一边给土枪装火药，他们知道每个人只有一枪的机会，这一枪打出之后，若让对方留下活口，自己只有等死。想到这里，几个人的心情一下沉重了起来。

四排长带领的骑兵队冲出后，张扁头和王八也跟着四排长上来了，沟里的人不是死的就是受伤的。最后一颗地雷虽没有伤着一人，响声和掀起的黄土吓破了保安队员的胆，一个个都从原路跑回了。老薛见四排长和张扁头去追朱占宝等人，提着枪领着两个红军战士向老鹰崖跑去。

作战经验丰富的红军战士从侧面跟在四排长和张扁头的后面，和朱占宝、高先生形成互防的三角形。四排长看出形势对自己不利，擦把汗看看自己的身边只有一个骑兵，以及张扁头和三个保安队员。

四排长和张扁头渐渐地聚在了一起，四排长一看大声吼叫：“散开点，拥在一起找死呢。”几个人迅速分开了，一个个相距有几米远。

朱占宝三人也爬得很分散，每个人都有一段距离。张扁头和四排长等人一步一步地往上爬，朱占宝慢慢地挪动位置，寻找一个最佳的射击点，想一枪打倒几个，挪了几次都觉得自己的位置不行。

张扁头和保安队员越爬越慢，被四排长远远地甩在后面，只有四排长和一名骑兵向上爬。武二握着枪，趴在坡顶的一堆土后，他的身边是一个大坑。

栓子趴在武二的下面，看着一步一步爬上来的骑兵队，想跃起来拼命，心想自己一拼也许能让武二和朱占宝活下来。想到死时，栓子想到他爹，心想他和武二两人必须有一个要活下来。栓子的大脑渐渐地冷静了，他觉得武二应该活下来，这仇是自家的，要死只能自己死，武二还要照顾翠翠。他死了武二可以照顾爹，照顾燕子。想到燕子，栓子又想到杏花。

栓子趴在土坎下，他的胳膊不知什么时候受了伤，鲜血染红了半个衣袖。栓子知道自己是表皮伤，没有包扎，任凭鲜血往下流淌。四排长和两个骑兵爬到离栓子三十多米时，栓子沉不住气，他慢慢地提起一条腿，准备瞄准射击。就在这时，突然从他身旁的坑洞里爬出了一个人。

四十一

高先生等人走后，五座塬空空荡荡，异常寂静。

王宝一个人坐在窑里心里空落落的，见烟锅里渍满了烟油，拿起烟钩一点一点地清理烟渍。他清理得很慢，好像在做一件细工细活，挖出一块烟渍用嘴吹掉，在炕沿上磕了磕，才把烟锅伸进烟袋。

王宝没有掀烟，一个人坐了一会儿，溜下炕趿拉着鞋出去了，走到门口，想到栓子留给他的手枪还压在被子下，爬上炕从被子里摸出枪揣到怀里。

院外空空荡荡，没有鸡、没有羊、没有狗。王宝深深地吸了一口气，用拳头在自己的后腰捶了几下。王宝自从被扔进井里，身体各关节经常疼痛，遇到天阴下雨，疼得更厉害。

从家里出来，王宝爬上一道塬峁，向远处瞭望。这道塬丘壑纵横、绵延广袤。王宝祖祖辈辈生活在这里，在这块土地上埋葬着王家的先祖，留有王家的根脉。想到这里，王宝觉得应当去看看自己的祖先。

在一面坡地上垒有十几座坟头，由于多年没人添土，再加上风吹雨打，坟头变得低矮。在祖坟的一侧，还有一个很大的土堆，那是王家被害的亲人。王宝远远地面向祖先跪下，说道：“列位祖宗，王宝今天给你们磕头了。咱王氏先祖原在花马池城里做事，受人欺负躲进深山，以农为业，以勤为本，不与人争，繁衍生息。然而还是没有躲过，又遭土匪杀戮，只留两个活口独守山中。五座塬广阔偏僻，难民来此生活，互为照应。日子渐好，栓子妈又遭残害。这世道，让人无法存活。王家与世无争，可这灾祸频频降临，难以躲避。”说到这里，王宝的眼睛湿润，多年的委屈全部涌了上来。

突然不远处传来了爆炸声，接着响起了枪声，王宝知道五座塬人和张扁头打起来了。他用衣袖擦拭了一下湿润的眼睛，抬头望了眼老鹰崖说：“列祖列宗，听见了吗？”王宝的话没有说完就向列祖列宗磕了一个头爬了起来。

少年时，王宝曾多次上过老鹰崖，站在崖上可以看到四周所有的村庄。崖上不知在什么时候挖有一道长长的窨子洞，从老村子的背后直通崖顶，王宝跟着王二爷多次钻进去，里面黑洞洞的，趴在里面心里瘆得慌。

老鹰崖的枪声，有沉闷的土枪声，有清脆的快枪声，还有“嗒嗒嗒”连在一起的机枪声。这枪声急促、清脆，听得使人揪心。王宝爬起来，急急忙忙地向老鹰崖走去。

老鹰崖离老村子有三四里远，远远望去，山崖上一片土黄，没有树，缺少植物，低矮的莎草一丛一道地散落在坡上，偶尔可以看到几棵山丹丹草在风中轻轻地摇曳。

王宝先是一步一步地向前蹒跚，走着走着脚步不由得快了许多。

爬过老村子后的山梁，下了一道沟，沿着沟边向崖上爬去，王宝弓着腰双手抓住莎草，手脚并用往上爬。

爬着爬着，王宝见武二趴在老鹰崖上，他改变了爬上老鹰嘴的主意，想从窨子洞直接爬到崖顶上。

长长的窨子洞在半山腰上有几个透气孔，历经多年的风雨，透气洞的洞口已经倒塌。王宝向一个透气孔爬去，爬到距离洞口十几米的地方，需要身体贴着崖壁挪动。他侧着身子一步一步地往前挪，挪了十几米远时，脚下的路渐渐宽阔了起来，弓下腰，只走了几步就钻进了洞。

仔细观察窨子洞，虽然洞口破败得不成样子，但窨子洞基本完整，有点黑咕隆咚的。

王宝心里发怵，从怀里摸出枪，摸索了一会儿把子弹推上膛，有枪壮胆，心里稍踏实点，头一低钻进黑魆魆的洞里。

窨子洞里面能容两人并行，弯弯曲曲的。他向前摸了一会儿，心里还是发虚。这时，他听到老鹰崖上的枪声，好像就响在头顶。听到枪声，王宝深一脚、浅一脚地往前探去。走了一段，他觉得有风，感觉马上到洞口了，又拐了一个弯，看到一丝光线从外面穿入。脚下的泥土越来越多，越来越高，他的身子不能再弓了，只好向前爬行。

这是一个竖立的通风口。外面的枪声越来越响，王宝把堵塞的透气孔刨开，当扒开一个仅能容头伸出去的洞时，他一用力，将身体从洞口处挤了出去。

王宝没有想到，钻出洞后他看到的是栓子，正准备叫栓子时，一抬头看到不远处站着一个骑兵，王宝举手就是一枪。这时候的栓子把全部注意力集中在四排长身上，不知自己趴在窨子洞的通风口处，更想不到他的脚底下会钻出一个人来。当他觉得身边有人的时候，连着两枪，有人就栽倒在他的身上。

栓子看清躺在身边的人竟是父亲，一把将父亲抱起来，“哇”地哭了。

朱占宝用枪一直瞄着那个骑兵。当栓子那儿有人向骑兵射击时，骑兵一躲，身体全部暴露在他的面前，朱占宝扣动扳机，将鐡子全射到这个骑兵的身上。跟着骑兵后面的张扁头一看骑兵被打倒，转身就往山坡下退，他身后跟的侯七和两个保安队员也跟着往下退，退了几步，见五座塬人爬了上来，吓得又往上爬。

高先生、郭文耐见四排长、张扁头去追栓子，也跟在后面追了上来，郭文耐看见张扁头，气就上来了，正在往下爬的张扁头看见他们又往上爬，郭文耐提起手枪向张扁头开了一枪，他见一枪打不上，从身边要过一支土枪就冲了上去。

朱占宝这一枪打出后，手里剩下一支空枪。

正抱着王宝哭泣的栓子被枪声惊醒后，抬起头往山坡上一看，整个坡上没有一人。他想站起来，当他刚把身子直起来的时候，看到山坡下四排长匍匐着向前爬。武二急忙喊：“栓子。”

栓子听到武二的喊声，抬头看见了匍匐爬行的四排长，放下王宝把枪拿了起来。

武二的眼睛盯着四排长寻找射击的机会，他手中拿的是土枪，觉得有些远，一直没有开枪。

朱占宝打完一枪后藏在一个土堆后装药，眼睛不时地向四排长所在的位置看，他发现江西小红军从他的一侧爬了上来，忙把枪举了一下，做了个需要装药的动作，然后趴在那里装药。

武二瞄了很大一会儿不敢开枪，知道自己只有一枪的机会。藏在下面的四排长也不开枪，慢慢地向前匍匐，寻找最佳的射击点。

一米，两米……四排长向前又匍匐了一段。武二一看四排长再向前就到栓子跟前了，他跃起身向四排长开了一枪，他这一枪全部打在一个土疙瘩上，而就在他开枪的时候，四排长向他投掷了一枚手榴弹，手榴弹在他的前面爆炸了。武二在巨大的冲击波中，被掀起的黄土推向悬崖。

朱占宝见武二被炸飞了，他的土枪也没有时间装药，他看到在一个被打倒的骑兵旁扔着一支枪。他蹲起来，想冲过去捡枪，蹲了一会儿，脑子渐渐地冷静了。

四排长、张扁头、侯七的手里都有枪，没等他到枪跟前就被打倒了，但朱占宝还是不死心，手和脚不由得向前爬行，离枪的距离越缩越短，二十米、十五米、十米、八米、五米……

突然他看到四排长向他这边滚来，朱占宝一看一个“饿虎扑食”的动作就扑了过去。他原本想扑过去拿枪，没想到用力太猛，直接扑到四排长的身上。在惯性的作用下，两个人顺着山坡滚了下去。

躲在四排长后面的张扁头，突然见四排长被人抱着滚下坡，惊愕地站了起来。就在张扁头惊愕发呆时，栓子开枪了，张扁头一头栽倒在地上。

栓子见张扁头倒在地上，他很平静，好像一切都是理所应当。当他看到坡下郭文耐和江西小红军也都举着枪对准张扁头时，突然哭号起来，跌坐在地上。

侯七一看张扁头被打倒，吓得扔掉枪，举起了手。

朱占宝抱着四排长滚了七八米就被一个土坎子挡住了，高先生跑到跟前见朱占宝的脸上、身上血肉模糊，四排长也浑身是伤，两个人仍然紧紧地抱在一起。高先生蹲下来想把朱占宝的手从四排长身上分开，怎么也掰不开。朱占宝爹看着朱占宝滚下来后嘶哑地呼喊着朱占宝的名字，扑了过来，把朱占宝拉进了自己的怀里。

郭文耐、虎子、三子向栓子和武二所在的位置边爬边喊，栓子坐在土坑里，怀里抱着王宝，几个人一起把王宝和栓子从坑里拉了出来。王宝的鼻息还在出气，嘴里和胸膛向外流血，脸色苍白，两只眼睛紧紧地闭在一起。大家把王宝平放在地上。栓子跪在王宝的身边哭号不已。

高先生招呼人打扫战场，他不忍再看伤势严重的王宝和悲痛欲绝的栓子，噙着泪站起来环视枸子山的四周。站在老鹰崖上，四周景象一览无余，刚刚经过一场战事的老鹰嘴平静地躺在山坳里。王八领着保安队员向着包家塬的方向逃去，老薛领着两个测绘队员在打扫战场，看见王老倔和朱占宝爹抬着朱占宝下山，两个测绘队员过去协助抬人。

三子脱掉身上的皮袄铺在地上，高先生、郭文耐、虎子一起将王宝抬到皮袄上，四梅爹、麻三爹从山下爬了过来，每个人的脸上都非常严肃。当他们看到地上躺着王宝时，严肃的脸上更加凝重。四梅爹、麻三爹、三子和两个测绘队员每人抓住皮袄的一角慢慢地将王宝往山下抬。

高先生、郭文耐、虎子等人在山坡上找不到武二。郭文耐急切地喊："武二，武二。"他的呼唤在山梁上传得很远，高先生听到郭文耐的呼喊，和虎子一起也喊了起来："武二——"

老鹰嘴的枪声停止了，五癞子爹领着五癞子娘、麻三娘、四梅妈和四梅、妮子、燕子等人也跑到老鹰崖下。

女人们来到老鹰崖下，看到抬下山的王宝、朱占宝、五癞子、麻五，顿时呼天呛地地哭喊了起来。四梅跪在朱占宝的身边一边捡朱占宝身上的柴草，一边哭。妮子见三子没有受伤，绕开三子帮四梅擦朱占宝身上的血迹。燕子在王宝的面前哭喊着。五癞子爹娘蹲在五癞子面前，麻三爹娘和麻三蹲在麻五的面前，整个沟壑边哭声一片。

翠翠在人群里睃来睃去，没有看见武二，急忙向山梁上爬，爬着爬着听到他爹呼喊武二的叫声，腿一软跪了下来。郭文耐看见女儿忙跑了过去，把翠翠揽进怀里，只听翠翠拖着哭腔问："武二没了？"郭文耐听了心里一紧，眼泪也流了下来。

正在山顶寻找武二的虎子突然听到山下有人喊道："哦，山上有人吗？"

虎子站在山上问道："唉，么事？"

"半山腰里卡着一个人。"虎子看到山下站着两个背枪的人用手卷成喇叭状仰着头呼喊。

虎子一听忙问："好着吗？"

只听下面传话说："活得好好的，手脚还能动。"

虎子忙对郭文耐和翠翠喊："武二活着，武二活着。"翠翠听了一下从她爹的怀里翻起来，向山上跑去，跑了几步，见虎子从山上往下跑，又折转身向山下跑去。

武二横着身子夹在半山崖一个山缝里，头和手露在外面。看见武二被卡在山缝的是贾占清和他的哥哥，两人在家听到枪声知道五座塬出事了，每人提了一支枪就出来了，等到了老鹰崖，战斗已经结束。

山崖上的风夹着砂砾呼呼地刮着，人们围着受伤的人员心情异常地沉重。五癞子屁股上挨了两枪，一条腿被钻了个窟窿，麻五的胳膊和肚子上挨了两枪。朱占宝的身上全是跌撞的擦伤，浑身疼得无法活动，老薛的胳膊也受了伤，武二在众人的协助下被解救下来，他的腰被卡得生疼，身上再没有伤。

五月的五座塬冷风飕飕。看到眼前的情景，高先生沉默不语，站在老鹰崖上的每一个人的脸上都露出凝重的神色。

栓子、妮子、燕子跪在王宝的身边，四梅爹撕下自己的衣襟擦拭王宝脸上的血。武二和翠翠过来也跪在王宝的身边，看到武二等人跪下，五座塬、老村子和郭家塬来的人全都跪了下来。

四梅爹蹲在一边，擦拭完王宝脸上的血迹，环视了一圈跪在地上的人们，抓着王宝的一只手，流着眼泪唠叨："走吧，你安心地走吧。张扁头被栓子打死了，将来再也没人欺负我们了，你好好地走吧，不要吔（yē）心孩子们，栓子有我，燕子有我，有我们五座塬人。"

四梅爹停顿了一下又说："走，我们回家，回家去。"

郭文耐跪下给王宝磕了一个头，爬起来就脱下自己的狐皮大氅铺在了地上。高先生明白了郭文耐的意思，脱掉罩衣铺在大氅上。王老倔也脱掉罩衣铺在大氅的中间。朱占宝爹一见，把自己的衣服脱下来，紧挨着大氅铺在了后面。大家把王宝轻轻地抬到大氅上，换掉已经被血染红的皮袄。

高先生、王老倔、郭文耐、麻三爹、五癞子爹、朱占宝爹、妮子的哥哥和贾占清每人抓住大氅，或铺在大氅下面衣服的一角，蹲在了地上。在四梅爹的"起"声中，八个人一起站了起来。栓子在四梅爹的示意下，拖着长长的哭腔喊出："爹——，回家去——"

随着这悲呛的一声，所有人一起应声："起！回家了。"五座塬人抬着王宝，跟着栓子向着五座塬走去。

高先生浑身是土，走在最前边，几个女人搀扶着哭泣的燕子、四梅和妮子跟在王宝的后面。

老薛的胳膊上扎着一截衣襟，在他的身边跟着五座塬、老村子的青年和测绘队员们，他们用自己的衣服抬着受伤的朱占宝、五癞子、麻五，武二在翠翠的搀扶下跟在最后。

一排并不整齐的队伍向着五座塬走去，擦干眼泪，停住哭声，神情肃穆地向前走去。走着走着，跟在队伍最后的武二突然放声吼了起来。

走头头的（那个）骡子哟，三盏盏的（那个）灯

吼了一句就哽咽得吼不下去了，但这吼声在夕阳的映照下，随着风在五座塬的上空飘荡得很远很远。

二十多天之后，红军西征野战军解放了花马池，路过五座塬时，高先生带着王老倔、朱占宝、栓子、武二、三子、虎子和老村子的几个孩子都参加了红军。

（完）